HEYNE <

W0281233

Das Buch

Beinahe dreitausend Jahre sind seit dem Aufbruch der Menschheit in das All vergangen. Die Erde ist das Zentrum eines Sternenreichs, der Liga Freier Terraner. Mehrere tausend von Menschen besiedelte Planeten gehören zur Liga, ihre wichtigsten Repräsentanten sind Perry Rhodan und sein Freund Reginald Bull.
Bei einem für die Medien inszenierten Flug über den Mars kommt es zur Katastrophe: Der Mars-Liner-01, das für diesen Zweck aus einem Museum geholte Schiff, gerät in einen unerklärlichen Energiewirbel. Rhodan und Bull und dreißig andere Menschen werden samt dem Mars-Liner-01 in eine ebenso düstere wie exotische Zukunft gesogen. Dort geraten Rhodan und seine Begleiter in der gewaltigen Metropole Mantagir in einen Hexenkessel der Intrigen und der Gewalt. Nicht allen gelingt die Flucht – und die wenigen, denen sie gelingt, sehen einem ungewissen Schicksal entgegen. In einem unbewaffneten Frachter versuchen sie ihren Verfolgern zu entkommen ... und die bohrende Frage zu klären, auf die es noch keine Antwort gibt: Wieso hat man sie in die Zukunft entführt?

Der Autor

Innerhalb weniger Jahre ist der Name Leo Lukas in der Science-Fiction-Szene zu einem Markenzeichen für rasante, mit Ironie gespickte Romane geworden. Inzwischen gehört der Wiener zum festen Team der PERRY RHODAN-Serie. Als Kabarettist ist Lukas außerdem noch in ganz anderen Kreisen bekannt – durch hunderte von Bühnen- und Fernsehauftritten.

Der Umschlagillustrator

Der 1964 in Stuttgart geborene Oliver Scholl gestaltete bereits als Jugendlicher Risszeichnungen für die PERRY RHODAN-Serie. Seit Anfang der 90er Jahre arbeitet er als Production Designer in Hollywood, unter anderem für Science-Fiction-Filme wie *Independence Day, Godzilla* und *Time Machine.*

Perry Rhodan
ODYSSEE

LEO LUKAS

Der geheime Krieg

Roman

PERRY RHODAN
ODYSSEE
BAND 2

Mit einem wissenschaftlichen
Anhang von Rüdiger Vaas

Originalausgabe

WILHELM HEYNE VERLAG
MÜNCHEN

HEYNE ALLGEMEINE REIHE
Band 01/19008

Das Umschlagbild ist von Oliver Scholl
Die Risszeichnung auf Seite 6/7
ist von Andreas Weiß

Umwelthinweis:
Dieses Buch wurde auf chlor- und
säurefreiem Papier gedruckt

Redaktion: Klaus N. Frick/Sascha Mamczak
Copyright © 2003 by Pabel-Moewig Verlag KG, Rastatt
Copyright © 2003 des Anhangs by Rüdiger Vaas
Copyright © 2003 dieser Ausgabe
by Ullstein Heyne List GmbH & Co. KG, München
Der Wilhelm Heyne Verlag ist ein Verlag der
Ullstein Heyne List GmbH & Co. KG
www.heyne.de
Printed in Germany 2003
Umschlaggestaltung: Nele Schütz Design, München
Satz: Schaber Satz- und Datentechnik, Wels
Druck und Bindung: Ebner & Spiegel, Ulm

ISBN 3-453-87353-X

Du bist das Davonlaufen leid?
Dann stell dich der Erkenntnis, dass sich
der hartnäckigste Verfolger niemals abschütteln lässt,
jener, vor dem du fliehst, seit du denken kannst:
du selbst.

Celia Dos Torres

Es ist erschütternd zu erfahren,
Wie nahe wir an der Verzweiflung wohnen.
Wie dünn der Schleier ist, der uns die Welt
Erträglich scheinen lässt; und wie
Zerbrechlich, was uns aufrecht hält.

Otto Blume (apokryph)

Fear, ladies and gentlemen,
is the only true comedian in town.

Ian Rankin

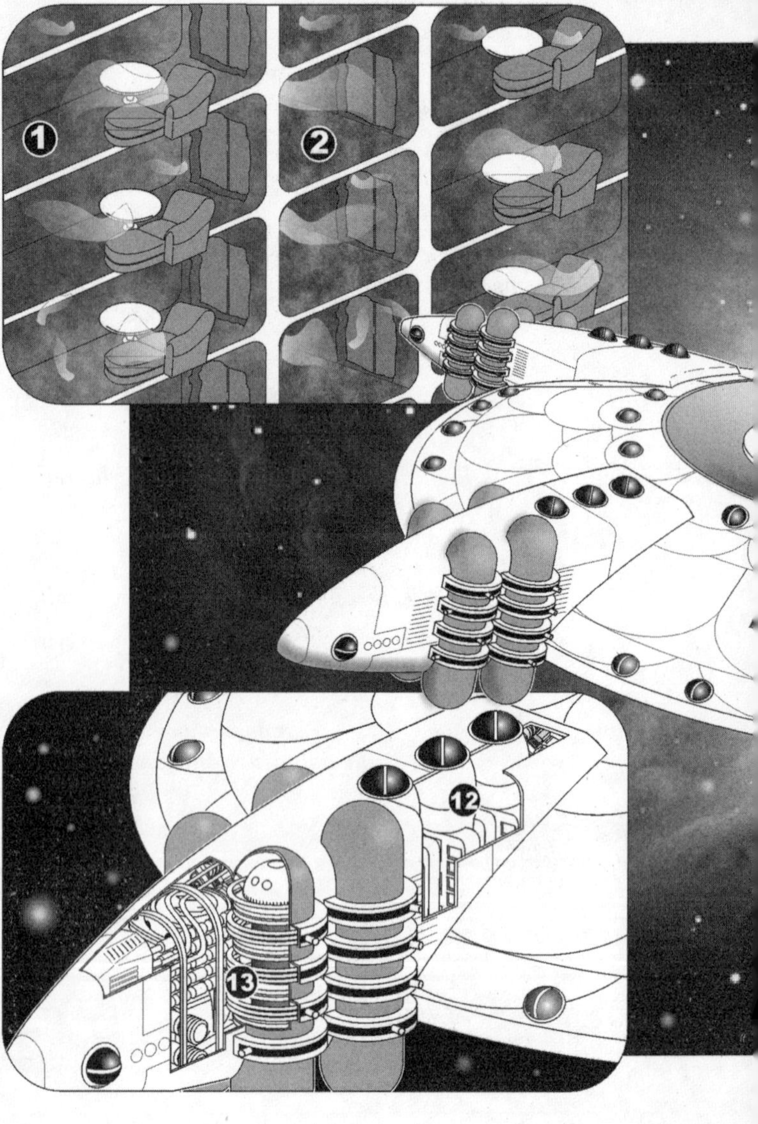
1
2
12
13

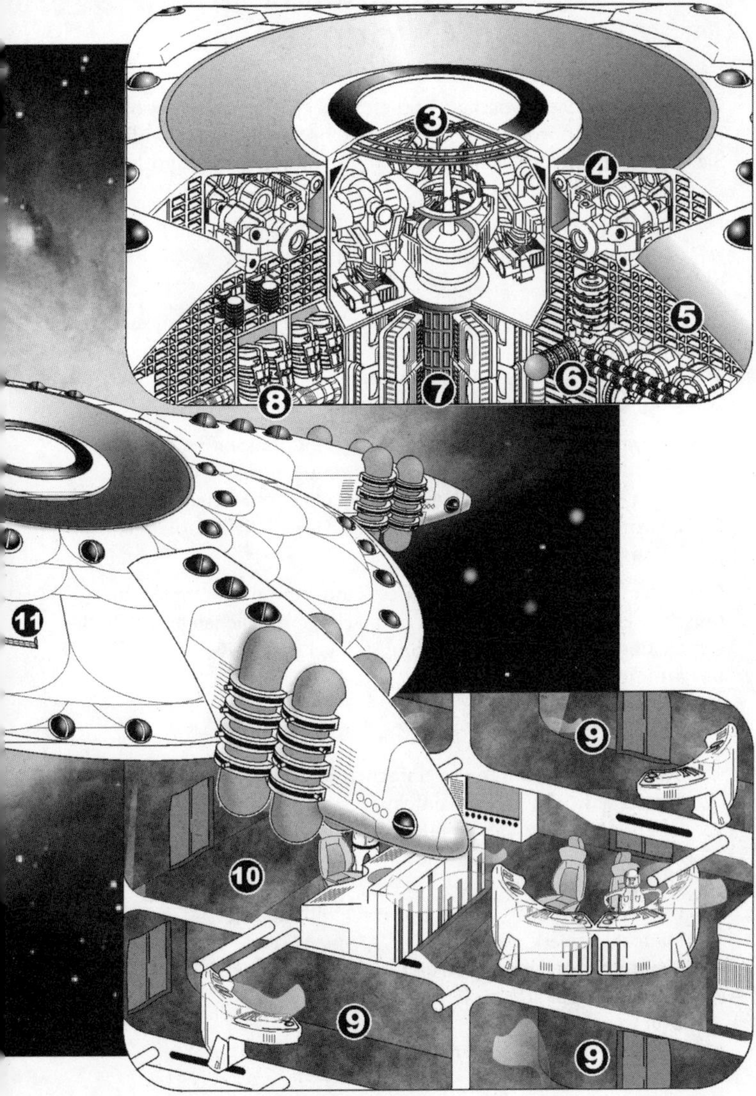
3
4
5
6
7
8
11
9
10
9
9

Schwerer Kampfpaat der Quochten

Quochten erreichen zwischen 1,60 und zwei Metern Körpergröße. Ihr Kopf erinnert an irdische Frösche, ihr Oberkörper ist birnenförmig. Sie fürchten offene Flächen, da ihre Vorfahren den Angriffen von Flugechsen ausgesetzt waren.

Die Quochten nutzen verschiedene Raumschifftypen. Die Zeichnung zeigt einen schweren Kampfpaat, ein Schlachtschiff. Es führt 72 Tripuls- und 96 Bipulsgeschütze.

Der Kampfpaat erinnert von oben betrachtet an einen pockenübersäten Rundstern. Sein Durchmesser beträgt 933 Meter, die Höhe 117 Meter. Bis zu 750 Quochten bedienen das Schiff, weitere 500 können als Landungstruppen an Bord genommen werden.

Das Innere des Kampfpaats ist wie bei allen Raumschiffen der Quochten höhlenartig angelegt. Quochten bevorzugen eine hohe Luftfeuchtigkeit. In ihren Wohn- und Arbeitsbereichen schweben stets kleine Dampfwolken, und es tropft von der Decke. Selbst die Zentrale macht keine Ausnahme.

Das Überlichttriebwerk des Schiffes kann modular komplett ausgetauscht werden. 24 schwere Energiespeicher ermöglichen große Reichweiten und die Versorgung leistungsfähiger Offensiv- und Defensivbewaffnung.

Erläuterungen

1 Standardunterkunft eines einfachen Besatzungsmitglieds
2 Typischer höhlenartiger Laufgang
3 Überlichttriebwerk in Kassettenbauweise
4 Primäre Energiespeicher
5 Unterkunftsbereiche
6 Lebenserhaltungssysteme, mehrfach redundant
7 Hauptkraftwerk
8 Schutzschirmgeneratoren (4 x 4 + Projektorstaffeln)
9 Sekundäre Leitstände
10 Brücke
11 Brücke, von außen gesehen
12 Bipulsgeschütze
13 Tripulsgeschütze

Prolog

Ein Routineauftrag, sagten sie.

Mhm.

Eigentlich wolltest du Urlaub nehmen. Es war hoch an der Zeit. Du hattest den Job ziemlich satt. Man muss sich auch mal um sich selbst kümmern, nicht ständig nur um andere, oder?

Aber das wäre auf dem Mars, sagten sie. Auf dem Mars! Der dich immer schon fasziniert hat. Das steht nämlich in deinen Akten: »Mars-Nostalgikerin«. Na bitte – und jetzt bekommst du sogar dafür bezahlt. Flug, Spesen, alles inklusive. Kannst ja, wenn du willst, hinterher ein paar freie Tage anhängen, sagten sie. Sozusagen das Nützliche mit dem Angenehmen verbinden.

Damit haben sie dich geködert. Mit dem Mars, und mit Perry Rhodan.

Was, *er persönlich*?, hast du gefragt: Ich soll die Leibwächterin für *Perry Rhodan* spielen?

Für niemand Geringeren. Reginald Bull ist übrigens auch noch dabei.

Moment mal – eine einzige Agentin des Liga-Dienstes wird dazu abgestellt, sowohl den Terranischen Residenten als auch den Verteidigungsminister zu beschützen?

Womit du keineswegs andeuten wolltest, dass die nicht sehr gut auf sich selbst aufpassen könnten. Das sind lebende Legenden. Die ersten Menschen auf dem Mond. Die zwei, die uns zu den Sternen geführt haben. Wie lange ist das her? Drei Jahrtausende, grob geschätzt. Dreitausend Jahre, in denen, ausgehend von einem abgelegenen, kleinen blauen Planeten, ein beachtliches Sternenreich errichtet wurde.

Dennoch …

Reiner Routineauftrag, haben dich deine Vorgesetzten beruhigt. Nur eine kurze Rundtour, noch vor dem offiziellen Startschuss zur Neubesiedelung des Mars. Ein für die Medien inszeniertes Spektakel: Rhodan und Bull gondeln mit dreißig ausgesuchten Existenzgründern, Künstlern und Wissenschaftlern in diesem Museumsstück, diesem uralten Vehikel, dem original »Mars-Liner 01«, über den roten Dünen herum. Die beiden wissen nicht einmal, dass du unter den Passagieren bist. Warum auch? Was soll schon groß passieren? Ihr besichtigt drei, vier Ausgrabungsstellen, die Trivid-Sender kriegen hübsche Bilder, und das war's dann.

Kannst ja, wenn du willst, hinterher noch ein paar freie Tage anhängen, sagten sie. Ganz gemütlich. Also quasi: bezahlter Urlaub. Genau dort, wo du immer hin wolltest, Fran.

Mhm.

Nur dass dann ein wenig mehr daraus geworden ist.

Um etwa *eine Milliarde Jahre* mehr …

Jetzt rast du, in einer unglaublich fernen Zukunft verschollen, mit einem brustschwachen Frachtkahn überlichtschnell durch den Halbraum. Wohin? Keine Ahnung. Rhodan und Bull wissen es auch nicht. Aber sie arbeiten daran.

Na immerhin!

Der Ausflug ist zum Albtraum geworden. Von den dreißig Passagieren leben bloß noch fünf. Und ein furchtbar lästiges Katzenvieh mit dem absolut dämlichen Namen Schikago. Alle anderen sind den Attacken der Nodronen zum Opfer gefallen, Friede ihrem Angedenken. Resümee: Nach einer knappen Woche in der Galaxis, die vor unvorstellbar langer Zeit einmal eure heimatliche Milchstraße war, habt ihr fünfundzwanzig Menschen verloren und noch keinen einzigen Freund gefunden. Dafür aber jede Menge Fieslinge, die euch ans Leder wollen.

Ein Routineauftrag, sagten deine Vorgesetzten.

Mhm.

KAPITEL 1

Fluchtversuche

1

Der Bildschirm zeigte ein graues Wabern, das von rötlichen Schlieren durchzogen wurde. Oder einen roten Nebel, in dem gräuliche Formen schwammen. Oder …

»Besser nicht zu lang hinsehen«, erklang Perry Rhodans Stimme. »Das kann Kopfschmerzen und Schlimmeres zur Folge haben. – He, hallo, Quart! Hörst du mich?«

Quartodezimus Filidor Edlervon Homphé zuckte zusammen. Er spürte, dass ihn jemand an der Schulter rüttelte, erst sachte, dann heftiger. Quart schluckte. Er versuchte, die Augen vom Panoramaschirm abzuwenden. Das fiel ihm gar nicht leicht. Die Aufnahmen der Außenbordkameras übten eine außerordentlich starke Faszination auf ihn aus. Obwohl sie jenes unbegreifliche, übergeordnete Kontinuum, durch das sich ihr Raumschiff bewegte, sicherlich verfälscht darstellten, zogen ihn die psychedelischen, sich dauernd verändernden Bilder in ihren Bann. Er hatte das Gefühl, in die Unendlichkeit zu stürzen, in höhere Dimensionen einzutauchen, sich darin aufzulösen, zu verlieren.

Mit großer Mühe drehte er den Kopf zu Perry um. »Es ist … furchterregend schön«, flüsterte er.

»Ich weiß.« Der Terranische Resident lächelte. »Warte mal, wie ging das Zitat noch? Ach ja: ›Das Schöne ist nur des Schrecklichen Anfang, den wir gerade noch verstehen.‹«

Quart nickte anerkennend. »Wer hat das gesagt?«

»Rainer Maria Rilke. Ein Zeitgenosse meiner Großeltern.«

»Seufz. Damals besaßen die Leute eben noch Sinn für die Kunst.«

»Täusche dich nicht, mein Lieber. Jene Epoche war eine der

grauenvollsten in der Geschichte der Menschheit. Und das will etwas heißen.«

Rhodan wischte sich mit der Hand über das Gesicht. »Ich muss wieder hinunter zu Bully. Willst du dich nicht lieber in einer der Kabinen ein wenig hinlegen? Oder Shimmi und Pratton im Mars-Liner Gesellschaft leisten?«

»Nein. In den Kabinen stinkt es erbärmlich, und im Liner ist diese grässliche Katze, bei deren bloßem Anblick ich schon Hautausschläge bekomme. Wenn es euch nichts ausmacht, bleibe ich lieber hier.«

»Wie du meinst, Meister Homphé. Aber versenk dich nicht allzu sehr in den Halbraum. Dabei sollen schon Leute ins Koma gefallen sein.«

»Was – ernsthaft?«

Perry hob die Schultern. Er grinste. »Vielleicht ist es ja nur Raumfahrerlatein. Aber lass es lieber nicht darauf ankommen, okay?«

Der Aktivatorträger stieg leichtfüßig die Treppenstufen hinunter. Quart blinzelte. Jetzt erst bemerkte er, wie sehr seine Augen brannten. Außerdem war er total verspannt. Er ließ den Kopf kreisen, um seine Halsmuskulatur zu lockern.

Die Zentrale des Frachters besaß die Form einer runden, sechs Meter hohen und an der Decke zwölf Meter durchmessenden Schüssel. Also wie ein Zirkus, oder eine kleine Arena. Der Mann, den seine gewiss wohlmeinenden, wenngleich etwas exzentrischen Eltern Quartodezimus Filidor Edlervon getauft hatten, befand sich auf der oberen der beiden ringförmigen Galerien, an einem Leitstand, dessen Funktion er nicht im Mindesten begriff. Er hatte seinen großen, unförmigen Körper in einen Schalensessel gequetscht und sah auf das Kommandopult hinunter, das die Mitte und zugleich den tiefsten Punkt des Raumes einnahm.

Dort war Reginald Bull zugange. Er mühte sich nach Kräften, dem Frachtschiff, das sie kurz nach dem Start vom Mars gekapert hatten, die Geheimnisse seiner Bedienung zu entlocken. Fran Imith, als TLD-Agentin ebenfalls solide kosmonautisch ausgebildet, unterstützte ihn bei diesem schwierigen Unterfangen. Gerade gesellte sich Rhodan wieder zu ihnen.

Quart, oben auf seiner Galerie, schnaufte. Die anderen drei Überlebenden des Mars-Rundflugs, der zu einem Höllentrip geworden war, konnten leider nur Däumchen drehen. Zu mehr waren sie an Bord nicht zu gebrauchen. Ein Weinbauer, eine minderjährige Göre und, Nutzlosester der Nutzlosen, er selbst: Quartodezimus Filidor Edlervon Homphé, der berühmte bildende Künstler, bekannt – wenn auch nicht unbedingt beliebt – für seine avantgardistischen, garantiert unverständlichen holografischen Installationen. Übergewichtig, nervenschwach, mit zwei linken Händen und einer Katzenhaarallergie.

Kurz: der geborene Held.

Zum hundertsten Mal haderte er mit dem Schicksal, das ihn hierher in die Zukunft verschlagen hatte. Warum ausgerechnet ihn? Einen unnützeren Klotz am Bein hätte man Bull und Perry wohl kaum aufbürden können. Shimmi Caratech war wenigstens sportlich und geschickt; Pratton Allgame kannte sich zumindest in Fragen der Ernährung aus.

Und Fran Imith, die rothaarige, blauäugige, blasshäutige Schönheit, die sich als TLD-Agentin entpuppt hatte, war sowieso eine Kanone. Wie beiläufig sie einen Gutteil der nodronischen Besatzungsmitglieder ausgeschaltet hatte – alle Achtung! Kein Wunder, dass die beiden Zellaktivatorträger sie praktisch längst wie ihresgleichen behandelten.

Während andererseits Quart mit ziemlich genau denselben Blicken bedacht wurde wie Schikago, die vermaledeite Katze …

Seit Beginn der Linearetappe waren bereits fünf Stunden vergangen. Mittlerweile hatte Bull die Funktionsweise des Bordrechners durchschaut. So viel Quart von dem technischen Kauderwelsch verstanden hatte, handelte es sich um eine so genannte Varsonik, bei der statt Elektronen Positronen zum Einsatz kamen. Und dann war da noch was mit irgendwelchen Hyperkristallen …

Endlich konnten sie auch eine Art Bedienungs-Manual für die Navigation und den Überlicht-Antrieb ausfindig machen. Allerdings nur bruchstückhaft, auf viele Dateien verteilt. Und vor allem, klarer Weise, in Vaaligonde, dem Idiom, das hier –

beziehungsweise: *jetzt*, in dieser Zeit – von allen Völkern gesprochen wurde.

Das machte die Sache nicht unbedingt einfacher. Zwar verfügten die Terraner über Mini-Translatoren. Diese waren Teil der Ausrüstung, die sie von den Cor'morian bekommen hatten, jenen mysteriösen Wissenschaftlern, die den Mars-Liner in diese Zeit entführt hatten. Doch bei den dünnen, nicht einmal zwei Zentimeter durchmessenden Scheiben, die fast unsichtbar auf der Wange getragen wurden, handelte es sich um rein akustische Geräte. Sie konnten vaaligondische Schriftzeichen genau so wenig lesen wie die Terraner. Also musste erst einmal der Bordcomputer dazu gebracht werden, dass er die entsprechenden Passagen laut von sich gab, damit die Translatoren übersetzen konnten. Die Zeitangaben, Längenmaße und so weiter stimmten mit den terranischen natürlich ebenfalls nicht überein.

Hölle, war das eine langwierige Prozedur! Quart verlor bald das Interesse daran. Er begann wieder in Richtung des großen Bildschirms zu schielen, der über dem Eingang zur Zentrale angebracht war.

Graue Wolken, in denen rötliche Strahlen zerflossen. Oder roter Dunst, worin gräuliche Schleier sich drehten. Oder …

Quartodezimus Filidor Edlervon Homphé wäre fast vom Sessel gefallen, als Bull plötzlich aufbrüllte.

2

»Darf das wahr sein, meine Herren? Ich weigere mich fast, es zu glauben. Und doch ist es passiert. Man greift sich an den Kopf: Achttausend Einheiten im Tazmai-System können nicht verhindern, dass vor ihrer Nase ein Frachtschiff gekapert wird. Von sage und schreibe sechs Personen! Wie ist so etwas möglich? Und vor allem: Wer ist dafür verantwortlich?«

Wie beiläufig klopfte Axx Cokroide im Gehen auf den unterarmlangen, braunen, kunstvoll gravierten Schaft, der von seinem aus winzigen Kettengliedern geschmiedeten Gürtel herabhing.

Die Peitsche von Nodro.

Was Cokroide mit dieser Geste ausdrücken wollte, war allen in der Offiziersmesse klar. Jemand würde dafür bezahlen, dass den Fremden die Flucht aus der Stadt Mantagir und vom Planeten Balance B gelungen war. Jemand würde büßen. Wer, stand noch nicht fest; aber sehr wohl, wie.

Pelmid Sulcatob erinnerte sich noch gut an die erste Hinrichtung, der sie hatte beiwohnen dürfen. Sieben Umläufe war sie damals alt gewesen. Wie lange vorher sie sich schon darauf gefreut hatte! Aber dann, als sie mit eigenen Augen sah, wie die Peitsche von Nodro den Leib des Delinquenten buchstäblich in Scheiben schnitt …

Ein guter Henker tötet mit einem einzigen Schlag. Die speziellen Peitschenschnüre, die ausschließlich bei Exekutionen verwendet werden, bestehen nämlich aus Monomolekularketten. Nichts ist dünner; nichts ist schärfer. Der Verurteilte steht immer noch aufrecht. Kein Schmerz lässt sich auf seinem Gesicht erkennen, nur Verwunderung, und ein Funken von Hoffnung, der Henker könnte gefehlt haben. Dann zeigen sich auf seiner blütenweißen, eng anliegenden Kleidung fünf hauchdünne, senkrechte, hellrote Streifen, die sich in seinem Gesicht fortsetzen. Einer verläuft mitten durch das linke Auge. Die Streifen werden dicker, Blut quillt hervor, tropft in den Sand. Nun kippt das Ohr weg, und der daran hängende Teil des Schädels, mit der halben Pupille. Zugleich gleiten die Arme zu Boden, schnurgerade abgetrennt; Knochen, Muskeln, Sehnen, rotes Fleisch, ein Querschnitt wie aus dem Anatomiebuch. Der Rest des Kopfes und des Körpers zerfallen. Die Menge jubelt.

Pelmid hatte sich übergeben müssen, und sich noch lange Zeit später entsetzlich deswegen geschämt. Ihre Mutter hatte sie getröstet. Das sei ganz normal, hatte sie gesagt; bei Mädchen komme das sehr oft vor.

Bei Mädchen. Damals hatte Pelmid beschlossen, nie mehr »wie ein Mädchen« zu sein. Sondern wie ein Junge, nein: *besser* als jeder Junge.

»Ich warte auf eine Antwort, meine Herren.«

Das Flackern des offenen Feuers, um das die Offiziere im

Halbkreis versammelt standen, spiegelte sich auf Axx Cokroides kahlgeschorenem Schädel. Sein flächiges, markantes Gesicht mit dem energischen Kinn und der breiten Nase wurde von zahlreichen Narben zerschnitten. Der offizielle Botschafter des Zwillingsgötzen von Nodro hatte, so erzählte man sich in der Flotte, unzählige rituelle Duelle ausgefochten, bis er zum Clansoberhaupt der Cokroide aufgestiegen war. Keiner, der je mit ihm in den Ring gestiegen war, egal ob als Herausgeforderter oder als Herausforderer, war noch am Leben.

Axx Cokroide hat sich immer durchgesetzt, dachte Pelmid. Sie gestand sich ein, dass sie eine gewisse Bewunderung für ihn empfand; nicht bloß für den Botschafter, sondern auch für den Mann. *Er kann viel, nur eines nicht: verlieren. Das ist es, was sein Leben bestimmt: der Beste, der Erste zu sein. Das ist sein Ziel, seine Philosophie. Axx Cokroide muss sich beweisen. Er wird niemals sein wie die Zwillingsgötzen; dieser unüberwindlichen Grenze ist er sich klar bewusst. Aber innerhalb seiner Möglichkeiten strebt er an, dass kein anderer ihm gleich kommt. Kein Nodrone, und schon gar kein Angehöriger irgendeines anderen Volkes.*

Ein gefährlicher Mann; ein attraktiver Mann.

Er war groß, kräftig gebaut, durchtrainiert. Die Haut wettergegerbt, die Hände wie Pranken. Breite, eiserne, mit gravierten Ornamenten verzierte Bänder schützten seine Handgelenke. Er trug die Uniform eines Son'Trokete, des höchsten militärischen Ranges im Empire von Nodro: eine weit geschnittene, in der Taille gegürtete Jacke aus grobem schwarzen Stoff, überzogen vom eng gemaserten Paillettenpanzer aus bestem Nodroplast, der ihn gegen mechanische Angriffe jedwelcher Art wappnete. Im Bereich des Herzens waren die Rangabzeichen aufgestickt: der schwarze und der weiße Kopf vor der Silhouette eines Leichten Sternenkreuzers.

»Wenn sich die Feuerleitoffizierin dieser Einheit an mir satt gesehen hat«, sagte Axx Cokroide mit schneidendem Tonfall, »kann ja vielleicht sie meine Frage beantworten.«

Pelmid Sulcatob hielt dem Blick seiner dunkelroten Augen stand. »Gern, Son'Trokete. Die Hauptschuld liegt gewiss bei der Mannschaft des Frachters, die sich offensichtlich von den Rebellen überrumpeln ließ.«

»Das ist billig, Are'Sam. Dieser Kommandant und seine Untergebenen können sich hier nicht verteidigen.«

»Are'Nos«, korrigierte Pelmid mechanisch. Sie war es gewohnt, dass ihr von Männern, die sie nicht kannten, so gut wie immer ein niedrigerer Dienstgrad als ihr richtiger zugeschrieben wurde. Die entsprechenden Rangabzeichen unterschieden sich durchaus. Aber die Kerle sahen immer nur das, was *unter* der Bluse war.

»Are'Nooos ...«, wiederholte Cokroide gedehnt. Er zog die Augenbrauen hoch. »Soso. Ich wusste gar nicht, dass wir eine Frau in einer solchen Position haben.«

Pelmid neigte das Haupt. »Ich bin die ranghöchste weibliche Offizierin der Flotte, Herr Botschafter.«

»Sieh einer an. Von welchem Clan?«

»Sulcatob.«

»Verstehe.«

Hörte sie da eine gewisse Enttäuschung darüber, dass sie keine Cokroide und somit nicht der Willkür des Clanführers ausgeliefert war? Innerlich schmunzelte Pelmid.

Ich hätte gar nichts dagegen, mit dir das Lager zu teilen, Axx Cokroide, dachte sie. *Aber du kannst mich nicht dazu zwingen. Du wirst schon um mich werben müssen.*

»Der Befehl, besagtes Frachtschiff abzufangen«, nahm sie den Gesprächsfaden wieder auf, »kam bemerkenswert früh; jedoch nicht früh genug. Bis wir an Ort und Stelle gelangt waren, hatte der Frachter bereits die Linearetappe eingeleitet.«

Cokroide musterte sie mit regungslosem Gesicht. Soeben hatte sie die Schuld am Entkommen der Rebellen niemand anderem als ihm in die Stiefel geschoben. Auf elegante Weise, in ein Kompliment verpackt. Wobei sie nicht einmal hatte lügen müssen. Tatsächlich hatte der Botschafter in Mantagir äußerst rasch auf den automatischen Alarm des Frachters reagiert. Nichtsdestotrotz waren sie zu spät gekommen. Der Frachter war im Halbraum verschwunden, bevor sie Kernschussweite erreicht hatten.

»Doch unsere Halbraumspürer haben ihn noch rechtzeitig erfasst«, fuhr sie fort. »Weiters konnten wir, ehe wir die Verfolgung aufnahmen, in Erfahrung bringen, wie dieser Kapitän gewöhnlich seine Etappen auf der Strecke nach Nodro einteilt. Mit anderen Worten: Wir wissen recht genau, welchen Kurs er aller Wahrscheinlichkeit nach programmiert hat; ergo, wann der Frachter wieder in den Normalraum zurückfallen wird. Dieser Zeitpunkt wird in Bälde eintreten. Wenn du erlaubst, Son'Trokete, würde ich mich deshalb jetzt gerne auf meinen Posten begeben.«

»Tu das, Are'Nos Sulcatob«, sagte Cokroide gemessen, fast sanft. Seine Rechte streichelte den Schaft der Peitsche. »Diese Konferenz ist beendet. Aber sei versichert, wir beide sprechen uns noch.«

»Es wird mir«, erwiderte Pelmid, »eine Ehre sein.«

Sie salutierte, drehte sich um und ging.

Die Hitze in ihrem Rücken rührte nicht von der Feuerstelle her, sondern vom Glühen in Axx Cokroides Augen.

3

In diesem Moment erkannte sie, dass er ihr ganz und gar nicht gleichgültig war.

Ein Routineauftrag. Mhm. Und dann, dachte Fran Imith, zornig auf sich selbst, *verguckst du dich zu allem Überdruss auch noch in einen deiner Schützlinge!*

In einen biologisch Unsterblichen, der drei Jahrtausende auf dem stämmigen Buckel hatte. Den Stammbaum ihrer Familie vermochte Fran nicht einmal halb so weit zurück zu verfolgen. Bull hätte es mit ihrer Ururgroßmutter getrieben haben können, und mit deren Ururgroßmutter. Und mit deren, und mit deren, und so weiter und so fort.

Er konnte ihr eigener Vorfahr sein. Vielleicht fühlte sie sich ja deshalb so zu ihm hingezogen?

Daraus wird nichts, schärfte sie sich ein. *Daraus darf schlicht und einfach nichts werden!*

Aber verdammt, sie mochte ihn. Wie er vom Kommandopult aufsprang, die Hände zusammenschlug und ausrief: »Ja! Ja, ja, ja! Leute, wir haben dieses verfluchte Ding endlich geknackt!«

Er umarmte sie. Schreckte sofort zurück, murmelte eine Entschuldigung. Genau das machte ihn so liebenswert. Seit dem Jahr 1976 alter Zeitrechnung war er Achtunddreißig. Unverändert, und trotz all seiner immensen Erfahrung ein großes Kind geblieben.

Er führte eine Art unbeholfenen Kriegstanz auf, drehte sich um seine Achse, hielt dann plötzlich inne und kratzte sich mit allen zehn Fingern die Schädeldecke unter der Bürstenfrisur.

»Oh weh, Freunde«, sagte er. »Wir haben ein Problem.«

Perry Rhodan hob die Augenbrauen. »Houston ist weiter denn je, Dicker. Worum geht's?«

Reginald Bull lehnte sich an die Konsole. »Dieses Schiff ist eine lahme Ente. Aber offenbar sind hier alle Raumer weit schwächer, als wir es gewohnt sind.«

Basistechnologie – erklärte er – war in Vaaligo, wie die Milchstraße jetzt hieß, das Linear- oder Halbraumtriebwerk. Ihr vermeintlich flügellahmer Frachter verfügte also über einen Antrieb, der durchaus dem Stand dieser Zeit entsprach.

Das sinngemäß als »Mantelkonverter« umschriebene Hauptaggregat war freilich kein Triebwerk im eigentlichen Sinne. Es erzeugte vielmehr ein kugelförmiges Feld zur Totalkompensation vier- und fünfdimensionaler Konstanten, das ein Raumschiff sowohl von den Einflüssen des Standarduniversums wie auch des übergeordneten Kontinuums abschirmte. Ein tatsächliches Eindringen in den Hyperraum wurde dadurch vermieden.

»Also wie in der Frühzeit der interstellaren Raumfahrt«, hörte sich Fran die Lektionen ihrer TLD-Ausbildung aufsagen. »Das Kompensationsfeld bewirkt zwar Eintritt und Schutz, und dessen Abschalten logischerweise den Rücksturz in den Normalraum, aber hierbei handelt es sich um eine statische Funktion. Für die Dynamik der Fortbewegung sorgen die Impulstriebwerke, deren Ausstrahlungen beim Durchdringen des Kompensationsfeldes strukturverformt werden, vielmillionenfache Lichtgeschwindigkeit erreichen und so die eigentliche Bewegung begründen. Die Bezeichnung Lineartriebwerk bezieht sich darauf, dass bei den Einzeletappen das jeweilige Flugziel als so genannter Zielstern direkt angepeilt und quasi geradlinig, also linear, angeflogen wird.«

Bulls wasserblaue Augen ruhten mit sichtlichem Wohlgefallen auf ihr.

»Bin beeindruckt«, sagte er. »Hätte nicht gedacht, dass jemand deiner Generation dieses Verfahren noch so genau kennt. Allerdings beträgt der maximale Überlichtfaktor hier nur eins Komma fünf Millionen. Gebräuchlich ist im Normalbetrieb ein Ü-El-Eff von etwa einer Million. Soll heißen, einhundertvierzehn Komma zwei Lichtjahre pro Stunde.«

Rhodan schüttelte ungläubig den Kopf. »Das ist, verglichen zu den Geschwindigkeiten unserer Zeit, ein Pappenstiel. Bist du dir sicher?«

»Klar bin ich sicher. Mehr geht anscheinend nicht. Außerdem haben die Mantelkonverter eine begrenzte Reichweite, die je nach Größe und Modell zwischen fünf- und zwanzigtausend Lichtjahren liegen kann. Danach sind sie ausgebrannt und müssen getauscht werden. Pro Etappe lassen sich maximal tausend Lichtjahre zurücklegen. Oder ein bisschen mehr, wenn man einen beträchtlich höheren Verschleiß in Kauf nimmt. Was wir gnadenlos tun werden.«

»Werden wir das?«, fragte Rhodan.

»Und ob. Wir wollen es unseren Verfolgern doch nicht zu leicht machen, oder?«

Bull schlug vor, die Etappe um dreißig Lichtjahre zu strecken, also über das ursprünglich programmierte Ziel hinaus zu springen. Vielleicht gelang es ja auf diese Weise, die Verfolger abzuschütteln. Die Reichweite der nodronischen Orter war nämlich auf fünf Lichtjahre begrenzt.

»Rücksturz wäre dann in siebenundvierzig Minuten. Bis dahin könnte ich auf Verdacht eine neue Etappe vorbereiten. Für den nicht ganz unwahrscheinlichen Fall, dass wir uns rasch wieder davonmachen müssen. Nur die Grundlagen natürlich, die astronomische Orientierung kann erst im Normalraum geschehen.«

»Guter Plan, Dicker. Ich werde mich derweil um unser Problem kümmern. Beziehungsweise um unsere vierzehn Probleme.«

Nun begriff auch Fran, was Bull gemeint hatte. Die nodronische Besatzung des Frachters, die sie paralysiert und im einzigen freien Hangar eingesperrt hatten! Inzwischen würden sie längst wieder erwacht sein.

»Was soll mit ihnen weiter geschehen?«, fragte sie.

Rhodan rieb sich nachdenklich die Narbe auf seinem Nasenrücken. »Im Hangar können wir sie auf Dauer nicht belassen. Wohin wir auch fliehen, wir werden vermutlich bedeutend länger unterwegs sein als gedacht. Und das heißt ...«

»Wir können sie unmöglich immer wieder betäuben.«

»Richtig. Sie würden bleibende Schäden davontragen. Andererseits ist die Unterbringung im Hangar menschenunwürdig. Dort gibt es nicht einmal sanitäre Anlagen. Wenn wir sie einsperren wie Tiere, sind sie gewiss nicht zu einer Kooperation zu bewegen. Dabei könnten sie für uns von großem Nutzen sein. Wir müssen sie also umquartieren.«

Fran kaute auf ihrer Unterlippe. »Das kann heikel werden. Wie willst du vorgehen?«

4

Nachdem er seinen Plan erklärt hatte, machten sie sich sofort an dessen Umsetzung.

Varrn Vardak wusste, dass er sich auf seine Männer bedingungslos verlassen konnte. Nodronen waren, wenn es darauf ankam, sehr diszipliniert. Zudem brannte in ihnen allen das Verlangen, die Scharte auszuwetzen und sich für die erlittene Schmach zu rächen, koste es, was es wolle.

Zu verlieren hatten sie ohnehin nichts mehr. Am wenigsten er selbst. Ihn wunderte, dass er überhaupt noch am Leben war. Wäre Varrn an der Stelle des feindlichen Anführers gewesen, er hätte kurzen Prozess mit seinen Gefangenen gemacht. Aber selbst, wenn er hier wider Erwarten lebend heraus kommen sollte – einem Kommandanten, der sein Schiff an Rebellen verlor, winkte nur noch eines: die Peitsche von Nodro.

Ein Tod in Schande. Im Kampf zu fallen war dem allemal vorzuziehen.

Die Fremden hatten ihnen sämtliche Waffen abgenommen, auch die Messer, die einige der Männer in ihren Stiefeln versteckt gehabt hatten. Der Hangar war vollkommen leer geräumt worden. Egal. Es musste auch so gehen.

Natürlich bestand immer noch die Möglichkeit, dass man sie einfach verhungern ließ. Dagegen ließ sich nichts tun. Zu versuchen, das mannsdicke Schott von innen aufzubrechen, war ein ebenso sinnloses Unterfangen wie mit bloßen Händen die strukturverdichteten Nodroplast-Wände zu attackieren. Ihre einzige, verschwindend geringe Chance bestand darin, dass jemand vom Kaperkommando das Schott öffnete, aus welchem Grund auch immer.

Auf diese Situation bereiteten sie sich vor.

Und sie sollten belohnt werden. Gar nicht sehr lange, nachdem alle ihre Positionen eingenommen hatten, ertönte eine Stimme aus dem Lautsprecher.

»Wir wissen, dass ihr wach seid, und dass ihr mich hören könnt«, sagte die Stimme. Sie klang merkwürdig verfremdet. Als ob gleichzeitig noch ein Zweiter sprechen würde, sehr leise und in einem gänzlich unverständlichen Dialekt.

»Tretet mindestens zwanzig Schritt vom Schott zurück«, fuhr die doppelte Stimme fort, »und stellt euch so hin, dass wir auf einen Blick alle Vierzehn gut sehen können. Wenn ihr das tut und euch auch sonst vernünftig verhaltet, werdet ihr demnächst sukzessive in eure Kabinen verlegt, wo ihr euch verpflegen und reinigen könnt. Wir wollen euch im Prinzip nichts Böses. Beim kleinsten Anzeichen von Widerstand aber schießen wir sofort.«

Mehrere seiner Männer sahen Varrn fragend an. Sollten sie das Angebot annehmen? Ihnen allen knurrten die Mägen, und einige hatten bereits in einer Ecke des Hangars ihre Notdurft verrichten müssen.

Varrn Vardak überlegte nicht lange. Die Kabinen ließen sich von der Zentrale aus verriegeln, das Kommunikationssystem war via Bordrechner abschaltbar. Sie wären in Zweier- und Vierergruppen aufgesplittert und isoliert. Nein, ihre Chance hatten sie jetzt, und nur jetzt.

Er bedeutete seinen Untergebenen, dass sie bei ihrem Plan bleiben würden.

»Wir öffnen nun das Schott. Überlegt euch gut, wie ihr euch verhaltet. Befolgt unsere Anweisungen, dann werden wir mit dieser misslichen Situation gemeinsam fertig werden und euch bei der nächsten sich uns bietenden Gelegenheit freilassen. Wenn ihr aber Dummheiten macht, habt ihr es euch selbst zuzuschreiben, dass ihr weiterhin im Hangar bleiben müsst.«

Ja, ja, dachte Varrn. *Komm schon!*

Der Verriegelungsmechanismus bewegte sich quietschend. Das Schott schwang auf.

5

Fran zählte, so schnell sie konnte. Sechs – sieben – acht – neun – zehn – elf ... Zwölf der nodronischen Raumfahrer standen, gemäß Rhodans Anordnung, halbkreisförmig aufgefächert ungefähr in der Mitte des Raums. Zwei weitere lagen auf dem Boden.

»Was ist mit denen?«, fragte sie scharf.

»Sind noch immer bewusstlos. Haben eine Überdosis abbekommen.« Der Sprecher machte einen Schritt nach vorn, blieb aber sogleich stehen, als Fran warnend ihren Strahler auf ihn richtete.

»Bist du der Kapitän?«, fragte Perry.

»Der Are'Imga, ja.«

Er war gut zwei Meter groß und fast halb so breit. Ein Muskelpaket, etwa hundertzehn Kilo schwer, schätzte Fran. Zum Unterschied von den meisten Nodronen, denen sie bisher begegnet waren, wirkte sein schwarzes Haupthaar sehr gepflegt. Er trug es zu zwei Zöpfen geflochten, dazu einen Schnurrbart, dessen spitze Enden nach oben gebogen waren, wie die Hauer eines Wildschweins. Alles an ihm vibrierte vor verhaltener Aggression.

»Ganz ruhig«, sagte Rhodan. »Du bist der Erste, Kapitän. Du allein. Leg deine Hände auf den Kopf und verschränk die Finger. Gut so. Und jetzt gehst du langsam zu uns her. Keiner von den anderen rührt sich! Sonst schießen wir. Wir bringen dich in deine Kabine, dann holen wir den Nächsten. Los!«

Der Nodrone setzte sich in Bewegung. Sein Mund war zu einem Strich zusammengekniffen. Die Wangenknochen in seinem olivgrünen Gesicht traten deutlich hervor. Als er nur noch zwei Meter vom Schott entfernt war, weiteten sich seine Nasenlöcher. Da wusste Fran schlagartig, dass etwas nicht stimmte.

»Vorsicht!«, schrie sie.

Zu spät.

6

Genau im richtigen Moment ließen sich Wlenko und Mozz von der Decke fallen.

Varrn stürmte los. Seine List war aufgegangen. Die Fremden, ein erstaunlich schmächtiger Mann und ein noch filigraneres Weib, hatten sich von den ausgestopften Kleidungsstücken am Boden täuschen lassen.

Es war nicht einfach gewesen, sie so zu drapieren, dass sie echt wirkten. Jeder, auch Varrn selbst, hatte beigesteuert, was er nur an Wäsche entbehren konnte, ohne dass es bei flüchtiger Betrachtung auffiel. Und die beiden Männer, die außer ihm die meiste Erfahrung im Nahkampf besaßen, eben Wlenko und Mozz, hatten sich mit Stoffschleifen an den Ventilationsgittern über dem Eingang festgezurrt.

Obwohl sie so lange hatten ausharren müssen, dass ihre Gliedmaßen gewiss taub und steif waren, warfen sie sich, sobald sie auf den Beinen gelandet waren, mit dem Mut der Verzweiflung durch das Schott auf die Fremden. Diese lösten ihre Waffen aus, aber Mozz und Wlenko fingen die Strahlen mit ihren Leibern auf.

Während sie noch zusammensanken, war Varan schon bei

ihnen. Er erfasste Wlenkos leblosen Körper, schleuderte ihn mit aller Gewalt gegen den dünnen Fremden und rammte in derselben Bewegung die rothaarige Frau. Ihre Schusswaffe polterte zu Boden.

Hinter sich hörte er die dröhnenden Schritte und das Schlachtengebrüll seiner Männer. Aber er blickte nicht zurück, sondern rannte weiter den Gang hinab.

Plötzlich spürte er seinen linken Arm nicht mehr. Ein Paralysator-Strahl hatte ihn gestreift. Und wenn schon!

Er bog um die Ecke, ballte im Laufen triumphierend die Faust.

Es hatte funktioniert. Er war frei!

Schon bald würde sein Schiff wieder ihm gehören. Und die Peitsche von Nodro würde ihre Opfer fordern.

Aber er, Varrn Vardak, würde nicht darunter sein.

7

Unter dem Gewicht des paralysierten Nodronen ging Perry Rhodan in die Knie. Einen Schuss konnte er im Fallen noch auf den Kapitän abfeuern, dann knallte er mit dem Hinterkopf gegen die Wand. Für den Bruchteil einer Sekunde war er desorientiert. Funken tanzten vor seinen Augen, während er den schweren, erschlafften Leib zur Seite wälzte.

Er war wütend, stinksauer auf sich selbst, weil er so unachtsam gewesen war. Das Blut pochte in seinen Schläfen. Er verfluchte sich wegen seiner Blauäugigkeit. Wie hatte er nur darauf bauen können, dass die Besatzung des Frachters auf sein Angebot einging? Bloß, weil es ihnen gelungen war, sie einmal zu überwältigen! Aber da war das Überraschungsmoment auf Seiten der Terraner gewesen. Jetzt hatte sich das Blatt gewendet. Weil er den unverzeihlichen Fehler begangen hatte, den Gegner zu unterschätzen.

Sind ja keine Soldaten, sondern simple Frachtschiffer.

Ha!

Die konzertierte Ausbruchsaktion hatte ihn eines Besseren belehrt. Alle Nodronen waren Krieger, ausnahmslos alle.

Diese Erkenntnis hätte dir schon früher kommen können, Perry Rhodan. Nun zahlst du den Preis für deine Hochnäsigkeit.

Er tastete panisch nach dem Strahler, der ihm entglitten war. Fand ihn. Nicht schnell genug.

Die Meute war heran. Schon stürmten die Vordersten durch das Schott.

Fran Imith begrüßte sie mit einer aberwitzig raschen Abfolge von Dagor-Schlägen. Ihre Arme und Beine wirbelten durch die Luft. Mit Hieben und Tritten schaltete sie zwei der Nodronen aus und drängte den dritten zurück in den Hangar. Dann hechtete sie zur Seite.

»Schieß, Perry!«, rief sie.

Er schoss.

Die TLD-Agentin rollte sich ab, kam wieder hoch und hämmerte gegen den Knopf, der den Schließmechanismus des Schotts betätigte. Perry ließ den Finger am Auslöser, bis der Zugang zum Hangar wieder verriegelt war.

In der Ferne verloren sich die Schritte des Kapitäns.

Rhythmisch flackernde Warnlichter tauchten den Gang in ein gespenstisches Blau.

»Die Linearetappe wird soeben beendet«, teilte die sonore Stimme des Bordrechners mit. »Wiedereintritt in den Normalraum in zehn, neun …«

8

»… sieben, sechs, fünf …«

Reginald Bulls Finger trommelten auf das Kommandopult. Die Rücksturz-Sequenz ließ sich, einmal gestartet, nicht mehr anhalten. Wo in aller Welt blieben Perry und Fran? Ihnen musste etwas zugestoßen sein, sonst wären sie längst zurück gewesen. Sie wussten schließlich, dass er sie brauchte, wenn er eine neue Etappe einleiten sollte.

Ohne Hilfe konnte er das nicht bewerkstelligen. Normalerweise wurde dieses Schiff von mindestens drei Astronauten geflogen, einem Piloten, einem Navigator und einem Orter.

Dazu kamen bei kniffligeren Manövern ein bis zwei Bordingenieure und im Verteidigungsfall ein Waffenmeister.

Er aber war allein. Selbst für einen Notsprung ins Ungewisse würde er mindestens eine weitere Person benötigen, schon wegen der räumlichen Distanz zwischen dem Steuerpult und den Holokuben der Navigationsstation.

»... drei, zwei, eins – Rücksturz!«

Abrupt erlosch das rotgraue Wabern auf dem Panoramaschirm. Aus der Schwärze entstand ein Sternenhimmel, in dessen Vordergrund sich das System einer orangen Sonne befand. Die Anordnung der schematisch dargestellten Planetenbahnen kam Bull vage bekannt vor, doch ihm blieb keine Zeit, darüber nachzudenken.

Perrys Stimme dröhnte aus allen Lautsprechern. »Alarm! Einer der Gefangenen ist ausgebrochen, vermutlich der Kapitän. Er bewegt sich irgendwo im Schiff. Wir verfolgen ihn. Höchste Vorsicht ist geboten, er wirkt zum Letzten entschlossen. Ich wiederhole: Alarm! Einer der Gefangenen ...«

Mit Perry und Fran war also vorerst nicht zu rechnen. Ob er wollte oder nicht, Bully musste allein zurecht kommen. Was ein Ding der Unmöglichkeit war. Außer ...

»Quart! Quart Homphé!«, rief er zur Galerie hoch.

Aber der Künstler war in seinem Schalensessel zusammengesackt. Er schnarchte. Bei der Betrachtung des Linearraums eingepennt ...! Bull stieß einen Fluch aus. Er ergriff wahllos eines der Geräte in dem historischen Werkzeuggürtel, den er um die Hüfte trug, und warf es wütend nach Homphé.

Das Werkzeugteil, eine quaderförmige Messapparatur, traf den Glatzkopf am Ohr. Er schreckte hoch. »Was ...?«

»Beweg deinen Fettarsch hier herunter, aber dalli!«, brüllte Bull. »Keine Widerrede, hopp-hopp!«

Homphé war so verdattert, dass er unverzüglich gehorchte. Auf den Stufen strauchelte er, fing sich mit Mühe. »Aber ... ich kann nicht ...«, stammelte er.

»Doch, du kannst. Hierher, Quart. Du tust genau das, was ich sage, und nichts sonst, verstanden?«

»Mir ist der Fuß eingeschlafen«, jammerte der Dickwanst. »Und ich hab furchtbare Migräne ...«

»Und du redest ab sofort nur noch, wenn du gefragt wirst. Kapiert?«

Quart nickte eingeschüchtert. Bully stellte ihn vors Steuerpult und positionierte sich selbst so, dass er notfalls Navigations- und Orterstation bedienen konnte.

»Wenn es sein muss, Meister Homphé, wirst du diesen Kahn fliegen«, knurrte Reginald Bull grimmig. »Und ich werde dir sagen, wie.«

Quarts große, fleischige Hände nestelten zitternd an der Brille, die vor seinem Bauch baumelte. »Das gibt ein Unglück«, winselte er.

Er sollte Recht behalten.

Wenige Sekunden später materialisierten die Sternenkreuzer der Nodronen.

KAPITEL 2

Wein und Kopfschmerzen

9

Heute ist der 21. Juni 1329 + E09, schrieb Shim Caratech in ihr Tagebuch: *Der Wahnsinn geht weiter. Und ich stecke mittendrin! Kann es selbst kaum glauben.*

Die zu Hause werden Augen machen, wenn ich das erzähle. Die Spucke wird ihnen wegbleiben! Knudin, der alte Angeber, wird sooo klein sein. Kleiner als ein neugeborener Siganese. Zwei Zentimeter mit Hut, hehe. Gegen dieses Mega-Abenteuer sind seine Urlaubsgeschichten der reinste Baby-Kram.

Soso, Herr Knudin behauptet, er hätte mit eigenen Augen den arkonidischen Imperator gesehen? Pah! Selbst, wenn's wahr wäre – wer will das hören?

Mich jedoch werden sie anbetteln, dass ich ihnen alles genau berichte, noch einmal und noch einmal, bis ins kleinste Detail. Deshalb schreibe ich alles auf, damit ich nichts vergesse. Du, liebes Tagebuch, wirst ein Vermögen wert sein, da bin ich mir jetzt schon sicher. Ein Augenzeugenbericht aus der Zukunft, sage und schreibe eine Milliarde Jahre entfernt! In Gold werden dich die Trivid-Sender aufwiegen, ach was: in Howalgonium.

Falls wir jemals wieder nach Hause kommen, versteht sich.

Shimmi hielt inne, kaute am Stift und horchte in sich hinein. Sie war nicht ganz sicher, ob sie Heimweh verspürte. Ihre Mutter fehlte ihr schon sehr, wiewohl es in letzter Zeit häufig Streit gegeben hatte. Ihr Vater seltsamerweise auch. Dabei hatte er wahrscheinlich noch gar nicht richtig mitbekommen, dass seine einzige Tochter verschwunden war.

Jaki? Jaki vermisste sie nicht. Dem hatte sie sowieso schon

längst den Laufpaß geben wollen, diesem Milchbubi! Der alles nachplapperte, was sein großes Vorbild Knudin ihm einredete. Nein, der ging ihr wirklich nicht ab. Und für die Angst, als alte Jungfer zu enden, war es wohl ein wenig zu früh.

Ich bin zuversichtlich. Perry Rhodan wird das schaffen, schrieb sie weiter. *Er ist einfach der Größte! So cool, so souverän, und dabei so nett! Hach, ich könnte ihn ... Aber das, liebes Tagebuch, weißt du ja bereits.*

Sie ließ den Stift sinken und seufzte herzhaft.

Pratton Allgame, der es sich zwei Reihen weiter auf einem der Doppelsitze gemütlich gemacht hatte, sah von seinem Buch auf. »Kummer?«, fragte er.

»Nein. Ja. Weiß nicht.«

»Wenn du darüber reden willst, nur zu.«

»Danke. Ich komme schon klar.«

»Du brauchst kein schlechtes Gewissen zu haben, dass du mich störst. Ich habe dieses Buch sicher schon fünfzig Mal gelesen.«

»Warum liest du es dann trotzdem wieder?«

»Weil es für mich das Buch der Bücher ist. Die heilige Schrift.« Er hielt den dicken, abgegriffenen Wälzer hoch, sodass sie den Titel entziffern konnte.

»›Vom Wesen des Weines‹. – Und was ist daran so besonders?«

»Das Plackesche Compendium wurde vor über zweitausend Jahren verfasst. Aber jedes Wort ist heute noch gültig.«

»Aha.«

Pratton war ihr sympathisch, doch seine Vorträge über irgendwelche halb vergammelten Eichenfässer musste sie nicht haben. Sie widmete sich wieder dem Tagebuch.

Reginald Bull ist auch nicht ohne. Ein Superpilot, das weiß jedes Kind. Lernt man schließlich schon in der Grundschule. Und es ist wahr, ich kann es bezeugen!

»Bull kann alles fliegen, was nur irgendwie fliegen kann«, hatte sogar Shimmis Papa immer gesagt. Und der ließ sonst keinen anderen Piloten neben sich gelten. Aber vor Bully, da hatte er Respekt. Der war fast sowas wie ein Idol für ihn.

Nur diese Fran Imith geht mir auf die Nerven, weil sie

ständig an mir herum nörgelt. Und der fette Quart sowieso. Wie der Schikago anschaut! Als ob sie ein Monster wäre.

Apropos … Wo steckte eigentlich Schikago?

Eben noch hatte sie auf Shimmis Schoß geschnurrt. Jetzt war die Katze verschwunden. Na, sie würde schon wieder auftauchen. Die beiden Schleusen des Mars-Liners waren fest geschlossen, also bestand keine Gefahr, dass Schikago ausbüchste.

Ein Lautsprecher quäkte, doch Shimmi konnte nicht verstehen, was durchgesagt wurde. Sie sah Pratton fragend an. Der schüttelte den Kopf.

»Vielleicht Ende der Linear-Etappe«, mutmaßte der Weinbauer.

Shimmi überlegte, ob sie in die Zentrale hochgehen sollte. Aber dort war sie nicht gern gesehen, schon gar nicht mit Schikago. Und alleine lassen wollte sie die Ferrol-Katze auch nicht. Wenn sie beleidigt war, konnte Schikago mit ihren scharfen Krallen ganz schöne Zerstörungen anrichten.

Pratton schlug sein Buch zu. »Ich werde mich einmal oben schlau machen, was los ist«, sagte er. Er stand auf, streckte sich, gähnte ausgiebig, dann verstaute er sorgsam das Buch in seinem Gepäckfach.

»Pass auf, dass Schikago nicht mit dir hinaushuscht!«

»Keine Sorge, junge Dame. Mir ist noch nie etwas Wertvolles durch die Lappen gegangen.«

Er schlüpfte in seine Stulpenstiefel, strich die weite, graue Hose glatt und überprüfte in der spiegelnden Fensterscheibe seine Frisur. Shimmi schmunzelte. So eitel wie Pratton war nicht einmal sie. Obwohl sie zugeben musste, dass der Aufwand sich lohnte. Allgame sah wirklich blendend aus. Zumindest für jemand, der nicht Perry Rhodan hieß.

Der schlanke, braungebrannte Winzer hatte vorgehabt, die angeblich so große Tradition marsianischer Weine wiederzubeleben. Nun, davon konnte vorerst keine Rede sein. Auf Balance B, wie der Mars jetzt hieß, wurden gänzlich andere Ziele verfolgt. Für Wein herrschte genau so wenig Bedarf wie für Quart Homphés Kunstwerke. Pratton jedoch trug es mit Fassung und Stil, während Quart, der eklige, furchtbar schlecht angezogene Fettsack, pausenlos lamentierte.

Endlich zufrieden mit seinem Erscheinungsbild, deutete Allgame eine Verbeugung an, dann machte er sich auf den Weg.

Kurz, bevor er an der Schleuse war, wurde diese von außen geöffnet.

10

Jemand stand hinter ihr.

Auch ohne sich umzudrehen, wusste Pelmid, um wen es sich handelte. Axx Cokroide. Sie spürte seinen Atem, als er seinen Mund ganz nah an ihr Ohr brachte.

»Erst feuern, wenn ich den Befehl dazu gebe«, sagte er. »Und halte dich im Zaum, schöne Are'Nos vom Clan der Sulcatob. Schieß sie nur manövrierunfähig. Ich will unbedingt Überlebende, die ich verhören kann.«

»Dein Wunsch ist mir Befehl, Son'Trokete. Aber dazu müssen wir erst mal näher heran. Warum bist du eigentlich so erpicht darauf, diese Typen zu kriegen, dass du persönlich die Verfolgung leitest?«

Der Botschafter der Zwillingsgötzen zögerte. Wenn er wollte, konnte er sie für ihre Vorwitzigkeit abstrafen. Subalternen stand es streng genommen nicht zu, die Motive eines Oberkommandierenden in Frage zu stellen.

Er stieß ein kurzes, bellendes Lachen aus. »Bist du immer so neugierig, Feuerleitoffizierin?«

»Ich denke schon. Leben wir denn nicht, um Wissen und Erfahrungen zu sammeln?«

»Wir leben, um dem Empire und den Zwillingsgötzen zu dienen«, versetzte Axx Cokroide schroff. Seine Hand umklammerte ihre Schulter so fest, dass sie einen Aufschrei unterdrücken musste. »Vergiss das nie, Pelmid Sulcatob.«

Sieh an, er kannte ihren Vornamen; also hatte er sich inzwischen über sie erkundigt. Sein Griff lockerte sich. Als er die Hand von ihrer Schulter nahm, strichen seine Fingerspitzen wie unabsichtlich über ihre Wange.

»Ich will dir gleichwohl sagen, warum ich diese Fremden

selbst einfangen werde. Erstens: Niemand entkommt Axx Cokroide, klar? Niemand! Zweitens, die Cor'morian haben sicherlich nicht umsonst mit ihnen Kontakt aufgenommen. Dahinter steckt irgendeine geheime Teufelei. Welche, werde ich erfahren, wenn ich zumindest einen von ihnen lebend in die Hand bekomme. Also demnächst – falls die Besatzung dieses Schiffes etwas taugt.«

Pelmid fröstelte. Sie fühlte sich von Cokroides ungenierter Zurschaustellung seiner Macht abgestoßen und angezogen zugleich. Dass er in seiner Domäne Herr über Leben und Tod war, verbarg er genau so wenig wie seinen herben, männlichen Körpergeruch.

Gnade den Fremden, wenn er ihrer habhaft wird! Axx verfügt mit Sicherheit über Mittel, die jeden zum Reden bringen. Er ist nicht zufällig Gesandter der Zwillingsgötzen am wichtigsten Brennpunkt der Galaxis – sondern deshalb, weil er Resultate erzielt. Rasch; und ohne die geringsten Skrupel.

»Sei unbesorgt, Son'Trokete«, sagte sie. »Ich verstehe mein Fach. Du kannst dir aussuchen, in wie viele Teile ich diesen Kahn zerlegen soll, sobald ich ihn groß genug im Visier habe.«

Cokroide würdigte sie keiner weiteren Antwort. Er trat ans Kommandopult und verfolgte wortlos die Annäherung ihrer Flotte an den gekaperten Raumer.

Wer immer das kleine Frachtschiff steuerte – reichlich ruckartig, wie Pelmid fand –, er behielt genügend Unterlichtfahrt bei, um sofort wieder in den Halbraum wechseln zu können, sobald er eine neue Linearetappe programmiert hatte. Die Zeit, die er dafür benötigte, sollte allerdings ausreichen, die Distanz zu ihm auf Kernschussweite zu verringern. Wenn sich auch ihre maximal erzielbaren Überlicht-Faktoren nicht wesentlich unterschieden – in puncto Sublicht-Beschleunigung waren die Schweren Sternenkreuzer dem Frachter weit überlegen.

Desgleichen, was die offensiven und defensiven Waffensysteme betraf. Pelmid kontrollierte mit ihrer »Feuerorgel« nicht weniger als 220 Bipuls- und 110 Tripuls-Geschütze, erstere in den Bug, letztere ins Heck des Schlachtschiffs integriert. Dem hatte der Frachter nur Energieschirme der Klassen I und II entgegenzusetzen. Die verkrafteten höchstens einen Streifschuss aus einer Bipuls-Kanone, und auch das nur mit viel Glück.

Bipuls-Geschütze erzeugten ein überlichtschnelles Röhrenfeld, das bei einem Volltreffer den Schutzschirm des Zielobjektes punktuell durchschlug, selbst wenn es sich um einen fünfdimensionalen Klasse-III-Schirm handelte. Überdies wandelte das Feld den ihn durchlaufenden Thermostrahl so um, dass er ohne Streuverluste das Ziel erreichte. Die dort freigesetzte Energie konnte deutlich feiner dosiert werden als bei anderen Waffensystemen, ein Raumschiff daher gezielt wrack geschossen werden. Eine Bipuls-Kanone gab in äußerst kurzem Abstand jeweils zweimal Salven auf exakt dasselbe Ziel ab. Die erste schwächte in der Regel die Schirmstruktur des Gegners so stark, dass die zweite durchdrang, bevor der gegnerische Schirm sich vollständig regenerieren konnte.

Tripuls-Kanonen feuerten, wie der Name schon sagte, in derselben Zeit dreimal. Sie ließen sich dabei aber weniger genau dosieren und galten deshalb als »Killersystem«.

Das Empire von Nodro erzeugte sogar so genannte Quartor-Geschütze mit noch gewaltigerer Durchschlagskraft. Doch diese wurden ausschließlich planetengebunden oder auf großen Raumforts eingesetzt. Sie nahmen zu viel Platz in Anspruch und verbrauchten viel zu viel Energie, um sich in Raumschiffen verwenden zu lassen.

Für den Frachter würde Pelmid jedenfalls keine Quartor-Kanone benötigen. Sie nahm sich vor, ihn mit einer einzigen Bipuls-Salve außer Gefecht zu setzen. Das würde Axx Cokroide beeindrucken. Sie wusste genau, wo und wie sie die Triebwerke treffen musste, damit kein weiteres Linearmanöver mehr möglich war.

In ihren Fingern begann es zu kribbeln; je näher sie dem gekaperten Schiff kamen, desto mehr. Sie entsicherte genüßlich den Feuerknopf.

Momente wie diesen liebte Pelmid Sulcatob.

11

Situationen wie diese hasste Fran Imith.

Ein Routineauftrag. Mhm.

Hätte sie sich bloß nicht breitschlagen lassen! Sie könnte jetzt am Strand liegen, auf irgendeinem warmen, idyllischen Planeten weitab der gängigen Raumfahrtrouten, und bedenkenlos in der Sonne schmoren. Sich alle zwei Stunden von einem gut gewachsenen Rettungsschwimmer den Rücken eincremen lassen … Ab und an einen leichten, fruchtigen Cocktail schlürfen …

Stattdessen schlich sie, unendlich weit entfernt von Erdbeer-Daiquiri und Sandstrand, durch stickige Gänge, alle Sinne angespannt im Bewusstsein, dass hinter jeder Biegung ein mörderischer Gegner lauern konnte.

Perry und sie hatten sich am zentralen Antigravschaft getrennt. Das Schiff war eine zylindrische Konstruktion, hundertzwanzig Meter im Durchmesser und dreimal so lang. Weit über neunzig Prozent des Rauminhalts wurden von diversen Aggregaten und Frachträumen voller Container eingenommen. Der einzige leere Hangar, in dem sie die Nodronen eingesperrt hatten, befand sich ungefähr in der Mitte der Walze, die Zentrale wie auch die kleine Mannschaftssektion im Bug. Der Mars-Liner war bei den Beibooten im Heck untergebracht worden, vom Antigravschacht aus gesehen also unten.

Ohne viele Worte hatten sie sich darauf verständigt, dass Perry den Weg nach oben einschlagen würde. So konnte er Bull gegebenenfalls in der Zentrale zu Hilfe kommen. Fran hingegen war hinunter geschwebt, den Strahler im Anschlag, feuerbereit. Auf der vorletzten Ebene hatte sie den Schacht verlassen und die Nottreppe genommen, um in den Beiboothangar zu gelangen.

Bemüht, kein Geräusch zu verursachen, huschte sie durch die niedrigen, spärlich beleuchteten Gänge. Sie zermarterte sich den Kopf darüber, was der nodronische Kapitän unternehmen würde. Ohne dabei in ihrer Aufmerksamkeit nachzulassen, versuchte sie, sich in seine Lage zu versetzen. Wie würde sie an seiner Statt agieren? Allein gegen eine Übermacht von Feinden, deren genaue Anzahl ihm unbekannt war.

Seine größte Trumpfkarte stellte zweifellos seine Kenntnis des Schiffs dar.

Aber wo würde er diese am besten ausspielen können?

12

In der Zentrale wimmelte es höchstwahrscheinlich von Rebellen, die noch dazu inzwischen über seinen Ausbruch informiert worden waren. Dort warteten sie gewiss schon auf ihn. Also hatte sich Varrn Vardak dem abwärts gepolten Antigrav anvertraut.

Nur kurz. Im Schacht bot man ein allzu leichtes Ziel. Nach fünf Decks war er ausgestiegen und hatte sich über Wartungs- und Lüftungsröhren weiter nach unten gearbeitet.

An einer Gerätekammer hielt er an, um zu verschnaufen. Er lauschte. Außer dem vertrauten, tiefen Summen der Aggregate war nichts zu vernehmen.

Gut.

Er durchsuchte die Kammer nach Waffen. Alles, was er fand, waren ein langes Metallrohr und ein Thermo-Schweißgerät, das zusätzlich über eine Desintegrator-Funktion verfügte. Nicht gerade eine Strahlenpistole, aber über ganz kurze Distanzen ähnlich effektiv. Das musste reichen.

Varrn bildete sich nicht ein, es als Einzelner mit dem ganzen Kaperkommando aufnehmen zu können. Das waren Profis, sonst hätten sie ihn und seine Leute nicht so schnell überwältigen können.

Den Gedanken, mit einem der Beiboote zu fliehen, so lange sie sich noch im Normalraum aufhielten, verwarf er sofort wieder. Er verachtete sich geradezu dafür, dass ihm diese Idee überhaupt gekommen war. Ein nodronischer Kapitän verließ sein Schiff nicht, wenn es in Schwierigkeiten steckte.

Ebensowenig zerstörte ein Raumfahrer, der etwas auf sich hielt, mutwillig wertvolle Maschinenanlagen. Deshalb war auch Sabotage keine Option. Sicher, er hätte mit dem Thermo-

Schweißer die Steuerleitungen kappen können, die von der Zentrale zu den Triebwerken verliefen. Dafür hätte er zwar eine gewisse Zeit benötigt, weil diese Leitungen dreifach redundant ausgeführt und zudem dick isoliert waren. Aber danach hätte er nur noch warten müssen, bis ein Schiff der Kriegsflotte den antriebslosen Frachter aufbrachte. Dass sie verfolgt worden waren, davon ging er aus. Axx Cokroide, der Botschafter zu Mantagir, war nicht der Mann, sich quasi direkt vor seiner Nase ein Raumschiff stehlen zu lassen.

Dennoch. Cokroide würde einen Schuldigen suchen. Jemand, den er für den unerhörten Vorfall zur Verantwortung ziehen konnte. Ein Opfer für die Peitsche.

Varrn Vardak konnte sich denken, wer das sein würde.

Es sei denn, es gelang ihm, das Schiff – *sein Schiff!* – zurückzuerobern. Nur dann durfte er es wagen, dem Botschafter wieder unter die Augen zu treten.

Mit wachsender Verzweiflung zwirbelte er seine Schnurbartspitzen. Wenn er bloß gewusst hätte, wie viele Rebellen es waren, und welche Ziele sie verfolgten! Warum hatten sie das Schiff überhaupt gekapert? Die Fracht war wertvoll, aber auch wieder nicht so außergewöhnlich, dass sie ein dermaßen abscheuliches und zugleich riskantes Verbrechen rechtfertigte. Das einzige exotische Stück stellte das merkwürdige Fluggerät dar, das ganz zuletzt eingeladen worden war …

Varrn Vardak pfiff leise durch die Zähne.

Ging es darum? Fand er vielleicht darin ein Druckmittel, mit dem er den feindlichen Anführer zur Aufgabe zwingen konnte? Der schmächtige Mann, den sie beim Hangar übertölpelt hatten, hatte Verhandlungsbereitschaft signalisiert, von Kooperation und dergleichen geschwafelt. Das mochte freilich eine Finte gewesen sein – wenngleich Varrn sich nicht vorstellen konnte, zu welchem Zweck. Andererseits passte derart un-nodronische Weichheit nicht zu Leuten, die ein solches Kommandounternehmen auszuführen in der Lage waren … *Ach verdammt!*

Der Are'Imga merkte, wie sich seine Hirnwindungen zu verknoten begannen.

Hör auf damit, Varrn!, befahl er sich selbst. *Du warst noch nie ein großer Denker. Sondern immer ein Mann der Tat. Also trödle nicht herum, dein Leben hängt sowieso an einem moleküldünnen Faden!*

Er nahm sich diese seine wohl formulierten Worte zu Herzen. Begab sich auf schnellstem Weg in den Beiboothangar. Pirschte sich an das seltsam antiquiert wirkende Vehikel heran. Sah gerade noch rechtzeitig, dass sich darin etwas bewegte. Schlich gebückt zum hintersten der Fenster. Lugte vorsichtig hinein.

Eine Jugendliche und ein geckenhaft gekleideter Mann, auch dieser nicht gerade der Kräftigste. Soweit er erspähen konnte, beide unbewaffnet.

Gut.

13

»Gute Frau«, sagte Pratton Allgame, sich selbst Luft zufächelnd, »du hast mich ganz schön erschreckt. Was ist los, Fran? Du machst einen, wenn ich das sagen darf, etwas echauffierten Eindruck.«

»Habt ihr denn die Durchsage nicht gehört?«

»Welche Durchsage?«

Shimmi Caratech schob ihr Gesicht näher an die Scheibe. Wegen der Spiegelungen der Innenbeleuchtung konnte sie nur wenig erkennen. Der Weinbauer stand in der Schleuse, Fran Imith davor.

»Ist bei euch alles in Ordnung?«, fragte die Rothaarige.

»Könnte nicht besser sein«, gab Allgame ironisch zur Antwort. »Wenn man von der Kleinigkeit absieht, dass wir die falschen Leute in der falschen Zeit …«

Alles ging so schnell, dass Shimmi nicht einmal mehr dazu kam, einen Warnruf auszustoßen. Eine Gestalt sprang hinter der Bugflosse hervor, schwang einen metallisch glänzenden Stab, traf damit Fran voll am Hinterkopf. Blut spritzte, verteilte sich als feines rotes Pünktchenmuster über die Scheibe. Pratton taumelte zurück in den Liner, hielt die Arme schützend über sich, schrie auf, als der Stab auch auf ihn niedersauste. Sein seidenes Cape verfing sich in einer der Lehnen. Er stürzte, verschwand zwischen zwei Sitzreihen.

Der Nodrone packte Shimmi, hielt ihr ein klobiges Gerät an den Kopf.

»Ich habe etwas mit eurem Anführer zu besprechen«, keuchte er.

14

»Keine Zeit für Details«, knurrte Bull, während er wie wild zwischen zwei Pulten hin- und herhüpfte. »Habt ihr den Kapitän erwischt? – Den roten Hebel ganz nach rechts, Quart! Und Vollschub!«

»Nein.« Perry Rhodan überblickte die Lage im Bruchteil einer Sekunde. Er eilte dem schweißgebadeten Freund zu Hilfe, indem er die Orterstation übernahm. Die Schweren Sternenkreuzer, dreizehn an der Zahl, schlossen trotz Bulls waghalsiger Manöver immer weiter auf. Dass sie noch nicht feuerten, zeigte nur, dass sie sich ihrer Beute sehr sicher waren und den Frachter möglichst wenig beschädigen wollten.

»Ausweichen nach X dreißig, Ypsilon vierhundert, Zet minus zwölf. – Wie weit bist du, Dicker?«

»Ich habe einen Zielstern. – Die gelben Dreiecke, Quart! Drück das dritte von links, dann das fünfte. Gut so. Jetzt dreimal die violette Raute. – Aber ich muss noch feinjustieren, sonst landen wir mitten in der Sonne. Vierzig Sekunden, würde ich meinen. – Himmel, Quart, achte auf den Oszillator!«

Der Dicke japste nach Luft. Mit zitternden Fingern schaffte er es, das bedenklich trudelnde Schiff wieder zu stabilisieren. Perry hätte ihm die Steuerung liebend gern abgenommen. Doch derzeit war es wichtiger, Bull für die Linear-Navigation freizuspielen.

»Drei Sternenkreuzer schwärmen aus. Die wollen uns knapp hinter der Bahn des äußersten Planeten abfangen. In zirka dreißig Sekunden.«

»Das fällt ihnen aber glücklicherweise reichlich spät ein.«

Bully rief Quart weitere Anweisungen zu. Dessen Gesicht war eine weißere Schattierung von bleich. Unwillkürlich drängte sich Perry eine uralte Melodie auf ... Egal. Sehr lange würde Homphé nicht mehr durchhalten. Aber viel Zeit blieb ihnen allen nicht.

Da flackerte der Panoramaschirm. An Stelle des Sternenhimmels erschien, offenbar aufgenommen von einer Hangarkamera, das Bild des Mars-Liners. Unmittelbar vor dessen Bugschleuse stand der nodronische Kapitän. Er hielt Shimmi Caratech mit der linken Hand am Hals, auf dem sich rote Würgemale abzeichneten. Die Rechte zielte mit einem undefinierbaren, aber gefährlich aussehenden Gerät auf Pratton Allgame, der einige Meter links von der Schleuse am Boden kauerte, sichtlich zerstört, in sein Seidencape gehüllt wie in einen Kokon. Rechts von dem Hünen mit der olivfarbenen Haut und dem aufgezwirbelten Schnurrbart lag eine verkrümmte Gestalt in einer Blutlache.

»Ich bin Varrn Vardak«, brüllte der Kapitän, »der rechtmäßige Kommandant dieses Schiffs. Zoom!«

Die Kamera reagierte auf seinen akustischen Befehl und fuhr näher heran.

»Merk dir mein Gesicht«, schepperte es aus den Lautsprechern der Zentrale. »Und sieh die Angst in den Augen dieses Kindweibs. Wisse, Rebell, wer immer du bist: Wenn du dich nicht ergibst, bevor ich von zwanzig heruntergezählt habe, vernichte ich nicht nur sie und den Lackaffen da, sondern auch dieses Gefährt, an dem euch anscheinend so viel liegt. Öffne sofort das Schott zu dem Hangar, in dem sich meine Mannschaft befindet. Eine einfache Anweisung an den Bordrechner genügt. Ansonsten tritt mein Desintegrator in Aktion.«

Perry Rhodan und Reginald Bull blickten einander an. Beide hoben zugleich die Schultern. Sie steckten in der Zwickmühle. Dreizehn Nodronen bedrängten sie von außen, einer von innen ... Das Spiel war aus, ihre Flucht zu Ende.

»Ich beginne zu zählen«, sagte der Nodrone. Er drückte die Mündung des klobigen Werkzeugs an Shim Caratechs Schläfe. »Zwanzig, neunzehn, achtzehn, siebzehn ...«

Siebzehn, dachte Perry Rhodan. *Shimmi ist siebzehn.*

Vor seinem geistigen Auge sah er, wie ihr Gesicht zerfiel, ihr Kopf desintegriert wurde. Wie ein Leben ausgelöscht wurde, das gerade erst begonnen hatte. Das durfte er nicht zulassen. Er musste kapitulieren, er hatte keine andere Wahl.

»Sechzehn ...«

Das Bild der Kamera sprang zurück.

15

Und ein blauer Blitz sprang nach vorn.

Schikagos Krallen verhakten sich in den Wangen und Augenlidern des Nodronen. Der verkrampfte sich in Agonie, löste sein Gerät aus.

Aber Shimmi hatte sich schon gestreckt und wieder zusammengekrümmt, mit einer Bewegung, wie sie Schwimmer ausführten in jenem seltsamen Stil, der »Schmetterling« genannt wurde.

Der Desintegratorstrahl fuhr an ihr vorbei, streifte die Lackierung des Mars-Liners und löste einen Teil der Hangarwand auf.

Die blaue Ferrol-Katze, die sich in den Nacken des Nodronen verbissen hatte, harkte mit den krallenbewehrten Pfoten weiterhin auf dessen Gesicht ein. Shimmi keilte nach hinten aus, traf ihn am Gemächt. Aber das registrierte der hünenhafte Kapitän kaum.

Pratton Allgame hatte das Gefühl, eingreifen zu müssen. Mit unendlichem Bedauern nahm er in die Hand, was er liebevoll unter dem Sitz verstaut hatte, bevor der Mars-Liner 01 zu seinem Rundflug aufgebrochen war. Was er wieder hervorgeholt hatte, nachdem er zwischen die Sesselreihen gefallen war. Was er seither unter seinem Cape verborgen hatte.

Obwohl er sich selbst dafür hasste, rannte er zu dem mit Schikago ringenden Unhold, hob den Arm und zog durch.

Mit lautem Knall zersplitterte eine absolut unbezahlbare Magnum-Flasche Chateau Placke 1269 Grand Cru Special Reserve auf dem Schädel des Nodronen.

KAPITEL 3

Sonne von links

16

Ihm wurde schwarz vor Augen. Er fiel ins Nichts.

Als er wieder zu sich kam, stand Perry Rhodan über ihn gebeugt.

»Alles okay?«, fragte der Terranische Resident freundlich.

Quart Homphé fühlte sich erbärmlich. Wie ein nasser Sack. Wie der Versager, der er war.

»Ich bin in Ohnmacht gefallen«, stellte er unnötiger Weise fest. »Tut mir Leid, Perry. Der Stress war zu viel für mich. Ich bin eben für so etwas nicht gebaut. Mein Kreislauf ... Er hat einfach aufgegeben. Sind wir jetzt alle tot?«

Rhodan lachte. »Aber nein. Im Gegenteil, wir befinden uns in relativer Sicherheit, wenn auch nur vorläufig. Du warst großartig, Quart. Wir haben es geschafft, wir sind dank Bullys und deiner Finte in den Halbraum entkommen. Unmittelbar danach bist du umgekippt.«

Quart schloss die Augen. Eine Flutwelle der Erleichterung schwappte über ihn hinweg, gefolgt von einer kräftigen Brise Stolz.

Du warst großartig, hatte Perry gesagt. Das war die schönste Kritik, die Quartodezimus Filidor Edlervon Homphé in seiner langen Karriere jemals bekommen hatte. Er hatte zwar, wenn er ehrlich war, von einer Finte nicht das Geringste mitgekriegt, aber wenn Rhodan das sagte, würde es schon stimmen. Hauptsache, es hatte funktioniert.

Der Resident streckte die Hand aus. Quart ergriff sie, ließ sich auf die Beine helfen. »Und wie geht es jetzt weiter?«, fragte er.

Tja, das stand in den Sternen.

Nach wie vor, bekannte Perry, hatten sie keine Ahnung, wie sie Kontakt zu den Wissenschaftlern von Cor'morian aufnehmen sollten. Ohne deren Hilfe war eine Rückkehr in ihre eigene Zeit wohl unmöglich. Doch wussten sie weder, wo sie mit der Suche nach den mysteriösen Vogelwesen beginnen sollten, noch, wie sich ihre Flucht weiter entwickeln würde. Daran, dass sie die Flotte der dreizehn Sternenkreuzer nach dieser Etappe abgeschüttelt haben könnten, glaubte niemand. Wenigstens beherrschten sie Bordrechner und Steuerung ihres Frachters zusehends besser.

Eine weitere gute Nachricht gab es: Fran Imith war mit einer schweren Gehirnerschütterung davongekommen. Bully hatte es sich nicht nehmen lassen, ihre Platzwunde eigenhändig zu versorgen. Derzeit schlief sie, ruhig gestellt mit Medikamenten aus Bulls schier unerschöpflichem Werkzeuggürtel, auf einer improvisierten Liege in der Zentrale. Damit er ein Auge auf sie haben könne, hatte Bully erklärt ... Auch Shimmi Caratech und Pratton Allgame hatten sich leidlich von Schock und Schrecken erholt.

»Wobei der Weinbauer deutlich mitgenommener gewirkt hat«, berichtete Perry. »In Einem fort hat er dieselben französischen Wörter gemurmelt. Konnte gar nicht mehr aufhören damit. Aber ich hoffe, er wird das Erlebnis bald verwunden haben.«

Quart genierte sich vor sich selbst, weil bei diesen Worten eine gewisse Schadenfreude in ihm aufwallte. Allgame hatte sich immer so unerschütterlich gegeben, so überlegen und herablassend ihm gegenüber. Nun hatte also auch dieser präpotente Dandy seine Grenzen erkennen müssen!

Der nodronische Kapitän, den Pratton mit der Weinflasche ausgeknockt hatte, war von Perry, sobald sie sich im Linearraum befanden, sicherheitshalber paralysiert, an Armen und Beinen gefesselt und zusammen mit Fran auf einem Antigrav-Schlitten in die Zentrale transportiert worden. Bull hatte ihn untersucht – wobei ein weiteres Mal die frappante Ähnlichkeit mit den Terranern zu Tage getreten war – und einen Enzephalographen an seinem Kopf montiert. Sich schlafend zu stellen, half Vardak also nichts. Sobald seine Gehirnströme anzeigten, dass er das Bewusstsein wieder erlangt hatte, würde sich Perry mit ihm befassen. Viel erwartete er sich allerdings nicht davon.

Die wahre Heldin, deren beherztem Eingreifen sie alle ihre Freiheit, wenn nicht ihr Leben verdankten, war mit einer Extraportion Katzenfutter belohnt worden.

»Das hat sie sich verdient. Obwohl Shimmi der Meinung ist, dass Schikago in den letzten Tagen an Gewicht zugelegt hat«, sagte Perry amüsiert. Er schnitt eine Grimasse. »Ich wollte, wir hätten keine größeren Sorgen.«

17

Je länger sie unterwegs waren, desto gedrückter wurde die Stimmung in der Zentrale.

Hatte Axx Cokroide noch getobt und sie alle als Nichtskönner beschimpft, als ihnen der Frachter auch nach der zweiten Etappe wieder um Haaresbreite entwischt war, so war der Botschafter nach dem dritten, im Endeffekt gleich verlaufenen Zwischenstopp in dumpfes Brüten verfallen.

Wie fette schwarze Wolken lagen Furcht und Frustration über dem Kommandostand und jeder einzelnen der vier Galerieebenen. Cokroides drohendes Schweigen ließ sich noch viel schwerer ertragen, als wenn er herumgebrüllt hätte. Niemand wagte, mehr als das absolut Notwendige zu sprechen, und auch das nur gedämpft.

Es war aber auch zu dumm! Dreizehn Schwere Sternenkreuzer, jeder davon mit einer Elitebesatzung von rund zwölfhundert Nodronen, schafften es nicht, den gekaperten Frachter einzufangen, der gerade einmal ein Drittel der Gesamtlänge eines Sternenkreuzers maß!

Aber die gegnerische Schiffsführung agierte, wie Pelmid zugeben musste, sehr geschickt. Die weitaus schlechteren Unterlicht-Beschleunigungswerte des Frachters wurden dadurch wettgemacht, dass die Flüchtigen ihren Verfolgern stets einen Schritt voraus waren; dass *sie* bestimmten, wann die Etappen zu Ende gingen. Eine exakte Synchronisation der Sternenkreuzer während des Linearflugs war unmöglich. Wegen der naturgemäß nicht völlig identischen Reaktionszeiten der dreizehn Piloten verstreute sich die Flotte nach jedem unvermittelten Rücksturz über Lichtminuten. Bis sie sich wieder gesammelt und so weit formiert hatte, dass sie zum Angriff übergehen konnten, verschwand der Frachter bereits wieder im Zwischenraum. Wo er zwar bald darauf abermals von den Halbraumspürern erfasst wurde – aber das quälende, oft viele Stunden lange Warten begann von Neuem …

Natürlich variierte der Gegner die Länge seiner Etappen; Pelmid hätte es nicht anders gemacht. Er hielt im Wesentlichen weiter Kurs Richtung Nodro und Galaktisches Zentrum, doch keineswegs auf der üblichen Route, mit den üblichen Zwischenstationen. Mal wechselte er bereits nach wenigen Dutzend Lichtjahren wieder in den Normalraum, mal reizte er die maximale Reichweite fast zur Gänze aus. Das verschaffte seiner Besatzung den Vorteil, dass sie sich die Ruheperioden einteilen konnten, während die Verfolger keinen Augenblick in ihrer Wachsamkeit nachlassen durften. Obwohl sich die Besatzungen im Schichtbetrieb abwechselten, zermürbte das; zumal die Kommandanten es nicht wagten, sich in ihre Kabinen zurückzuziehen, solange Cokroide in der Zentrale ausharrte. Also wurden reichlich Aufputschmittel eingeworfen, und in Folge dessen lagen die Nerven blank.

Schließlich ertrug Pelmid Sulcatob die Situation nicht länger. Sie war sich des Risikos wohl bewusst, als sie Cokroides Aufmerksamkeit mit einem Handzeichen auf sich lenkte.

»Du hast etwas zu sagen, Are'Nos?« Jedes Wort kam scharf wie ein Peitschenhieb. Synchron duckten sich sämtliche an den Pulten Beschäftigte.

Nur Pelmid hielt das Haupt hoch erhoben. »Ich möchte einen Vorschlag machen, Son'Trokete.«

»Du bist also mit unserer bisherigen Taktik nicht einverstanden?« – Was so viel bedeutete wie: *Du erdreistest dich, mich kritisieren zu wollen?*

»Wie sollte ich? Davon verstehe ich viel zu wenig«, wich sie aus. »Ich bin nur eine einfache Bordschützin. Aus dem beschränkten Blickwinkel einer solchen finde ich allerdings, dass sich unsere dreizehn Schiffe gegenseitig eher behindern als verstärken. Deren geballte Feuerkraft ist ja keineswegs nötig; viel wichtiger wäre, dass ein Einziges nahe genug an den Frachter herankommt.«

»Aber versuchen wir das denn nicht ohnehin nach jedem Wiedereintritt?«

»Mit Verlaub, Son'Trokete – nein. Möglicherweise liege ich völlig daneben; doch habe ich den Eindruck, dass die Kommandanten der Sternenkreuzer immer erst Kontakt mit unserem – deinem – Schiff aufnehmen und deine Anweisungen abwarten. Womit sie, glaube ich, bei allem gebotenen Respekt deine Intentionen missverstehen.«

Der letzte Satz war als goldene Brücke gedacht. Cokroide, das musste man ihm lassen, erkannte sie sofort, und er benutzte sie, ohne mit der Wimper zu zucken.

»Ja, bin ich denn hier von lauter hirnlosen Mitläufern umgeben?«, donnerte er. »Seit wann produziert die Raumfahrtakademie von Nodro Befehlsempfänger ohne jegliche Eigeninitiative? An alle Einheiten, zur Klarstellung: Selbstverständlich sind die Are'Imgas der Sternenkreuzer angehalten, im Zweifelsfall die Formation aufzulösen und autark zu handeln. Wichtigstes Ziel ist es, den Frachter zu stoppen, ohne ihn völlig zu vernichten. Die Gefahr, eventuell den Anschluss zu verlieren, mag dabei in Kauf genommen werden.«

Pelmid verzog keine Miene. Innerlich triumphierte sie. Cokroide hatte eine neue Direktive ausgegeben und doch sein und ihr Gesicht dabei gewahrt. Das sprach für ihn. Er war also, trotz seines hohen Ranges, sehr wohl fähig, Kritik anzunehmen und zu berücksichtigen – wenn sie in der richtigen Form vorgebracht wurde.

Ein intelligenter Mann; ein attraktiver Mann.

Sie fieberte dem Ende der Etappe entgegen.

Nun war es für den Rebellen bedeutend schwieriger geworden. Er würde sich nicht mehr einem Pulk gegenübersehen, der um jeden Preis zusammenbleiben wollte, sondern dreizehn Gegnern, die unabhängig voneinander Jagd auf ihn machten.

18

»Rücksturz!«

Perry Rhodan, wie gehabt am Orterpult, bemerkte augenblicklich, dass die Verfolger ihre Taktik geändert hatten. Er rief Bully eine entsprechende Warnung zu. Offenbar hatte ihr Oberbefehlshaber den Nodronen die Zügel freigegeben. Ohne die geringste Verzögerung drangen die beiden am nächsten zum Frachter herausgekommenen Sternenkreuzer auf sie ein und eröffneten das Feuer.

Es waren beeindruckende Schlachtschiffe, alles in allem mehr als einen Kilometer lang. An einen kugelförmigen Hauptkörper von 820 Metern Durchmesser schloss sich am Heck ein 140 Meter langer Konus mit einem Radius von sechzig Metern an. Darin befanden sich, wie sie inzwischen wussten, die Sublicht-Antriebsblöcke und die absprengbaren Vorratslager für Protonengas-Treibstoffkugeln.

Exakt gegenüber, oben auf der Kugel, ragte ein raketenförmig geschwungener Bugkörper von 120 Metern hervor. Dieser enthielt Zentrale, Bordvarsonik, Observatorium und Mannschaftsquartiere. Parallel dazu erstreckten sich zwei ebenso lange antennenartige Ausleger. Mit dieser eigenartigen Konstruktion erzielten die Nodronen Funk- und Ortungsreichweiten, die ihnen gegenüber anderen Völkern einen klaren Vorteil verschafften.

Quart Homphé, wieder »ferngesteuert« von Bully, schaffte es mit einem halsbrecherisch engen Haken, das Zentralgestirn des Sonnensystems zwischen sie und die beiden Sternenkreuzer zu bringen. Aber sofort war ein Dritter da und hängte sich an sie an. Bedenklich rasch schmolz der Abstand dahin.

»Zeit für unseren letzten Trumpf«, sagte Perry Rhodan. »Pratton, kannst du mich hören?«

»Laut und deutlich, Perry.«

»Bist du bereit?«

»Allzeit.«

»Begrüße das. Auf mein Kommando, ja?«

Schon griffen die ersten Strahlenfinger nach ihnen …

19

… da schleuste der Frachter Beiboote aus. Und dazu ein gutes Dutzend Gestalten in Raumanzügen. Sie trieben langsam auseinander, behielten jedoch ihr Bewegungsmoment bei und rasten daher zwischen ihnen und dem Zylinderraumer dahin.

»Die ursprüngliche Besatzung!«, rief der Ortungsoffizier. »Der Are'Imga, ein gewisser Varrn Vardak, funkt uns an. Er bittet darum, keine Rücksicht auf ihn und seine Männer zu nehmen, obwohl er zu wissen glaubt, dass die Beiboote vermint sind.«

»Also weiterfeuern?«, fragte Pelmid.

»Nein! Dieser lächerliche Idiot!«, fluchte Axx Cokroide. »Er hatte Kontakt mit den Fremden und kann uns bestimmt wertvolle Hinweise liefern. Stattdessen will der Narr den Helden spielen! Fahrt verringern, wir nehmen ihn und die anderen an Bord. Den Frachter holen wir uns nach der nächsten Etappe umso sicherer.«

Nicht ohne Bedauern nahm Pelmid die Finger von ihren Geschützkontrollen. So nahe war sie noch nie dran gewesen …

Freilich musste sie zugeben, dass Cokroides Entscheidung richtig war. Das Risiko, dass der Frachter Raumminen mitgeführt hatte, die einem Sternenkreuzer gefährlich werden konnten, war sehr gering, aber vorhanden. Schließlich handelte es sich um einen Militärtransporter. Wie auch immer, auf eine Etappe mehr oder weniger kam es nun, bereits etliche Flugtage von Balance B entfernt, auch nicht mehr an. Außerdem war es immer unangenehm, auf die eigenen Leute zu schießen, selbst wenn dies in höherem Interesse geschah.

Axx bastelt eifrig an seiner eigenen Legende, wurde ihr plötzlich bewusst. *Diese Episode wird rasch die Runde machen. An allen Herdfeuern wird man sich erzählen, dass Axx Cokroide, der Botschafter der Zwillingsgötzen, der Son'Trokete und Clansführer, vierzehn einfache Frachtschiffer verschont und sogar aus Raumnot gerettet hat.*

Und sei es nur, um sie hinterher der gerechten Strafe für ihr Versagen zuzuführen …

So rasch wie möglich schleusten sie die Männer ein. Dann entfernten sie sich von den Beibooten, bis ausreichender Sicherheitsabstand gegeben war, und Pelmid vernichtete diese mit einer einzigen, wohlgezielten Salve. Sie vergingen ohne jegliche ungewöhnliche Nebenerscheinungen. Nichts deutete darauf hin, dass sich tatsächlich größere Mengen Explosivstoff in ihnen befunden hatten. Es sah vielmehr ganz so aus, als wäre Vardak einem Bluff aufgesessen. Nun, das würde Cokroide ihm gegenüber nicht gerade milder stimmen.

Währenddessen jagten drei andere Sternenkreuzer den Frachter. Aber dieser entkam ein weiteres Mal.

20

»Puh.«

»Das kannst du laut sagen, Dicker.«

Fran erkannte die Stimmen. Bully und Rhodan lebten also noch. Und sie selbst ebenfalls, auch wenn sie sich entsetzlich schwach fühlte.

Sie versuchte sich aufzurichten. Böser Fehler. Stöhnend sank sie wieder zurück auf die Liege. Die Zentrale tanzte vor ihren Augen. Verschwommen nahm sie wahr, dass Reginald Bull zu ihr geeilt kam.

»Na, na! Immer langsam mit den jungen Pferden«, sagte er. »Guten Morgen! Schönheitsschläfchen beendet?«

Zuerst brachte sie nur ein Krächzen heraus. Ihr Hals war trocken und schmerzte. »Durst …«

Bully reichte ihr ein Trinkgefäß. Sie nahm einige wenige kleine Schlucke. Jeder einzelne brannte wie die Hölle. »Was ist … Wie lange habe ich geschlafen?«

»Oooch, etwas über drei Tage.«

»Drei …?« Sie schloss die Augen. Nach einigen langen, tiefen Atemzügen öffnete sie sie erneut. Sie blickte an sich hinab. Ihre Blöße wurde von einem groben Laken bedeckt. In ihrem linken Unterarm steckte eine Kanüle.

»Wir haben dir intravenös Flüssigkeit zugeführt.« Bulls Gesicht lief rot an, während er den Tropf entfernte. »Und

Shimmi hat dich gereinigt, wenn es … äh … notwendig war.« Er räusperte sich. »Ich konnte leider in der Bordapotheke keinen für … äh … Frauen geeigneten Katheder …«

»So genau will ich's gar nicht wissen. Danke, Reginald.«

Sie versuchte ein Lächeln. Dass er, der Dreitausendjährige, der mehr erlebt und gesehen hatte als fast jeder andere, peinlich berührt herumdruckste, erwärmte sie stärker denn je für ihn.

»Wann kann ich aufstehen?«, fragte sie rau, um das Thema zu wechseln.

»In ein, zwei Tagen bist du wieder auf dem Damm, schätze ich. Bis dahin sollten die Nachwirkungen der Gehirnerschütterung abgeklungen sein.«

Er berichtete ihr, was geschehen war, seit sie der nodronische Kapitän bewusstlos geschlagen hatte. »Mit dem Kerl ließ sich leider nicht die geringste Einigung erzielen. Sowas von stur! Wollte sich unserem Befehl ausschließlich unter der Bedingung unterstellen, dass er zuvor von einem von uns im Duell besiegt wurde. Verrücktes Volk. Darauf haben wir uns natürlich nicht eingelassen. Zumal ja unsere beste Kämpferin nicht einsatzfähig war …«

»Danke für die Blumen, aber die stehen mir nicht zu.« Sie schüttelte den Kopf, was sie sofort bereute. »Aua. – Tolle Kämpferin, die sich so leicht ausschalten lässt.«

»He, ich will keine Selbstvorwürfe hören! Das ist schlecht für den Heilungsprozess.«

Da die Nodronen und ihr Kapitän renitent geblieben waren, hatten sie sich ihrer beim letzten Orientierungsaufenthalt im Normalraum entledigt. So hatten sie wenigstens einige dringend benötigte Sekunden gewonnen.

»Mit diesem Kunstgriff sind wir noch einmal davongekommen. Doch jetzt haben wir, fürchte ich, unser Pulver verschossen. Ich möchte dich eigentlich nicht beunruhigen, aber es sieht nicht sehr gut aus. Früher oder später wird uns das Glück untreu, und dann kriegen sie uns.«

Fran Imith nahm es als Zeichen der Wertschätzung, dass er ihr reinen Wein einschenkte. Seltsam, trotz der Gefahr, in der sie schwebten, fühlte sie sich geborgen, wenn Bully in der

Nähe war. Sie zog das Laken bis zum Hals, drehte sich ächzend auf die Seite.

»Ich glaube, ich schlafe noch ein bisschen.«

»So ist's brav.« Er lächelte, stand für einige Sekunden unschlüssig, dann drehte er sich um und ging zurück an die Kontrollen.

Sie dämmerte weg. Erwachte von lauten, hektischen Rufen. Einige Stunden mussten vergangen sein; sie fühlte sich deutlich besser. Und sie musste aufs Klo. Aber dafür war jetzt wohl nicht der richtige Zeitpunkt.

Sie setzte sich auf. Das gelang erstaunlich gut. Sie kniff die Augen zusammen. Den Darstellungen des Panoramaschirms und den akustischen Kommandos, die Bull abwechselnd mit Perry, der Bordvarsonik und – *um aller Himmel willen!* – Quart Homphé austauschte, entnahm sie, dass sie sich wieder im Normalraum aufhielten.

Und gleich von sieben, acht, neun Sternenkreuzern auf einmal attackiert wurden.

Fran war nicht religiös. In diesem Augenblick wünschte sie, sie wäre es. Sie hätte viel gegeben für eine göttliche Instanz, an die sie ein Stoßgebet hätte richten können.

Ich bin erst neunundzwanzig. Viel zu jung, um zu sterben. Und – verdammt noch mal, es ist wahr: – frisch verliebt. Was macht es schon, dass er um neun und ein paar Tausend Jahre älter ist? Ich liebe Reginald Bull, und ich will eine gemeinsame Zukunft mit ihm haben!

Dass sie sich das erstmals rückhaltlos eingestanden hatte, verlieh ihr neue Kräfte. Sie erhob sich, schüttelte ihr Schwindelgefühl ab, drapierte das Laken notdürftig um die Hüften und stakste wackelig, aber entschlossen zum Kommandostand.

»Fran!«

»Es geht mir gut, ich bin okay. Perry, wenn du die Navigation übernimmst, besetze ich die Ortung. Dann kann Bully das Schiff steuern. Nun macht schon!«

Die beiden zauderten nur für den Bruchteil einer Sekunde.

21

Es war, als ginge ein Ruck durch den Frachter.

Plötzlich wurden seine Flugmanöver merklich runder, geradezu elegant, und um Vieles schlechter vorhersehbar. Mehrfach verlor Pelmid ihn im buchstäblich letzten Moment noch aus der Zielerfassung.

Was immer der Pilot da drüben geschluckt hat, ich hätte bitte gern ebenfalls ein paar Ampullen davon!

Egal; was es auch war, es würde ihm nichts helfen. Diesmal hatten sie ihn. Einige der anderen Kreuzer konnte er durch absolut verbotene Kunststückchen noch abschütteln. Doch in Pelmids Raumer hatte inzwischen Axx Cokroide persönlich die Schiffsführung übernommen, und der erwies sich dem gegnerischen Kommandanten als ebenbürtig.

Ein fähiger Mann; ein attraktiver Mann.

Cokroide bewies, dass er keineswegs aufgrund von Beziehungen oder Nepotismus zum Son'Trokete aufgestiegen war. Und dass er, seit die Zwillingsgötzen ihn vom Flottendienst in die Botschaft von Mantagir versetzt hatten, nicht im Mindesten eingerostet war. Er sah nicht jedes Manöver des fremden Raumfahrers voraus, aber zumindest jedes dritte. Und seine barsch gebellten, doch immer perfekt verständlichen Anweisungen brachten sie näher und näher an den vermaledeiten Lastenkahn heran. Es war eine Freude, mit Axx zu fliegen.

Und für ihn zu töten.

Vardak hatte berichtet, dass sich im Heck des Frachters, im Hangar neben den Triebwerken, einige besonders gefährliche Rebellen aufhielten; vor allem ein riesiger, schier unbesiegbarer, blaufelliger Kämpfer. Nun, der war in wenigen Augenblicken Geschichte. Pelmid würde ihn wegpusten, zusammen mit dem gesamten Hinterteil.

Die Kuppe ihres rechten Mittelfingers streichelte den entsicherten Feuerknopf.

Und drückte ihn.

22

Dann gingen die Lichter aus.

Ein Schlag wie von einem gigantischen Hammer traf die Schiffszelle. Für einen Moment waren die Andruck-Neutralisatoren überfordert. Quart Homphé wurde quer durch die Zentrale geschleudert. Kurz glaubte er, von dem ungeheuren Gewicht, das auf seinem Brustkorb lastete, am Boden zerquetscht zu werden. Dann setzte die Antischwerkraft wieder ein.

Im rötlichen Schein der Notbeleuchtung sah er, dass Perry Rhodan ebenfalls gestürzt war. Bull und die barbusige Agentin aber hatten es, an ihre Pulte geklammert, irgendwie geschafft, stehenzubleiben.

»Festhalten!«, schrie Fran Imith. »Da kommt schon die nächste Welle!«

Wieder erzitterte der Raumer, diesmal nicht ganz so arg. Dennoch purzelte Quart wieder einige Meter weit. Morgen würde sein Körper von Blutergüssen übersät sein.

Wenn es ein Morgen gibt …

»Was ist das?«, rief Rhodan, der sich wieder aufgerappelt hatte, über das Heulen der Sirenen hinweg.

»Erschütterungen der Raum-Zeit-Struktur«, antwortete Fran. »Überdimensionale Wellenfronten, verursacht durch ein transitierendes Sonnensystem, das hier soeben einen Zwischenstopp eingelegt hat.«

Quart blickte zum flackernden Panoramaschirm hoch. Neben der einsamen, planetenlosen Sonne war nun ein zweites Gestirn zu erkennen, das von einem guten Dutzend von Begleitern mit zahlreichen Monden umkreist wurde.

»Achtung, nächste Welle!«

Er verspreizte sich zwischen zwei Aggregatblöcken. Während sein Körper wie von den Faustschlägen eines unsichtbaren Titanen geschüttelt wurde, realisierte Quart, was die TLD-Agentin gerade zum Ausdruck gebracht hatte.

Ein ganzes Sonnensystem, mit allem Drum und Dran, war ihnen unvermutet in die Quere gekommen!

»Wahrscheinlich wird es zum vaaligischen Schwarm transportiert«, vermutete Rhodan, der sich bemühte, den Navigationscomputer wieder in Gang zu bringen. »Ich habe früher schon mehrmals Strukturerschütterungen von Transitionen angemessen, nur waren die viel, viel weiter entfernt. Jetzt aber stecken wir mittendrin. Kein Wunder, dass die Anzeigen verrückt spielen.«

»Was für ein Pech!«, entfuhr es Quart.

»Im Gegenteil.« Bull hantierte in rasendem Tempo an den Kontrollen. »Das ist unsere Chance! Mit etwas Glück sind die Sternenkreuzer ebenso überrascht und von den Stoßfronten betroffen wie wir.«

»Unsere sämtlichen Ortersysteme werden jedenfalls geblendet«, meldete Fran. »Keine Chance, die Nodronen in diesem Impulsgewitter auszumachen. Vielleicht ergeht es ihnen mit uns ja ähnlich. Achtung!«

Schon drückte die nächste Welle Quart in den Spalt zwischen den Aggregatblöcken. Die drei anderen aber standen unerschütterlich wie Felsen. Wieder einmal wurde ihm schmerzlich bewusst, dass er, der Schwächling, in diesem illustren Kreis von Übermenschen nichts verloren hatte. Auch wenn sie freundlich und nett zu ihm waren – ein Nichtsnutz mit einem idiotischen Namen wie Quartodezimus Filidor Edlervon Homphé würde niemals wirklich dazugehören.

Die normale Beleuchtung ging wieder an. Quart hinkte zu einem Schalensessel und zwängte sich hinein. Er wischte sich den brennenden Schweiß aus dem Gesicht. Alles tat ihm weh. Hoffentlich hatte er keine inneren Verletzungen erlitten … Eine neue Welle raste über ihn hinweg. Er schloss die Augen.

Als er sie wieder öffnete, zeigte der Panoramaschirm das vertraute Rotgrau des Linearraums.

23

»Und?«, fragte Bull.

»Wir haben sie abgehängt«, sagte Fran matt. Nun spürte sie die Anstrengung doch. »Alle, bis auf einen.«

»Wär auch zu schön gewesen«, seufzte Perry Rhodan. Er begab sich zu Quart Homphé, der wie ein schwabbliges Häuflein Elend im Schalensessel hing, und redete beruhigend auf ihn ein.

Fran ließ sich von Bully stützen und zu ihrer Liege führen. Sie streckte sich leise stöhnend aus. »Wie lang reichen eigentlich unsere Treibstoffvorräte noch?«

»Die sind nicht so sehr das Problem. Die Mantelkonverter machen mir Sorgen. Viel mehr als zwei, drei Etappen gebe ich denen nicht mehr.«

»Weia.«

Sollte sie es ihm sagen? Ihm gestehen, was ihr die Kraft gegeben hatte, das Manöver inmitten des Raum-Zeit-Bebens durchzustehen? Oder würde sie sich damit im wahrsten Sinn des Wortes unsterblich blamieren?

Erwidert er meine Gefühle überhaupt?

Ihre Blicke trafen sich.

Bull blinzelte als Erster. »Ich … äh … habe den Kurs jetzt Richtung Eastside gesetzt. Obwohl dieser Begriff sachlich eher falsch ist«, schwafelte er ungewöhnlich hastig drauflos. »Schließlich hat unser gutes altes Solsystem in einer Milliarde Jahren das galaktische Zentrum zirka viereinhalb Mal umkreist. Und damit waren sicher vielfältige dynamische Verschiebungen von Sonnen, Spiralarmen et cetera verbunden. Weil die Milchstraße, die sie jetzt Vaaligo nennen, ja bekanntlich keine feste Scheibe darstellt. Äh. Ja. Entschuldige, ich wollte dich mitnichten belehren …«

Der Zauber war verflogen. Dafür kehrten die Kopfschmerzen zurück.

»Außerdem«, fügte Bull hinzu, »kommen wir diesmal in einem Sektor mit bedeutend dichterer Sternenpopulation heraus. Möglicherweise verschafft uns das einen gewissen Vorteil. Falls da entsprechend erhöhter Raumschiffsverkehr herrscht, können die Nodronen ihre überlegene Schnelligkeit vielleicht nicht so ausspielen. Hoffe ich halt.« Er zuckte verlegen mit den Achseln. »Na, dann gehe ich mal wieder an die Arbeit. Oder brauchst du noch etwas?«

»Nein danke. Oder doch. Könntest du mir bei Gelegenheit wieder eine etwas schicklichere Kleidung aus dem Liner bringen lassen?«

»Klar doch. Ich … ich … äh … Wie dumm von mir. Ich leite das gleich in die Wege.«

Er errötete bis zu den Ohrenspitzen.

Süß.

24

Sauer war ein Hilfsausdruck für Axx Cokroides Gemütslage.

Die Richtung, in welche sich die Flüchtigen gewandt hatten, behagte ihm gar nicht. Sie bewegten sich auf eine kritische Zone zu. Es kam einem hohen Wagnis gleich, ihnen in dieses Gebiet zu folgen.

Als könne sie seine Gedanken lesen, sagte die in mehr als einer Hinsicht aufreizende Feuerleitoffizierin: »U-oh. Wo der, scheint's, hin will, haben wir aber wenig Verwandte.«

Er wies sie scharf in die Schranken: »Zerbrich dir nicht meinen Kopf, Weib, oder ich zerbreche dir deinen! Wir bleiben dran. Niemand entkommt Axx Cokroide.«

Doch als sie, nur wenige Augenblicke nach dem Frachter, den Linearflug abbrachen, schien es, als strafe ihn die Realität Lügen.

Dass sie zu den übrigen von Balance B aufgebrochenen Einheiten keine Funkverbindung mehr bekamen, verwunderte Axx nicht. Dieser Sektor wurde nicht vom Empire kontrolliert. Also gab es auch keine Relaisstationen, und die zwölf Sternenkreuzer, die im hyperenergetischen Chaos des transitierenden Sonnensystems den Anschluss verloren hatten, befanden sich gewiss deutlich weiter entfernt als bloß fünf Lichtjahre. Sie waren auf sich allein gestellt. Und wenn schon; damit hatte er gerechnet.

Doch auch vom Frachter fehlte jede Spur.

Dafür gab es nur eine Erklärung: Dessen Schiffsführer hatte unmittelbar an diese Etappe eine weitere angehängt, hatte den Flug bloß kurzfristig unterbrochen, um sie zu bluffen, ihn dann aber sofort wieder geradlinig fortgesetzt, zu einem Ziel, das von vornherein programmiert gewesen war. Weit konnte das nicht sein, nicht bei den hier dicht an dicht stehenden Sonnen.

Axx Cokroide ließ den Kurs des gekaperten Schiffes extrapolieren. Er trieb seine Mannschaft zu höchster Eile an, wobei er die Hand nicht zufällig auf die Peitsche von Nodro legte. Entsprechend flott lieferten sie Resultate. Drei Systeme kamen in Frage. Zwei davon waren unbewohnt.

Und das dritte …

»Wrischaila«, fauchte er durch die zusammengebissenen Zähne. »Ausgerechnet Wrischaila!«

Seine Gedanken rasten. War es Absicht oder Zufall? Hatte der gegnerische Kommandant, der sich laut Vardaks Aussage Perry Rhodan nannte, von allem Anfang an vorgehabt, im Wrischaila-System Zuflucht zu suchen? Oder waren seine Manöver tatsächlich so spontan und improvisiert gewesen, wie es den Anschein gehabt hatte?

Anders ausgedrückt: Wusste dieser Rhodan – der doch, wenn schon nicht Nodrone, unzweifelhaft ein Humanoider war –, wusste er eigentlich, worauf er sich einließ?

KAPITEL 4

Schikanen

25

25. Juni 1329 + E09. Na bitte, liebes Tagebuch, schrieb Shimmi Caratech. *Reginald und Perry haben auch den letzten Nodronen ausgetrickst und im Sternendschungel dieses Kugelhaufens abgehängt. Und nebenbei, wie Bully es formuliert hat, »einen unverhofften Hort der Zivilisation« entdeckt. Vielleicht finden wir hier ja endlich diese seltsamen Cor'morian, oder wenigstens einen brauchbaren Hinweis, wo sie sich verkrochen haben.*

Sie kaute, im vollen Bewusstsein der Bedeutung dieser Aufzeichnungen für die Nachwelt, auf ihrem Stift herum. Einen zukünftigen Meilenstein der Weltliteratur zu verfassen, war gar nicht so einfach.

In dem System, in das wir gerade einfliegen, schrieb sie nach reiflicher Überlegung, *ist mörderisch was los. Die Planeten sind zwar allesamt lebensfeindlich und unbewohnt, aber der sechste, ein gewaltiges Riesentrumm, besitzt nicht weniger als 23 Monde. Dreiundzwanzig Stück! Und offenbar ist jeder Einzelne davon, vom Kleinsten bis zum Größten, besiedelt. Auf den Monden, in den Orbits um sie herum sowie über das ganze System verstreut tummeln sich nämlich etliche tausend Raumschiffe in allen möglichen Formen. Einige sehen haargenau so aus wie das, was in Schikagos Katzenkistchen liegt, hihi; hoffentlich riechen sie nicht auch so …*

Den letzten Satz strich sie wieder. Der klang, fand sie, zu flapsig für die Chronistin einer derartigen »Odyssee«. Pratton Allgame hatte ihr dieses Wort erklärt, und auch, dass es ebenfalls auf einen Reisebericht zurückging, aufgezeichnet von, wenn sie sich richtig erinnerte, Homer G. Adams. Vor Urzeiten, denn sie waren noch mit Segelschiffen unterwegs gewesen; aber der Mars war auch damals schon vorgekommen.

Pratton, der war richtig nett. Seit sie gemeinsam den grässlichen Nodronen besiegt hatten, kümmerte er sich besonders rührend um Schikago, spielte immer wieder mit ihr herum. Shimmi war das sehr recht. Sie machte sich eh ein wenig Sorgen, ihre Katze könnte verfetten. Hatte einfach zu wenig Auslauf in dem Mars-Liner, und raus durfte sie ja nicht, da ließ sich Perry nicht becircen. Richtig faul war das Luder geworden, und dass sie ein Bäuchlein bekommen hatte, war beim besten Willen nicht mehr zu übersehen. Von ihrem Frauchen ließ sich Schikago kaum mehr zu Bewegung anspornen, aber wenigstens mit Pratton tollte sie zwischen den Sitzreihen hin und her.

Irgendwo hatte der Weinbauer drei faustgroße Bällchen aufgetrieben, und mit denen hetzte er die Ferrol-Katze kreuz und quer durch den Liner. Als er bemerkte, dass Shimmi ihm zusah, jonglierte er gekonnt mit den Bällen, was Schikago halb wahnsinnig machte. Dann hielt er ihr einen davon auf der Handfläche hin, schloss die Finger – und als er sie wieder öffnete, war der Ball verschwunden! Schikago blinzelte, fauchte wütend, schlug mit der Tatze nach Prattons Arm. Aber der zog ihn blitzschnell weg, griff in die Tasche seiner weiten Hose – und förderte daraus das Bällchen zutage. Er zwinkerte Shimmi zu und rollte es den Gang entlang. Schikago fetzte hinterher wie ein blauer Kugelblitz. Sie überschlug sich mehrmals, als sie es eingeholt hatte.

Shimmi applaudierte. »Lernt man das in der Weinbauschule?«, fragte sie.

»Keine Ahnung, ich habe nie eine besucht.«

Sie lachten. Doch, Pratton Allgame war richtig nett.

Glücklicherweise, schrieb sie weiter, *hat Frannie (die sich übrigens mächtig ärgert, wenn ich sie so nenne, hehe) unter den tausenden Schiffen bisher nur ein einziges der Nodronen angemessen. Und auch das ist kein Sternenkreuzer, sondern ein ziviler Personen- und Handelsraumer. Überhaupt gibt es kein sichtbares Militär, auch keine Raumforts. Perry vermutet, dass wir auf ein »multi-ethnisches Industrie- und Waren-*

austauschzentrum der Völkergemeinschaft von Vaaligo« gestoßen sind. Das jedoch lange nicht so bedeutend wie etwa der Mars sein dürfte – da es offensichtlich über keine permanente »Wachflotte« verfügt.

Kurz: Sieht aus, als hätten wir es ganz gut getroffen. Im Gewimmel um die 23 Monde können wir uns vor den Verfolgern verstecken, Kontakte knüpfen, Informationen sammeln und so weiter, eventuell sogar ein anderes Raumfahrzeug ergattern. Ein gewisses Risiko ist natürlich dabei, aber … Haben wir denn eine andere Wahl?

26

»Nein«, sagte Perry. »Solange uns niemand anfunkt, verhalten wir uns ebenfalls ruhig.«

Fran, die wieder den Funk- und Ortungsleitstand besetzte, sah keinen Grund, Rhodans Entscheidung zu hinterfragen. Als TLD-Agentin hatte sie schon einige Einsätze auf unbekanntem Terrain hinter sich gebracht, doch mit Perrys und natürlich auch Bullys diesbezüglicher Erfahrung konnte sie keinesfalls mithalten.

Ob Reginald auf gewissen anderen Gebieten wohl ebenfalls dermaßen abgebrüht war?

Sie schalt sich insgeheim eine verliebte Närrin und konzentrierte sich wieder auf ihre Geräte. Seit geraumer Zeit versuchte sie, den regen Funkverkehr im System abzuhören. Doch ausnahmslos alle Sendungen waren hochgradig verschlüsselt. Es schien keinen einzigen öffentlichen, frei zugänglichen Nachrichtenkanal zu geben. Seltsam. Aber was wussten sie schon über die hiesigen Verhältnisse? Vielleicht musste man die entsprechenden Dekoder erst auf einem der Monde erwerben.

Je näher sie dem Riesenplaneten kamen, desto mehr Einzelheiten der dreiundzwanzig Trabanten ließen sich erkennen. Alle waren dicht bebaut, auf höchst unterschiedliche, zum Teil äußerst beeindruckende Weise.

»Welchen sollen wir anfliegen?«, fragte Bully gut gelaunt.

»Irgendwelche Präferenzen oder Eingebungen auf den billigen Plätzen?«

Rhodan zuckte mit den Achseln. »Fran?«

»Das Funkaufkommen ist überall annähernd gleich hoch. Und den Inhalt der Botschaften verstehe ich ja leider nicht. Aber bei dem da«, sie markierte einen der kleinsten Monde im Holo, »parken Schiffe besonders vieler verschiedener Bauweisen.«

Sie vergrößerte die Darstellung.

»Sieht aus wie eine Kartoffel«, kommentierte Bull trocken, »die schon ein wenig zu lange gelagert worden ist.«

Fran grinste ihm zu. Der Vergleich stimmte. Aus der nahezu lückenlos von berghohen Gebäudekomplexen bedeckten Oberfläche des unregelmäßig geformten, alles in allem etwa sechzig Kilometer messenden Himmelskörpers wuchsen an zahlreichen Stellen Ausleger wie verkrümmte Triebe. Daran waren hunderte Raumschiffe angedockt. Ihre Größe variierte stark, von nur wenigen Dutzend Meter langen Raumyachten bis zu gewaltigen, schwerfällig wirkenden Transportschiffen.

Bull steuerte eine freie Stelle an einem der Auswüchse an. Als sie sich diesem bis auf etwa fünfhundert Meter genähert hatten, erfasste sie ohne jegliche Vorankündigung ein Traktorstrahl.

»Ganz schön stark«, sagte Bully, nachdem sie langsam an den Ausleger herangezogen worden waren. »Nicht einmal, wenn wir wollten, kämen wir hier wieder weg, fürchte ich.«

Von der Oberfläche des Mondes trafen Richtfunkimpulse ein, die die Varsonik entschlüsseln konnte. Fran legte das Bild auf den Panoramaschirm.

Ein sich kaum merklich drehender Kristall mit … mhm, dreiundzwanzig Ecken. Offenbar ein Symbol für den Verbund der Monde.

Dazu ertönte eine fremdartige, für Frans Ohren ziemlich scheußlich klingende Melodie. Dann sagte eine tiefe, gutturale Stimme auf Vaaligonde: »Willkommen im Werftwerk von Wrischaila. Ihr habt euch soeben der Gerichtsbarkeit der elften Werkwerft unterstellt und den hier gültigen Gesetzeskodex in allen siebenunddreißigtausendundelf Punkten akzeptiert. Teilt uns Name, Adresse, Anderkonto und Zulassungsnummer eures Rechtsberaters mit.«

Bully, Fran und Perry sahen einander ratlos an.

»Willkommen im Werftwerk von Wrischaila«, wiederholte die Stimme. »Ihr habt euch soeben der Gerichtsbarkeit der elften Werkwerft unterstellt und den hier gültigen Gesetzeskodex in allen siebenunddreißigtausendundelf Punkten akzeptiert. Teilt uns Name, Adresse, Anderkonto und Zulassungsnummer eures Rechtsberaters mit.«

Perry bedeutete Fran, ihm das Mikrofon auf Sendung zu schalten. »Wir kommen von weit her«, sagte er dann, »und sind mit den hiesigen Gebräuchen nicht vertraut. Wir würden gern …«

»Willkommen im Werftwerk von Wrischaila. Ihr habt euch soeben der Gerichtsbarkeit der elften Werkwerft unterstellt und den hier gültigen Gesetzeskodex in allen siebenunddreißigtausendundelf Punkten akzeptiert. Teilt uns schleunigst Name, Adresse, Anderkonto und Zulassungsnummer eures Rechtsberaters mit! Oder habt ihr etwa keinen?«

Fran benötigte eine Sekunde um zu realisieren, dass die monotone Stimme keine Aufzeichnung war und der unsichtbare Sprecher diesmal im Anschluss an seinen Sermon eine Frage gestellt hatte.

Perry Rhodan reagierte deutlich schneller. »Nein«, antwortete er. »Wie gesagt, wir benötigen Informationen über …«

»In diesem Fall wird euch ein Pflichtbeistand zugeteilt. Es handelt sich um den ehrwürdigen Advokatus Ter-Gün-Madian, welcher euren Bevollmächtigten in acht Zeiteinheiten in seiner Kanzlei empfangen wird. Befinden sich an Bord eures Raumfluggerätes Personen mit in der elften Werkwerft von Wrischaila gültigen Identitätsnachweisen?«

»Bedaure, nein.«

»In diesem Fall muss mindestens ein Bevollmächtigter von euch einen befristeten Identitätsnachweis erwerben, um die elfte Werkwerft betreten zu dürfen. Die Gebühr ist beim ehrwürdigen Advokatus Ter-Gün-Madian zu entrichten, welcher sie umgehend an das NOTARIAT weiterleiten wird.«

»Wie viel kostet das?«

Die tiefe, völlig emotionslos klingende Stimme nannte eine frappierend hohe Summe in Calculs, der vaaligischen Währung. Obwohl diese fast ein Viertel der Barmittel ausmachte, die sie von den Cor'morian erhalten hatten, sagte Perry: »Wir nehmen Identitätsnachweise für zwei Personen. Wie lange sind diese gültig?«

»Achtzehn Zeiteinheiten.«

Das waren umgerechnet knapp sechs Stunden. Bully schnitt eine Grimasse. *Nicht gerade das billigste Pflaster,* bedeutete das.

»Wo finden wir diesen ehrwürdigen Advokatus?«, fragte Rhodan.

»Im hellbeigen Bezirk, an der Verschneidung von Schwermutsschlucht und Ewig-nicht-mehr-gesäuberte-Ebenen. Eure IDNs geleiten euch hin.«

»Gibt es irgendwelche Regeln, die wir auf unserem Weg beachten sollten?«

»Der Gesetzeskodex der elften Werkwerft umfasst siebenunddreißigtausendundelf Punkte. Eine ausführlich kommentierte Ausgabe ist in der Kanzlei des ehrwürdigen Advokatus Ter-Gün-Madian erhältlich, jedoch liegt ihr Preis über dem vorläufigen Schätzwert eures Schiffes. Sie kann euch also erst nach dem beglaubigten Nachweis entsprechender Besitztümer ausgefolgt werden.«

»Ich verstehe. Na schön. Können wir inzwischen irgendwelche anderen Informationen über Wrischaila oder Vaaligo im Allgemeinen bekommen?«

»Nicht ohne Rechtsbeistand.« Nun klang die gutturale Stimme fast ein wenig indigniert. »Ihr seid anscheinend wirklich von sehr weit her.«

Damit brach der namenlose Unsichtbare das Gespräch ab. Für einige Zeit ertönte noch kakophonisches Gedudel, dann erlosch die Funkverbindung.

»Irgendwie drängt sich mir eine Redensart auf, in der die Wörter ›Regen‹ und ›Traufe‹ vorkommen«, feixte Bully.

»Wir werden ja sehen, Dicker. Jedenfalls sollten wir die uns zur Verfügung stehende, teuer erkaufte Zeit nutzen und sofort aufbrechen.«

»Du hast zwei Ausweise geordert. Wen willst du mitnehmen?«

27

»Dich, schönste Pelmid vom Clan der Sulcatob. Damit du mir beweisen kannst, daß du noch andere Qualitäten besitzt als bloß ein vorlautes Mundwerk.«

»Ich fühle mich geehrt«, entgegnete Pelmid galant. »Allein mit dir, hochverehrter Son'Trokete, in der Hölle von Wrischaila – wie romantisch!«

Der durchdringende Blick, den ihr Axx Cokroide zuwarf, erhöhte schlagartig ihre Körpertemperatur. Sie senkte den Kopf, ließ sich nicht anmerken, wie erregt sie war. Es knisterte definitiv zwischen ihnen. Ihr war vollkommen bewusst, dass sie sich in allerhöchste Gefahr begab. Aber sie spielte nun mal gern mit dem Feuer – und nicht nur mit dem aus ihren Bi- und Tripuls-Kanonen.

»Wir sind nicht allein«, sagte Cokroide knapp. »Are'Imga Varrn Vardak und zwei seiner Männer werden uns begleiten.«

Sie spitzte die Lippen; versagte sich gerade noch einen überraschten Pfiff. Was wollte Axx mit dem unglücklichen Frachterkapitän? Andererseits ... na klar, Vardak würde alles, aber auch wirklich alles daransetzen, sich zu rehabilitieren. Er und seine Männer würden sich für Cokroide notfalls in Stücke reißen lassen. Das war immer noch unvergleichlich besser und ehrenvoller als die Peitsche von Nodro.

Ihre Hochachtung vor dem Clansführer der Cokroide wuchs ein weiteres Stück.

Ein berechnender Mann; ein attraktiver Mann.

Dass er das Risiko einging, sich persönlich ins Werftwerk von Wrischaila zu begeben, zeigte ihr, wie wichtig er die mysteriösen Fremden nahm. Da steckte mehr dahinter als nur der unbeugsame Wille, seinen Spruch »Niemand entkommt Axx Cokroide« zu verifizieren. Nein, derart stur und eitel war er auch wieder nicht. Der Botschafter musste darüber hinaus überzeugt sein, dass die Fremden den Zielen der Zwillingsgötzen gefährlich werden konnten, so unglaublich das klang. Sechs Personen gegen das gesamte Empire. – Was sollten die schon anstellen können?

»Zudem«, fuhr Axx fort, »werden wir Unterstützung von der Besatzung des nodronischen Handelsraumers erhalten, mit dem wir bereits Kontakt aufgenommen haben. Sie gehören einem unbedeutenden Kleinclan an, der den Cokroide verpflichtet ist.«

Also de facto: dir persönlich, dachte Pelmid. *Ob sich darunter wohl auch eine hübsch unterwürfige Raumfahrerin befindet?*

Erstaunt konstatierte sie einen Anflug von Eifersucht. Unsinn! Welcher Mann mit nur dem halben Intelligenzquotient des Botschafters würde ihr, Pelmid Sulcatob, eine andere Frau vorziehen?

Und wenn doch, war er selbst schuld, basta!

Wie auch immer, die Anwesenheit dieser Handelsschiffer mochte ihre Aufgabe erleichtern. Pelmid selbst war noch nie auf einer der dreiundzwanzig Werkwerften gewesen, auch auf keinem anderen der wenigen noch existierenden, über die ganze Galaxis verstreuten, uralten Werftwerke. Aber natürlich hatte sie die Schauergeschichten gehört, die in der Flotte darüber kursierten. Selbst wenn man das übliche Raumfahrergarn abzog, blieb genügend Haarsträubendes übrig. Und angeblich war Wrischaila das Übelste von allen; es gab sogar Gerüchte, die wahren Drahtzieher hinter einem Gutteil der dreiundzwanzig Gewerken, die auf den einzelnen Monden den Ton angaben, seien *Quochten* …

Pelmid schüttelte sich unwillkürlich.

»Wir fünf werden mit einem der kleinen, unauffälligen Beiboote hinfliegen«, verkündete Axx. »Der Sternenkreuzer verbleibt im Ortungsschutz der Sonne und greift nur ein, wenn ich ausdrücklich Befehl dazu gebe.«

So etwas hatte sich Pelmid schon gedacht. Eine offen ausgeführte Militäraktion verbat sich angesichts dessen, dass hier Nodronen nicht gerade gern gesehen wurden; zumindest nicht solche, die eindeutig als Vertreter des Empires erkennbar waren. Und gegen dermaßen viele Schiffe hätte, wenn es hart auf hart ginge, sogar ihr Sternenkreuzer den Kürzeren gezogen. Vor allem aber bestand die Gefahr, dass Axx Cokroide sein Gesicht verlor, gegenüber den Clans wie auch – noch schlimmer – den Zwillingsgötzen. Mit Kanonen auf Kleinvögel schossen nur fantasielose, ineffiziente Rüpel. Gnadenlose, genau dosierte, »chirurgische« Schläge hingegen, wie die kaltschnäuzige Zerstörung des Ordensturms von Mantagir, oh ja, das war sein Stil, dafür war Axx bekannt und gefürchtet. Und offenbar kannte er sich auch mit geheimen Kommandounternehmen aus.

Wenn es ihm gelingt, die Flüchtigen trotz der Zustände im Werftwerk aufzuspüren, zu ergreifen und zurück nach Balance B zu bringen, dachte Pelmid, *hat er seiner Erfolgsgeschichte zweifellos ein weiteres Ruhmesblatt hinzugefügt. »Cokroides Hand reicht bis Wrischaila«, wird man sich an allen Feuern ehrfürchtig zuraunen.*

Und vielleicht würde man ja im selben Atemzug auch ihren, Pelmids, Namen nennen …

»Vom Frachter fehlt jede Spur. Hat wahrscheinlich irgendwo angedockt und die Maschinen heruntergefahren, sodass wir seine Signatur derzeit nicht orten können.« Cokroide verzog den Mundwinkel. »Das macht nichts. Sollen sie sich ruhig in Sicherheit wähnen. Wir finden sie auch so. Und je mehr wir über ihre Machenschaften in Erfahrung bringen, bevor wir sie uns schnappen, desto besser. Komm, schöne Waffenmeisterin! Wir brechen auf.«

28

Sie schlüpften in leichte Raumanzüge aus dem Fundus des Frachters, bei denen sie sämtliche Rangabzeichen und sonstigen nodronischen Symbole entfernt hatten. Dafür hatten sie allerlei bunte, in den Kabinen aufgestöberte Stoffteile auf die Anzüge appliziert, um ihre wahre Körperform möglichst zu verschleiern. Einige der herunterbaumelnden Fetzen mochten, wenn man nicht zu genau hinsah, als zusätzliche Arme durchgehen; ein Wulst am Gesäß sollte einen kurzen Schwanz simulieren. Im als Höcker verkleideten Rückentornister waren die miniaturisierten Aggregate für Atemlufterzeugung und Antigravflug untergebracht; um die Hüfte trugen sie Gürtel mit den Deflektoren und Funkgeräten der Cor'morian.

»Hals- und Beinbruch, Freunde! Nicht vergessen: Immer schön Kontakt halten«, rief Bull zum Abschied, »damit notfalls die Kavallerie eingreifen kann!«

Und aus wem soll die bestehen?, dachte Fran sarkastisch. *Vielleicht aus Quart Homphé und Schikago?*

Sie verließen den Frachter durch eine der Heckschleusen und trieben auf die Öffnung in dem gut dreißig Meter dicken Ausleger zu, an den der unsichtbare Traktorstrahl ihr Schiff nach wie vor gefesselt hielt. Perry flog als Erster hinein. Fran folgte ihm. Innen war es dunkel. Sie schalteten die Helmscheinwerfer ein und tauchten in die etwa fünf Meter durchmessende, gewundene Röhre hinab. Die vollkommene Stille und die sie umgebende Schwärze drückten Fran aufs Gemüt. Es gab keinerlei Anzeichen dafür, dass jemand oder etwas ihre Anwesenheit bemerkt hatte.

»Nicht gerade ein roter Teppich, was?«, scherzte Rhodan.

»Seien wir froh«, funkte Fran zurück. »Der hätte hier sicher so viel gekostet wie anderswo ein ganzer Teppichladen.«

Ein vertrautes Lachen in ihrem Helmlautsprecher zeigte an, dass Bully mithörte. Immerhin, die Verbindung stand.

Nach zehn Minuten, die Fran wie eine halbe Ewigkeit erschienen waren, erreichten sie das Ende der Röhre. Sie drehten sich im Flug, landeten auf den Füßen und schalteten die Antigravs ab. Hier unten herrschte, wie Fran von ihren Anzeigen ablas, eine Schwerkraft von 0,7 Gravos. Sie würde also aufpassen müssen, dass sie sich nicht zu heftig vom Boden abstieß.

In die Wand war ein schmuckloser Torbogen eingelassen. Perry Rhodan ging hindurch, mit langen, tänzerisch anmutenden Schritten. Oranges Licht flammte auf, das aus der gesamten Decke zu kommen schien. Dennoch wirkte es kraftlos und düster.

Sie befanden sich in einem kurzen Gang, der offenbar die Funktion einer Schleuse hatte. Als Fran über die Schulter zurückblickte, war der Torbogen spurlos verschwunden. Ein zischendes Geräusch ertönte: Luft strömte ein. Atembar, signalisierte der Analysator ihres Raumanzuges nach einigen Sekunden. Dennoch ließen sie ihre Helme vorerst geschlossen.

Am Ende des Gangs öffnete sich ein identischer Torbogen. Sie gelangten in einen großen, deutlich heller beleuchteten Raum, dessen Wände die Schmauchspuren von Strahlschüssen zeigten. Die flimmernden Mündungen eines halben Dutzends knapp unter der Decke angebrachter, ferngesteuerter Thermo-Gewehre richteten sich auf sie.

»Ihr führt Waffen mit euch«, erklang plötzlich eine sonore, emotionslose Stimme. Möglicherweise derselbe Sprecher wie vorhin – aber vielleicht redeten die hier ja alle so. »Gemäß dem von euch akzeptierten Gesetzeskodex ist es Privatleuten nicht gestattet, die elfte Werkwerft von Wrischaila mit Schusswaffen zu betreten. Bringt diese sofort in euer Schiff zurück.«

»Das hat uns niemand gesagt. Können wir die Strahler denn nicht irgendwo deponieren?«, fragte Perry Rhodan, leicht ungehalten, wie Fran fand.

»Nein. Für die versuchte Missachtung des Kodex wird eine Strafe von elftausend Calculs pro Person festgesetzt, die von eurem Rechtsbeistand an das NOTARIAT zu überweisen ist. Geht jetzt. Wenn ihr diesen Raum nicht augenblicklich verlasst, wird das Feuer eröffnet.«

Also zurück in die Schleuse, wieder die Röhre hoch, den ganzen langen Weg …

»Nicht ärgern, nur wundern«, sagte Rhodan säuerlich.

Bull grinste, als er die Strahler entgegennahm. »Das scheinen hier ja richtige Seelchen zu sein«, sagte er. »Bin schon neugierig, was denen noch so einfällt, um uns zu schikanieren und dabei zu schröpfen. Erinnert mich an gewisse Landstriche auf der Erde, damals, als wir beide noch jung und schön waren, was, Perry?«

»Mh.«

Und abermals die Röhre hinunter, durch die Schleuse, in den Raum mit den Thermostrahlern und den unmissverständlichen Schmauchspuren …

Und der stark abgenutzten, klotzigen Tastatur, die sich soeben aus der Wand schob.

»Gebt Name, Adresse, Anderkonto und Zulassungsnummer eures Rechtsberaters ein«, verlangte die bekannte Stimme.

»Verdammt, ihr wisst genau, dass wir nur über einen Pflichtbeistand verfügen«, sagte Perry genervt, »einen Advokatus namens Ter-Gün-Madian. Aber wir haben uns bereit erklärt, befristete Identitätsnachweise zu erwerben.«

»Gut, dann steckt sie ins Lesegerät. Zugleich.«

Neben der Tastatur stülpte sich ein Würfel aus der Wand, in dem sich zwei fingerlange Schlitze befanden.

»Ich dachte, die bekämen wir hier«, sagte Perry durch die zusammengebissenen Zähne. »Aber lass mich raten – sie liegen oben am Einstieg für uns bereit, nicht wahr?«

Wenn sich der Unsichtbare amüsierte, so ließ sich das dem Tonfall seiner Stimme nicht entnehmen. »Das ist richtig. Also holt sie endlich. Für wiederholte fahrlässige Dienstzeit-Verschwendung und sinnlose Belästigung der Portiersbeauftragten wird eine Gebühr von elftausend Calculs pro Person festgesetzt, die von eurem Rechtsbeistand an das NOTARIAT zu überweisen ist.«

»Sehr, sehr lustig. Ha, ha, ha.«

Zehn tödlich fade Minuten Flug die Röhre hinauf …

»Schau, unsere Spezialagenten! Lange nicht mehr gesehen«, spöttelte Bully über Funk. »Wollt ihr nicht kurz auf einen Tee hereinkommen und von euren aufregenden Abenteuern berichten?«

»Ach halt doch die Klappe, Dicker!«

Tatsächlich fanden sie nun, gleich neben der Öffnung in der meterdicken Wand des Auslegers, eine kleine Nische, in welcher zwei schmutzigweiße Kärtchen lagen. Perry reichte Fran eines davon, das andere behielt er für sich.

»Auf ein Neues!«, grummelte er.

Erneut flogen sie die verfluchte Röhre hinab, steckten die ID-Nachweise in die Schlitze, zugleich, wie es die Stimme verlangt hatte. Prompt wurden sie verschluckt – und wären wohl auf Nimmerwiedersehen verschwunden, hätten Fran und Perry nicht dünne Schnüre an ihren Kärtchen befestigt, mit denen sie sie wieder herauszogen.

Der Portiersbeauftragte gönnte ihnen nicht die Genugtuung, sich Enttäuschung anmerken zu lassen. »Ihr könnt passieren«, sagte er lapidar. »Willkommen in der elften Werkwerft von Wrischaila. Ich bin überzeugt, ihr werdet wenig Gelegenheiten haben, euren Besuch zu bereuen.«

29

Erstaunlicherweise wiesen ihnen die Kärtchen tatsächlich den Weg, wie es versprochen worden war. Zwar boten sie keinen Übersichtsplan. Doch auf den Oberseiten der Ausweise erschienen grünlich schimmernde Pfeile und zeigten ihnen, in welche Richtung sie sich halten beziehungsweise welche Abzweigung sie jeweils nehmen sollten.

Solche gab es wahrlich mehr als genug. Die elfte Werkwerft stellte eine einzige Industriestadt aus riesigen, ineinander verschachtelten Fabriken und unzähligen, vergleichsweise winzigen Werkstätten dar. Vom Himmel vermochte Perry genauso wenig zu erspähen wie von der ursprünglichen Mondoberfläche. Dreißig, vierzig, fünfzig Geschosse hoch – oder tief, je nachdem, wo man gerade stand – türmten sich die Fertigungsstätten übereinander. Im Gewirr der dazwischen eingezwängten, schmalen, verwinkelten Gassen, Tunnels, Stiegen, Brücken, Rampen und Kreuzungen war an ein rasches Vorankommen nicht zu denken, so dicht an dicht drängten sich überall die Massen der Passanten.

Die meisten von ihnen entstammten einer Vielzahl verschiedener Echsenvölker. Anders als in der Mars-Metropole Mantagir, wo Perry und seine Begleiter ständig als vermeintliche Nodronen angestarrt worden waren, nahm kaum jemand von Fran und ihm Notiz. Die improvisierte, ihre humanoide Körperform verbergende Verkleidung schien ihren Zweck zu erfüllen. Vielleicht lag es aber auch nur daran, dass sie es hier überwiegend mit Technikern zu tun hatten, die allesamt in höchster Eile unterwegs und an ihrer Umgebung kaum interessiert waren. Müßiggang schien in der elften Werkwerft unbekannt zu sein, oder jedenfalls schwerstens verpönt.

Mittlerweise hatten sie ihre getönten Helme einen Spalt weit geöffnet, um Luft und Energie zu sparen. Das Sauerstoffgemisch war recht gut atembar, wenngleich es einen unangenehm sauren Beigeschmack besaß. Die Temperatur lag um die dreißig Grad, schätzte Perry, bei relativ geringer Luftfeuchtigkeit. Dennoch spürte er schon bald, wie ihm der Schweiß in Strömen den Rücken hinabrann. Ständig mussten sie dagegen ankämpfen, von den massigen Echsenleibern abgedrängt, mitgerissen oder schlichtweg niedergetrampelt zu werden.

Fran Imith ließ sich nicht anmerken, ob sie das dauernde Geschiebe und Gestoße erschöpfte. Die TLD-Agentin war keineswegs fragil gebaut, im Gegenteil bestens durchtrainiert. Dennoch – ihre Verletzung und die Gehirnerschütterung lagen nur wenige Tage zurück. Eigentlich hätte er Fran gar nicht mitnehmen dürfen. Aber ganz allein aufzubrechen, wäre unverantwortlich gewesen, und wen sonst hätte er als Begleiter wählen sollen? Pratton? Shimmi? Oder gar Quart Homphé? Undenkbar. Niemand von denen verfügte über ausreichend Kraft und Kondition, von rudimentärsten Nahkampf-Fertigkeiten ganz zu schweigen. Und Bull musste unbedingt beim Schiff bleiben, er kannte sich einfach am besten mit dessen Bedienung aus.

Nach einiger Zeit fanden sie durch Zufall einen Mauervorsprung, hinter dem sie ungesehen den Helm zurückklappen, verschnaufen und sich den Schweiß aus den Augen wischen konnten. Fran Imiths von lockigen, schulterlangen, dunkelroten Haaren eingerahmtes Gesicht erschien Perry noch blasser als sonst.

»Bist du in Ordnung?«, fragte er.

»Etwas … außer Atem, aber sonst … geht es mir … ganz gut.«

»Sag sofort, wenn es dir zu anstrengend werden sollte. Es bringt nichts, sich überzustrapazieren.«

»Klar doch. TLD-Regel Nummer neununddreißig: ›Den Helden zu spielen, sich aber zu übernehmen dabei, ist dumm und richtet mehr Schaden an als Nutzen.‹«

Sie warfen sich erneut ins Gewühl.

Die Kanzlei des Advokatus lag im hellbeigen Bezirk, hatte der schikanöse Portier gesagt. Derjenige Bereich der mondgroßen Industriestadt, durch welchen sie sich bisher bewegten, konnte damit kaum gemeint sein, denn hier dominierte ein verwaschen wirkendes Lila. Fast alles war in dieser Farbe gehalten, die Mauern, die Bodenbeläge und Überdachungen, sogar die Schilder und Leuchtschriften über den kleinen Werkstätten. Auf originelles Design oder avancierte Ästhetik wurde sichtlich kein Wert gelegt.

»Ich will mich ja nicht aufdrängen«, ertönte geraume Zeit später Bulls Stimme in ihren Helmen, »aber wir, also Quart und ich, haben eure Bewegungen aufgezeichnet und mit Hilfe der Varsonik analysiert. Ergebnis: Diese Kärtchen führen euch an der Nase herum. Nicht gerade im Kreis, aber in einer Art dreidimensionaler Spirale.«

»Verflucht! Die Kerle versuchen uns schon wieder übers Ohr zu hauen.«

»Den Eindruck habe ich ebenfalls. Ach ja, und im von uns aus einsehbaren Teil der Mondoberfläche ist nichts Beiges zu erkennen. Das muss nichts heißen, besagter Bezirk kann schließlich auch viele Ebenen weiter unten liegen. Ich wollte es euch nur sagen.«

»Na prima. Danke, Dicker. – Es hilft nichts, Fran, wir werden nach dem Weg fragen müssen.«

Doch das gestaltete sich schwierig. Die meisten Entgegenkommenden reagierten gar nicht oder abweisend auf Perrys Versuch, sie anzusprechen. Endlich blieb, an einer ausnahmsweise etwas weniger frequentierten Kreuzung, eine Echse stehen, die einen guten Kopf kleiner als er selbst war. Sie besaß drei Beine, wovon das dritte, kräftigste sich wohl im Rahmen der Evolution aus dem Schwanz gebildet hatte. Darauf stützte sie sich jetzt und musterte Perry aus faustgroßen, senkrecht geschlitzten Pupillen.

»Kannst du uns sagen, wie wir zum hellbeigen Bezirk kommen? Zur Verschneidung von Schwermutsschlucht und Ewignicht-mehr-gesäuberte-Ebenen?«

»Wer ist dein Rechtsberater, wo wohnt er, wie lauten seine Anderkonto- und Zulassungsnummer?«

Nicht schon wieder!

»Sein Name ist Ter-Gün-Madian. Er wohnt ebendort, und ...«

Perry kam gar nicht mehr dazu, der Echse mitzuteilen, dass ihm die weiteren Daten unbekannt waren, so schnell hatte sie sich mit dem Schwanzbein vom Boden abgestoßen und wieder davongemacht. Unter Absonderung von lauten, keckernden Geräuschen, die ihn verdächtig an ein höhnisches Lachen gemahnten.

»Scheint nicht über den allerbesten Leumund zu verfügen, der ehrwürdige Advokatus«, meinte Fran. »Oder wie würdest du diese Reaktion sonst interpretieren?«

Perry seufzte. »So kommen wir nicht weiter, und schon gar nicht rechtzeitig zu unserem Termin. – Bully?«

»Am Apparat.«

»Könnt ihr von oben irgendwelche Verkehrssysteme erkennen? Trassen von Zügen, oder vielleicht sowas wie Haltestellen oder Standplätze von Gleitertaxis?«

»Bedaure, nein. Gelegentlich werden große Aggregate oder halbe Raumschiffe auf Antigrav-Plattformen verschoben, aber Personenverkehr findet praktisch keiner statt.«

Perry überlegte. »Dennoch, die können nicht alle überallhin zu Fuß gehen. Nicht bis zu sechzig Kilometer weit. Vielleicht gibt es tief unter der Mondoberfläche eine Art U-Bahn.«

»Klingt logisch«, sagte Fran. »Obgleich ich, ehrlich gesagt, keine große Freude damit habe.«

»Wieso?«

»Ich leide unter einer leichten – mit der Betonung auf leichten – Höhlenphobie. Raumschiffsgänge, auch Keller von Bauwerken machen mir nichts aus. Aber wenn ich weiß, dass sich direkt über mir Tonnen von Gestein befinden, werde ich kribblig. Nichts Schlimmes, ich kann's durchaus eine Zeitlang ertragen. Ich wollte es dir nur gesagt haben, frei nach Regel Nummer neununddreißig.«

»Schon gut.«

Er nestelte an einem der von seiner Brust hängenden Stoffzipfel herum. Auch das noch! Alles schien sich gegen sie verschworen zu haben. Die Typen von dieser seltsamen Werkwerft sowieso. Deren Motiv war klar: Man wollte ihnen so lang Knüppel zwischen die Beine werfen, bis sie sich derart unrettbar verschuldet hatten, dass sie ihr Raumschiff in Zahlung geben mussten – und sich selbst vermutlich als eine Art Sklavenarbeiter verdingten. Offiziell ging dabei alles mit rechten Dingen zu. Wenn jemand allerdings durch widrige Umstände daran gehindert wurde, sich einen Rechtsbeistand zu besorgen oder diesen aufzusuchen … tja, dann war das eben Pech, und ganz allein sein Problem. Perry zweifelte nicht daran, dass ihr Termin und die dafür eingesetzte Summe sofort verfallen würden, wenn sie auch nur eine Sekunde zu spät bei diesem Ter-Gün-Madian auftauchten.

Aber wie dorthin gelangen? Sie wussten nicht einmal, wo der hellbeige Bezirk lag, und Auskunft bekamen sie keine.

Also doch auf gut Glück ins Mondinnere vordringen? Trotz Frans Phobie? Für die ihr kein Vorwurf zu machen war. Sie hatte einen Begleitschutz-Auftrag auf dem Mars angenommen, in einem uralten, schwebenden Reisebus. Von Erkundungen unter der Oberfläche eines Himmelskörpers war keine Rede gewesen. Fran hatte gesagt, sie könne damit umgehen, und das glaubte er ihr auch. Trotzdem wollte er ihr das nur im äußersten Notfall antun.

Gab es wirklich keinen anderen Weg?

Es *musste* einen anderen geben! Neue, gänzlich uninformierte Besucher wie sie konnten nur die Ausnahme sein: beliebt und begehrt, weil sie sich am schnellsten um ihr Hab und Gut erleichtern ließen – aber sicherlich in der Minderzahl. Wie bewegten sich die übrigen Raumfahrer, die hier Reparaturen vornehmen ließen oder Ersatzteile und andere Industrieerzeugnisse einkauften? Würden die überhaupt diese Werkwerft aufsuchen, wenn sie sich über weite Strecken zu Fuß durch die engen Verkehrswege quälen mussten?

Wohl kaum.

Gut, wenn sie vorab Bescheid wussten, wo sie hin wollten, würden sie am jeweils nächstgelegenen Ausleger andocken.

Die gab es ja rund um den ganzen Mond, sie stellten die einzige erkennbare übergeordnete Struktur dar. Was aber, wenn jemand mehrere, weit voneinander entfernte Ziele hatte?

»Bully.«

»Ja, Dünner?«

»Mir kommt da eine Idee …«

30

KLINGT INTERESSANT, stand auf dem Bildschirm. UND DU BIST SICHER, DASS ES SICH UM NODRONEN HANDELT?

»Ja und nein«, sprach Ter-Gün-Madian ins Mikrofon. »Sie sehen, wenn man sich die läppische Verkleidung wegdenkt, wie Nodronen aus. Andererseits verhalten sie sich sehr … unnodronisch.«

WAS VERSTEHST DU DARUNTER?

»Je nun, wie soll ich sagen … Sie brausen nicht auf, versuchen nicht, sich mit Gewalt durchzusetzen. Sondern sie halten sich an die Regeln, spielen mit, und das noch dazu äußerst geschickt.«

DU MEINST …?

»Sie könnten die sein, die ihr sucht. Bürgen kann ich dafür natürlich nicht«, fügte er hastig hinzu. »Dazu beobachte ich sie noch nicht lang genug. Deshalb habe ich mich ja gemeldet. Ich könnte sie weiter auflaufen lassen, in Folge demnächst ihr Schiff einsacken und sie in die Quarzminen auf der Zwanzigsten abschieben. Oder aber …«

NEIN. DAS WÄRE VIELLEICHT EINE VERTANE CHANCE. STELLE KONTAKT HER UND VERSUCHE, MEHR ÜBER SIE HERAUSZUFINDEN. INFORMIERE MICH, SOBALD DU GENAUERES WEISST.

»Selbstverständlich. Was meine Belohnung betrifft … Hallo? Hallo? Bist du noch da?«

Aber es kamen keine neuen Schriftzeichen mehr dazu. Ter-Gün-Madian peitschte ärgerlich mit dem Schwanz das Wasser. Dann gab er einen akustischen Befehl. Der Bildschirm erlosch. Dafür ließ der Advokatus die Leuchtreklamen einschalten und traf einige weitere Vorkehrungen.

Als alles getan war, erfrischte er sich und aß ein wenig Laich. Noch gestattete er sich nicht zu frohlocken. Viel zu gering bemaß er die Chance, dass ausgerechnet ihm ein solcher Fang gelingen sollte. Obwohl, nein: gerade *weil* er ihn so dringend benötigte.

Wenn diese schwanzlosen Zweibeiner allerdings tatsächlich waren, wofür er sie hielt, ja dann …

KAPITEL 5

Die Schwermutsschlucht

31

»Volltreffer, Perry. Pratton hat den Transmitter gefunden. Ihr könnt euch auf die Socken machen. Aber orientiert euch nicht an diesen Kärtchen, sondern folgt lieber eurem guten alten Onkel Bully. Der ist nämlich verlässlicher.«

Es hatte etwas Frustrierendes, umzukehren und den ganzen weiten Weg in der Gegenrichtung nochmals zurückzulegen. Aber Fran sah ein, dass es am sichersten war, sozusagen in ihren eigenen Fußstapfen wieder retour zu gehen – auch wenn es sich höchstwahrscheinlich nicht um die kürzeste Strecke handelte. Bull spielte die Aufzeichnung, die er in weiser Voraussicht von den Bildern ihrer Helmkameras angefertigt hatte, rückwärts ab und lotste sie so zurück zum Fuß des Auslegers, von dem sie gekommen waren. Ohne diese Hilfe hätten sie ihn wohl kaum gefunden, wurde doch der Blick in den Himmel von den vielen Türmen, Schloten, Viadukten und Überdachungen verwehrt, und Hinweisschilder oder Verkehrszeichen gab es keine.

Fran war froh, dass sie nicht hinab in die Unterwelt des Mondes musste, und daher mehr als dankbar für Perrys schlauen Einfall.

Wie sich soeben herausgestellt hatte, existierte sehr wohl ein Personentransportsystem auf der elften Werkwerft. Nämlich Transmitter, welche sich in den Spitzen der Ausleger befanden, die wie Triebe von der »Mond-Kartoffel« in den Weltraum ragten.

Eigentlich logisch, dachte Fran. *Darauf hätten wir auch früher kommen können. Andererseits war es so verdammt naheliegend, die Richtung nach unten einzuschlagen. Hm.*

Ich kann mir nicht helfen, mir kommt das Ganze mehr und mehr wie ein besonders gehässig aufgebautes Syntron-Spiel vor …

Auf Rhodans Geheiß hatte Bully den Weinbauern nachsehen geschickt, und dieser hatte den Transmitter entdeckt, genau dort, wo ihn Perry vermutet hatte. Ausprobieren konnte Pratton das Gerät freilich nicht, er verfügte ja über kein ID-Kärtchen. Inzwischen war er wohlbehalten wieder ins Schiff zurückgekehrt.

Sie flogen also diesmal an jenem Ausstieg, an dem ihr Frachter angedockt war, vorbei und weiter nach oben, minutenlang. Nach dem hektischen Getümmel in der Werkwerft genoss Fran die öde, stille Röhre beinahe. Sie passierten einige Öffnungen, die zu den Ankerplätzen anderer Raumer gehörten, aber nach wie vor bewegte sich niemand sonst innerhalb des Auslegers. Vielleicht verfügten Stammkunden der Werkwerft ja über direkte Zugänge zum Transmitternetz von Bord ihrer Schiffe aus und ersparten sich so den Flug durch die Röhre.

An deren Ende erweiterte sie sich zu einer etwa sechs Meter durchmessenden Hohlkugel. Die Innenwand war schmucklos wie alles andere, was sie bisher auf diesem seltsamen Mond kennengelernt hatten. In der Mitte schwebte ein würfelförmiger, drei Meter hoher, an einer Seite offener Käfig aus dunkelrot glimmenden Gitterstäben.

»Der Transmitter«, sagte Perry Rhodan. »Aber wie wird die Gegenstation angewählt?«

»Hier ist ein Schlitz für die ID-Karte. Soll ich?«

Perry nickte. Fran schob ihren Ausweis hinein, nicht ohne die Schnur gut festzuhalten. Diese stammte von einer der Peitschen, die sie den Nodronen abgenommen hatten.

Eine fremdartige Melodie ertönte, ähnlich kakophonisch wie die vorige. Plötzlich erschien entlang der Wand ein armhohes Leuchtband, das die Farben des Spektrums zeigte, wie ein Regenbogen oder die sehr detaillierte Farbtonskala eines Grafikrechners.

»Mhm. Und was davon ist jetzt hellbeige?«

Drei Felder kamen in Frage, die sich nur um Nuancen voneinander unterschieden.

»Wenn wir wüßten, wie exakt diese Translatoren arbeiten«, sagte Perry, »täten wir uns leichter. Ist die Abstufung hell – mittel – dunkel? Dann wäre das linke Feld gemeint. Oder normal – hell – am hellsten? In diesem Fall müssten wir das Mittlere nehmen. Es könnte sogar das Rechte sein, wenn ›hell‹ ungenau übersetzt ist und in Wirklichkeit für die intensivste Färbung steht. Was meinst du?«

»Ich tippe aufs linke Feld. Das ist aber nur so ein Gefühl.«

Rhodan schob einen der bunten Fetzen beiseite und blickte auf das Chronometer seines Multifunktionsarmbands. »Uns bleibt nicht mehr viel Zeit. Bis wir draufkommen, dass wir im falschen Bezirk gelandet sind, könnte es für einen neuerlichen Transmittersprung zu spät sein. – Bully?«

»Allzeit bei euch, bis ans Ende der Welt.«

»Sehr witzig. Ist Quart Homphé noch in der Zentrale?«

»Ja.«

»Was sagt er dazu? Als Künstler müßte er doch über ein besonders gutes Farbempfinden verfügen.«

»Quart, du hast's gehört. Was davon ist für dich am ehesten hellbeige?«

»Also, ich ... ich weiß nicht, o-o-ob ich eine derartige Verantwortung ...«

»Mach schon, Meister!«

»Äh ... äh ... äh ...«

Fran trommelte mit den Fingern auf ihr Visier. Der Kerl schaffte es, ihr noch mehr auf die Nerven zu gehen als Shimmi und Schikago zusammen.

»Äh ... Könntet ihr bitte etwas näher ranfliegen? Das Bild der Helmkameras ist nicht sehr ... Ja, besser. Danke. Und jetzt wieder weiter weg. So weit es geht. Ja ... äh ... Tja, also ich würde sagen ... Hm. Unter diesen Umständen ... Andererseits, gesetzt den Fall, die denken eher in Pantone Hexakrom als in Toyo Dreizehneinunddreißig ...«

»Ganz ruhig, Quart«, sagte Perry. »Lass dir Zeit. Wir haben es zu eilig, um etwas zu überstürzen.«

»Also ich ... äh ... Auf die Gefahr hinauf, mit dieser äußerst oberflächlichen Expertise komplett daneben zu liegen ... Aber wenn ich das System der Topsider zu Grunde lege ...«

So ungeduldig sie war, musste Fran doch innerlich zugeben, dass der Bildhauer und Holo-Künstler möglicherweise die richtige Fährte gefunden hatte. Die Topsider, ein Volk aus der Milchstraße ihrer Zeit, stammten ebenfalls von Echsen ab. Falls Homphé tatsächlich über deren Farbwahrnehmung detailliert Bescheid wusste …

»… dann würde ich – immer vorausgesetzt, ich erinnere mich richtig, das ist auch schon wieder ein paar Jährchen her – dann täte ich am ehesten noch …«

Fran zählte lautlos die Sekunden. Bei zehn würde sie explodieren, das spürte sie. Sieben. Acht. Neun.

»… das Feld links vom Linken … äh … Ich meine, eins links vom Linksten der drei, die ihr … Ihr wisst schon. Unsereins würde die Farbe eher dunkelgelb nennen, aber die Topsider … Ja. Entschuldigung. Umpf, ich glaube, mir wird schlecht. Wrx.«

»Danke vielmals, Quart.«

»Der kann dich nicht mehr hören, Perry. Soll ich ihn wieder zu sich bringen?«

»Nein. Wir nehmen das Dunkelgelbe.«

Fran zögerte, blickte Perry fragend an. Er nickte. Sie berührte das Farbfeld mit der Hand. Ein Summen erfüllte den Raum. Mit einem Mal erglühte der Gitterkäfig viel stärker. Das Gerät war offenbar betriebsbereit, und auf ein Ziel justiert.

Fran zog ihr Kärtchen wieder aus dem Schlitz, dann atmete sie tief durch und vertraute sich dem Materietransmitter an.

32

Kaum hatte sie sich hineinmanövriert, verschwand sie, und der Würfel mit ihr. Perry starrte verblüfft auf die Stelle, wo sich der Transmitter befunden hatte. Nach etwa zwei Sekunden erschien der leere Käfig wieder.

Oder ein anderer, der seine Stelle einnimmt, korrigierte er sich. *Na klar, so muss es sein. Das Gitter wird mitversetzt. Was den Vorteil hat, dass man es bis zum Rand vollstopfen kann.*

Rasch wiederholte er die Prozedur. Kärtchen rein, Feld gedrückt, Kärtchen raus …

Etwas klemmte. Er stemmte sich mit dem Fuß gegen die Wand, zog stärker. Zu stark. Die dünne Schnur riss. Er trudelte durch den Raum, überschlug sich in der Schwerelosigkeit, prallte unsanft gegen die Gitterstäbe. Eine Art Warnsignal ertönte.

Ach du …!

Nein, es war nur das Zeichen, dass er seinen Identitätsnachweis nicht vergessen sollte. Die Karte ragte zur Hälfte aus dem Schlitz.

»Das bleibt aber bitte unter uns, Dicker!«, brummte Perry, dann nahm er das verfluchte Ding wieder an sich und schwebte in den Transmitter.

Angesichts dessen, dass es sich nur um eine relativ kurze Strecke handeln konnte, war der Schmerz der Entzerrung und Wiederverstofflichung ungewöhnlich stark. Auch schien es Perry, als verstriche dazwischen eine geringe, doch subjektiv feststellbare Zeitspanne. Was es eigentlich nicht geben durfte. Transmitter, wie er sie kannte, funktionierten in Nullzeit. Hier rein, und im selben Moment dort heraus. Unwillkürlich tastete er seinen Körper ab, horchte in sich hinein; atmete erleichtert aus, als er keine Veränderung feststellen konnte.

Er sah sich um. Eine Art Hangar, mit dunkelgelben Wänden, leer bis auf zwei identische Gitterkäfige.

Und Fran.

»War das bei dir auch so … eigenartig?«, fragte er die TLD-Agentin.

»Mhm. Irgendwie wird mir dieser Ort immer unheimlicher.«

»Mir auch, wenn ich ehrlich bin. – Bully, kannst du uns orten? He, Dicker, bist du da?«

Keine Antwort. Die Funkverbindung war abgerissen. *Na bravo.*

»Vielleicht wird dieser Bereich abgeschirmt«, mutmaßte Fran. »Gehen wir trotzdem weiter? Sollen wir die Deflektoren einschalten?«

»Weiter: Ja. Deflektoren: Nein. Ich hege den Verdacht, dass

wir observiert werden, wenigstens zeitweilig. Wir sollten unseren Beobachtern nicht leichtfertig verraten, über welche Mittel wir verfügen. Los!«

Sie traten durch eine große dunkelgelbe – oder hellbeige? – Schiebetür aus dem Hangar und befanden sich sofort wieder im Gewühl der Mondstadt. Obwohl, ganz so dicht wie im lila Bezirk war das Gedränge hier nicht. Dafür wirkte alles viel heruntergekommener. Überall lag Dreck, Abfall, Sperrmüll.

»›Ewig-nicht-mehr-gesäuberte-Ebenen‹ trifft's ganz gut«, sagte Fran Imith.

Perry nickte. »Ich kann es ja fast nicht glauben, aber es sieht so aus, als hätte unser Bordgenie richtig gelegen. Jetzt müssen wir nur noch diese Schwermutsschlucht finden.«

Das erwies sich zum Glück als einfach. Da die Bezeichnung Schlucht auf eine größere Lücke zwischen den Industriekomplexen hindeutete, hielten sie sich jeweils dorthin, wo es weniger verbaut aussah. Gleichzeitig schien dies die Richtung zu einer Art Zentrum des Bezirks zu sein, denn die Tunnel wurden immer breiter und frequentierter. Erstmals sahen sie auch einfache, dreirädrige Fahrzeuge, mit denen unglaublich voluminöse Lasten transportiert wurden. Die über und über mit Unrat bedeckte Straße, der sie folgten, mündete schließlich in einen ebenso zugemüllten Platz, dessen eine Längsseite scheinbar im Nichts endete.

Vorsichtig traten sie an die Abbruchkante heran. Hier ging es tief hinunter, sehr tief. Perry hielt sich an einem verbogenen Stahlträger fest, beugte sich vor, verrenkte den Hals. Nach oben waren es gut zwanzig Stockwerke, nach unten jedoch mindestens dreimal so viele.

»Als hätte jemand mit einer gewaltigen Axt einen Keil aus der Bebauung herausgehauen«, sagte Fran leise.

»Ein sehr treffendes Bild«, bestätigte Perry. »Merkwürdig, dass sie die Lücke nicht wieder zugebaut haben. Sie nutzen doch sonst jeden Kubikmeter.«

Die Schlucht erstreckte sich nach beiden Seiten einige hundert Meter weit. Sie mochte etwa vierzig Meter breit sein. Genau ließ sich das nicht abschätzen, denn von unten stieg unaufhörlich ein diffuser, gräulicher Dunst empor, durch den die gegenüberliegenden Gebäude kaum zu erkennen waren. Der Grund verschwand in schwärzlichen Wolken, aus denen ab und an Flammen züngelten. Perry trat zurück. Er tat es Fran nach und schloss den Helm, wegen des erbärmlichen Gestanks nach Exkrementen, ranzigem Öl und verbranntem Plastik.

Er fuhr herum, weil er am Rand seines Gesichtsfeldes eine Bewegung wahrgenommen hatte. Einige der zahlreichen Häufen, die über den Platz verstreut lagen, schoben sich langsam an Fran und ihn heran. Der Vorderste richtete sich halb auf. Er entpuppte sich als ein etwa menschengroßes, in vor Schmutz starrende Lumpen gehülltes Lebewesen, dessen Kopf entfernt an den eines terranischen Leguans erinnerte.

»Kann ich deine Stiefel haben?«, erklang es aus seinem breiten Mund. Eine lange, schleimige Zunge fuhr blitzschnell heraus und wieder hinein.

»Was?«

»Bevor du springst – kann ich deine Stiefel haben?«

Nun waren auch die anderen heran.

»Und ich den Helm!«

»Ich diesen blauen Schal!«

»Den Schal kriege ich! Drängel dich nicht vor, du elender Furunkelhaufen, du bist nach mir dran!«

Die meisten der Echsen, die einen Halbkreis um Fran und Perry gebildet hatten, sahen kränklich aus. Ihre Köpfe waren von Geschwüren bedeckt. Ihre meterlangen Zungen kamen bereits bedrohlich nahe.

»Halt, halt!«, rief Perry. »Wir haben überhaupt nicht vor zu springen.«

»Nicht?«

»Macht keine Witze.«

»Schade. Seid ihr da ganz sicher?«

»Denk noch mal drüber nach. Ist denn das ein Leben? Nichts als Müh und Plage tagaus, tagein. Hm? Hab ich nicht recht?«

In gewisser Hinsicht schon.

Trotz des Zellaktivators fühlte sich Perry müde und ausgebrannt. Viel geschlafen hatte er in den letzten Tagen ja wirklich nicht, sondern jede freie Minute darauf verwendet, das hiesige Alphabet und zumindest einige Brocken Vaaligonde zu erlernen.

»Und wer dankt's dir, hm? Wer denn? Niemand.«

»Genau. Keiner versteht dich. Alle wollen bloß was von dir. Und was hast du hinterher davon? Nur Undank, Undank, Undank.«

»Eben. Der Aufwand lohnt einfach nicht. Steht nicht dafür. Kommt auch nichts heraus als immer noch mehr Arbeit. Stimmt's, oder hab ich Recht?«

Perry ertappte sich dabei, dass er den Leguanhaften zustimmte. Seit schier unendlich langer Zeit taumelte er von einer Kalamität in die nächste. Kaum hatte er eine Bedrohung für die Menscheit, die Galaxis oder gleich deren tausend abgewehrt, klopfte schon die nächste an die Tür. Und das würde wohl noch ewig so weiter gehen, wenn nicht ein gnädiges Schicksal dem doch irgendwann einmal ein Ende machte …

Fran schwankte. Im Helmfunk hörte er sie stöhnen. Das brachte Perry zur Besinnung.

He! Was geschieht hier? Wo kommen die plötzlichen Kopfschmerzen her, und die depressiven Gedanken?

Na, von wem wohl! Und dabei bin ich mentalstabilisiert …

»Nun komm schon, spring! Aber vergiss nicht, mir vorher deine Stiefel zu geben!«

Perry ergriff Fran am Arm, rüttelte sie. »Sie versuchen uns zu beeinflussen«, funkte er ihr zu. »Du musst dich dessen nur bewusst werden, dann kannst du ganz leicht dagegen ankämpfen. Hörst du?«

»J-ja. Oh. Du hast Recht. Wenn man es weiß, wirkt es fast gar nicht. Hölle, ich war nahe daran …«

»Springt!«, schrien die verdreckten Echsen im Chor. »Springt endlich!«

Doch ihre knarrenden Stimmen besaßen keine Macht mehr. Die Suggestion, die von ihnen ausging, war nur teilweise parapsychischer Natur. Die wichtigste Komponente schien die sprachliche zu sein, vielleicht so etwas Ähnliches wie neurolinguistische Programmierung. Höchst erstaunlich, dass das trotz der Mentalstablisierung und des Umwegs über die

Translatoren funktioniert hatte – wenn auch nur für beschränkte Zeit.

Enttäuscht zogen sich die Echsen zurück. Ohne die beiden Terraner eines weiteren Wortes zu würdigen, verteilten sie sich wieder über den Platz.

»Danke, Perry.«

»Ich muss dir danken, Fran. An mir selbst hätte ich die mentale Beeinflussung wahrscheinlich nicht so schnell bemerkt.«

Weit entfernt ertönte ein langgezogener Schrei. Sie sahen den von einer der höheren Ebenen herabgestürzten Körper gerade noch im Dunst und Rauch verschwinden.

Die Schwermutsschlucht macht ihrem Namen alle Ehre …

»Lass uns gehen«, flüsterte Fran. »Egal wohin, nur fort von hier. Bitte.«

Perry legte ihr den Arm um die Schulter. Er führte sie vom Abgrund weg und über den Platz, zwischen den leblos wirkenden Lumpenhaufen hindurch, zur Straße zurück. Ihn fröstelte. Er hatte gewiss schon Schlimmeres gesehen. Und doch wühlte ihn das Erlebnis auf.

Es ist immer wieder erschütternd zu erfahren, wie nahe wir an der Verzweiflung wohnen, zitierte er in Gedanken einen Schriftsteller, dessen Namen ihm momentan nicht einfallen wollte: *Wie dünn der Schleier ist, der uns die Welt erträglich scheinen lässt; und wie zerbrechlich, was uns aufrecht hält …*

Nach einigen Dutzend Schritten hatte sich Fran wieder gefasst. Sie räusperte sich, streifte im Gehen Perrys Arm behutsam ab. »An der Verschneidung von Schlucht und Ungesäuberten Ebenen, hat der Portier gesagt. Was könnte damit gemeint sein?«

Sie sahen es, nachdem sie der Hauptverkehrsader, die parallel zur Abbruchkante verlief, einige hundert Meter weit gefolgt waren. Hier verengte sich die Häuserschlucht und ging dann in eine Art Schacht oder Kamin über, von unregelmäßigem Querschnitt, etwa dreißig Grad zur Senkrechten verschoben und zwischen zwanzig und sechzig Meter durchmessend. Unzählige fragile Brücken, oft nicht viel mehr als windschiefe Leitern oder Seile mit vereinzelten Brettern, spannten sich zwischen den schmutziggelben Wänden dieser »Verschneidung«. Überall hingen schmuddelige Hinweisschilder und Leuchtreklamen, bei denen die meisten Buchstaben ausgefallen waren.

Perry bemühte sich, die Aufschriften zu entziffern, und las laut vor, was er zusammenstoppeln konnte. Auch Fran hatte bereits begonnen, das Vaaligonde zu erlernen, doch stand sie wegen der Zeit, die sie im künstlichen Tiefschlaf verbracht hatte, erst ganz am Anfang.

»›Institut für Individualpsychologie und Intimschmuck‹«, übersetzte der Translator Perrys Gestammel, während sie auf den schwankenden Brücken tiefer kletterten. »›Medidation nach der Manta-Methode, Massage gegen Aufpreis‹ … ›Dreiundzwanzig Wege zum unzerstörbaren Glück, mit Freigetränken‹ … ›Laichen, bis die Schuppen platzen‹ … ›Garantiert gigantische Gewinne durch Investitionen in die Neue Ökonomie‹ …«

»Das dürfte ein bisschen zu viel versprochen sein«, kommentierte Fran amüsiert. »Wenn der angebliche Experte sein Büro in einem derartigen Loch hat.«

Immer weiter hinab ging es, mal über bröckelnde Simse die Wände entlang, mal über nicht einmal zwei Fuß breite Stege ohne Geländer quer über den Schacht. Im engen Dickicht der vielen Verstrebungen nutzten ihnen die Antigravs herzlich wenig. Doch mussten sie immerhin keine Angst vor einem Absturz haben.

Schließlich entdeckte Perry die Leuchtreklame. Sie war eine der größten und, gemessen am hiesigen Standard, prunkvollsten von allen. Was hauptsächlich daran lag, dass noch sämtliche Schriftzeichen intakt waren.

»›Ter-Gün-Madian, Advokatus und Pflichtbeistand, alle Kassen.‹ Das muss es sein.«

33

Er begrüßte sie aufs Devoteste. Gerade, dass er ihnen nicht die Füße abschleckte. Richtig eklig. Hochwohlgeboren hin, Durchlaucht her … Obwohl er alles daran setzte, weltmännisch gewandt aufzutreten, konnte er nicht verbergen, wie sehr er sich vor seinem berühmten Clansoberhaupt in die Hosen machte. Sogar Axx wurde es bald zu viel der Unterwürfigkeit.

»Spar dir das Gesülze. Bring uns zu unseren Quartieren, Attaché Mokoefa«, befahl er barsch. »Wir sind müde. Wenn wir uns ausgeruht haben, wirst du mir von euren Fortschritten berichten. Es gibt doch welche?«

Der so genannte Attaché, ein ungewöhnlich schwammiger Nodrone mit lachhaft kurz gestutztem Bart und Haupthaar, vollführte einen weit ausladenden Schlenkerer mit der Hand, in der er eine Trinkschale hielt. Das sollte wohl nonchalant wirken. Doch er zitterte dabei so stark, dass er die Hälfte des Begrüßungstrunks verschüttete und sich von oben bis unten bekleckerte.

»Gewiss, o erhabener Botschafter Cokroide, ruhmreicher Son'Trokete und Heerführer«, säuselte er, wobei ihm der Kichersaft vom speckigen Wams troff. »Wir haben unsere Fühler ausgestreckt und auch bereits Rückmeldungen erhalten. Ich verfüge über allerbeste Verbindungen, müßt ihr wissen.«

»Wir werden ja sehen. Jetzt zeig uns die Unterkünfte.«

Auf einen Wink Mokoefas sprangen drei – selbst für nodronische Verhältnisse – spärlich bekleidete Frauen herbei und bückten sich diensteifrig nach dem Gepäck. Axx verscheuchte sie mit einer kaum merklichen Handbewegung sofort wieder. Stattdessen beluden sich Mozz und Wlenko, die beiden zu Varrn Vardak gehörigen Männer, mit dessen und Cokroides zahlreichen Tornistern. Pelmid Sulcatob trug ihre Ausrüstung und die wenigen mitgenommenen, persönlichen Habseligkeiten selbst.

Der Attaché ging voran. Aus der protzigen, doch letztlich geschmacklos und billig wirkenden Empfangshalle gelangten sie über eine breite, geschwungene Treppe in einen Laubengang. Dessen offene Bögen blickten auf der einen Seite in den Innenhof der Niederlassung, auf der anderen hinaus auf die Oberfläche des neunten Mondes. Dort stand, sich als Silhouette vor den Energiekuppeln der benachbarten Enklaven abhebend, Mokoefas Handelsraumer. Er war ungefähr so groß wie ein leichter Sternenkreuzer, aber gedrungener, und unzweifelhaft viel schwächer bewaffnet. Ein Wunder, dass er sich ohne Geleitschutz überhaupt in diesen Sektor wagte.

Oder auch nicht, dachte Pelmid. *Was sonst sollte einen Nodronen nach Wrischaila treiben, wenn nicht zwielichtige Geschäfte zwischen den Fronten? Kurz: Schmuggel; falls er nicht sogar Geschäfte für die Rebellen tätigt – über mehrere Ecken, versteht sich.*

Die dreiundzwanzig Monde des Planeten Wrischaila stellten eines der letzten Werftwerke von Vaaligo dar, eine Art freie Wirtschaftszone; wenn man so wollte: einen riesigen »Gewerbepark« mit dem Schwerpunkt auf Raumfahrtindustrie. Ein anachronistisches Überbleibsel der mangelhaft organisierten galaktischen Gesellschaft vor dem Auftreten der Nodronen; mittlerweile technologisch längst nicht mehr auf der Höhe und weitab vom Schuss, also von den derzeitigen Brennpunkten des Geschehens in Vaaligo. Es gab, hatte Axx Cokroide beim Herflug im Beiboot erklärt, keine Zentralverwaltung, nur das lose »Konsortium der 23 Gewerken«, die auf dem jeweiligen Mond – der jeweiligen Werkwerft – auf höchst unterschiedliche Weise regierten und vielen verschiedenen Echsenvölkern entstammten.

»Die Verhältnisse in Wrischaila sind ungeheuer kompliziert«, faselte Mokoefa, der Attaché, während sie den Laubengang entlangschritten, »komplizierter noch als in den anderen übrig gebliebenen Werftwerken. Doch das wisst ihr ja sicher selbst, hohe Herrschaften. Gleichwohl, um Jurisdiktion und Bürokratie braucht ihr euch keine Sorgen zu machen. Das kann ich alles zu eurer vollsten Zufriedenheit erledigen.«

»Wir benötigen Identitätsnachweise«, ordnete Axx Cokroide an, ohne auf die Ausführungen seines Gefolgsmanns näher einzugehen. »Lautend auf die Namen einfacher Mitglieder deines Kleinclans, deren Personenbeschreibungen den unsrigen ähneln. Verstehst du? Wir reisen inkognito. Aus Gründen, die dich nichts angehen. Wie schnell kannst du das besorgen?«

Mokoefa fuhr sich nervös durch die fettigen Haare. »Ein Anruf genügt, Botschafter, Son'Trokete, Herr. Maximal zwei Anrufe. Allerhöchstens drei.«

»Wie schnell, habe ich gefragt!«

»Wenn ihr euch, nach einem ausgiebigen, erholsamen Schläfchen, von euren Lagern erhebt, werden sie bereitliegen.«

»Ich pflege nicht länger als eine halbe Bordeinheit zu ruhen. Also spute dich.«

»Gewiss, o Erhabener, das werde ich. – Hier sind unsere bescheidenen Gästezimmer.«

Pelmid vermutete, dass es sich in Wirklichkeit um die Räumlichkeiten des Attachés und seiner engsten Angehörigen handelte. Obwohl sie unübersehbar frisch geputzt und aller privater Dinge entledigt worden waren, erweckten die durchaus luxuriösen Unterkünfte in ihr nämlich den Eindruck, als würden sie regelmäßig bewohnt. Wahrscheinlich war Mokoefas Familie in aller Eile in die eigentlichen Gästequartiere übersiedelt. Nun, Pelmid konnte das egal sein.

Axx teilte die Räume auf, wobei er es so einrichtete, dass Pelmid das Gemach neben seiner Suite bekam. Varrn Vardak musste, obwohl er als Are'Imga der Ranghöhere war, mit einem beträchtlich kleineren Zimmer vorlieb nehmen. Mozz und Wlenko teilten sich eine bessere Besenkammer. Freilich dachten auch sie nicht im Traum daran, Einspruch zu erheben.

Nachdem Pelmid Sulcatob die Tür hinter sich geschlossen hatte und mit einem Seufzer der Erleichterung aus ihrer Uniform geschlüpft war, sprang sie ins Badezimmer. Sie wusch sich, rasierte Beine, Unterarme und Achselhaar, verrieb wohlriechendes Salböl auf ihrer Haut und schminkte sich dezent, aber sorgfältig Gesicht und Brustwarzen. Dann legte sie die Jaffage an, das traditionelle, aus einem hauchdünnen, semitransparenten Seidengespinst bestehende Kleidungsstück der Nodroninnen. Zufrieden betrachtete sie sich im Spiegel.

Sie glaubte nicht, dass Axx schon in dieser Schlafperiode zu ihr kommen würde.

Falls aber doch, würde sie bereit sein, ihn zu empfangen.

34

»Herein, nur herein, ihr sollt willkommen sein!«

Die Stimme klang schrill und übersteuert. Die schwere, verbeulte Metalltür schwang auf. Perry musste sich bücken, und Fran zog ebenfalls den Kopf ein. Es dauerte einige Sekunden, dann hatten sich ihre Augen an das im Inneren herrschende Halbdunkel angepasst.

Ein Aquarium, konstatierte Fran. *Von dem schmalen Windfang abgesehen, in dem wir stehen, ist der gesamte Saal ein Aquarium, bis knapp unter die gut fünf Meter hohe Decke gefüllt mit einer fluoreszierenden Flüssigkeit.*

»Wappnet euch, befristet Aufenthaltsberechtigte«, verkündete die hysterisch kreischende Stimme, »für die Begegnung mit eurem Pflichtbeistand, dem ehrwürdigen Advokatus Ter-Gün-Madian!«

Ein grausam verzerrter Tusch ertönte. An der Bodenkante des Aquariums, unmittelbar vor ihren Füßen, wurden Feuerwerkskörper gezündet. Sie produzierten niedrige, sprühende Fontänen, zwei, drei ... Der Vierte gab nur ein armseliges »Puff!« von sich, gefolgt von einem mickrigen weißen Wölkchen. Das wurde verweht, als quietschende, in der Decke verborgene Ventilatoren in Aktion traten. Dann hagelte es für ein paar Sekunden.

»Feuer, Wasser, Wind und Graupeln«, deklamierte die Stimme voller Pathos. »Und ... äh ... mehrstimmige Akkorde. Über alle fünf Elemente gebietet der unermesslich einflussreiche Ter-Gün-Madian. Noch dazu vorsteuerabzugsberechtigt. Neiget eure Häupter, so ihr über welche verfügt, und blicket zu ihm auf!«

Na was jetzt, fragte Fran in Gedanken – *neigen oder aufblicken?*

Sie entschied sich für Letzteres.

In der aus sich selbst heraus leuchtenden Flüssigkeit wurden undeutlich schlängelnde Bewegungen erkennbar. Dann durchstieß ein spitzer Kopf die Oberfläche. Zwei dünne, fast durchscheinende Ärmchen umfassten die Oberkante der Aquariumswand und zogen den dunkelbraun glänzenden Körper hoch, bis etwa ein halber Meter davon über die Kante pendelte. Zwei stecknadelkopfgroße, schwarze Augen blickten auf Perry und Fran herab.

In etwa eine Mischung aus Aal, Muräne und übergroßem Skink, dachte Fran. Sie hatte schon oft genug mit exotischen Wesen zu tun gehabt, sodass sie niemand nach seinem Äußeren beurteilte. Die Art und Weise allerdings, wie dieser Advokatus seinen Auftritt inszeniert hatte ... »Schmierenkomödie« war noch ein beschönigender Ausdruck dafür.

Jedenfalls nicht unbedingt auf Anhieb Ehrfurcht gebietend oder Vertrauen erweckend.

»Wir haben einen Termin bei dir«, rief Perry nach oben, den Kopf in den Nacken gelegt. Er winkte mit seinem ID-Kärtchen. »Hier, falls du das überprüfen willst.«

»Nicht nötig.« Der Aalartige sprach in ein Mikrofon, das von der Decke baumelte. Aus den an den Wänden hängenden Lautsprechern wurde sein dünnes Stimmchen schrill und verzerrt wiedergegeben, wobei es häufig zu Rückkopplungen kam.

»Ihr habt in der kurzen Zeit eures Aufenthalts in der elften Werkwerft ein gewaltiges Sündenregister angehäuft. Die Strafen dafür belaufen sich zusammen mit der Gebühr für eure befristeten ID-Nachweise und dem mir gemäß den Tarifempfehlungen der Anwaltskammer zustehenden Honorar auf elfhundertundelftausend Calculs. Besagte Summe muss sofort entrichtet werden, widrigenfalls dieses Gespräch beendet ist und euer Schiff umgehend beschlagnahmt wird.«

»Das könnte dir so passen«, brummte Perry. Er steckte den Ausweis wieder ein und holte stattdessen seinen Creditchip hervor. »Elfhundertundelftausend, hm? Ich nehme doch stark an, dass du das Allermeiste davon an dieses NOTARIAT abliefern musst, nicht wahr?«

»Wie es einem ehrbaren Bürger und mondbekannten Star-Advokatus geziemt.«

»Mondbekannt glaube ich gern, Star schon weniger. Oder willst du behaupten, dass du freiwillig in diesem verkommenen Viertel haust?«

»Was unterstehst du dich!«, kreischte Ter-Gün-Madian, wobei sein etwa zwei Meter langer Leib die Flüssigkeit aufwühlte. »Selbstverständlich habe ich dieses Domizil nach reiflicher Überlegung und mit voller Absicht gewählt, um hautnah am Puls der Zeit zu sein. Diese Gegend ist unter jungen Professionellen überaus begehrt. Die Grundstückspreise steigen von Zeiteinheit zu …«

»Der einzige Vorteil ist wohl«, unterbrach Rhodan brüsk das Gekeife und Geplantsche, »dass deine Klienten es nicht weit zur Schwermutsschlucht haben, nachdem sie von dir ausgepresst wurden. Wie auch immer, du kannst uns nichts vormachen: Deine Geschäfte laufen nicht sonderlich gut. Ich habe das Gefühl, du könntest ein wenig mehr Geld, als dir das NOTARIAT für deine Tätigkeit als Pflichtbeistand zukommen lässt, ganz gut brauchen.«

»Willst du mich etwa – bestechen?«

Perry Rhodan breitete die Arme aus. »Bei uns sagt man: Eine Hand wäscht die andere. Weniger Abgaben fürs NOTARIAT, deutlich geringere Strafen für uns – dafür mehr und vor allem steuerfreies Honorar für dich. Behaupte bloß nicht, du könntest das nicht hinbiegen.«

»Pst, leise! – Rechts von euch ist eine Pforte. Kommt rein. Aber schrei um Himmels willen nicht mehr so herum!«

35

Sie waren schnell von Begriff, das musste er ihnen lassen. In beeindruckend kurzer Zeit hatte der größere Humanoide durchschaut, was Ter-Gün-Madian ihm zu durchschauen gegeben hatte, und den darin versteckten Köder geschluckt. Der scheinbar so verunglückte Auftritt hatte seinen Zweck voll und ganz erfüllt. Prompt unterschätzten ihn die sonderbaren Nodronen, hielten ihn für ein armseliges Großmaul. Sie glaubten, ihn kaufen, zum Komplizen machen und somit die

Initiative übernehmen zu können. Sollten sie! Je weniger sie ihm zutrauten, desto besser.

Ein guter Feldherr ist der, der einen Krieg gewinnt. Ein Besserer, der siegt, ohne dass der Feind es überhaupt bemerkt …

Es stimmte schon, dass er in Nöten war, doch keineswegs in finanziellen. Um ein paar hunderttausend Calculs ging es nicht, wirklich nicht. Wenn er immer öfter an die Schwermutsschlucht dachte, dann aus gänzlich anderen Gründen. Aber vielleicht stellten diese beiden Fremden und ihre Genossen in dem eindeutig nodronischen Frachter ja tatsächlich seine Rettung dar.

Sie waren seiner Einladung bereitwillig gefolgt und über die Leiter in den hinten hinaus gelegenen, niedrigeren Teil des Beckens gestiegen, den er für vertrauliche Besprechungen nutzte. Dort gab es unter Wasser auch Kisten in verschiedenen Höhen als Sitzgelegenheiten für Langbeiner wie sie. Er regulierte den Flüssigkeitspegel so, dass ihre Köpfe gerade noch herausragten, damit er sich mit ihnen Aug in Aug unterhalten konnte. Außerdem sorgte er für eine schwache Strömung, die die nassen Fetzen ihrer Verkleidung hin und her bewegte und so recht gut erkennbar die Form ihrer Raumanzüge enthüllte. Gar kein Zweifel möglich, es handelte sich um nodronische Modelle.

Er selbst hatte Körper und Schwanz lässig um den Ast eines Aquariumsbaumes geschlungen. In der linken vorderen Hand hielt er einen Glimmstängel, an dem er gelegentlich paffte. Aus Erfahrung wusste er, dass Nicht-Amphibien diesen Anblick besonders skurril, komisch und folglich sympathisch fanden.

Die Sache mit den Strafen hatten sie bald besprochen. Der Fremde, der sich Per-Ri-Rodan nannte und den Großteil des Redens übernahm, war ein guter, routinierter Verhandler. Ter-Gün-Madian vermittelte ihm das Gefühl, das absolute Maximum herausgeholt zu haben, und gab mit viel Gejammer und Gezeter vor, er sei weit unter sein ursprüngliches Limit gedrückt worden. In Wirklichkeit war ihm das bisschen Schwarzgeld vollkommen egal. Er wollte viel mehr herausfinden, welche Pläne die Humanoiden verfolgten, in der elften Werkwerft und darüber hinaus.

Also fragte er, genau so schleimig, wie sie es von ihm erwarteten: »Kann ich euch sonst noch irgendwie behilflich sein?«

»Wir tragen uns mit dem Gedanken, unser Schiff mitsamt der Ladung zu verkaufen und eventuell ein anderes, gern auch etwas kleineres, doch jedenfalls wendigeres und wehrhafteres zu erwerben. Wenn du so ein Geschäft ehebaldigst einfädeln und möglichst unauffällig abwickeln kannst, soll es dein Schaden nicht sein.«

Er verschluckte sich und inhalierte so heftig, dass er einen Hustenanfall bekam. Angewidert warf er den Glimmstängel ins Wasser.

Ehebaldigst! Unauffällig!

Waren sie wirklich dermaßen naiv, oder taten sie nur so?

»Jetzt hört mir mal gut zu, Freunde«, krächzte er. »Ein paar geringfügige Strafdateien verschwinden zu lassen ist eine Sache; ein ganzes Raumschiff dieser Größe zu kaufen oder zu verkaufen eine gänzlich andere. Ihr werdet im gesamten Werftwerk von Wrischaila niemanden finden, der so etwas einfach unter der Hand und am NOTARIAT vorbei abwickelt. Ganz abgesehen davon, dass es strengstens verboten ist und mit sofortiger totaler Enteignung aller Beteiligten geahndet würde, geht garantiert keiner ein derartiges Risiko ein, über die Rückenflosse geschlagen zu werden. Da braucht es nicht nur eine Horde von Rechtsbeiständen, sondern auch reihenweise Anlage- und Abgabenberater für die Zwischenfinanzierung, die ihrerseits wieder in rauen Mengen Gut- und Schlechtachter beauftragen. Dazu kommen die jeweiligen Kurs- und Rekursprüfer, Vor- und Rückversicherer, Treu- und Verderbhänder ... Wie habt ihr euch denn vorgestellt, dass wir hier Handel treiben? Mit Muscheln?«

»Also, ein wenig einfacher hätten wir uns das schon gedacht.«

»Träumt weiter, Kindsköpfe. Ha! Ihr besitzt ja noch nicht einmal dauerhafte ID-Nachweise.« Er entzündete einen neuen Lungentorpedo. »Außerdem geht es nicht auf allen Monden

Wrischailas so gemütlich zu wie hier. Manche Werkwerften sollte man besser nicht ohne Leibwache aufsuchen. Und darunter ist in gewissen Gegenden eine kleine Privatarmee zu verstehen.«

»Gut, lassen wir das vorerst. Was länger oder gar nicht befristete Aufenthaltsgenehmigungen für mehrere, sagen wir: sechs Personen angeht – wie kommen wir dazu?«

»Das ist leicht. Und sehr teuer.«

»Wie viel?«

Ter-Gün-Madian merkte sofort, dass die genannte Summe ihre Barmittel überstieg. Boshaft fügte er hinzu: »Nicht weiter schlimm. Ihr könnt ja jederzeit euren Frachter verkaufen …«

KAPITEL 6

Der Unsichtbare

36

»Ein grässlicher Kerl.«

»Und mehr als zwielichtig. Nicht nur wegen des Strahlewassers, in dem er herumschwimmt.«

Sie befanden sich wieder in den Ewig-nicht-mehr-gesäuberten-Ebenen, auf dem Rückweg zur Transmitterstation. Unbefriedigend und ergebnislos war die Besprechung zu Ende gegangen. Die einzige Vereinbarung, die sie mit dem im wahrsten Wortsinn aalglatten Anwalt getroffen hatten, war die, dass er kurz vor Ablauf ihrer Aufenthaltsfrist den Frachter anfunken und sich nach ihren weiteren Wünschen erkundigen würde.

»Glaubst du, dass er sich überhaupt meldet?«, fragte Fran.

»Ich denke, doch.«

Der Advokatus besaß großes Interesse an ihnen, das hatte Perry deutlich gespürt. Weshalb, stand auf einem anderen Blatt. Klar, er verdiente bei allen ihren Aktivitäten mit, wenn sie diese über ihn laufen ließen – und das mussten sie notgedrungen, ob es ihnen schmeckte oder nicht. Ohne Rechtsbeistand ging in Wrischaila gar nichts, und woher sollten sie einen anderen nehmen?

Doch da ist noch mehr, war Perry überzeugt. *Wir müssen sehr, sehr vorsichtig sein.*

Zum Abschluss hatten sie die Rede auf alteingesessene Völker der Galaxis Vaaligo gebracht, wie beispielsweise die Cor'morian. Nach wie vor bestand ja ihr wichtigstes Ziel darin, Kontakt zum verschollenen Volk der Wissenschaftler zu erhalten, die sie in diese Zeit geholt hatten und wohl als Einzige auch wieder eine Milliarde Jahre zurückversetzen konnten. Aber Ter-Gün-Madian hatte nur herablassend gemeint, er sei weder Historiker noch ein Auskunftsbüro, und hatte eine so horrende Summe dafür gefordert, entsprechende Experten zu vermitteln, dass sie dankend abgewunken hatten. Nicht einmal eine Adresse hatte er herausgerückt.

»Arschloch, schleimiges«, fluchte Fran, die offenbar ähnlichen Gedanken nachhing. »Obwohl es zugegebenermaßen putzig ausgesehen hat, wie er rauchte …«

Ihnen blieben noch etwas weniger als zwei Stunden, die sie sich in der elften Werkwerft ungehindert bewegen durften. Perry hatte keineswegs vor, diese teuer erkaufte Zeit ungenutzt verstreichen zu lassen. Genauso wenig, wie er dem Advokatus abnahm, dass sich das höllisch komplizierte juridische System nicht doch umgehen ließ. Er hatte oft genug mit aufgeblähten Bürokratien zu tun gehabt. Überall gab es Hintertürchen. Man musste sie nur finden.

Er erklärte Fran seinen Plan. Flüsternd, bei geöffnetem Helm, in einer dunklen Ecke. Es war ziemlich unwahrscheinlich, dass ihre Funkgeräte abgehört werden konnten, da diese von den technologisch weit über dem gebräuchlichen Niveau stehenden Cor'morian stammten. Aber er wollte auf Nummer sicher gehen.

In der Transmitterstation angekommen, vergewisserten sie sich, dass sie allein waren. Zu den Funktionen ihrer Standard-Kombiarmbänder gehörte ein Ortungsgerät, nicht sonderlich leistungsstark, aber ausreichend, um den dunkelgelben Hangar nach Kameras und Ähnlichem abzusuchen. Wie Perry gehofft hatte, waren keinerlei Aufzeichnungsgeräte vorhanden. Warum auch? Zur Benutzung des Transmitternetzes mussten die ID-Nachweise eingeführt werden. Somit wurde ohnehin registriert, wer sich wann hatte abstrahlen lassen, und natürlich ebenso, wohin.

Genau das gedachten sie sich zunutze zu machen.

Nochmals sahen sie nach, ob ihnen jemand gefolgt war. Nein. Gut. Gleichzeitig programmierten sie die Transmitter auf jenes blasse Lila, das für die Station in der Spitze »ihres« Auslegers stand. Dann stemmten sie die beiden schweren

Müllsäcke, die sie unterwegs aufgelesen hatten, hoch und warfen sie in die Gitterkäfige, die umgehend mit ihrer Fracht verschwanden.

»Nicht ganz dieselbe Masse«, sagte Perry, während er den Deflektor einschaltete, »aber bei den hierorts auftretenden, beträchtlichen Größen- und Gewichtsunterschieden hoffentlich nahe genug dran.«

Mit etwas Glück vermutete, wer auch immer sie überwachte, sie jetzt auf dem Heimweg in ihr Schiff. Verlassen konnten sie sich darauf nicht, aber was hatten sie schon zu verlieren?

Unsichtbar schlüpften sie durch den Spalt im Hangartor, den sie vorsorglich offen gelassen hatten, und starteten ihre Flugaggregate.

37

WAS HABEN SIE VOR? WO WOLLEN SIE HIN?

»Das konnte ich ihnen bislang nicht entlocken«, raunte Ter-Gün-Madian ins Mikrofon. »Alles, was sie von sich gaben, habe ich dir bereits mitgeteilt.«

Sein Gesprächspartner, wenn man denn diese perverse Form der Kommunikation so nennen wollte, schien zu überlegen. Lange. Oder hatte er die Verbindung bereits wieder getrennt? Der Advokatus, vor Anspannung zitternd, entzündete etwas Laich, aß einen Glimmstängel … ups.

Uäh!

Er würgte noch immer, als endlich neue Schriftzeichen auf dem Bildschirm erschienen.

ICH STEHE UNTER DRUCK, DARF MIR KEINEN IRRTUM ERLAUBEN. MAN HAT MIR BEDEUTET, DASS EINE FEHLEINSCHÄTZUNG FATALE FOLGEN FÜR MICH HABEN KÖNNTE. UND NATÜRLICH AUCH FÜR DICH.

»Dessen bin ich mir bewusst. Ich tue mein Bestes. Bei allen dreiundzwanzig Himmeln, ich rieche förmlich, dass sie die sind, nach denen ihr sucht! Andererseits, versteh mich bitte, der Wunsch könnte Vater des Gedankens sein. Ich sehne mich so sehr danach, dass ich meiner eigenen Intuition nicht traue.

Niemand weiß besser als du, wie viel für mich auf dem Spiel steht.«

ALSO WAS JETZT???

»Lass mir noch ein wenig mehr Zeit. Bis jetzt gibt es kein einziges Indiz, das dagegen spräche. Solche Nodronen hat die Galaxis noch nicht gesehen. Vielleicht eine Mutation … Ach, ich weiß es nicht. Sie sind sehr gewitzt, reaktionsschnell, geradezu furchterregend alert, besonders der Eine. Unglaublich, wie schnell sich der auf jede neue Situation einstellen kann. Aber da ist noch mehr, davon bin ich überzeugt. Wir müssen sehr, sehr vorsichtig sein.«

ZEIT, ZEIT. IMMER WILLST DU MEHR ZEIT. DIE HABEN WIR ABER NICHT!!! WENN ICH NICHT BALD LIEFERE, SCHNEIDEN SIE MICH IN STREIFEN. UND DU WEISST, WAS DAS FÜR DICH BEDEUTET.

»Ich tue ja eh, was ich nur kann, du Aas!«, brüllte Ter-Gün-Madian. Seine Kiemen flatterten unkontrolliert. »Entschuldige«, wimmerte er. »Ich habe die Beherrschung verloren. Wollte dich nicht insultieren. Ich bin … ich habe … ich hätte so gern ein Lebenszeichen von ihr, ein Holo, ein Standbild nur … Ich verzehre mich vor Sorge, buchstäblich. Bin schon so dünn wie ein Kabel … Kannst du mir nicht wenigstens sagen, wie es ihr geht? Ein Wort, ein einziges Wort?«

Keine Reaktion. Die Schrift auf dem Schirm blieb, wie sie war.

Ter-Gün-Madian versetzte dem Mikrofon einen Hieb, brach sich fast die Finger dabei. Dann schwamm er ins Ruhebecken, stellte den Wecker auf fünf Zeiteinheiten, reduzierte die Wassertemperatur so weit, wie er es gerade noch wagen konnte, und gab sich der kalten, trostlosen Starre hin.

38

»Nicht bewegen!«

Fran hielt unwillkürlich den Atem an. Sie drückte sich gegen die Wand, presste auch die mittlerweile wieder trockenen Stoffteile so flach an sich wie nur möglich. Dennoch streifte sie das dreirädrige Gefährt. Es riss dabei einen Flicken los, der plötzlich sichtbar wurde, sobald er den Einflussbereich des Deflektorfeldes verließ. Aber niemand von den Vorbeihastenden schöpfte Verdacht.

»Puh.«

»Weiter!«, hauchte Rhodan.

Sie hatten die Helme zurückgeklappt, da sie nun sowieso für jedermann außer sich selbst unsichtbar waren, und verständigten sich, wenn nötig, durch leise Zurufe, die im allgemeinen Lärm der Straße untergingen.

Unter den vielen Dutzenden von Reklameschildern, die Perry auf dem Weg zu ihrem so genannten Rechtsbeistand entziffert hatte, war auch eines gewesen, das nach allem, was sie inzwischen erfahren hatten, buchstäblich in neuem Licht erstrahlte:

STO . . . R KA . L
GESCHI . HTE, GESCH . CHTEN,
SEHR SC . MACKHA . TE SCHICHTT . RTEN

Der winzige Laden, der aussah, als wehre er sich mit letzter Kraft dagegen, von den bedrohlich über und neben ihm aufragenden Fabriken zerquetscht zu werden, wurde von roten, grünen und blauen Lampions erleuchtet. Allein das machte ihn zu einer Oase inmitten der ihn umgebenden dunkelgelben – und zugleich hellbeigen – Wüste.

Die Regale an den Wänden, die Theke, die Sitzgruppe im Eck, sogar die verdorrten Blumenampeln, die von der Decke herabhingen, ächzten unter der Last unzähliger kleiner, würfelförmiger Datenträger. In der Luft lag Moder, doch zugleich auch Weisheit.

Fran, die fand, dass sie lange genug Perry für sie beide hatte reden lassen, rief: »Kundschaft!«

Zugleich schaltete sie ihren Deflektor aus.

Ein Wesen kam aus den unergründlichen Tiefen des Ladens geschlurft, das Fran Imith, sobald sie seiner im schummrigen Licht ansichtig wurde, bei sich spontan als »Der Schildkröt« bezeichnete.

»… alter Mann ist schließlich kein Transitionsraumer«, nuschelte der Schildkröt, während er mit einem Tuch, das mindestens so vergreist war wie er selbst, seinen Sehbehelf abwischte. Als er diesen wieder über seinem Schnabel fixiert und Fran ins Knopfauge gefasst hatte, zuckte er zusammen. Sein Kopf verschwand ruckartig unter dem Knochenschild, schob sich jedoch bald darauf wieder hervor.

»O heilige Gemeinsamkeit! Hat jemand gesehen, dass du hier hereingegangen bist?«

»Das kann ich mir nicht vorstellen«, antwortete Fran wahrheitsgemäß. Perry hatte seinen Deflektor angelassen; nun, da sie den ihrigen desaktiviert hatte, konnte auch sie ihn nicht mehr wahrnehmen.

»Ehrlich?«

»Ehrlich.«

»Eine Nodronin. Dass ich das noch erleben darf. Gehörst du zu den Rebellen?«

»Äh ... nicht direkt.«

»Na ja, das würdest du einem Unbekannten gegenüber wohl nicht einfach so ausplaudern. Obwohl ich dich beruhigen kann. Ich pfeife auf das Empire, und wenn du in dessen Dienst stehen solltest, dann um kein Deut weniger. Ich fürchte die Peitsche von Nodro nicht, mir bleiben so oder so nur noch wenige Einheiten. Einzig die Quochten ... Aber ich sehe, dass ich beginne, dich zu langweilen. Was ist dein Begehr?«

Fran fühlte, wie sie eine Gänsehaut bekam. Hier waren sie richtig. Hier würden sie endlich mehr über die Galaxis Vaaligo, über die Zukunft der Milchstraße erfahren.

»Geschichte«, sagte sie feierlich. »Und Geschichten.«

»Verstehe. Willst du nicht doch lieber ein Stück Schichttorte? Sie ist sehr schmackhaft, wenngleich nicht mehr ganz frisch und ein wenig trocken.«

Aber während er sprach, begann er bereits, Datenwürfel zusammenzusuchen und auf dem Abspielgerät zu stapeln.

»Meine Zeit ist leider sehr begrenzt«, bekannte Fran mit aufrichtigem Bedauern. »Wenn du mir vielleicht nur das Wichtigste an historischen Daten ... Besonders interessieren mich die Cor'morian und die Nodronen.«

»Das kann ich dir auch auswendig erzählen«, nuschelte der Schildkröt.

39

»Interessant«, sagte Perry, nachdem sie den Laden wieder verlassen hatten. »Wirklich sehr, sehr interessant. Zu schade, dass uns nicht mehr Zeit zur Verfügung stand. Aber wir werden das bei nächster Gelegenheit nachholen.«

Einst, hatte der Schildkröt doziert, vor langer Zeit, in den glücklichen, goldenen Äonen, gab es in der Galaxis Vaaligo fast nur Echsenvölker, welche in Frieden zusammenlebten, denn die spärlich besiedelte Sterneninsel bot mehr als genug Platz für alle.

Was nichts anderes bedeutet, als dass die Dichte an intelligenten Lebensformen in der Milchstraße stark zurück gegangen ist, dachte Perry. *Wie es die Kosmokraten anstrebten …*

Die verschiedenen, verstreuten Echsenzivilisationen hatten wenig Kontakt untereinander. Handel, Technologie- und Wissenstransfer wurden fast ausschließlich in den zahlreichen Werftwerken betrieben. Allgemein herrschte Zufriedenheit mit diesem Status Quo. Niemand wollte daran etwas ändern, weder aus Bedürftigkeit noch aus Ehrgeiz oder Sendungsbewusstsein.

Eine Ausnahme in mehrfacher Hinsicht stellten die Wissenschaftler von Cor'morian dar. Sie stammten nicht nur von Vögeln ab, sondern sie strebten auch als einzige permanent nach Höherem. Doch ging es ihnen nicht um Macht oder Einfluss, sondern um Forschung um des Fortschritts willen. Da sie den anderen Völkern dabei kein Leid zufügten, sondern sie auch uneigennützig an vielen ihrer technischen Errungenschaften teilhaben ließen, waren sie hoch angesehen. Manchenorts wurden sie geradezu verehrt. Wo immer Angehörige des Volkes Tambu, wie sich die vogelköpfigen Wissenschaftler selbst nannten, einen ihrer Ordenstürme errichten wollten, wurden sie mit offenen Armen aufgenommen. So verbreiteten sie sich über große Teile der Galaxis. Ihr eigentlicher Heimatplanet aber geriet in Vergessenheit.

Vor etwa dreißig- oder fünfunddreißigtausend Jahren – genau hatte das der Schildkröt nicht definieren können, da hätte er erst in seinen Datenspeichern nachsehen müssen –

begannen die Cor'morian mit den Vorbereitungen für ein kühnes, nie dagewesenes Unterfangen. Sie wollten einen so genannten Schwarm erbauen und damit in der Lokalen Galaxiengruppe Intelligenz und die Entstehung von Leben fördern.

Einen Schwarm! Wie sind sie auf diese Idee gekommen? Von selbst? Nein, das wäre ein schier unglaublicher Zufall. Derartige Schwärme, mit genau derselben Aufgabe, existierten in unserer Zeit, und lange davor. Sollte sich dieses Wissen rund eine Milliarde Jahre lang erhalten haben? Und wenn dem so ist: Gibt es vielleicht noch andere Überlieferungen?

Perry war sich freilich nicht sicher, ob er überhaupt erfahren wollte, was aus den Terranern, den Arkoniden, den Blues und den vielen anderen Sternenreichen der Milchstraße geworden war, oder – aus Sicht des Jahres 1329 NGZ – werden würde. Und doch: Falls sich ihm die Gelegenheit bot, sich diese Informationen anzueignen, würde er sie ergreifen. Das lag einfach in der menschlichen Natur.

Faust: »Zwar weiß ich viel, doch will ich alles wissen.«

Obwohl gerade diese Geschichte nicht sonderlich gut ausgegangen ist …

Etwa um dieselbe Zeit, als das Volk Tambu den Bau des Schwarms in Angriff nahm, betraten die Nodronen die galaktische Bühne. Woher sie ursprünglich kamen, konnte niemand sagen; möglicherweise stammten sie gar nicht aus Vaaligo, sondern aus einer anderen Galaxis. Den Planeten Nodro besiedelten sie jedenfalls erst später.

Während die Cor'morian und die Echsenvölker nahezu sämtliche Ressourcen für den ehrgeizigen Plan des Schwarmbaus verwendeten, begann im Schatten dieser einzigartigen technologischen Großtat das Empire von Nodro zu wuchern – zu Anfang mehr oder minder unbeachtet.

Eine Ignoranz, die sich im Lauf der Jahrtausende rächen sollte.

Die Humanoiden zeigten sich den echsenhaften Lebensformen in puncto Vitalität und Vielseitigkeit nämlich überlegen. Sie begannen die Galaxis Vaaligo im Sturm zu erobern und die anderen Völker rücksichtslos zu verdrängen.

Welche Ironie der Geschichte – hier sind die Menschen die Bösen!, begriff Perry. *Kein Wunder, dass uns überall mit Misstrauen begegnet wird.*

Inzwischen umfasste das Empire von Nodro nicht weniger als rund fünftausend Planeten. Und es gebot über die größte militärische Macht in der Galaxis. Von den Tambu jedoch hörte man immer weniger. Nach wie vor fanden sich ihre Ordenstürme auf zahlreichen Planeten; die weitaus meisten aber standen mittlerweile leer.

»Unser nächstes Ziel steht somit fest«, verkündete Perry. »Wir müssen einen der wenigen noch bewohnten Ordenstürme finden. Bedauerlich, dass dir der nette Historiker diesbezüglich nicht weiterhelfen konnte.«

»Seine Daten sind einfach zu veraltet, wurden teilweise hundert Jahre und länger nicht mehr aktualisiert.«

»Na ja, das wäre wohl auch zu einfach gewesen. Jedenfalls benötigen wir dazu ein neues, möglichst unauffälliges Raumschiff. Da die Nodronen weite Teile der Galaxis kontrollieren, kämen wir mit dem Frachter nicht weit. Ich sage dir, ich würde ihn lieber heute als morgen los werden und in einer der Werkwerften untertauchen, bis wir ein anderes Schiff gefunden haben. Allerdings ganz sicher nicht in der Elften. Dieser Ter-Gün-Madian ist uns schon viel zu sehr auf die Pelle gerückt.«

»Obacht, da kommen wieder drei mit Wimpeln!«

Unwillkürlich duckte sich Perry trotz des Deflektorschirms. Manche Reflexe ließen sich eben auch nach dreitausend Jahren noch nicht unterdrücken.

Der Schildkröt hatte sich beim Abschied geweigert, von Fran Geld anzunehmen. »Ich bin sterbenskrank«, hatte er genuschelt. »Kann jeden Morgen aufwachen und draufkommen, dass ich tot bin. Was soll ich da mit Calculs? Mein Leben habe ich gelebt und genossen, so weit es die Umstände erlaubten. Du aber bist jung. Pass gut auf dich auf, freundliche Nodronin-oder-auch-nicht-Nodronin! Geh den Exekutern aus dem Weg. Auch wenn sie hinter jemand anderem her sein sollten – wer immer ihnen in die Quere kommt, kann schneller, als er sich's versieht, in Schwierigkeiten geraten.«

Natürlich waren Perry und Fran sofort hellhörig geworden. Exekuter? Konnte es sein, dass diese nach *ihnen* fahndeten?

Doch Suchtrupps der an ihren roten Wimpeln erkennbaren Häscher, die für das NOTARIAT säumige Zahler verfolgten, trieben sich gemäß dem Schildkröt bereits seit gut zwanzig Zeiteinheiten verstärkt in den Ewig-nicht-mehr-gesäuberten-Ebenen herum. Das konnte also nicht sie betreffen. Vor zwanzig Zeiteinheiten hatten sie mit dem Frachter noch gar nicht an der elften Werkwerft angedockt gehabt.

Zwei der drei Wimpelträger, die sich, die schmale Gasse entlang, beunruhigend rasch auf Fran und Perry zubewegten, waren Irchy-Ba, wie sie ihnen auch schon in Mantagir untergekommen waren. Sie ähnelten ins Riesenhafte vergrößerten, sechsgliedrigen Eidechsen. Gut drei Meter lang, gingen sie gewöhnlich nicht aufrecht, sondern benutzten die mittleren Gliedmaßen als Laufarme. Sie wogen bis zu einer Tonne, besaßen eine flammend rote Schuppenhaut und an der Kehle eine an ein Halsband erinnernde Querfalte, die durch vergrößerte, aufgequollen wirkende, bläuliche Schuppen gebildet wurde.

Man sagte den Irchy-Ba nach, oft rabiat und draufgängerisch zu agieren; und diese beiden, über und über mit Rucksäcken und breiten Ausrüstungsgürteln behängten Exemplare machten auf Perry ganz besonders den Eindruck, als wäre mit ihnen nicht gut Kirschen essen. Ohne Rücksicht auf Verluste verschafften sie sich Platz. Mit ihren kräftigen Handlungsarmen stießen sie Passanten, die nicht schnell genug ausweichen konnten, brutal zur Seite und versetzten ihnen im Vorbeigehen noch extra einen klatschenden Schlag mit dem muskulösen Schwanz. Nicht wenige blieben bewusstlos liegen.

Der dritte Exekuter schritt hinter den beiden Rabauken her und versetzte ab und zu einem der am Boden Liegenden einen Tritt. Er gehörte dem Volk der Jifften an, so wie auch die Bürgermeisterin der Mars-Metropole Mantagir. Jifften gingen aufrecht und wurden über zwei Meter groß, bei einem Gewicht von bis zu einer halben Tonne, was auf die Herkunft von einer Hochschwerkraftwelt schließen ließ. Der Schädel war flachgedrückt, kantig, mit grünen Schlitzaugen und einem extrem biegsamen Hals von dreißig Zentimetern Länge. Der überaus kräftige Stützschwanz durchmaß fast einen halben Meter und stellte wegen des dornigen Hornbesatzes an den Enden eine mörderische Waffe dar. Dennoch galten die Jifften eher als ausgleichendes Element, als Unterhändler und Diplomaten.

»Zwei böse und ein relativ guter Cop«, raunte Perry. »Nichts wie weg!«

Hm. Leichter gesagt als getan. Vor ihnen stauten sich die flüchtenden, sich gegenseitig behindernden Massen. An ein Ausweichen war in dem engen, an dieser Stelle nur wenig mehr als zwei Meter hohen Gang nicht zu denken. Und dass ein Vollzugsorgan misstrauisch wurde, wenn es plötzlich gegen jemand Unsichtbaren prallte, davon war auszugehen.

»Da hinein!«

Fran deutete auf eine Lücke zwischen zwei Hauswänden, verschwand auch schon darin. Perry folgte ihr.

Und die drei Exekuter ebenfalls.

Fran und Perry liefen vor den drei furchteinflößenden Echsen her, die sich geräuschvoll, eine nach der anderen, zwischen den eng zusammenstehenden Mauern durchzwängten. Nach wenigen Metern gelangten sie in einen quadratischen, etwa sieben mal sieben Meter messenden Hinterhof, der von einem rostigen Metallnetz überdacht wurde.

»Au weia«, zischte Fran. »Eine Sackgasse!«

Nirgendwo ging es weiter, nicht links noch rechts, nicht oben noch unten. Etliche Dampfauslässe mündeten in den Hof und erfüllten ihn mit weißlichen, übel riechenden Schwaden.

»Keine Panik«, flüsterte Perry. »Sie sind nicht hinter uns her, können uns ja nicht einmal sehen. Suchen wahrscheinlich nur routinemäßig alle Schlupfwinkel ab. Wir zwängen uns in die hinterste Ecke und warten, bis sie wieder abgezogen sind.«

Sie wateten, bedacht darauf, kein verräterisches Geräusch zu verursachen, durch den knietiefen Müll. Was davon ins Deflektorfeld geriet, wurde zeitweise unsichtbar. Doch angesichts der spärlichen Beleuchtung und der dichten Dampfschwaden fiel das, hofften sie, nicht auf.

In der Ecke türmte sich der Abfall noch höher. Perry und Fran kletterten vorsichtig hinauf, fanden auf einigen verdorrten Wurzeln Halt für ihre Füße, lehnten sich an die Wand.

Und fuhren zusammen, als ein erstickter Schmerzensschrei ertönte.

Direkt unter ihnen!

40

»Aaargh! Was soll das? Auauauuu, tut das weeeh!«

Ensetzt hielt Sneber Graz mit beiden Händen seinen Mund zu. Aber es war bereits zu spät.

Und dabei war er so guten Mutes gewesen, den Exekutern ein weiteres Mal entkommen zu können! Auch, als sie sich seinem Versteck bis auf wenige Schritte genähert hatten, war er zuversichtlich geblieben und hatte nicht die Nerven verloren. Er war perfekt getarnt gewesen, vollkommen mit dem stinkenden Müll verschmolzen. Es hätte schon weit besserer Augen und Nasen als der von Irchy-Ba oder Jifften bedurft, um ihn aufzuspüren.

Aber dann durchfuhr ihn mit einem Mal ein furchtbarer Schmerz. Und noch einer, und noch einer. Etwas drückte so schwer auf seinen linken Oberschenkel, dass Sneber panische Angst hatte, der Knochen könne brechen. Und dann verspürte er einen Stiefel mitten im Gesicht ... Da konnte er nicht mehr an sich halten. Er schrie, bäumte sich auf, um die unsichtbare Last abzuschütteln.

Und wurde dadurch seinerseits für die Exekuter erkennbar.

»Da ist er!«

»Ergreift ihn!«

»Haben wir dich endlich, du Wicht!«

Geblendet blinzelte Sneber in das Licht der starken Taschenlampen. Tränen schossen ihm in die Augen. Widerstand war zwecklos. Einer der Irchy-Ba blockierte den einzigen Ausgang.

»Du bist verhaftet, Delinquent Grax! Ergib dich, du hast keine Chance. Bleib in Bewegung, damit wir dich sehen können. Aber schön langsam, und versuch keine Tricks, sonst machen wir von der minder gefährlichen Dienstwaffe Gebrauch!«

Sneber hob die Arme. Wie er es auch drehte und wendete: Seine Flucht war zu Ende, und damit im Prinzip auch sein Leben. Wie lange würde er in den Quarzminen durchhalten? Zwei Umläufe, vielleicht drei? Egal, »Leben« konnte man das sowieso nicht nennen. Er war nun einmal nicht für körperliche Arbeit gebaut. Es war aus, vorbei, vorüber.

Da geschah etwas höchst Seltsames.

Die beiden ihm am nächsten stehenden Exekuter kippten plötzlich zur Seite, als hätte sie fast gleichzeitig ein gewaltiger Hieb getroffen. Über sich nahm Sneber Bewegung wahr. Er drehte eines seiner Augen nach oben und sah, wie ein dünner, aus dem Nichts kommender Strahl ein kreisförmiges Loch in das Metallnetz schnitt. Sneber stand fassungslos, die Hände noch immer erhoben. Da wurde er an ihnen ergriffen und nach oben gerissen, durch das Loch, und in rasender Geschwindigkeit weiter den Abgasschacht hinauf. Der Jiffte schoss ihnen nach, doch sein Strahl verpuffte wirkungslos in einem hell aufflammenden Schutzschirm, wenige Zentimeter vor Snebers Fußspitzen.

Sneber schloss die Augen. Sein Herz klopfte wie wild. Er hatte nicht die geringste Ahnung, was hier vorging.

Aber so viel stand fest: Wer immer ihn dazu gebracht hatte, sein Versteck zu offenbaren, hatte ihn daraufhin wieder vor den Exekutern gerettet.

41

»Ich bin ehrenlich aufs Äußerste dankbar«, piepste die merkwürdige kleine Echse. »Nie niiiemals nicht wird euch Sneber Grax das vergessen!«

Sie hatten die Exekuter abgeschüttelt und sich, viele Blocks weiter, in eine halb verfallene Lagerhalle zurückgezogen, um ihren unverhofften Fang genauer in Augenschein nehmen zu können.

Am Auffälligsten war, wie unglaublich rasch seine von feinen Schuppen bedeckte Haut die Farbe, Musterung und sogar Struktur des Hintergrundes annahm. Er fügte sich perfekt in seine Umgebung ein. Wenn er sich nicht bewegte und die Lider über den dunklen, tennisballgroßen Augen schloss, musste Fran Imith zweimal hinschauen, um sicher zu gehen, dass er noch da war.

Sneber Grax, wie sich der Chamäleonhafte nannte, war etwa einen Meter groß und ging auf zwei kurzen, gebogenen Beinen. Sein langer Schwanz lag, zu einer Spirale zusammengerollt, am Rücken an. Die dünnen Ärmchen endeten in dreifingrigen Händen.

»Gehe ich recht in der Annahme, dass du gewisse Probleme mit dem NOTARIAT hast?«, fragte Perry, nachdem er sich und Fran vorgestellt hatte.

»Das ist riiichtig und falschlich zugleich.« Offenbar taten sich die Translatoren mit der eigenartigen Sprechweise des Kleinen schwer. »Genauer genommen hat das NOTARIAT Schwiiierigkeiten mit mir.«

Fran zog den linken Handschuh ihres Raumanzuges wieder an. Sie hatte ihn abgestreift und in die Tasche gesteckt, um die in den Ringen an ihren Fingern versteckte, mikrominiaturisierte Geheimausrüstung einsetzen zu können. Ohne den schwachen Konturschirm, den sie damit projiziert hatte, wären sie wohl nicht mehr am Leben gewesen.

»Lass mich raten«, sagte sie. »Du hältst wenig davon, Abgaben zu entrichten, stimmt's? Zumal du kaum aufzufinden bist, wenn du nicht willst. Aber in letzter Zeit hast du es ein wenig übertrieben, und darum jagen dich die Exekuter seit etwa zwanzig Einheiten intensiver als je zuvor.«

Sneber Grax linste zu ihr empor. Er zitterte am ganzen Leib. Sein Gesichtsausdruck hatte etwas Treuherziges. Doch Fran war überzeugt, dass der schmächtige Kerl mit allen Wassern gewaschen war.

»Darf das wahr sein? Nodronen, die niiicht nur einen stinkenden Yuchten retten, sondern auch noch seine heimelichsten Gedanken zu lesen vermögen!«

Perry ging vor ihm in die Hocke. »Du brauchst keine Angst

zu haben. Weder sind wir Nodronen, noch Telepathen. Wir können nur zwei und zwei zusammenzählen. Und wir haben etwas mit dir gemeinsam: Auch wir stehen dem NOTARIAT ein wenig … reserviert gegenüber. Ich denke, du solltest uns mehr über dich erzählen, Sneber Grax. Vielleicht können wir uns gegenseitig helfen.«

42

Ich, Sneber Grax, aus: »WWWwW – Wer ist Wer im Werftwerk Wrischaila«, herausgegeben von Sneber Grax

Obgleich meine Bescheidenheit an Selbstverleugnung grenzt, kann ich um der historischen Wahrheit willen nicht umhin zu berichten, dass ich schon vor meiner Geburt ein Wunderkind war. Meine Mutter hatte nämlich das Gelübde der Keuschheit abgelegt und war daher nicht verheiratet. Zahlreiche hoch angesehene Bürger unserer Siedlung besuchten in regelmäßigen Abständen jenes mit dem Bild der aufgehenden Sonne verzierte Haus, das sie bewohnte, um sich von ihrer Sittenstrenge und Standfestigkeit zu überzeugen – manchmal mehrere an ein und demselben Tag! Und dennoch wurde sie trächtig und gebar ein Gelege von vierundvierzig Eiern.

Selbige stellte unsere liebe Mutter, der gewiss das Herz dabei brach, umgehend der Wissenschaft zur Verfügung, damit das Wunder untersucht werden konnte. So waren die ersten Worte, welche ich in meinem jungen Leben vernahm: »Einer bewegt sich immer noch. Ach was, ich schmeiß ihn trotzdem in den Kübel.«

Mit Fug und Recht kann ich behaupten, dass ich das Andenken an meine dreiundvierzig Geschwister bewahrt, ja buchstäblich verinnerlicht habe. Sonst hätte ich den langen Weg durch die Kanalisation wohl kaum überstanden.

Über meine Lehrjahre im Delta möchte ich nur sagen, dass sie Herrenjahre waren. Ich hatte sehr viele Herren, und alle überschütteten mich mit Zuneigung. Noch und nöcher priesen sie meine Anpassungsfähigkeit. Kann man einem Yuchten ein höheres Lob aussprechen? Meine Kunst war sehr gefragt.

Immer wieder wurde ich aufgefordert zu zeigen, wie schnell ich verschwinden konnte. Und ich bin mir sicher, keinen enttäuscht zu haben.

Nach Wrischaila gelangte ich als sehender Passagier; alle anderen nämlich waren mir gegenüber blind. Aber das kränkte mich nicht. Ich begann meine Tätigkeit als Linksberater, und schon bald verbreitete sich mein Ruhm über die dreiundzwanzig Monde. Mein Name ist in aller Munde. Der Ruf »Weiß jemand, wo Sneber Grax steckt?« ertönt in jeder Werkwerft; nicht selten werden in diesem Zusammenhang höhere Geldsummen offeriert. Ich bin, wie man so sagt, ein gefragter Mann. Wer mich nicht einen flüchtigen Bekannten nennt, bezeichnet mich als bekannten Flüchtigen. Derlei Prominenz ist nicht leicht zu verkraften, doch ich tue mein Bestes.

Danke, danke, danke, lieber Benutzer, dass auch du die bescheidene Einschreibegebühr überwiesen und dir das umfassende Standard-, Nachschlage- und Wegwerfwerk »WWWwW – Wer ist Wer im Werftwerk Wrischaila« heruntergeladen hast. Die übrigen 96 Milliarden 472 Millionen und zirka elf Rubriken werden in Kürze ebenfalls zur Verfügung stehen. Anregungen, Wünsche, Beschwerden und Zivilklagen kannst du wahlweise an das NOTARIAT oder ans Amt für Quarzbergbau auf WW20 schicken. Glück auf! Möge die Übung gelingen!

Dein sehr ergebener …

KAPITEL 7

Wahrheit tut weh

43

»Linksbeistand?«, fragte Fran.

Sneber Grax hatte sie im Schutz der Deflektoren zu einer Infosäule geführt, deren Dienste man eigentlich nur mittels ID-Karte und Creditchip abrufen konnte. Aber der Yuchte hatte aus einer seiner Körperfalten eine Phiole geholt und einen dicken, rötlichen Tropfen in den Schlitz geleert, woraufhin sie Zugriff erhalten hatten.

Vermutlich eine Art Naniten-Cocktail, dachte Perry.

Es war das erste Mal, dass sie hier – *jetzt* – Spuren von Nanotechnologie begegneten. Irrwitzig winzige Maschinchen, für die ein Einzeller einen ganzen Planeten darstellte, hatten das Datenlesegerät getäuscht. Sneber hatte dabei allerdings nicht den Eindruck erweckt, als sei er sich über die technischen Vorgänge im Klaren. Er hatte wie ein Magier agiert, der stolz darauf war, den richtigen Zaubertrank eingepackt zu haben.

»Rechtsbeistände«, beantwortete der Yuchte Fran Imiths Frage geduldig, als spräche er zu einem sehr begriffsstutzigen Kind, »vertreten ihre Klienten in legaaalen Angelegenheiten. Linksbeistände hingegen ...« Er zwinkerte mit den riesigen Augenlidern.

»Verstehe. Es existiert also«, sagte die TLD-Agentin, »neben der offiziellen, vom NOTARIAT verwalteten Ökonomie der Werkwerften noch eine andere, illegale.«

»Eine? Ha! Mindestens dreiundzwanzig!«

So etwas hatte sich Perry Rhodan schon gedacht. Je aufgeblasener und restriktiver ein System, desto größer war auch die Grauzone der Schattenwirtschaft. In den Werkwerften von Wrischaila benötigte man dafür offenbar eine Art Führer oder Vermittler, eben einen Linksbeistand. Und den hatten sie ja nun gefunden – wenn er auch mit Vorsicht zu genießen war.

»Pass auf, Sneber«, sagte Perry leise und eindringlich. »Du bist mir durchaus sympathisch; dennoch traue ich dir keine Sekunde über den Weg. Ein Gauner wie du würde seine eigene Großmutter verscherbeln, geschweige denn zwei dahergelaufene Fremde.«

Der Yuchte stemmte die Ärmchen in die Hüften. »Also wirklich!«, rief er entrüstet. »Wo denkst du hin? Selbstverständlich habe ich meine eigene Großmutter verkauft, und zwar mehrmals. Und den Gewinn haben wir iiimmer fair geteilt!«

»Ich kann mir vorstellen, zu wessen Gunsten. Egal. Was ich dir sagen will, ist Folgendes: Bei uns ist ziemlich viel Geld zu holen. Aber nur, so lange du dich hundertprozentig loyal verhältst. Beim ersten Versuch, uns zu hintergehen, bist du unser Linksbeistand gewesen. Und das wäre ein großer Schaden für dich, denn wie gesagt, wir haben Einiges vor. Beispielsweise wollen wir unser Raumschiff abstoßen oder, besser noch, gegen ein anderes eintauschen.«

Erschrocken sprang Perry einen Schritt zurück, denn Sneber Grax hatte plötzlich zugleich seinen Schwanz und seine fast ebenso lange Zunge entrollt, wobei er ein trötendes Geräusch ausgestoßen hatte; eigentlich deren zwei. Unwillkürlich fühlte sich Perry an gewisse Pfeifchen erinnert, die es auf den Jahrmärkten seiner Kindheit gegeben hatte.

Der Yuchte entschuldigte sich; diese Geste sei bei seinem Volk ein Ausdruck der höchsten Verwunderung und zugleich respektvollen Anerkennung. Geschäfte einer solchen Größe standen, gab er zu, selbst für ihn nicht oft auf der Tagesordnung. Doch könnten sie damit gleichwohl keinen Besseren betrauen.

Perry blieb skeptisch. Ohne mehr als das Nötigste zu verraten, erklärte er dem Kleinen, was sie suchten. Der war gleich Feuer und Flamme. Alles im Prinzip kein Problem, versicherte er überschwänglich. Zuallererst mussten sie sich

Bewegungsfreiheit verschaffen, insbesondere die lästigen Exekuter los werden. Dies war nur möglich, wenn seine Ausstände beim NOTARIAT beglichen wurden, wenigstens eine erste Rate. Unnötig zu sagen, dass er über diese Summe nicht verfügte.

»Hm. Woher sollen wir wissen, dass du nicht abhaust, sobald wir deine Steuerschulden bezahlt haben?«

»Ich fühle mich persööönlich getroffen von so viel Misstrauen. Du selbst hast vorhin argumentiert, dass es dumm von mir wäre, euch zu betrügen.«

»Ja, und ich halte dich keineswegs für dumm. Trotzdem, das reicht mir nicht. Ich will irgendeine Form von Garantie.«

»Schon kapiert. Also Wahrheitsegel. Ach, wie ich diese grässelichen Dinger hasse!«

»Wahrheitsegel?«

44

Er führte sie auf verschlungenen Pfaden zu einer schmalen, unscheinbaren Tür, an die er in kompliziertem Rhythmus klopfte, bis sie geöffnet wurde.

Der Raum, in den sie gelangten, hätte das Hinterzimmer eines Cafés sein können. Tische und Sitzgelegenheiten in unterschiedlicher Größe und Höhe deuteten darauf hin, dass dieses Lokal von Angehörigen verschiedenster Völker frequentiert wurde. Derzeit war aber nur ein einziger Tisch besetzt. Dort saßen sich zwei dunkle, entfernt an Leguane erinnernde Gestalten gegenüber, vollkommen regungslos, und starrten einander an. Von Zeit zu Zeit fauchte eine von ihnen leise. Obwohl es sich um Angehörige einer fremden Rasse handelte, konnte sich Fran Imith des Eindrucks nicht erwehren, es handle sich um ein Paar mit Beziehungsproblemen. Sneber, Perry und sie nahmen in einer Sitzgruppe am anderen Ende des Zimmers Platz.

»Dreimal?«, fragte die Kellnerin, eine albinoide, in wallende Tücher gehüllte Echse mit hohem, halb durchsichtigem Sichelkamm.

»Wollt ihr beiiide? Es ist sehr schmerzehaft. Nur, damit es nicht hinterher heißt, ich hätte euch nicht gewarnt.«

Fran blickte Rhodan an. »Es reicht, wenn einer von uns sich der Prozedur unterzieht«, sagte der Terranische Resident. »Überdies besitze ich eine gewisse Erfahrung mit solchen … Symbionten.«

Die Kellnerin studierte gelangweilt ihre silbern bemalten Klauen. »Also?«

»Zweiiimal. Aber von den guten, wenn ich bitten darf! – Die Egel sind nämlich nicht alle gleich«, erläuterte Sneber Grax, nachdem die Albino-Echse im Nebenzimmer verwunden war. »Bei den Schlechten treten die unangenehmen Begleiterscheinungen viiiel stärker auf.«

Nach einiger Zeit kehrte die Kellnerin zurück. Sie trug ein kleines CredChip-Lesegerät sowie zwei trommelförmige, etwa fünfzehn Zentimeter lange Behälter. »Du weißt, wie es läuft, Yuchte. Erst die Calculs.«

Sneber Grax zeigte mit dem ausgestreckten Finger auf Perry. Der führte seinen CredChip in das Gerät ein und autorisierte den Zahlungsvorgang. Kommentarlos schob die Albinoide ab. Der Linksbeistand langte nach einer der Trommeln, schraubte den Deckel ab, griff hinein und holte einen zappelnden, etwa dreißig Zentimeter langen, rostbraun und violett schimmernden Wurm heraus.

»Guuut zupacken«, sagte er. »Die Dinger sind sehr glitschelig.«

Er setzte den Egel in seinen Nacken, wo sich dieser mit einem unangenehm schmatzenden Geräusch festsaugte. Sneber stöhnte laut auf. Fran war nun doch recht froh, dass ihr das erspart blieb.

Auch wenn es sicher ein Erlebnis gewesen wäre, die Gedanken eines Unsterblichen lesen zu können … Aber so funktioniert es ja ohnehin nicht, hat der Kleine gesagt.

Angeblich wirkten die Wahrheitsegel – Perry applizierte gerade den seinigen – wie biologische Lügendetektoren. Sie verliehen für die Zeit von einigen Minuten eingeschränkt telepathische Fähigkeiten. Der Träger eines Egels vermochte deutlich zu erkennen, ob ein anderer, gleichfalls mit einem solchen Symbionten ausgestatteter, aufrichtig war oder log.

Rhodan schloss die Augen, verzog das Gesicht, atmete ganz langsam aus.

»Puh. Angenehm ist das wirklich nicht gerade ... Also los. Beginnen wir mit einem Test. Frag mich, wie alt ich bin.«

»Wie alt biiist du?«

»Fünfunddreißig Umläufe meines Heimatplaneten.«

»Falsch.«

»Richtig erkannt. Tatsächlich bin ich achtunddreißig.«

»Ja, das stiiimmt.«

»Man könnte aber auch sagen, ich bin 2978.«

Sneber sprang auf, streckte Schwanz und Zunge aus, trötete zweistimmig. »Heee! Das ist ebenfalls wahrheitlich! Wie kann das sein?«

»Diese Frage beantworte ich dir, wenn ich das Gefühl habe, dir wirklich trauen zu können.«

»Du bist ein erstauuunlich aufrichtiges Wesen, Perry Rhodan. Du lügst nicht oft, oder?«

»Ich habe die Erfahrung gemacht, dass Ehrlichkeit meistens zielführender ist. Aber ich denke, du bist da anderer Ansicht, nicht wahr?«

Der Yuchte ließ sich wieder auf seinen Hocker nieder. »Allerdingslich. Die Welt will belogen sein. Die Meisten sind sogar dankbar dafür, der Wahrheit niiicht ins Auge sehen zu müssen.«

»Ich nicht. – Stimmt die Geschichte, die du uns erzählt hast?«

»Im Prinzip schon.«

Perry Rhodan kniff die Augen zusammen. »Das ist zu ungenau.«

»Na schööön. Ich bin tatsachelich Linksberater, schon seit geraumer Zeit. Und gut in dem, was ich mache. Deshalb kriegt das NOTARIAT gewöhnlich exakt gaaar nichts mit von meinen Aktivitäten.«

»Aber?«

»Aber vor kurzem habe ich einer hooochgestellten Persönlichkeit bei der Umfärbung von Krediten geholfen.«

»Du meinst Geldwäsche? Aus Schwarz mach Weiß?«

»Bei uns sagt man Blau und Gelb. Doch ich glaube zu versteeehen, was du meinst. Ja, so war es. Ich habe ein sehr fantasievolles Portfolio organisiert. Nur leiiider war der Kunde, ein Berater des Gewerken, der über die vierte Werkwerft gebietet, eher fantasielos.«

»Au. Das wird ja immer ärger ... Ich registriere, dass du dich um die Wahrheit herumdrückst, Sneber Grax. Die Geldanlage hatte nicht zufällig mit dem Standardwerk ›Wer ist Wer im Werftwerk vom Wrischaila‹ zu tun?«

»Doch. Der Kerl hatte kein Vertrauen in die Neue Ökonomiiie und hat mich ans NOTARIAT verpfiffen.« Der Yuchte ächzte. »Gegen Ende, wenn die Egel abzusterben beginnen, erhöhen sich die Unannehmlichkeiten betrachtelich. Du solltest zur Sache kommen.«

»Gern. Wirst du uns weiter helfen, nachdem wir deine Schulden getilgt haben?«

»Ja. Ich bin doch nicht bloööd.«

»Wirst du uns auch nicht übers Ohr hauen, wenn es um den Verkauf unseres Schiffes und den Ankauf eines neuen geht?«

»Nein. Aber ich will natürlich eine ordentliche Provision abstauben.«

»Schon klar. Und hegst du dabei Hintergedanken?«

»Äh ... nun ... Was meinst du damit?«

»Keine Ausflüchte. Hegst du Hintergedanken?«

»Jjj...aaa. Also, in gewisser Weise, ich meine ... wer tut das niiicht?«

»Du versuchst, Zeit zu schinden. Das bringt dir aber nichts. Notfalls kaufe ich uns zwei neue Wahrheitsegel.«

»Bäh, wie abstoßend konsequent! Also, wenn ich eeehrlich bin ... Ich hoffe, eventuell mit euch von Wrischaila verschwinden zu können. Mir wird der Boden hier zu kühl. Aaargh!«

Sneber bäumte sich auf. Seine Schuppenhaut, die bisher Tisch und Sessel kopiert hatte, verfärbte sich grünlich. Auch Rhodan presste die Zähne aufeinander; der Schweiß rann in Strömen von seiner Stirn.

Dann fielen die Egel ab. Schwer atmend stierten sich der Terraner und der Yuchte an.

»Willkommen im Team!«, sagte Perry und streckte die Hand aus.

45

Er schlug auf sie ein wie ein Besessener. Sie schrie, doch er hörte nicht auf, ganz im Gegenteil.

Zuerst hatte Pelmid Sulcatob an ein Spiel geglaubt. Sie war in solchen Dingen durchaus nicht unerfahren. Macht- und Sexualtrieb hingen zusammen. Gerade sehr einflussreiche Männer wollten nicht selten im intimen Rahmen erniedrigt werden, zurechtgestutzt, gedemütigt; wollten demonstriert bekommen, dass auch ihnen Grenzen gesetzt wurden; dass sie, auf ihre nackte Existenz entblößt, klein und arm und hilflos waren. Das hatte mit Entlastung zu tun, mit Entschuldung und, endlich, Entspannung.

Axx Cokroide war anders.

Er war erst spät zu ihr gekommen, als sie schon geschlafen hatte. Und er hatte nicht viel Federlesens gemacht.

»Willst du?«

»Ja?«

»Überlege es dir lieber nochmals. Willst du mich, willst du mich wirklich, schöne Pelmid? Nicht den Botschafter, den Son'Trokete. Nicht die Trophäe. Mich. Den Nodronen.«

»Hmmm … Ja, Axx. Ja, ich will.«

Anfangs war es herrlich gewesen. Sein sehniger, heißer, dunstender Körper lechzte nach ihr, das spürte sie bei jeder Berührung. Sie gaben sich einander hin, wild wie Tiere. Aber dann begann er, kurz vor dem Höhepunkt ihrer Lust, sie zu schlagen. Hart. Viel zu hart. Noch härter.

Und je mehr sie sich wehrte, ihn zur Vernunft zu bringen versuchte, desto brutaler wurde er. Drosch mit den Fäusten auf sie ein, kratzte und biss sie, dass sich das Laken rot färbte von ihrem Blut. Nackte Todesangst erfüllte sie, als er ihr eine Klinge an die Kehle setzte.

»Sag ein Wort«, stieß er heiser keuchend hervor, »gib einen einzigen Ton von dir, Pelmid vom Clan der Sulcatob, und ich schneide dir den Kopf ab. Glaubst du, ich kann das nicht? Wer würde mich dafür zur Rechenschaft ziehen?«

Sie versuchte sich zusammenzukrümmen, doch er lag schwer auf ihr, hielt sie mit der anderen Hand und den Beinen fest wie in einem Schraubstock. Ihr Unterleib brannte lichterloh. Tiefer und tiefer drang er in sie ein, auf eine Weise, wie sie es längst nicht mehr wollte, nie gewollt hatte, nicht so.

»Was bildest du dir ein, Schlampe? Willst wie ein Mann sein? Mir ebenbürtig? Niemals! Spürst du den Unterschied? Spürst du ihn gut? Na, gefällt dir das? Sag, dass es dir gefällt. Sag es!«

»Ja! Ja!«, schrie sie unter Tränen. Sie vermeinte, entzweigespalten zu werden, konnte vor Schmerz und Furcht keinen klaren Gedanken mehr fassen, wusste nur, dass es kein Spiel war, sondern Ernst, blutiger, tödlicher Ernst. Dass er sie umbringen würde, wenn sie ihm nicht gab, was er von ihr sehen und hören wollte.

»Ja, es gefällt mir!«, log sie. »Ja. Ja! Jaaa …«

»Du warst gut«, lobte er sie, nachdem er endlich von ihr abgelassen hatte. »Sehr glaubhaft. Ich denke, wir werden noch viele schöne gemeinsame Stunden erleben, Pelmid Sulcatob.«

Danach ging er.

Sie schleppte sich ins Badezimmer, erbrach sich wieder und wieder, bis nichts mehr in ihr war. Nichts mehr von ihrem Stolz. Aber immer noch viel zu viel von ihm.

Wenig später saßen sie sich am Besprechungstisch gegenüber. Er lächelte sie an, als ob nichts gewesen wäre.

»Ich hoffe, ihr alle seid ebenso erholt wie ich«, sagte er, kühl, beherrscht, souverän. »Mokoefa, ich nehme an, du konntest inzwischen über Mittelsmänner Kontakt herstellen?«

»Ja sicher, das ist geregelt. Auch ID-Karten haben wir jetzt für alle, und zwar solche, die sich nicht zurückverfolgen lassen.«

»Gut so.« Reginald Bull verbarg seine Erleichterung nicht. »Wir hatten uns schon ziemliche Sorgen wegen euch gemacht. Vor allem nach der Sache mit den Müllsäcken.«

»Bully hat mich abermals nach oben in den Transmitterraum geschickt, einige Zeit, nachdem der Funkkontakt abgerissen war«, berichtete Pratton Allgame. »Na, ihr könnt euch vorstellen, wie ich erschrocken bin, als ich die Säcke gesehen habe. Und wie froh ich war, als sie wirklich nur Müll enthielten.«

»Ohne dir Vorwürfe machen zu wollen, Alter«, sagte Bull, an seinen Mitstreiter seit Jahrtausenden gerichtet, »aber eine kurze handschriftliche Nachricht an oder in den Säcken wäre keine ganz schlechte Idee gewesen.«

»Du hast Recht. Tut mir Leid«, entschuldigte sich Perry, »daran haben wir im Eifer des Gefechts nicht gedacht. Könnt ihr mir das noch einmal durchgehen lassen?«

Bully blickte in die Runde. Sie waren vollzählig im kleinen Besprechungsraum neben der Zentrale versammelt. Sechs Terraner, eine gottlob sicher in ihrem Korb verwahrte Katze, und das Chamäleonwesen, das Perry Rhodan und Fran Imith mitgebracht hatten.

Fran …

Er gestand sich ein, dass er mehr um sie gebangt hatte als um seinen ältesten Freund. Der war noch jedes Mal irgendwie davongekommen. Während seine Begleiter nicht selten auf der Strecke geblieben waren …

»Aber klar doch, Perry.« Shimmi Caratech unterstrich ihre zuckersüß gesäuselten Worte mit einem Augenaufschlag der Sonderklasse. »Hauptsache, du bist wohlbehalten wieder zurück. Und du natürlich auch, Frannie.«

Bull verdrehte die Augen. Pratton Allgame ging ja noch an, den konnte man zumindest einfache Handlangerdienste ausführen lassen. Und Quart Homphé, der aussah, als könnte er nur noch mit Hilfe eines Krans aus dem Kontursessel befreit werden, hatte immerhin während der Verfolgungsjagd durch den Linearraum seinen Mann gestellt. Wenn er nicht gerade ohnmächtig geworden war.

Aber Shimmi? Landplage war ein Hilfsausdruck für das pubertierende Gör.

Apropos Landplage …

»Da fällt mir ein: Dieser Advokatus hat sich gemeldet, kurz vor Ablauf eurer offiziellen Aufenthaltsfrist. Unser so genannter Pflichtbeistand. Wie hieß er noch gleich?«

»Ter-Gün-Madian.« Perry straffte sich. »Was habt ihr ihm gesagt?«

»Nun, er wollte dich sprechen. Da es ohnehin keine Bildverbindung war, habe ich mich für dich ausgegeben und ihm mitgeteilt, dass wir zu Verkaufsverhandlungen bezüglich unseres Frachters bereit wären. Er wird sich wieder rühren, hat er gesagt.«

»Ter-Gün-Madian?«, fragte entgeistert die kleine, aufgrund ihrer erstaunlichen Tarnfähigkeit kaum sichtbare Echse. »Deeer Ter-Gün-Madian?«

»Ja. Wieso? Kennst du ihn?«

»Äh … flüchtig.« Sneber Grax schüttelte sich. »Das ist ungewohnelich. Sehr ungewohnelich.«

»Was?«

»Dass Madian als Pflichtbeistand auftritt. Das tut er so gut wie nie. Hat er ja wohl nicht nööötig, der reiche Geldsack.«

»Moment«, mischte sich Perry ein. »Reich? Bist du sicher, dass wir vom selben Ter-Gün-Madian sprechen? Auf mich machte er eher den Eindruck einer hoffnungslos verkrachten Existenz.«

»Ah. Na klaaar, ihr wart in seinem Büro an der Schwermutsschlucht, stimmt's?«

Perry bejahte.

»Dort empfängt er Besucher, die er über seine wahren Verhältnisse im Unklaren lassen will. Tatsachelich ist er einer der reichsten Männer von Wrischaila, mit besten Beziehungen zum Gewerken der elften Werkwerft. Manche meinen sogar, er selbst seiii dieser Gewerke!«

»Was hat das zu bedeuten? Warum interessiert er sich so

stark für uns, dass er sich persönlich engagiert?« Bully schlug mit der Faust auf den Tisch. »Verdammt, was geht hier vor?«

»Ich weiß es nicht, Dicker. Aber ich habe das Gefühl, wir sollten uns schleunigst aus dem Staub machen.«

Und das taten sie auch.

47

Ein bisschen mulmig war mir schon, schrieb Shim Caratech in ihr Tagebuch, *als Reginald den Mars-Liner 01 in den freien Weltraum hinaussteuerte. Ich meine, das Teil ist zwar luftdicht isoliert und so, wurde ja von den Mars-Kolonisten als Fernreisebus zwischen den ersten, teilweise weit auseinander liegenden Siedlungen verwendet. Aber raumtüchtig ist etwas anderes. Baujahr 2021 Alter Zeitrechnung bitte! Das Vehikel stand Jahrtausende lang im Museum. Und jetzt fliegen wir damit von einem Mond zum anderen …*

Andererseits hätte Shimmi dieses Erlebnis nicht missen wollen. Das war nun wirklich »die Anfänge der Raumfahrt hautnah nachvollziehen«, wie es im Prospekt für den Mars-Rundflug geheißen hatte.

Sie wischte Eisblumen vom Fenster, um besser hinaussehen zu können. Unendlich langsam, wie ihr schien, schoben die uralten Pulsator-Triebwerke sie auf den nächststehenden Mond zu. Die Musik, die aus den Kopfhörern ihrer Haarspange erklang, passte richtig gut dazu. Sie fühlte sich wie in einem Film, in dem sie die Heldin war.

Diese Werkwerft, schrieb Shimmi weiter, *ist viel größer als die, auf der wir den Frachter zurückgelassen haben. Sie sieht aus wie ein riesiger Ball, in den jemand Dutzende flacher Scheiben gesteckt hat. Jede davon, hat Sneber erzählt, durchmisst rund fünfzig Kilometer, verfügt über ein eigenes künstliches Schwerefeld und wurde nach einer anderen Landschaft oder Klimazone gestaltet, damit alle Bewohner unter den jeweils für sie optimalen Umweltbedingungen leben können. Von manchen Ebenen ergießen sich breite Flüsse als gigantische Wasserfälle über den Rand hinab auf die nächste*

Scheibe. Das Sonnenlicht bricht sich in ihnen, was viele Kilometer hohe Regenbögen ergibt. Wunderschön ist das anzusehen. Unter uns, liebes Tagebuch: Ich bin regelrecht ergriffen.

Mit einem Mal überkam Shimmi eine Ahnung von der Größe des Universums. Dutzende kleiner Scheibenwelten gab es allein auf der zehnten Werkwerft. Wochen und Monate würden vergehen, bevor sie sie alle aufgesucht und besichtigt hätten. Und doch war das nur einer von dreiundzwanzig besiedelten Monden des Riesenplaneten Wrischaila. In nur einem von unzähligen Sonnensystemen, in nur einer von unzähligen Galaxien …

Sie musste eingenickt sein, denn als sie die Augen wieder aufschlug, setzte der Mars-Liner bereits zur Landung an. Unter ihnen breiteten sich schneebedeckte Gebirgszüge aus, die zum Rand der Scheibe hin in sanftes, saftig grünes Hügelland übergingen. Großzügig verstreut lagen Siedlungen und einzelne Häuser – nein, eher Gehöfte, Gutshöfe, Schlösser; viele davon mit einem eigenen kleinen Raumhafen.

»Hm. Diesmal haben wir eindeutig die bessere Gegend erwischt«, sagte Fran. »Soll heißen: Wir wechseln von den Kleinkriminellen zu den großen Verbrechern.«

»Das Idyll trügt mit Sicherheit«, stimmte Perry ihr zu. »Wer kann sich angesichts der beengten Raumsituation, wie wir sie in der elften Werkwerft erlebt haben und wie sie bestimmt auch auf vielen anderen Monden vorherrscht, derart großzügige Landsitze leisten? Wohl nur jemand, der nicht von allzu vielen Skrupeln geplagt wird. Wir müssen hier erst recht höchste Vorsicht an den Tag legen, Freunde.«

Schikago sprang auf Shimmis Schoß und spähte neben ihr aus dem Fenster, wobei sie aufgeregt schnurrte. Wahrscheinlich ahnte sie, dass sie endlich wieder Erdboden unter den Pfoten spüren würde. War aber auch höchste Zeit, dass sie ordentlich Auslauf bekam. Ihr Bäuchlein wurde immer dicker. Shimmis Eltern würden ihr bestimmt Vorwürfe machen, wenn sie die reinrassige, mit einem elend langen Stammbaum ausgestattete Katze als Fettkugel zurückbrachte.

Der Liner schwebte nun über einer Aulandschaft, die von vielen kleinen Bächen durchflossen wurde, auf ein geräumiges Landefeld zu. Etliche Raumschiffe verschiedenster Bauweisen waren hier geparkt. An der Hügelflanke dahinter lag zwischen mächtigen, türkis schimmernden Baumriesen ein Dorf, über dem eine ebenso bizarre wie prachtvolle Burg thronte.

»Weiß Bull eigentlich, wo er uns hinbringt?«, fragte Quart Homphé missmutig.

»Sneber Grax ist bei ihm in der Steuerkanzel«, erinnerte Fran. »Er kennt diesen Ort und behauptet, hier ausnahmsweise willkommen zu sein.«

»Und ihr seid euch sicher, dass ihr dieser im wahrsten Wortsinn schillernden Persönlichkeit vertrauen könnt?«

»Relativ sicher, ja«, beruhigte Perry. Mit der rechten Hand betastete er die frische Narbe in seinem Nacken. Shimmi erschauerte ob der beiläufigen Geschmeidigkeit seiner Bewegungen.

Ein toller Typ. Ein interessanter Typ.

Das antike Vehikel setzte auf der Landebahn auf. Die Vibrationen, die Shimmi schon gar nicht mehr bemerkt hatte, ließen abrupt nach, als Bull die Motoren drosselte. Dann erstarben sie gänzlich. Wenig später kamen Sneber und er aus dem Cockpit.

»Und jetzt?«, fragte Pratton Allgame.

»Jetzt«, antwortete der Yuchte, während sich seine Haut rasend schnell dem neuen Hintergrund anpasste, »jetzt besuchen wir den Schutzpatron der Diebe.«

48

Sie stiegen aus. Alle.

Perry Rhodan hatte mit sich gekämpft, ob sie die »Zivilisten« zur Burg mitnehmen sollten. Aber er konnte Pratton, Quart und Shimmi unmöglich noch länger im Mars-Liner einsperren, nicht inmitten eines derart paradiesischen Umfelds. Außerdem hatte Sneber Grax geschworen, dass sie sich auf sicherem Terrain befanden – zumindest so lange, bis der ominöse Schutzpatron entschieden hatte, wie er mit ihnen verfahren wollte. So oder so bot der Schwebebus keinen Schutz vor Waffen, die über Pfeil und Bogen hinausgingen. Also schärfte Perry den drei unfreiwilligen Gefährten ein, dass sie bedingungslos zusammenbleiben und ihre Augen offen halten sollten. Er kam sich dabei wie der Reiseleiter einer Schülergruppe vor, was ihm ganz und gar nicht behagte. Fehlte nur noch, dass er einen bunten Sonnenschirm vor sich hertrug …

Im Gänsemarsch stiefelten sie quer über das Landefeld und einen gepflegten, blendend weiß geschotterten Weg hügelan. Nervtötend langsam, damit Quart Homphé nicht den Anschluss verlor. Der Bildhauer watschelte, schwitzend und schnaufend, etwa so elegant dahin wie ein Walross. Shimmi Caratech tänzelte im Gegensatz dazu ungeduldig von einem Wegrand zum anderen, wobei sie mit dem kleinen Finger Schikagos Katzenkorb vor sich her stupste, der von einem eingebauten Mini-Antigrav in der Schwebe gehalten wurde. Die blaue Ferrol-Katze war sichtlich nicht damit einverstanden, dass sie noch immer nicht hinausdurfte. Wieder und wieder warf sie sich mit ausgefahrenen Krallen gegen die Kuppel aus foliendünnem, transparentem Kunststoff.

Sie waren schon eine Truppe … Pratton Allgame, in seinem schicken, dandyhaften Seidencape, schlenderte, nein: promenierte leichtfüßig bergauf. Gelegentlich blieb er stehen, um sich zu bücken und affektiert an einer Blume zu riechen. Perry konnte nicht glauben, dass der Mann ganz echt war. Irgendetwas hatte der auf dem Kerbholz. Er musste spüren, dass Rhodan ihn beobachtete. Aber er gab sich weiterhin ungerührt und tat, als bemerke er es nicht. Allein das verriet, dass er mehr war als bloß ein simpler Weinliebhaber.

Ich komme schon noch dahinter, was du verbirgst, mein Lieber. Und das gilt auch für dich, Delinquent Grax.

Der meistens nur an seinem flirrenden Umriss erkennbare Linksberater wieselte trotz der kurzen, unbeschuhten Beinchen flott voran. Er schien dem bevorstehenden Treffen mit dem Schutzpatron der Diebe förmlich entgegenzufiebern. Das immerhin war kein schlechtes Zeichen. Snebers Zuversicht hatte etwas Aufbauendes, Erquickendes.

So wie Bullys und Frans frische Verliebtheit.

Es war Perry nicht entgangen, dass sein Kumpel Reginald, tapsig und unbeholfen wie ein junger Bär, die Nähe der feschen TLD-Agentin suchte, und dass diese darüber beileibe nicht unglücklich war. Wann immer sie anhielten, um Quart Homphé aufschließen zu lassen, steckten die beiden, leise scherzend und tuschelnd, die rothaarigen Köpfe zusammen. Sie verstanden sich prächtig.

Obwohl er ihnen dieses unschuldige Glück von Herzen gönnte, machte sich Perry Rhodan Sorgen um sie. Wusste Fran Imith, worauf sich einzulassen sie im Begriff war? Was es in letzter Konsequenz bedeutete, einen Unsterblichen zu lieben?

Bull wurde rein körperlich niemals älter. Nicht um eine Sekunde. Fran aber sehr wohl.

In hundert, hundertfünfzig Jahren ist sie eine alte Frau – Bully hingegen, biologisch gesehen, immer noch exakt derselbe. Wird er sie im Seniorenheim besuchen? Wird er an ihrem Sterbebett sitzen, als äußerlich ganz genau der gleiche Mann im besten Alter, als den sie ihn kennen und lieben gelernt hat? Wird sie ihn dann nicht hassen wegen des Aktivatorchips, den er in seiner Schulter trägt? Falls sie Kinder haben und diese zugegen sind, werden sie wie seine Eltern, Groß- oder Urgroßeltern aussehen …

Das ist der Preis, den wir zahlen.

Immer wieder.

Immer wieder aufs Neue.

In melancholischen Momenten wie diesem fürchtete er, an dem Geschenk, das ihm die Höheren Mächte bereitet hatten, zu ersticken. Er rang nach Atem, sog die würzige, den Geschmack von Ginster und Heidekraut enthaltende Luft tief in seine Lungen. Welche, wie er wusste, dank des Zellaktivators unversehrter waren als bei einem wenige Wochen alten Baby.

Ich wünsche euch viel Glück, Fran und Bully, dachte er. *Alles Glück der Erde – wo oder wann sich unser blauer Planet auch gerade befinden mag …*

Sie erreichten das Dorf. Es bestand aus Bungalows, die von aufwändig gestalteten Ziergärten umgeben wurden. Von den

Bewohnern war nichts zu sehen – bis Perry, weil er ein Geräusch vernommen hatte, nach oben blickte.

Da, in den Kronen der türkisen Bäume, hockten sie und starrten aus pechschwarzen Kulleraugen herab. Eine der Flugechsen sprang los, segelte dreißig, vierzig Meter weit, wobei das Muster ihrer aufgespannten Schuppenhaut farbenprächtig leuchtete, und fing sich geschickt tiefer unten im Geäst.

»Wohin?«, rief sie.

»Zum Schutzpatron«, antwortete Sneber Grax.

»Seid ihr denn Diebe?«

Perry Rhodan entging nicht, dass Pratton Allgame als Einziger so tat, als hätte er diese Frage nicht gehört. Er studierte ein blühendes Schlinggewächs, als sei es das Faszinierendste, das er jemals gesehen hatte.

»Der Dilettant borgt«, entgegnete Sneber vergnügt. »Das Genie stiehlt.«

»Wohl wahr, wohl wahr. Guter Spruch, Kamerad. Von dir?«

»Natürlich nicht!«

Die Flugechse stieß Laute der Erheiterung aus. Dann ließ sie sich wie ein Stein in die Tiefe fallen, entfaltete wenige Meter über ihnen die Flughaut und glitt haarscharf über ihre Köpfe hinweg.

Wobei sie den Katzenkorb mit sich riss.

Shimmi schrie auf: »Schikago! Nein!«

Fran reagierte blitzschnell, sprang hoch, um den Korb zu erhaschen. Doch zu spät. Ihre Fingerspitzen streiften nur noch die Unterkante. Die leuchtend bunt gesprenkelte Echse entschwand, allen Gesetzen der Schwerkraft zum Hohn, im dichten Blattwerk der Baumkrone – und Schikago mit ihr.

»Perry! Tu was!«, kreischte Shimmi.

»Kein Grund zur Aufgeregtheit«, versuchte Sneber Grax zu beschwichtigen. »Der Schutzpatron nimmt iiimmer ein Pfand, das ist hier so übelich.«

»Ein *Pfand*? Meine Schikago?«

»Sei unbesorgt, dem Tiiierchen wird nichts passieren.«

Sollten sie versuchen, den Katzenkorb mit Gewalt zurückzuholen? Perry entschied sich dagegen. Letztlich kamen sie als Bittsteller. Sich gleich einmal mit einer bewaffneten Auseinandersetzung einzuführen, war bestimmt keine gute Idee.

Es gelang ihm, die hysterische Shimmi einigermaßen zu beruhigen, wobei er relativ schamlos ausnutzte, dass ihn das Mädchen unverkennbar anhimmelte. Dennoch musste er seine ganze Überzeugungskraft aufwenden. Bei Schikago hörte für Shim Caratech der Spaß auf. Sie kämpfte hart mit den Tränen. Dass ihre Katze entführt worden war, erschütterte sie mehr als alles Vorhergehende. Erst jetzt schien sie zu realisieren, in welch prekärer Lage sie steckten – obwohl Shimmi selbst, seit sie in die Zukunft verschlagen worden waren, schon mehrfach in höchster Lebensgefahr geschwebt war!

So sind wir Menschen nun mal ... Logik, Objektivität und rationales Denken waren noch nie unsere Stärken.

Sie gingen weiter. Perry hätte gern tröstlich den Arm um Shimmis Schulter gelegt, aber er fürchtete, sie könnte diese Geste missverstehen. Je näher sie der Burg auf dem Hügel kamen, desto gewaltiger erschien sie ihnen, gerade weil die einzelnen Elemente so fragil ausgeführt waren. Nicht Stein noch Stahl hielten sie zusammen, sondern Antischwerkraft und kunstvoll arrangierte organische Teile. Wie aus Zuckerfäden gesponnen, ragte die Burg vor ihnen auf. Kein Türmchen, kein Erker, kein Fenster glich einem anderen; jeder Söller, jede Zinne, ja jeder Mauerstein schien ein Unikat zu sein.

»Alles gestohlen«, flüsterte Sneber Grax ehrfürchtig. »Aus der ganzen Galaxis Vaaligo, von hunderten verschiedenen Planeten. Ist sie nicht unbeschreibelich schön?«

»Unbeschreiblich schon«, brummte Quart Homphé. »Was die ästhetische Qualität betriffft, muss ich leider passen. Etwas derart grauenvoll stillos Zusammengekleistertes ist mir nicht einmal bei den gefürchteten Töpfernden Hausfrauen von Makra-Mäh untergekommen.«

Gut zweihundert Meter über ihnen schwebte die bunte Flugechse, Schikagos Katzenkorb in den Krallen, auf einen der höchsten Türme zu. Sie keckerte spöttisch, bevor sie in einer Schießscharte verschwand. Shimmi schniefte leise.

Die beiden unterschiedlichen Flügel des Eingangstores

schwangen auf. Niemand war zu sehen, aber Perry zweifelte nicht daran, dass sie aufs Genaueste beobachtet wurden.

»Wir müssen zum Audienzsaal«, rief Sneber Grax. »Miiir nach!«

Durch eine mehrstöckige Eingangshalle gelangten sie in einen gut acht Meter breiten Wandelgang. Beide wirkten überfüllt. Überall standen ungeheuerliche Mengen von Möbeln, Artefakten und Gerätschaften.

»Ich nehme an, alles Diebsgut?«, fragte Perry.

»Natüüürlich. Was für eine ketzerische Frage! Sei bloß froh, dass der Schutzpatron das nicht gehört hat, mein Freund.«

Früher, in Perrys Jugend, hatte es auf Terra so genannte Floh- oder Kofferraum-Märkte gegeben. Allein mit dem, was sie bisher gesehen hatten, hätte der Schutzpatron der Diebe Dutzende davon bestreiten können. Jeder Trödler oder, vornehmer ausgedrückt: Antiquitätenhändler wäre vor Neid erblasst.

Am Eingang zum Audienzsaal stellten sich ihnen vier Wächter entgegen. Auf ihren gedrungenen Körpern saßen flache Köpfe, nach hinten gezogen, sodass das Gewicht der gut einen halben Meter langen, schmalen Mundpartien ausgeglichen wurde.

»Wer seid ihr, und was bringt ihr dem Schutzpatron?«, knurrte einer der Kaimanköpfigen.

»Ich bin der hierorts wohlbekannte Linksbeistand Sneeeber Grax«, antwortete dieser feierlich, »und jene sechs von mir bestens Beratenen bringen dem Schutzpatron der Diebe Aussicht auf reichelichen Gewinn. Doch das weiß er ohnehin bereits, also mach voran, Icor!«

Der Wächter trat zur Seite. »Ihr könnt passieren. – Übrigens, Sneber«, raunte er vertraulich, »diese Lebensversicherung, die du mir vermittelt hast, du weißt schon, für den Fall eines plötzlichen Kältetods des Universums …«

»Leiiider bin ich heute sehr in Eile, Icor. Ich erklär's dir ein andermal, ja?«

Der Yuchte huschte durch die Doppeltür. Die Übrigen folgten ihm, Quart Homphé wie immer als Letzter.

»Kältetod des Universums?«, fragte Perry amüsiert, als er Sneber eingeholt hatte. Auch der Audienzsaal war mit Beutestücken vollgerammelt. Nur ein schmaler, in Serpentinen verlaufender Pfad war frei geblieben.

»Nun, für euch Warmblüter mag diese Vorstellung nicht ganz so grässelich sein, aber für unsereins ... Und die im Versicherungsfall sofort fällige Summe ist unglauuublich hoch ...«

»Nur, dass niemand mehr da sein wird, um sie auszuzahlen oder in Empfang zu nehmen.«

»Soll das heißen, du bist eeeher nicht interessiert?«

Perry wurde einer Antwort enthoben, denn in dem Dschungel aus Kunstgegenständen, Mobiliar und technischen Geräten öffnete sich eine Lichtung. Dort hockte, auf einer einfachen, schmucklosen Stange, der Schutzpatron der Diebe.

KAPITEL 8

Aug in Aug

49

»Nein! Das kann nicht ... Ihr dürft nicht ...«

DU WILLST MIR VORSCHREIBEN, WAS ICH KANN ODER WIR DÜRFEN?

Während er las, entzündete Ter-Gün-Madian mit fliegenden Fingern einen Glimmstängel. Steckte ihn in den Mund. Bemerkte, dass dort bereits einer war. Warf beide ins Wasser, wo sie zischend verloschen.

»Nein, natürlich nicht«, beeilte er sich zu versichern. »Es ist nur ... Ich kann fast nicht mehr denken vor lauter Sorge um ...«

Er stockte, weil neue Schriftzeichen auf dem Bildschirm erschienen.

ERSPAR MIR DEIN GEFLENNE, ADVOKATUS. ICH STEHE SELBST UNTER HÖCHSTEM ZEITDRUCK. ICH HABE AUF DICH GESETZT, DEINER INTUITION VERTRAUT, ALLE ANDEREN BEMÜHUNGEN ZURÜCKGESTELLT.

»Und zu Recht!«, rief Ter-Gün-Madian eifrig, »völlig zu Recht. Du weißt ja, dass ich die beiden Nodronoiden bei ihrem ersten Transmitterdurchgang, bevor sie in meine Kanzlei kamen, scannen ließ. Inzwischen habe ich die Auswertungen erhalten. Die Ergebnisse sind sensationell. Der Wortführer ist definitiv kein Normalsterblicher. Er trägt ein Implantat, das Produkt einer weit überlegenen Technologie, und ihm haftet eine unerklärliche, höherdimensionale Aura an. Er könnte«, Madian schluckte, »er könnte Der Eine sein.«

UND DU HAST IHN VERLOREN. ER IST DIR ENTWISCHT. WAS EBENFALLS FÜR IHN SPRICHT – ABER GEGEN DICH.

»Ich finde ihn wieder. Bestimmt!«

DU SOLLTEST DICH GEFÄLLIGST BEEILEN, SONST ...!!!

Ter-Gün-Madian spürte, wie eine eisige Hand über seine

Rückenflosse strich. »Kannst du mir nicht wenigstens sagen, ob sie wohlauf ist?«, bat er flehentlich. »Ob die Behandlung anschlägt … ein Wort nur, ein einziges Wort. Bitte.«

ICH WIEDERHOLE: WENN DU DIESE LEUTE NICHT BINNEN ZEHN ZEITEINHEITEN ERNEUT LOKALISIERT HAST, GEBE ICH ANWEISUNG, DIE BEHANDLUNG EINZUSTELLEN.

»Ich setze alles ein, was ich habe«, wimmerte der Advokatus, »all meinen Reichtum, meine Verbindungen. Hunderte sind in meinem Auftrag unterwegs. Die Suche erstreckt sich über so gut wie alle Werkwerften. Es ist nur eine Frage der …«

Zeit, hatte er sagen wollen. Doch er bemerkte, dass ihm längst niemand mehr zuhörte.

Zehn Einheiten … Er tauchte unter, bis auf den Grund des Beckens. Ihn fror. Dabei hatte er die Wassertemperatur schon viel weiter angehoben, als es seiner Gesundheit auf Dauer zuträglich war. Aber um seine Gesundheit ging es nicht, nicht um seine.

Das Einzige, was ihn davon abhielt, sich der Schwermutsschlucht hinzugeben, befand sich in ihrer Gewalt, an einem Ort, der selbst ihm unzugänglich war.

Sein Herzblut, sein Augenstern. Sein Ein und Alles.

Seine Tochter.

50

»Ein hübsches Mädchen. Und so gut erzogen. Mein Auge ruht mit Wohlgefallen auf ihr. Ich nehme an, sie wird in den Sitten und Gebräuchen der Alten Clans unterwiesen?«

»Ja, Son'Trokete. Selbstverständlich. Wie alle meine Kinder. Wir … äh … halten die Tradition hoch.«

Varrn Vardak zwirbelte seinen Schnurrbart und grinste in sich hinein. Er weidete sich an dem Schauspiel, bei dem eindeutig Mokoefa die lächerliche Figur abgab. Der so genannte Attaché verstand genau, was ihm Axx Cokroide zwischen den Zeilen mitteilen wollte.

Wenn du nicht spurst, mache ich von meinem Recht als

Clansoberhaupt Gebrauch und hole mir deine jüngste Tochter in mein Bett.

Die Kleine, die mit gesenktem Kopf am Weibertisch saß, war noch nicht lang in der Pubertät. Sie tat, als merke sie nicht, dass die Männer über sie sprachen. Ihre Arme hielt sie über den kaum entwickelten Brüsten verschränkt.

Knusprig, dachte Varrn. *Wenn auch ein wenig gar jung.*

Für ihre Familie stellte es gewissermaßen eine Ehre dar, wenn sich Cokroide ihrer annahm. Ob es ihr selbst gefallen würde, stand freilich auf einem anderen Blatt. Aber wer fragte danach?

Mokoefas Stimme zitterte. »Wir sind bemüht, dich in jeder Hinsicht zufriedenzustellen, Son'Trokete. Immerhin konnten wir den Frachter, den du suchst, ausfindig machen. Er befindet sich auf der elften Werkwerft. Doch scheint er von seiner Besatzung verlassen worden zu sein.«

Varrn Vardak spürte, wie ihm das Blut in den Kopf schoss. Sein Schiff!

»Immerhin«, sagte Axx Cokroide kalt. »Ein Teilerfolg. Das wurde auch Zeit, Mokoefa. Obzwar mir die Insassen bedeutend wichtiger sind, wie ich, glaube ich, bereits mehrfach betont habe. Ist das klar? Hast du mich verstanden? Oder geht das nicht in deinen dicken, geschorenen Schädel hinein?«

»Wir arbeiten daran. Bi-bitte hab noch ein wenig Geduld, Botschafter Cokroide. Das Werftwerk von Wrischaila ist riesig, kaum zu überblicken.«

»Jaja. Wirklich, ein hübsches Mädchen. Findest du nicht auch, Are'Nos Sulcatob?«

Die Feuerleitoffizierin, die als einzige Frau am Männertisch Platz genommen hatte, bejahte kurz angebunden. Sie wirkte blasser als sonst. Von ihrer üblichen Aufmüpfigkeit war wenig zu bemerken. Nun, vielleicht hatte sie die Regel, oder ein anderes Weiberleiden. Oder Cokroide hatte der Wichtigtuerin endlich gezeigt, wer hier der Herr war.

»Wie auch immer. Wir brechen unverzüglich auf, um uns den Frachter genauer anzusehen. Bis wir zurück sind, weiß Mokoefa sicherlich bereits, wohin das Kaperkommando ausgeflogen ist, nicht wahr?«

»Ge-gewiss, Son'Trokete.«

Mit einem feinen Lächeln auf den Lippen erhob sich Axx Cokroide und verließ den Tisch. Als er bei der jüngsten Tochter des Attachés vorbeikam, beugte er sich hinab, strich ihr über den Kopf und kniff sie spielerisch in die Wange.

»Ein richtiger Engel«, sagte er. »Ein richtiger Engel.«

51

Seine Flügel schimmerten silbern. Der langgezogene, von einer schwarzen, mumifiziert wirkenden Lederhaut umspannte Schädel erinnerte an den eines Flugsauriers. Wenn er sprach, wurden zwei Reihen nadelspitzer, gelblicher Zähne sichtbar.

»Sneber Grax«, sagte der Schutzpatron der Diebe mit brüchiger, doch durchdringender Fistelstimme. »Ich grüße dich und hoffe, du besitzt einen guten Grund, meine Kreise zu stören. Oder willst du endgültig auch den letzten Gönner, den du in Wrischaila hast, aufbringen gegen dich?«

»Keiiineswegs, o Erhabener, keiiineswegs!«

»Wir werden sehen. Wer sind deine Begleiter? Was führt sie zu mir?«

Während der Yuchte sie vorstellte und ihr Anliegen unterbreitete, hielt sich Shimmi Caratech nur mit allergrößter Selbstbeherrschung im Zaum. Am liebsten wäre sie vorgestürmt und hätte dem alten Flatterich die Meinung gegeigt. Was er sich einbildete, fremder Leute Katzen zu klauen, und so weiter. Doch sie hatte Perry Rhodan versprochen, sich einzubremsen, und das tat sie auch. Wenngleich sie innerlich vor Wut kochte.

»Ein Schiff verkaufen, ein anderes erwerben. Hm.« Der Schutzpatron verlagerte sein Gewicht auf der Stange. Dabei ertönten knisternde und raschelnde Geräusche, die Shimmi eine Gänsehaut verursachten.

»Keine besonders schwierige Übung. Jedoch, selbst eine großzügige Provision vorausgesetzt – warum sollte ich das tun? Der Schutzpatron hilft, wie auf allen Werkwerften bekannt, ausschließlich Dieben. Du hingegen, Sneber Grax, bist ein Betrüger, ein Blender und Bauernfänger. Aber kein Dieb.«

»Den Frachter«, warf Perry Rhodan ein, »haben wir, wenn man so will, gestohlen.«

Ruckartig fuhr der Schädel des Flugsauriers herum. Seine Augen funkelten. »Nein. Wähle deine Worte mit Bedacht, Fremder, sofern du nicht für einen Dummkopf und Schwätzer gehalten werden willst. Ihr habt dieses Schiff seiner ursprünglichen Besatzung mit Gewalt abgenommen, es also geraubt. Das macht einen erheblichen Unterschied.«

»Na komm«, sagte Bully. »Wir sind nicht hier, um über gespaltene Haarspitzen zu debattieren.«

Der Schutzpatron stieß einen hohen Pfiff aus. »Dreistigkeit, wo sich Respekt geziemt! Dreistigkeit! Das mir?«

»Gemach, gemaaach, Erhabener!«, rief Sneber hastig. »Wir wollen nicht jedes Wort von denen auf die Goldwaage legen, oder? Sie sind ganzelich neu hier, kennen sich nicht aus, haben keine farblose Ahnung ...«

»Schweig, Yuchte!«

Shimmi biss sich auf die Unterlippe. Das Gespräch stand auf des Messers Schneide, das fühlte sie trotz ihrer jugendlichen Unerfahrenheit. Schikagos und vielleicht ihrer aller Schicksal hing an einem seidenen Faden.

»Räuber«, fauchte das greise, saurierhafte Wesen erbost. Knisternd und raschelnd breitete es seine Schwingen aus. »Räuber bringst du vor mein Angesicht, Sneber Grax, freche Räuber, doch keine Diebe. Es herrschen klare Regeln unter den Baronien dieser Werkwerft, das weißt du wohl. Wer seinen Prinzipien untreu wird, zeigt Schwäche; wer schwach ist, fällt Stärkeren zur Beute. Echse frisst Echse in Wrischaila. Manch einer meiner Nachbarn spielt seit langem mit dem Gedanken, dieses mein Reich in seines einzugliedern. Alt ist er und müde, tuscheln sie, jener, der sich Schutzpatron der Diebe nennt. Die Fäden entgleiten ihm, nicht mehr vermag er die Zügel in seiner Hand zu halten streng wie ehedem. Lasst uns ihm zu Hilfe eilen, ihm die Verantwortung freundlich abnehmen. So, wird mir zugetragen, reden sie. Und da verlangst du, ich soll einfach darüber hinwegsehen, dass vor mir allerhand Gesindel steht, jedoch kein einziger Dieb?«

Die sechs Terraner blickten einander verstohlen an, während sie diese Tirade über sich ergehen ließen. Quart Homphé drückte sich ängstlich zwischen zwei Skulpturen. Fran Imith runzelte die Stirn. Reginald Bull zuckte mit den Achseln. Perry Rhodan rieb die apart weißlich verfärbte Narbe auf seiner Nase.

Und Pratton Allgame trat vor, nachdem der Schutzpatron geendet hatte.

»Ich«, sagte er mit klarer Stimme, eine Verbeugung andeutend, »bin ein Dieb.«

52

»Noch einer spricht«, stellte der Schutzpatron fest. »Noch mehr dreiste Lügen, noch weniger Respekt. Ich rufe jetzt die Wachen.«

»Warte.« Pratton Allgame hielt dem stechenden Blick des Flugsauriers stand, ohne zu blinzeln. »Ich bin ein Dieb, und kein schlechter. Ich kann es beweisen.«

Er holte der Reihe nach mehrere Gegenstände unter seinem Cape hervor und erklärte dabei: »Das ist der Kodegeber für eine der Raumyachten auf dem Landefeld. Er steckte in der Halterung, und die Stelle liegt im toten Winkel deiner Überwachungskameras, da konnte ich nicht widerstehen. – Die kleine Gipsfigur hier stammt aus dem Vorgarten eines der Bungalows im Dorf. – Vom Kaminsims in der Eingangshalle deiner Burg habe ich diese hübsche Kristallvase genommen; der Bewegungsmelder und die Lichtschranke lassen sich sehr leicht überlisten, die solltest du vielleicht einmal bei Gelegenheit nachjustieren. – Der Talisman und die Halskette schließlich gehören den beiden Wächtern an der linken Seite der Eingangstür. – Nun, bist du mein Schutzpatron oder nicht?«

Fran Imith schloss ganz langsam den Mund, der ihr vor Staunen offen geblieben war. Sie glaubte zu träumen. Pratton Allgame, der Weinbauer und Lebemann – ein Dieb?

Ein Bild stand plötzlich vor ihrem geistigen Auge, das Porträt eines der meistgesuchten Kriminellen der letzten Jahrzehnte. Die feinen Härchen auf ihrem Handrücken richteten sich auf.

Das Phantom von Terrania!, durchzuckte sie die Erkenntnis. Wenn sie sich den Schnurr- und Kinnbart im Fahndungsholo wegdachte, eine andere Haartracht und -farbe vorstellte, dazu braune Augen statt der strahlend blauen … Klar, dann bekam sie Allgame, wie er leibte und lebte.

Pratton, der angebliche Önologe, war niemand anders als der geschickteste Einbrecher der Erde. Eben jenes Phantom von Terrania, das die Reichen und Schönen der Welthauptstadt zwölf Jahre lang in Atem gehalten hatte, und die Ordnungshüter erst recht. Sogar der TLD war schließlich hinzugezogen worden, weil manche den Meisterdieb im Verdacht gehabt hatten, über parapsychische Fähigkeiten zu verfügen.

Das Phantom wurde schließlich doch gefasst und in eine Resozialisierungsanstalt verbracht. Das war vor … vier Jahren, genau.

Mhm. Bei guter Führung konnte das hinkommen. Und dass Pratton mit seiner Eloquenz, seinen perfekten Manieren und seinem unwiderstehlichen Charme nach der Mindestzeit wieder freigekommen war, daran zweifelte Fran nicht im Geringsten.

Auch der Schutzpatron wirkte beeindruckt. Lange Zeit hatte er sein Gegenüber schweigend gemustert. Nun krächzte er: »Mich deucht, deine Begleiter sind ebenfalls überrascht. Sogar Sneber Grax hat es die Rede verschlagen.«

»Sie wussten nichts davon. – Ich bitte um Vergebung, Freunde«, sagte Pratton, an die anderen gewandt. »Ich werde später alles aufklären.«

»Jedenfalls hast du nun deinen Dieb, Schutzpatron«, führte Perry ohne Umschweife wieder zum Thema zurück.

»In der Tat. Und er hat unserer Zunft alle Ehre gemacht. Hast du mich und meine Leute bestohlen aus Habgier, aus Lust oder in weiser Voraussicht, Pratton Allgame?«

»Sagen wir … für alle Fälle. Ich hatte so eine Ahnung, dass

Beweise erforderlich sein könnten, falls ich mich zu erkennen geben sollte. Also habe ich auf gut Glück an mich gebracht, was sich im Vorbeigehen unauffällig erledigen ließ. Hätte sich diese Maßnahme als unnötig herausgestellt, hätte ich auf dem Rückweg alles wieder retourniert. Habgier war keine dabei. Ich gestehe jedoch, dass es mir nicht wenig Spaß bereitet hat.«

Er bewegte seine Finger in einem raschen, komplizierten Muster. Eine Glaskugel erschien wie aus dem Nichts, tanzte über die Fingerspitzen, verschwand, um sogleich in der anderen Hand wieder aufzutauchen. Shimmi klatschte Beifall, verstummte aber abrupt, nachdem ihr Fran einen strafenden Blick zugeworfen hatte.

»Es ist Brauch«, sagte der uralte Archäopterix, »dem Schutzpatron der Diebe ein Geschenk zu überreichen, so man ihn um eine Gefälligkeit bittet. Der Wert spielt keine Rolle, doch sollte es originell sein. Und gestohlen, versteht sich.«

»Diiies war meinen Klienten nicht bekannt«, fiepte Sneber Grax. »Ich ersuche um Nachsichtigkeit. Wir werden alsbald …«

»Pardon, mein Freund«, unterbrach Pratton den Linksbeistand. »Ohne mir darauf etwas einzubilden – auch an dergleichen habe ich gedacht.« Abermals griff er in sein Cape. »Dies ist ein einfaches Messgerät, praktisch wertlos, doch sehr alt. Es stammt aus ferner Vergangenheit und stellt in gewisser Weise eine Reliquie dar.«

Bullys Hand war reflexartig zum Werkzeuggürtel gefahren, den er um die Hüfte trug. Pratton warf ihm einen entschuldigenden Blick zu, während er das Mars-Thermometer dem Schutzpatron hinhielt. Der ergriff es und sagte trocken: »Danke.«

Damit war das Vorgeplänkel abgeschlossen, dem Zeremoniell genüge getan. Auf ein Zeichen des Flugsauriers schwebte der Korb mit Schikago von der Decke hernieder. Überglücklich nahm Shimmi ihn in Empfang. Den schmachtenden Augenaufschlag, mit dem sie Pratton bedachte, hatte sie bislang ausschließlich für Perry reserviert.

Dann kamen sie zum Geschäftlichen.

53

Endlich!

Mehr als acht Zeiteinheiten waren vergangen, als die frohe Botschaft bei Ter-Gün-Madian eintraf. Unverzüglich sandte er einen gerafften Funkimpuls an seinen Auftraggeber. Vor Nervosität rauchte er Kette, bis er Antwort erhielt, obwohl sein Rachen und seine Luftröhre bereits von den unzähligen Glimmstängeln brannten.

DU HAST SIE WIEDERGEFUNDEN?

»Ja.« Er räusperte sich, bekam einen Hustenanfall, spuckte Blut.

Egal. »Kein Zweifel möglich«, versicherte er dem Unsichtbaren, nachdem er sich wieder gefangen hatte. »Einer der geheimsten, exklusivsten Schwarzmarkt-Ringe bietet den Frachter zum Kauf an. In einem hochgradig verschlüsselten vaarsonischen Briefkasten, aber ich konnte meine Kontakte spielen lassen.«

Und seine Calculs. Einen Spitzel in das auf vielen Monden aktive, fein gesponnene Netzwerk des legendären Schutzpatrons der Diebe einzuschleusen, hatte Unsummen an Bestechungsgeld verschlungen.

»Wenn die Aktion erfolgreich abläuft … Wenn du die Fremden fängst, und sich bewahrheitet, dass ihr Anführer Der Eine ist … Darf ich meine Ler-Loy dann sehen? Nimmst du mich mit zu ihr?«

VIELLEICHT.

Nur dies eine, nichts sagende Wort. Und doch zersprang ihm fast das Herz im Leibe. Er schlängelte unkontrolliert, wühlte das Wasser auf. Ein winziger Hoffnungsschimmer, fern, fern am Horizont … Ter-Gün-Madian beruhigte sich, ermahnte sich zur Besonnenheit.

»Es gibt, berichtet mein Gewährsmann, auch bereits Interessenten für das nodronische Schiff. Du solltest also schnell zuschlagen.«

DAS LASS MEINE SORGE SEIN. WO FINDEN DIE VERKAUFSVERHANDLUNGEN STATT?

Im größten Güterterminal der zehnten Werkwerft herrschte fast so viel Betriebsamkeit wie am zentralen Frachthafen von Nodro. Allerdings lief dort alles überschaubar, straff organisiert und mit militärischer Präzision ab, während hier das blanke Chaos ausgebrochen war.

»Infernalische Zustände«, sprach Axx Cokroide aus, was alle an Bord des Beiboots dachten. »Keine Ordnung. Nur Durcheinander und Anarchie. Abstoßend.«

»Meine Rede«, versuchte sich Mokoefa wieder einmal bei seinem Clanchef einzuschleimen. »Andererseits ein schönes Beispiel dafür, wie dringend diese Galaxis die starke Hand des nodronischen Empires und der Zwillingsgötzen braucht.«

Cokroide, der das Beiboot pilotierte, lachte humorlos. »So patriotisch, Attaché, auf einmal? Aber ich kann dich beruhigen. Schon in naher Zukunft wird Wrischaila eine Fußnote der Geschichte sein, wie auch viele andere dieser Relikte aus dunklen, führerlosen Zeiten.«

Allein beim Klang seiner Stimme drohte Pelmid das Essen hochzukommen. Wie sie diese Arroganz, diese Präpotenz, diese impertinente Selbstverliebtheit hasste!

Einmal zahle ich dir zurück, was du mir angetan hast, Axx Cokroide. Glaub nicht, dass du mich zerbrochen hast. Angeknackst, ja. Aber ich bin zäh, ich werde darüber hinwegkommen. Die Wunden, die du mir zugefügt hast, heilen. Dein Brandzeichen wird mit der Zeit verblassen. Letztlich werde ich sogar gestärkt aus alldem hervorgehen. Und dann, wenn du nicht mehr damit rechnest, werde ich Vergeltung üben. Mit Zins und Zinseszins – und wenn ich nur noch dafür lebe, für nichts anderes sonst.

Sie bemerkte, dass Varrn Vardak sie angaffte, und hob kühl lächelnd eine Augenbraue. Der Are'Imga senkte den Blick.

Die Untersuchung seines Frachters hatte erwartungsgemäß wenig eingebracht. Die Vögel waren ausgeflogen, und ihr seltsames Fluggerät hatten sie mitgenommen. Vardak hatte dafür plädiert, das Schiff sicherzustellen, und sich deswegen prompt eine gewaltige Kopfwäsche von Cokroide eingehandelt. Idiot! Abgesehen davon, dass das hier nicht so einfach war – der Feind hätte gewiss Wind davon bekommen, wenn sie den Frachter für sich beansprucht hätten. Diesbezüglich zumindest war Pelmid einer Meinung mit dem Son'Trokete: Die Fremden durften keinesfalls aufgescheucht werden. Sie sollten sich in Sicherheit wiegen und erst bemerken, wie nahe ihre Verfolger ihnen waren, wenn sich die Würgschnur um ihren Hals zugezogen hatte.

Mokoefa erledigte die Formalitäten, während sie zur Landung ansetzten. »Übrigens, Are'Imga Vardak«, wandte sich Cokroide wie beiläufig an den Frachtschiffer: »Ich nehme an, du bist dir im Klaren darüber, dass du und deine beiden Matrosen ihr Äußeres verändern müssen?«

»Äh … jetzt, wo du es sagst …«

»Unsere Gegenspieler hatten bereits das Vergnügen, deines edlen Antlitzes ansichtig zu werden, mein Bester«, erinnerte der Botschafter freundlich, fast sanft. »Wir wollen doch nicht, dass sie dich erkennen und im letzten Moment noch Verdacht schöpfen, oder?«

»Nein, nein, logisch, ja freilich. Obwohl, ich dachte, wir verwenden Deflektoren …?«

»Ich weiß nicht, wie es dir geht, du Leuchtfeuer der nodronischen Intelligenz – ich für meinen Teil würde mit Unsichtbaren keine vertraulichen Geschäfte abwickeln.«

»Aaah ja. Du meinst, ich sollte eine Maske …«

Schlagartig war alle gespielte Freundlichkeit in Cokroides Miene wie weggewischt. »Wenn du dir nicht sofort deinen lachhaften Schnurrbart wegschneidest, Kapitän«, zischte er leise, aber mit der Schärfe eines Rasiermessers, »übernehme ich das für dich. Und zwar damit.«

Seine Rechte streichelte die Peitsche von Nodro.

Es erheiterte Pelmid mitanzusehen, wie Varrn Vardak das Gesicht einschlief. Er rang nach Worten. Die langen, aufgezwirbelten Bartspitzen waren sein ganzer Stolz. Mehr als einmal hatte er damit geprahlt, Preise dafür gewonnen zu haben, bei irgendwelchen Konventen, wo sich tausende gleichgesinnter Narren an einem riesiges Lagerfeuer versammelten, um den größten Trottel von allen zu wählen. Viele Jahre lang pflegte und trimmte er die paar Gesichtshaare schon. Und nun sollte er sie abschneiden!

Garantiert hätte es ein falscher Vollbart, wie ihn sich Mozz und Wlenko umhängten, ebenso gut getan. Aber Axx Cokroide liebte es, seine Untergebenen auf perfide Weise zu schikanieren, sie zu demütigen; gerade dann, wenn sie es am wenigsten erwarteten. Genau so hatte er es mit Mokoefa gemacht, und nicht zuletzt mit Pelmid selbst.

Wie ein geprügelter Hund schlurfte Varrn Vardak in die Hygienezelle. Als er zurückkehrte, seiner Manneszierde beraubt, hatte Axx Cokroide das Beiboot bereits aufgesetzt.

Pelmid Sulcatob ergriff den Koffer, der das zerlegte Scharfschützengewehr enthielt.

Noch vor dem Son'Trokete trat sie durch die Ausstiegsluke.

55

Es schneite. Dicke Flocken fielen aus dem düsteren, von dunkelgrauen Wolken verhangenen Himmel auf das Areal des riesigen Weltraumbahnhofs, sanken zu Boden und wurden von den Turbulenzen, die die startenden und landenden Schiffe verursachten, wieder aufgewirbelt. So dicht war das Schneegestöber manchmal, dass Quart Homphé nur wenige Meter weit sehen konnte, egal ob mit oder ohne Brille.

Da erschafft man mit viel Mühe und technischem Aufwand eine künstliche Atmosphäre, dachte er verdrießlich, während er hinter den anderen hertrottete, *um dann darin ein derartiges Sauwetter zu veranstalten. Die spinnen hier, alle miteinander.*

Laut Icor, dem Wächter mit dem Kaiman-Gebiss, den der Schutzpatron der Diebe zu ihrer Unterstützung abgestellt hatte, lag die permanente Kälte in den geringeren Frischhalte-Kosten für leicht verderbliche Güter begründet. Quart hielt das für Quatsch. Wahrscheinlich sollte das miese Wetter nur die Händler dazu bringen, sich auf den teuren Scheiben-Habitaten anzusiedeln, wo für deutlich angenehmeres Klima gesorgt wurde.

Er verabscheute es zutiefst, wie hier alle nur darauf aus waren, anderen das Geld aus der Tasche zu ziehen. Ach, er verabscheute das ganze Werftwerk, diese ganze Galaxis, diese ganze blöde Zukunft, in der die Kunst einen so geringen Stellenwert einnahm. Der Schutzpatron umgab sich zwar mit einer Fülle von Objekten. Doch seine Sammlung verdiente diese Bezeichnung in keinster Weise. Ein wahllos angehäufter Hort, eine ohne jeglichen Geschmack oder Respekt vor den jeweiligen Künstlern aufgeschüttete Halde war das; in Quarts Augen ein ekelerregender Ramschladen, mehr nicht.

Er hätte nie gedacht, dass er sich jemals so sehr nach Terrania zurücksehnen würde, trotz der Dummheit des Publikums, die nur noch von der Ignoranz der Kulturkritiker übertroffen wurde. Dennoch: Jahre seines Lebens hätte er dafür gegeben, jetzt in einem Café am Atlan Boulevard sitzen zu können. Bei schlechter Luft, schlechter Beleuchtung, schlechten Bildern an den Wänden, schlechter Musik, schlechtem Essen sowie schlecht eingeschenkten Getränken die schlechthin haarsträubenden Theorien schlecht gekleideter – und auch nicht besonders gut riechender – Möchtegern-Maestros über sich ergehen zu lassen, erschien ihm nachgerade wie das Paradies.

Hier hingegen kamen sie an Kaschemmen vorbei, in denen nicht einmal ein seit Tagen hungernder Ertruser etwas angerührt hätte. Manche der Verköstigungsbetriebe bestanden im Wesentlichen aus einer Rampe, über die eine Art Gabelstapler schwebte, welcher seiner Kundschaft undefinierbare Getränke und ebensolche Speisen auf rohen Paletten hinknallte. Die aus verschiedensten Echsenvölkern und wenigen Insektoiden rekrutierten Stauer und sonstigen Raumhafenarbeiter störten sich offensichtlich nicht daran. Sie schlürften die Flüssigkeiten aus flachen Schüsseln und fraßen die Festnahrung mit bloßen Händen. Wenn sie das Zeug nicht überhaupt mit langen, klebrigen Zungen in ihr Maul beförderten.

Was hatte er, Quartodezimus Filidor Edlervon Homphé, bloß hier verloren – außer inzwischen die Orientierung?

Nach einer langen Zeit des Frierens und Dahinstapfens erreichten sie ein Gelände, verlassener und trostloser als alles, was Quart je gesehen hatte. Sogar der Bergbau-Asteroid Laeioubm hatte im Vergleich dazu vor Leben pulsiert.

»Diiiese Sektoren sind für deeerlei Geschäftsanbahnungen sehr beliebt«, quiekte Sneber Grax, zwanghaft fröhlich wie immer. »Es ist nicht mehr weit, wir sind gleiiich da, meine Freunde.«

Jaja. Stapf, stapf, frier.

»Ein idealer Ort, den unser Schutzpatron euch besorgt hat«, prahlte Icor wenig später. Sie hatten in einem Durchgang zwischen zwei Gebäuden angehalten und blickten auf eine große Freifläche hinaus. Wegen des heftigen Schneetreibens konnte Quart nicht viel erkennen. Der leere Platz mochte ungefähr so groß wie ein Fußballfeld sein, vielleicht etwas kleiner. Er wurde von hohen, fensterlosen Stahlwänden umgeben. Einige wenige massive, zusätzlich mit schweren Gittern und Riegeln verbarrikadierte Tore ließen sich im grellorangen Schein großer Flutlichtanlagen ausmachen.

»Es gibt nur zwei Zugänge«, erklärte der Kaimanköpfige, »diesen und den gegenüberliegenden. Die Hintereingänge der umliegenden Hangars und Lagerhallen werden nicht benutzt und sind versperrt. Es ist also keiner Partei möglich, entgegen den Abmachungen überraschend zusätzliche Fußtruppen einzuschleusen.«

Links und rechts des schmalen Durchgangs schwebten je drei klobige, bedrohlich summende, pyramidenförmige Kampfroboter mit zahlreichen Kameraaugen. Sie gehörten dem Hehler, von dem der Schutzpatron diesen sterilen, unwirtlichen Ort gemietet hatte, und stellten sicher, dass nur die mit der Gegenseite vereinbarte Anzahl von Personen Zutritt erhielt. Vorhin hatten die Terraner eine Art rötlicher Nebelwand durchschritten, die aus feinen, öligen Tröpfchen gebildet wurde und den Einsatz von Deflektoren verunmöglichen sollte.

»Die Roboter würden den Umriss eines Unsichtbaren wahrnehmen. Ganz schön ausgetüftelt«, sagte Reginald Bull. »Was findet hier gewöhnlich statt? Geiselübergaben?«

»Auch.« Icor besaß sehr viele Zähne, doch offenbar wenig Sinn für Ironie. »Bei Transaktionen, die nicht über das NOTA-

RIAT arrangiert werden, legen die meisten Beteiligten Wert auf erhöhte Sicherheitsvorkehrungen.«

»Uns soll's recht sein. Gehen wir«, befahl Perry. »Unsere potentiellen Handelspartner werden jeden Moment eintreffen.«

56

Sie waren zu sechst, wie ausgemacht. Eine Echse und drei der Nodronen kamen mit gemächlichen Schritten auf den hüfthohen, etwa dreißig Fuß breiten Steinblock zu, der das Zentrum des Platzes markierte. Die beiden Übrigen, einer davon sehr dick, blieben an der Rückwand stehen, ziemlich genau in der Mitte zwischen dem Durchgang und der linken Ecke.

Sollten sie. Vier waren leichter zu überwältigen als sechs.

»Nun, ist der furchtbare blaue Kämpfer dabei, von dem du uns erzählt hast, Are'Imga?«, fragte Axx Cokroide spöttisch, während sie den anderen entgegengingen.

»So viel ich sehen kann, nicht«, antwortete Varrn. Er fühlte sich unwohl, und keineswegs nur, weil seine frisch rasierte Oberlippe juckte.

»Seltsam, nicht wahr? Oder solltest du ihn halluziniert haben?«

Varrn Vardak bemerkte sehr gut, dass Mozz und Wlenko ihre Lippen aufeinander pressten, um nicht laut loszulachen. Seine Wut auf den Son'Trokete wuchs. Ihn vor seinen eigenen Leuten zu blamieren!

»Keine Antwort?«, stichelte Cokroide weiter. »Wie auch immer. Hier kommt eure Chance, euch zu rehabilitieren. Nutzt sie. Eine weitere wird es nicht geben.« Zu Mokoefa und seinem Sohn sagte er: »Das gilt auch für euch. Auf Schmuggel und Geschäften mit Rebellen, selbst wenn sie über Strohmänner laufen, steht die Peitsche.«

Der Attaché zuckte zusammen und setzte zu einer Entgegnung an, besann sich jedoch eines Besseren. Jedes unbedachte Wort konnte ihn noch tiefer in den Schlamassel bringen.

Axx Cokroide hat uns alle in der Hand, dachte Varrn, *jeden*

Einzelnen von uns. Er ist buchstäblich Herr über Leben und Tod. Und er genießt es sichtlich.

Sie erreichten den Steinblock fast zugleich mit den Fremden. Wie vereinbart, trug niemand Raumanzüge oder Waffen, zumindest keine sichtbaren. Die Echse war überhaupt nackt bis auf einen Lendenschurz. Varrn lief es kalt über den Rücken, als er die drei anderen identifizierte.

Der Befehlshaber hatte immer noch denselben dunkelblauen, bequem geschnittenen Anzug an. Goldene Bordüren zierten die Ärmel und die Außenseiten der Hosenbeine. Wegen der niedrigen Temperaturen hatte er sich einen vorne offenen, im Vergleich dazu derb wirkenden Fellumhang übergeworfen.

Sein untersetzter, rothaariger Cheftechniker steckte in einem einteiligen, olivfarbenen Overall mit zahlreichen Taschen an Brust und Oberschenkeln. Darüber trug er eine schwarze, grobe Jacke mit hochgestelltem Kragen, und um die Hüfte einen antiquiert wirkenden Werkzeuggürtel.

Auch die Frau, die Varrn mit der Stange niedergestreckt hatte, war ihrem Stil treu geblieben. Die blaugrüne, hochgeschlossene Kombination, an deren Ärmeln dunkelrote Rautenmuster schimmerten, klebte an ihr wie eine zweite Haut. Da sie trotz der Kälte keine weitere Kleidung angelegt hatte, handelte es sich vermutlich um ein spezielles, isolierendes Material. Möglicherweise war es sogar strukturverstärkt. Dunkelgrüne, wadenhohe Stiefel vervollständigten das Ensemble. Sie schien keine bleibenden Schäden von Varrns Hieb davongetragen zu haben.

Schade.

Varrn gab Axx Cokroide das Zeichen, dass es sich um die Gesuchten handelte. Nichts deutete darauf hin, dass diese ihrerseits Mozz, Wlenko oder ihn erkannt hätten. Die Zivilkleidung und die veränderte Haartracht erfüllten also ihren Zweck. Wenigstens hatte er seinen Schnurrbart nicht vergeblich geopfert.

Sie stellten sich vis-a-vis am Steinblock auf. Nicht Axx Cokroide nahm die Position unmittelbar gegenüber dem gegnerischen Anführer ein, sondern Mokoefa.

Das war ein kluger Zug, wie sich alsbald herausstellen sollte. Der Dunkelblonde mit den blaugrauen Augen, der sich Rhodan nannte, holte nämlich zwei trommelförmige Behälter aus den Anzugtaschen und sprach: »Ich grüße euch, edle Nodronen, und möchte gleich in aller Form um Nachsicht für unser Misstrauen bitten. Doch steht sehr viel auf dem Spiel, und ich habe mir sagen lassen, dass diese Prozedur auf Wrischaila keineswegs ungewöhnlich ist. Habt ihr etwas dagegen, wenn wir unsere Verhandlung zu Beginn unter dem Einfluss von Wahrheitsegeln führen?«

KAPITEL 9

Mitgegangen, mitgefangen

57

»Mitnichten.« Lächelnd stellte Perrys Gegenüber vier identische Trommeln auf den Steinblock. »Sollen wir eure Egel verwenden oder unsere?«

Rhodan erwiderte das Lächeln. Der Typ war ein wenig schmierig, aber nicht unsympathisch. Ein Händler oder Vermittler, definitiv kein Krieger. Das machte Sinn. Er stellte wohl eine Art Verbindungsmann dar.

»Wie wär's, wenn einfach jeder die eigenen nimmt?«, fragte Perry.

»Hintereinander, oder alle auf einmal?«

»Diese Entscheidung überlasse ich euch.«

»Je zwei Personen von einer Partei?«, schlug der Nodrone vor. »Dann behalten wir noch zwei unserer Egel in Reserve, falls eine weitere Klärung nötig sein sollte.«

Perry stimmte zu. Binnen weniger Augenblicke verständigte er sich nonverbal mit Bully und Fran Imith darüber, wer den zweiten Wahrheitsegel ansetzen sollte: Fran. Die eiserne Selbstbeherrschung der TLD-Agentin war in diesem Fall der höheren Erfahrung seines temperamentvollen, leicht reizbaren Freundes vorzuziehen.

Der zweite Partizipant der Gegenseite besaß eine spiegelglatte Glatze und ein wettergegerbtes, von Narben übersätes Gesicht. Am markanten Kinn zeigte sich ein deutlicher Bartschatten. Er trug eine verbindliche Miene zur Schau, doch die Augen funkelten eiskalt. Wenn der bisherige Sprecher für die wirtschaftlichen und eventuell politischen Belange zuständig war, so hatten sie hier unzweifelhaft den militärischen Anführer der Gruppe vor sich.

Sie entnahmen den Behältern die glitschigen, sich windenden Würmer. Als sich der Symbiont in seinem Nacken festsaugte, durchfuhr Perry der bereits bekannte, stechende Schmerz. Als ob ihm von unten ein glühender Nagel diagonal durch den Kopf getrieben würde, sodass die Spitze auf der Stirn wieder austrat.

Auch Fran litt sichtlich. »Mhm«, sagte sie leise. »Du hast mir nicht zu viel versprochen.«

Er zwinkerte ihr aufmunternd zu, dann räusperte er sich. »Fangen wir mit der Vorstellung an. Ich heiße Perry Rhodan, und das ist Fran Imith. Wir stammen aus dieser Galaxis, sind aber keine Nodronen, wiewohl wir euch aus uns unbekannten Gründen bis auf sehr geringe Details ähneln. Wie ihr sicherlich bereits wisst, haben wir einen Frachter in unserer Verfügungsgewalt, den wir verkaufen oder gegen ein anderes Raumschiff eintauschen möchten. Letzteres kann auch über eine deutlich geringere Ladekapazität verfügen. Ihr wollt schließlich einen Vorteil aus unserem Geschäft ziehen, nicht wahr?«

»Das würde ich nicht einmal leugnen, wenn es unter diesen Umständen möglich wäre. Mein Name ist Mokoefa Ottakroide. Ich betreibe auf der neunten Werkwerft eine Handelsniederlassung.«

»Keine leichte Aufgabe, würde ich meinen.«

»Schwierig, aber lösbar. Zumal ich hier nicht in erster Linie das Empire vertrete, sondern die Interessen meiner Familie und meines Clans.«

»Geradeheraus gefragt: Stehst du in Verbindung mit den so genannten nodronischen Rebellen?«

Mokoefa zögerte.

»Du kannst offen sprechen. Wir sind nicht in die Auseinandersetzung zwischen ihnen und dem Empire verwickelt. Wir stehen definitiv weder auf dieser noch auf jener Seite.«

»So ist es«, bekräftigte Fran. »Wir haben auch nicht vor, uns sonstwo einzumischen. Wir wollen zurück in unsere Heimat, das ist alles.«

Ganz kurz hatten sich die Nasenflügel des Militärs geweitet. Offenbar überraschten ihn diese Aussagen. Das wunderte

Perry nicht. Auch auf dem Mars hatte man sie für Rebellen gehalten.

»Ich habe noch nie einen von ihnen zu Gesicht bekommen«, sagte Mokoefa langsam. »Aber ich leite gelegentlich über diverse Linksbeistände Geschäfte für sie in die Wege.«

»Wäre auch unser Frachter für sie bestimmt?«

»Jjj … Nein.«

Bislang hatte sich das charakteristische, unangenehm bohrende Gefühl, das eine Lüge begleitete, noch nie eingestellt. Nun war es aufgeflammt, doch nur kurz, denn Mokoefa hatte sich rasch korrigiert.

Interessant. Warum wollte er mir eine falsche Antwort geben?

Erstmals griff der Kahlköpfige in das Gespräch ein. »Wir haben eurem Vermittler ein gewisses Naheverhältnis zu den Rebellen suggeriert, das ja in Mokoefas Fall auch gegeben ist. Entschuldigung: Der Name in meinem ID-Nachweis lautet übrigens Erlon Ottakroide. Mokoefa vertraut mir in militärischen Dingen.«

Nicht gelogen, das hätte ich gespürt. Aber wohl nur die halbe Wahrheit.

Es war ein Psychospiel, was hier ablief. Beide Seiten bemühten sich, möglichst wenige ihrer Karten aufzudecken, aus welchen Gründen auch immer. Nun, das war im Geschäftsleben nichts Ungewöhnliches. Schon gar nicht im Werftwerk von Wrischaila …

»Wir dachten uns«, fuhr Erlon Ottakroide fort – wenn er denn wirklich so hieß, was Perry bezweifelte, »ihr würdet die Begegnung mit Nodronen scheuen, es sei denn, sie gehörten zu den Rebellen.«

»Der Gedanke liegt nahe. In der Tat hätten wir gegen einen unverbindlichen Kontakt mit letzteren nichts einzuwenden. Allerdings aus reiner Neugier. Wie gesagt, wir verstehen uns als neutral.«

Die Cor'morian ließ Perry Rhodan bewusst außen vor. Die latente Aggression, die der Kahlkopf ausstrahlte, war ihm nicht geheuer. Er gab sich verbindlich, aber das mochte Fassade sein. Auch wurde immer deutlicher, dass er und nicht Mokoefa das Heft in der Hand hielt.

Waren sie in eine Falle geraten? Wollte Erlon, bevor er diese zuschnappen ließ, sie einfach nur in scheinbar gefahrlosem Umfeld aushorchen?

»Unser Vermittler«, sagte Mokoefa nach einem auffällig unauffälligen Seitenblick zu seinem angeblichen Militärberater, »erwähnte noch ein anderes, viel kleineres Fortbewegungsmittel, das sich in eurem Besitz befindet. Es soll sich um ein sehr … originelles Modell handeln. Wollt ihr dieses ebenfalls abstoßen?«

»Nein!«, riefen Fran und Bully wie aus einem Mund.

Unsere beiden Mars-Nostalgiker! Welch schöner Gleichklang der Seelen, dachte Perry sarkastisch. *Und welch verräterische Reaktion.*

Sofort hakte Erlon nach. »Warum eigentlich nicht? Für ausgefallene Sammlerstücke lassen sich hervorragende Preise erzielen.«

»Mit Geld hat das nichts zu tun. Hier geht es um ideelle Werte. Es hängen zu viele persönliche Erinnerungen daran«, sagte Fran gepresst.

Perrys Kopfschmerzen verstärkten sich ebenfalls, ein Zeichen, dass die Lebenszeit der Wahrheitsegel sich dem Ende zuneigte.

Und Erlons Geduld ebenso.

58

»Ich möchte euch etwas zeigen«, sagte er.

In Varrn Vardaks Bauch begann es zu kribbeln. Jetzt wurde es ernst.

Cokroide ergriff die leeren Trommelbehälter und stapelte sie übereinander. »Eins, zwei, drei oder vier?«, fragte er dabei aufgekratzt. »Nenn eine Zahl, schöne Fran Imith.«

»Wieso?«

»Tu es einfach.«

»Na schön. Drei.«

Der Son'Trokete hob den Arm und streckte drei Finger in die Luft. Keinen Wimpernschlag später ertönte das leise Fauchen eines Strahlschusses. Die zugehörige Lichterscheinung war nahezu unsichtbar, und auch das Resultat auf den ersten Blick nicht sehr spektakulär: Mitten im dritten Behälter von unten befand sich ein kaum daumendickes Loch.

»Das war meine Waffenmeisterin Pelmid Sulcatob. Sie ist gut, nicht wahr? Und der ultrahoch konzentrierte Impulsstrahl aus ihrem Scharfschützengewehr nimmt es mit allen gängigen Individual-Schutzschirmen auf. Wie euch die Egel signalisieren, lüge ich nicht. Ihr bietet für Pelmid ein leichtes Ziel, und es gibt nicht die geringste Deckung. Mit anderen Worten: Wenn ihr nicht tut, was ich sage, seid ihr tot.«

Der Dunkelblonde verzog keine Miene. Auch die anderen beiden gaben sich ungerührt. Nerven hatten sie, das musste ihnen Varrn Vardak lassen. Nur das Echsenwesen mit der langen, spitzen Schnauze tänzelte nervös von einem Bein aufs andere.

»Erlon Ottakroide ist nicht dein wahrer Name«, sagte Rhodan. »Wer bist du wirklich?«

»Du sollst es erfahren. Stell mich vor, Mokoefa.«

»Ihr steht«, verkündete der Händler feierlich, »keinem Geringeren gegenüber als Axx Cokroide, seines Zeichens Son'Trokete der Kampfflotte des Empire von Nodro und offizieller Botschafter der Zwillingsgötzen zu Mantagir.«

»Sehr erfreut. Wie war die Reise? Hattest du einen angenehmen Flug?«

Varrn Vardak war baff. Er schnappte nach Luft.

Für einen Moment sah es aus, als würde sich Cokroide über den Steinquader auf den anderen stürzen. Aber dann entspannte er sich wieder.

»Du kannst mich nicht provozieren, Fremder, wer oder was auch immer hinter dir stecken mag. Vermutlich ein viel weitreichenderes Komplott, als ich angenommen habe.«

»Und was gedenkst du dagegen zu unternehmen?«

Varrn sah von einem der beiden Widersacher zum anderen. Er glaubte zu träumen. Cokroide hatte sich enttarnt. Dann hatte der Anführer des Kaperkommandos ihn frech insultiert. Und dennoch plauderten sie weiter, als ob nichts gewesen wäre.

Es war wie die unnatürliche Ruhe vor einem Sturm, wie die knisternde, nach Salpeter schmeckende Luft vor einem Gewitter in den Bergen.

In den Gesichtern der vier Unterhändler zuckte es. Fast gleichzeitig fielen die Wahrheitsegel ab. Einzig Mokoefa krümmte sich zusammen und stöhnte.

»Trinkt das, oder Pelmid schießt.« Cokroide stellte ein Fläschchen auf den Steinblock. »Jeder nur einen kleinen Schluck, das genügt.«

»Ein Aperitiv? Willst du uns zum Essen einladen?« Der Rothaarige griff nach dem Gebinde, roch daran, verzog das Gesicht, trank dann aber doch. »Pfui Deibel! Schmeckt ja widerlich.«

Er reichte es an Rhodan weiter, der ebenfalls einen Schluck nahm. »Uäh! Ohne dir nahe treten zu wollen, Axel – von einem derart hohen Tier wie dir hätte ich mir Besseres erwartet. Das hier würde ich eher als Rabiatperle bezeichnen. Du musst wissen, einer unserer Begleiter ist Önologe, und ...«

»Dir wird das Schwätzen gleich vergehen.« Cokroides Augen blitzten, aber seine Stimme klang eisig ruhig. »Ihr habt soeben ein binnen zweier Umläufe tödliches Gift zu euch genommen. Das einzige Gegenmittel befindet sich an Bord meines Sternenkreuzers. Das Spiel ist aus, Rhodan. Du hast verloren. Ich habe gewonnen.«

»Findest du? Ich bin anderer Ansicht. Ein paar Tropfen Gift und eine Scharfschützin – das ist alles, was du zu bieten hast?«

»Und je fünfundzwanzig Mann von Mokoefas Kleinclan an jedem der beiden Ausgänge«, rief Axx Cokroide zornig. »Was willst du noch?«

»Keine Kampfgleiter, Fesselfelder, parapsychisch begabte Mutanten?«

»Nein! Bei den Zwillingsgötzen ...«

»Dann, fürchte ich, wird das nichts mit uns. Einen schönen Tag noch, Botschafter. War nett, dich kennengelernt zu haben.« Langsam, wie selbstverständlich, drehte sich Rhodan weg und schlenderte ganz gemütlich davon. Seine Begleiter taten es ihm nach.

Für einen Augenblick stand Cokroide verdutzt. Dann schrie er, während er selbst bereits über die steinerne Barriere sprang: »Ergreift sie!«

Und die Hölle brach los.

59

Von hoch oben beobachtete Pelmid Sulcatob die Geschehnisse durch ihr Zielfernrohr.

Noch bevor Axx Cokroide und seine Männer den Fremden erschienen waren, hatte sie bereits eine nahezu ideale Schussposition gefunden gehabt. Seither lauerte sie hier, auf einer kleinen, etwas auskragenden Plattform zwischen den beiden höchsten Hallen. Diese wurden von steilen Walmdächern gekrönt, wohl wegen der häufigen Schneefälle.

Um den vorderen Teil der Plattform zog sich eine etwa kniehohe, aus rotbraunen Ziegeln roh gemauerte Brüstung. Pelmid hockte auf dem hochkant gestellten Koffer, in dem sich das zerlegte Strahlengewehr und das zugehörige Stativ befunden hatten. Sie liebte diese Präzisionswaffe. Das Scharfschützengewehr, eine Sonderanfertigung nach ihren eigenen Entwürfen, verhielt sich zu einer gewöhnlichen tragbaren Strahlenkanone wie ein perfekt ausbalancierter Degen zu einer plumpen Streitaxt. Für längere Feuergefechte oder Sturmangriffe war sie wegen der geringen Streuwirkung und niedrigen Schussgeschwindigkeit denkbar ungeeignet. Doch in Einsätzen wie diesem hatten sie und Pelmid sich schon mehr als einmal bewährt.

Obwohl die Mini-Varsonik auch eine holografische Vergrößerung des von den teleoptischen Feldern der Zielvorrichtung Erfassten projizieren konnte, inklusive genauer Distanzangabe und Fadenkreuz, sah Pelmid lieber direkt durch das Fernrohr. Sie mochte das Gefühl des Kolbens zwischen Schulterbeuge und Wange. Das Schneegestöber behinderte sie kaum; wenn es dichter wurde, erhöhte die Varsonik automatisch den Infrarot-Anteil der Darstellung.

Die Plattform befand sich an einer Längsseite des Platzes,

nicht ganz in der Mitte, sondern etwas in die »feindliche« Hälfte hinein verschoben. Der große Steinquader, an dem die gegnerischen Parteien standen, bot den Fremden also keinen Schutz vor Pelmids Schüssen. Pelmid konnte mithören, was gesprochen wurde, wenn auch nur bruchstückhaft, über die Richtmikro-Funktion ihres Gewehrs. Innerhalb des Platzes wurde jeglicher Funkverkehr von starken Störfeldern unmöglich gemacht – eine weitere im Mietpreis inkludierte Sicherheitsvorkehrung.

Sie verfolgte das Gespräch, vom anfänglichen Abtasten über die konkreteren Wortwechsel bis hin zum Eklat. Ihr Pulsschlag erhöhte sich nur unwesentlich, als Axx das Zeichen für ihren Warnschuss gab. Sie durchlöcherte den angegebenen Behälter, dann zog sie die Teleoptik wieder etwas weiter auf, um die gesamte Szene erfassen zu können.

Jeden Moment musste der Tanz losgehen.

Doch die Fremden machten keinerlei Anstalten, eine Flucht zu versuchen! Auch von Cokroides Gift zeigten sie sich unbeeindruckt. Diese Kaltblütigkeit nötigte Pelmid eine gewisse Hochachtung ab. Auch wenn ihr nicht klar war, was sie mit ihren unverfrorenen Provokationen bezweckten – so war wohl schon lange niemand mehr mit dem Son'Trokete umgesprungen.

Pelmid gönnte es ihm von Herzen.

Sie atmete scharf ein, als sich Rhodan, der gegnerische Anführer, umdrehte und davonspazierte. Einfach so, als wäre sein Leben nicht gleich doppelt bedroht!

»War nett, dich kennengelernt zu haben«, sagte er. Ha! Der Typ hatte wirklich Schneid.

Ein wagemutiger Mann; ein attraktiver Mann.

Aber demnächst, leider, ein mausetoter Mann.

Er hatte sich schon einige Schritt vom Steinblock entfernt, als Axx Cokroide seine Verblüffung überwand. »Ergreift sie!«, rief er.

Dann passierte alles gleichzeitig.

Axx sprang über den Steinquader, Mokoefas Sohn hinterher. Das Echsenwesen rannte los. Die Frau ebenfalls, aber in die Gegenrichtung – auf die anstürmenden Mozz und Wlenko zu. Der rothaarige Mann blieb stehen und griff in seinen Werkzeuggürtel. Varrn Vardak riss sich im Laufen das Hemd vom Leib. Die Frau vollführte einen Handstandüberschlag, dann wirbelte sie wie ein grünblauer Schemen um ihre eigene Achse und versetzte Mozz einen Fußtritt gegen den Kopf, der ihn zu Boden warf. Immer noch hatte Pelmid keinen Schussbefehl erhalten. Mokoefas Sohn überholte Axx und erreichte Rhodan. Der Rothaarige warf zwei kleine, runde Gegenstände. Die Echse hatte bereits ein Drittel der Entfernung zum Ausgang überwunden. Vardak brachte den Strahler in Anschlag, den er mit Klebeband auf seinem Rücken befestigt gehabt hatte. Wlenko drang mit erhobener Peitsche auf den Rothaarigen ein. Langsam kullerten die beiden runden Dinger über den Boden. Rhodan empfing Mokoefas Sohn mit einer kaum sichtbaren Abfolge von Handkantenschlägen. Der Rotschopf schrie der Frau etwas zu, während er Wlenkos Peitschenhieben auswich. Auch Mokoefa, als einziger noch hinter dem Steinblock, hatte nun eine Strahlenwaffe in der Hand. Vardak schoss auf das flüchtende Echsenwesen, verfehlte es knapp. Mokoefas Sohn ging in die Knie, kippte zur Seite. Die Frau schleuderte etwas Glänzendes in Varrns Richtung. Wlenko erwischte den Roten an der Schulter. Vardak brüllte auf; in seinem rechten Unterarm steckte ein Wurfdolch. Cokroide war auf einen Schritt an Rhodan heran.

Da explodierten die Granaten. Dicker grauer Rauch stieg auf, hüllte die Kämpfenden ein. Pelmids Varsonik-gestützte Sicht wurde davon nicht wesentlich beeinträchtigt; die der Männer unten auf dem Platz sehr wohl. Für kurze Zeit verloren sie die Orientierung.

Nicht alle. Reglos, wie eingefroren, starrten einander Axx und Rhodan in die Augen. Ihre Gesichter waren keine zwei Handbreit voneinander entfernt. Schließlich verzog der Son'Trokete verächtlich den Mundwinkel.

»Warum soll ich mir die Hände schmutzig machen? – Feuer frei, Pelmid!«

Für einen ganz, ganz kurzen Moment verspürte sie den Drang, das Gewehr nur um einen Hauch nach links zu schwenken, nicht den Dunkelblonden ins Fadenkreuz zu nehmen, sondern Axx Cokroide, ihren Peiniger.

Niemand würde Pelmid hinterher einen Vorwurf machen können. Berühmtere Kunstschützen als sie hatten schon weiter daneben geschossen, zumal unter solchen Bedingungen.

Ein kleines Loch in seinem großen Kopf … Und eine viel versprechende Karriere findet ihr jähes Ende.

Gestorben im Dienst für das Empire von Nodro. Ein Musterbeispiel der Pflichterfüllung. Die Vorstellung, an seinem Grab zu stehen, hatte etwas Verlockendes.

Aber es wäre zu einfach, zu leicht. Er würde nichts davon mitbekommen. Paff, und weg. Ausgeknipst wie eine Lampe. Ohne zu leiden, ohne einen Funken Todesangst zu empfinden, ohne um sein Leben zu winseln oder, besser noch, um seinen Tod, um Erlösung vor unbeschreiblichen Qualen. Vor allem: Ohne zu wissen, dass sie es war, sie, Pelmid Sulcatob, von deren Hand er starb. Nein, das wäre ihrer Rache nicht würdig. So nicht, nicht hier und jetzt.

Das Gemeine daran war, dass Axx Cokroide das wusste. Würde er sich ihr sonst derart ungeschützt auf dem Präsentierteller anbieten?

Der schlanke, dunkelblonde Mann hingegen, auf den sie angelegt hielt, sah wie ein richtig netter Kerl aus. Beileibe kein Schlappschwanz: Mokoefas Sohn hatte er durchaus nicht mit Samthandschuhen angefasst. Trotzdem konnte sie sich nicht vorstellen, dass er einer Frau antun würde, was Axx ihr angetan hatte. Vielleicht hatte er Kinder und war ihnen ein liebender Vater. Vielleicht beging er gute Werke, wohin immer es ihn verschlug. Vielleicht war er vom Schicksal zu Großem auserkoren.

Gewesen.

Pelmid hatte einen Auftrag, und den führte sie aus.

Ihr Finger krümmte sich um den Abzug, drückte ihn durch.

61

Ein Teil der Balustrade links von ihr, ein Stück der Ziegelmauer, schnellte vor und riss das Stativ um, sodass der tödliche Strahl in den grauen Himmel fuhr, ohne Schaden anzurichten.

Sneber Grax rollte ab, kam hoch, wuchtete das Gewehr über die Brüstung und sprang selbst hinterher. Mit dem Schwanzende hängte er sich an der Kante ein, gerade lange genug, um vom Schwung nach innen unter die Plattform getragen zu werden. Seine Zunge fuhr aus, erwischte das Gewehr, hielt es mit der klebrigen Spitze fest. Er klatschte gegen die Hangarwand, dass ihm Hören und Sehen verging. Trotz der Saugnäpfe an seinen Fingern und Zehen rutschte er nach unten, schneller und immer schneller werdend.

Verdammt, er war einfach zu fett …

Sneber verfluchte sich dafür, dass er sich überhaupt auf dieses wahnwitzige Unternehmen eingelassen hatte. Seine Rolle dabei war auf Bulls Mist gewachsen. »Scharfschützen«, hatte er laut überlegt. »Ich an Stelle eines übel wollenden Gegenübers würde Scharfschützen einsetzen, wenigstens einen. Kommt ja von außen mittels Antigrav ganz leicht aufs Dach. Hm. Was kann man dagegen tun? Shimmi mit dem Mars-Liner darüber kreisen lassen? Mumpitz. Steuern könnte sie das Ding vielleicht noch zur Not, aber wie sollte sie eingreifen? Die Katze abwerfen? Vergiss es.«

Also hatte Pratton Allgame, der Meisterdieb, Sneber unter seinem Cape ins Gelände geschmuggelt. Während Perry, Bull, Fran und Icor das Gespräch mit den Nodronen aufgenommen hatten, war Pratton, verdeckt vom dicken Quart Homphé, an den Schlössern und Riegeln der Hintertür von einer der Lagerhallen zugange gewesen. Sogar er hatte dafür ganz schön lange gebraucht.

Kurz, nachdem er die Tür endlich aufgebracht hatte, fiel der erste Schuss. Quart hatte scharfe Augen, das musste man ihm lassen. Er konnte relativ genau lokalisieren, von wo der Strahl gekommen war. Sofort düste Sneber los. So schnell ihn seine kurzen Beine trugen, arbeitete er sich durch die Hallen und Stiegenhäuser. Gelegentlich setzte er den kleinen Desintegrator-Brenner ein, den Bull zusammen mit den Rauchgranaten dem Schutzheiligen der Diebe abgeschwatzt hatte. Perry und die anderen mussten Zeit geschunden haben, was das Zeug hielt, denn als Sneber die Plattform erreichte, war noch nichts Entscheidendes passiert.

Glücklicherweise guckte die Scharfschützin so gut wie immer durch ihr Zielfernrohr. So konnte er sich unbemerkt heranschleichen. Als aus dem integrierten Lautsprecher des Gewehrs der Feuerbefehl ertönte, schnellte er sich von der Mauer ab.

Gut gemacht, dachte er höhnisch. *Toll. Hast einem Wildfremden das Leben gerettet, nur um selbst dabei draufzugehen. Deine Mutter und alle deine Geschwister wären stolz auf dich.*

Als er schon nicht mehr daran glaubte, glitten seine Füße über einen schmalen Wandvorsprung. Mit den Zehen konnte er ihn nicht mehr erfassen, mit den Fingern jedoch sehr wohl. Es gelang ihm, die Abwärtsbewegung zu stoppen.

Baumelnd sah er in den Abgrund hinunter. Immer noch viel zu hoch zum Springen. Pratton und Quart waren durch die Hintertür verschwunden, Icor rannte auf den Ausgang und die drei Kampfroboter zu, die nach wie vor nicht eingriffen. Klar, ihre Aufgabe war, nach außen zu sichern. Was innerhalb des Platzes vorging, war Sache der Mieter.

Sneber tastete sich den Sims entlang. Unter ihm zogen sich Perry, Bull und Fran, durch Sperrfeuer aus deren Fingerringen gedeckt, in Richtung der Hintertür zurück. Zwei der Nodronen lagen am Boden. Die Übrigen setzten den Fliehenden nach, teilweise ebenfalls schießend.

Da seine Zunge abzureißen drohte, ließ Sneber das Gewehr fallen. Er erreichte einen Lüftungsschlitz und zwängte sich hinein, sauste wie in einer Rutschbahn durch die Rohre, bis es nicht mehr weiter ging. Schnitt sich, keuchend und fluchend, mit dem Desintegrator einen Weg aus der Lüftung.

Viele Jahre des Davonlaufens hatten seinen Orientierungssinn in Gebäuden geschärft. Er fand seine fünf Freunde wieder und leitete sie instinktsicher durch die miteinander verbundenen Keller der Lagerhäuser. An einer geeigneten Stelle brachten sie kurzerhand ein Gewölbe zum Einsturz. Auf diese Weise gelang es ihnen, ihre Verfolger abzuhängen.

So müde und ausgepumpt war Sneber Grax, als sie endlich wieder an die Oberfläche kamen, dass sich Perry erbötig machte, ihn zu schultern. Sneber nahm mit Freuden an. He, ohne ihn hätte der Typ jetzt einen Dunstabzug im Schädel! Da konnte Rhodan seinen Linksbeistand ruhig eine Zeit lang auf Händen tragen.

Von den Nodronen war nichts zu sehen. Ohne Zwischenfälle erreichten sie das seltsam altertümliche Fluggerät, das die Schwanzlosen »Mars-Liner Null-Eins« nannten. Als sie nur noch wenige Meter davor waren, ging die Schleuse auf.

Aber nicht Shimmi winkte ihnen entgegen, auch nicht ihr blaufelliges Haustier.

Stattdessen baumelte ein dunkelbraun glänzender Schlangenleib heraus, auf dem ein spitzer Kopf mit winzigen schwarzen Augen saß. Mehrere dünne, fast durchscheinende Ärmchen vollführten spöttische Begrüßungsgesten.

»Einen schönen guten Tag, Sneber Grax, alte Yuchtel!«, rief Ter-Gün-Madian. »Danke für deine Mitarbeit!«

Bevor seine Begleiter die unliebsame Überraschung verdauen konnten, wuchsen rings um sie schwerbewaffnete Gestalten buchstäblich aus dem Boden.

Sie waren knapp doppelt so groß wie Sneber. Auf zwei kurzen, kräftigen Beinen ruhte ein birnenförmiger Körper mit zwei muskulösen Armen, die in schaufelgroße, vierfingrige Hände ausliefen. Die Köpfe wurden von dunkelgrünen, feucht wirkenden Schuppen bedeckt. Riesige, schwarze Augen mit blauer Iris, eingefasst von dicken, faltigen Lidern. Münder, so breit, dass sie Sneber mit einem Bissen hätten verschlucken können.

Exkrement!, dachte er, plötzlich jeglicher Zuversicht beraubt. *Nein, bitte alles, nur die nicht.*

»Was sind das für welche?«, flüsterte Perry.

Sneber hatte Mühe, das Wort auszusprechen.

»Quochten«, sagte er.

KAPITEL 10

Sport, Spiel und Spaß

62

Dritter Juli + E09. Seit mehr als drei Tagen sind wir nun schon im Mars-Liner eingesperrt und können nicht hinaus, schrieb Shimmi Caratech.

Ohne Übertreibung, liebes Tagebuch: Ich halte das bald nicht mehr aus. Quart Homphé lamentiert, rotzt und stinkt. Schikago, wenn ich ehrlich bin, stinkt auch. Sneber Grax stinkt pe-ne-trant. Jedes Mal, wenn er aus einer der beiden Hygienezellen links und rechts von der Hinterbank kommt, ist der Gestank noch ärger geworden. Hängt möglicherweise mit dem wiederaufbereiteten Brauchwasser zusammen, was weiß ich.

Shimmi atmete tief durch, was sie sofort bereute.

Sie versuchte sich dadurch abzulenken, dass sie Ordnung in ihre Aufzeichnungen brachte. Was sie in der ersten Aufregung geschrieben hatte, konnte keine Sau lesen.

Also der Reihe nach: Dass ich diejenige war, die als Wache im Mars-Liner zurückbleiben musste, hat mir einerseits gar nicht gepasst. Andererseits hat es mir schon geschmeichelt, wie mir Perry die Sache schmackhaft gemacht hat.

»Dein Vater, der Pilot«, hatte Rhodan argumentiert, »hat dich schon von klein auf immer wieder ans Steuer gelassen. Du könntest den Liner sicher besser fliegen als Quart oder Pratton. Und Schikago muss sowieso hier bleiben.«

Na, habe ich mich halt erweichen lassen. Dann war es längere Zeit fad, bis die Quochten aufgetaucht sind.

Ich, wie ich schnalle, dass die nicht zufällig hier sind, will sofort das Notsignal absetzen. Geht aber nicht. Der Vorderste schaut mich einfach an, mit seinen handtellergroßen Glubsch-

augen, und plötzlich kann ich mich nicht mehr bewegen. Keinen Millimeter. Schikago hüpft auf meinen Rücken, erstarrt ebenfalls. Hängt auf mir oben, nur noch von den Krallen gehalten, die sich in mein Fleisch gebohrt haben. Das war ehrlich nicht lustig.

Shim erinnerte sich noch genau, was der Froschgesichtige gerufen hatte, mit einer sehr tiefen, knurrigen Stimme: »Entriegle die Schleuse, oder wir paralysieren dich, bis du bei lebendigem Leib verfaulst.«

Ich meine, was hätte ich tun sollen? Die Kerle sahen nicht aus, als machten sie Witze.

Dieser Trick mit dem Versteinern hat dann später auch bei Quart und Pratton gewirkt. Bei Perry, Reginald und Frannie (hihi!) weniger gut. Die sind bekanntlich mentalstabilisiert. Gegen die Übermacht der Quochten hatten sie freilich keine Chance.

Nachdem alle eingestiegen sind, hat der eklige Aal noch ein paar kryptische Bemerkungen abgesondert.

»Ruht euch aus, solange ihr könnt. Das Training wird euch alles abverlangen, und die Kavernen von Takuri erst recht. Macht mir keine Schande. Strengt euch an, ich habe ein Leben auf euch verwettet!«

Dann hat er sich verzogen. Wir wurden mitsamt dem Mars-Liner tief unter die Mondoberfläche verfrachtet, in eine riesige Höhle, wo dieses Raumschiff stand. Wir sahen es nur von oben, bevor der Liner eingeschleust wurde. Scheibenförmig, gut sechshundert Meter im Durchmesser, schätzte Perry. Im Raumschiff war auch wieder eine Höhle, oder eher eine Art Grotte. Viel können wir davon nicht sehen, weil es kein Licht gibt außer dem, das durch unsere Fenster hinausdringt. Seither ist Sense. Rings um den Liner steht bei Tag und bei Nacht – was hier eh nicht den geringsten Unterschied macht – ein dichter Kordon dunkler Gestalten mit großen Knarren. Außerdem haben sie einen Schutzschirm um unseren Bus gelegt und diesen arretiert, vermutlich sowohl mechanisch als auch mit Traktorstrahlen. An einen Ausbruch ist nicht zu denken. Auf Kontaktversuche haben sie nicht reagiert.

Bully meint, dass das Schiff längst gestartet ist und schon mehrere Linearetappen absolviert hat. Woher er das wissen will, ist mir schleierhaft. Ich habe jedenfalls keine Veränderung bemerkt, und die anderen, glaube ich, auch nicht. Aber Reginald sagt, er spürt das im Urin.

Shimmi blickte auf. Bull lümmelte in einer der Eckgruppen, zu denen sie die Sitze umfunktioniert hatten, und studierte zusammen mit Fran Imith die hiesige Verkehrssprache Vaaligonde. Dafür, dass ihm die Haut bei der Rückkehr in Fetzen von der Schulter gehangen war, hatte er sich bemerkenswert gut erholt. Klar, der Zellaktivator beschleunigte den Heilungsprozess, so wie er auch gegen Gifte immunisierte.

Pratton spielte wieder einmal Ballfangen mit Schikago. Das war Gold wert, denn Snebers Ausdünstungen machten die Katze ganz kirre. Trotzdem verfettete sie zusehends. Bald würde sie daherkommen wie eine vierbeinige Ausgabe von Quart Homphé. Igitt!

Ganz im Gegensatz zu ihrem Haustier hatte Shimmi abgenommen. Obwohl Pratton Allgame sich rechtschaffen bemühte, die in den Stauräumen unterhalb des Passagierdecks vorrätigen Lebensmittel in immer neuen Variationen zu kombinieren, stand ihr das kalte Essen bis zum Hals. Verhungern würden sie aber noch lange nicht. Die ersten Mars-Kolonisten hatten stets reichlich Proviant mitgeführt, und auch diesbezüglich war das aus dem Museum geholte Vehikel originalgetreu ausstaffiert worden.

Was bedeutete: Riegel mit Wurstgeschmack, Riegel mit Käsegeschmack, Riegel mit Waldbeergeschmack …

Mittlerweile ist mir völlig schnuppe, wohin wir gebracht werden, schrieb Shimmi weiter. *Hauptsache, die lassen uns hier raus.*

Die. Die Quochten.

Sneber Grax war bass erstaunt, dass wir nichts über dieses Volk wussten, welches, behauptet er, als einziges den Nodronen noch ernsthaft Paroli bietet. Wie auch – in den Nachrichtenmedien von Mantagir war keine Rede von einem Krieg. Und doch tobt ein solcher. Ein heimlicher, totgeschwiegener, sagt Sneber. Nicht einmal auf Wrischaila erfährt man viel darüber. Dabei hält sich hartnäckig das Gerücht, dass die wahren Herrscher des Werftwerks Quochten sind. Aus dem Untergrund heraus, im wahrsten Sinne des Wortes. Eine Hypodingsbums, die durch unsere Erlebnisse nicht gerade entkräftet wird.

Shimmi legte den Stift beiseite und schüttelte ihre schmerzende Hand aus. Sie überdachte, was sie gerade geschrieben hatte.

Irgendwie steckte dieser Ter-Gün-Madian mit den Quochten unter einer Decke. Oder, sinngemäß, im selben Bassin. Obwohl die Terraner geglaubt hatten, sich seinem Einfluss entzogen zu haben, war es dem Advokatus im Endeffekt gelungen, sie den Froschköpfen auszuliefern.

Jetzt befinden wir uns, praktisch wehrlos, in ihrer Gewalt. Aber was haben sie mit uns vor?

63

»Nichts Gutes hört man von der Front.«

Ter-Gün-Madian wusste, was jetzt kam. Er entzündete einen Lungentorpedo.

Eigentlich hatte er sich geschworen, mit der Qualmerei aufzuhören, sollte sein Auftraggeber ihm seinen Herzenswunsch erfüllen und ihn mitnehmen. Er verstand sich nicht als Raucher. Ursprünglich hatte er damit bloß Klienten irritieren wollen. Doch jetzt lag Wrischaila schon über dreitausend Lichtjahre hinter ihnen, und er paffte immer noch.

Der Stress ließ einfach nicht nach.

»Die Nodronen dringen langsam, aber stetig vor. Auf Dauer sind wir ihnen nicht gewachsen. Was ein Jammer! Was ein Elend! Unser grandioses Imperium ist dem Untergang geweiht.«

Dieses Gejammer hörte er nun, seit sie sich im Quochten-Gebiet und damit in Reichweite der Hyperfunkrelais befanden. Also praktisch seit Ende der ersten Halbraum-Etappe.

Eine Kabine hatten sie ihm gar nicht erst angeboten. Die hätte sowieso nicht seinen Bedürfnissen entsprochen. Stattdessen erlaubten sie ihm, sich während des Flugs in einem der kleineren Konferenzteiche aufzuhalten. Das war auf Dauer zwar auch alles andere als bequem. Aber er hätte noch viel mehr ertragen für die Chance, seine geliebte Tochter wiederzusehen.

Ach, wie er sich nach Ler-Loy sehnte …

Der gravierendste Nachteil bei diesem Notquartier war, dass Zimbrr Gutz in schöner Regelmäßigkeit vorbeikam und ihn mit seinem Pessimismus nervte. Was für ein Hartlaich! Seit er den Quochten von Angesicht zu Angesicht kennengelernt hatte, empfand Ter-Gün-Madian nicht mehr halb so viel Furcht und Respekt vor ihm wie zuvor, als dieser ihm noch anonym über den Bildschirm Anweisungen erteilt hatte.

Zimbrr Gutz hatte den Arm auf eines der Tischchen gelegt, die aus dem dunklen, an der Oberfläche ölig schillernden Wasser ragten, und den breiten Kopf mit dem Kehlsack auf die drei dicken, stahlhart gepanzerten Finger gestützt. Er trug einen hellgrünen, grobmaschigen Netzanzug. In einige der rautenförmigen Zwischenräume waren Rangabzeichen, kleine technische Geräte und allerlei sonstiger Zierrat eingeknüpft. Eine durchaus zweckmäßige Kleidung für Wesen, die in wasserdampfgesättigter Wärme lebten – so man denn überhaupt den unvernünftigen Drang verspürte, sich mit lästigen Textilien zu verhüllen.

Als Geheimagent ihrer Imperialen Majestät hatte Gutz auf der Paateom, wie diese Schiffsklasse genannt wurde, einen hohen Rang inne, doch de facto nichts zu tun. In der Zentrale hatte man ihm wohl dezent zu verstehen gegeben, dass man auf seine Anwesenheit wenig Wert legte; ergo quälte er Madian.

»Bist du wirklich hundertprozentig sicher, dass wir die Richtigen gequochtet haben? Ich weiß nicht, ich weiß nicht … Die Königin lässt mich filetieren, wenn sie nichts taugen.«

Das war die andere Leier, die Zimbrr drauf hatte.

»Zum hundertsten Mal: Du hast doch gesehen, mit welcher Umsicht und Geschicklichkeit sie den Nodronen entkommen sind. Wie viele Beweise willst du noch?«

»Die Letzten, die ich geliefert habe, haben sich als jämmerliche Versager erwiesen. Und die davor sind ebenso kläglich in den Kavernen verreckt. Einen weiteren Fehlgriff kann ich mir unmöglich leisten. Du übrigens auch nicht.«

»Sag mir was Neues.« Ter-Gün-Madian entzündete ein frisches Qualmstäbchen am Stummel des vorigen. Schwierig, weil es schon ziemlich durchweicht war.

Er hatte dem Gerede nicht glauben wollen, dass Quochten schwer zu ertragende Zeitgenossen waren. Ihn konnte diesbezüglich nicht viel schrecken, hatte er gedacht. Als Advokatus hatte er mit allerhand verschrobenen Typen zu tun gehabt. Er würde auch mit den Quochten ohne größere Probleme auf einen feuchten Ast kommen.

Inzwischen war er sich da nicht mehr so sicher.

Sie galten als ein extrem scheues Volk, hatten sich immer schon von der Völkergemeinschaft der Galaxis Vaaligo separiert. Sie legten auf ihre Eigenheit äußersten Wert, nahmen keinerlei Einschränkungen ihrer Souveränität hin. Das Sternenreich, das sie beherrschten, war immer noch das zweitgrößte nach dem der Nodronen; niemand, der nicht unbedingt musste, wagte sich in ihr Gebiet. Darum ließen sie sich auch in den Werkwerften von Wrischaila so gut wie nie blicken, obwohl sie, wie Ter-Gün-Madian aus sicherer Quelle wusste, im Inneren mehrerer Monde ausgedehnte Stützpunkte unterhielten und mehr als einer der Gewerken als ihr Strohmann agierte. Würde dies jedoch publik werden, so verlöre das Werftwerk binnen kurzer Zeit einen Gutteil seiner Kunden.

Jedermann mied die Quochten – und vice versa.

Ihre Zurückgezogenheit ging so weit, dass sie die Positionsdaten fast aller der zu ihrem Imperium gehörigen, besiedelten Planeten geheimhielten. Die Koordinaten von Quocht, der Haupt- und Residenzwelt, kannten selbst von ihren eigenen Leuten nur einige auserwählte Raumkapitäne.

Für Ter-Gün-Madian bedeutete das, dass es von dieser Reise keine Wiederkehr gab. Quocht sehen und sterben, hieß es nicht zu Unrecht: Fremdwesen, die auf die Kavernenwelt gelangten, durften von dort nie wieder weg. Das war Gesetz; Ausnahmen gab es nicht.

Und dennoch hatte er fast die Hälfte seines Vermögens dafür geopfert, dass Ler-Loy nach Quocht verlegt wurde. Weil es nur auf der Kavernenwelt, nirgends sonst, einigermaßen realistische Heilungsschancen für sie gab. Mit der Androhung, die Behandlung seiner Tochter abzubrechen – obwohl er eine horrende Summe dafür bezahlt hatte, und weiterhin bezahlte! –, hatten sie ihn in ihren Dienst gezwungen, und ihn mit dem vagen Versprechen, seine Tochter eventuell irgendwann wiedersehen zu dürfen, zu Höchstleistungen angespornt.

Zimbrr Gutz, der Madians Führungsoffizier gewesen war, fand das im Übrigen keineswegs verwerflich oder unmoralisch. Was die Königin für gut befand, war richtig; und aus.

Arme Galaxis Vaaligo, dachte Ter-Gün-Madian bitter. *Die Wahl zwischen Quochten und Nodronen ist so erquicklich wie die zwischen den Quarzminen und der Schwermutsschlucht.*

Zimbrr hatte berichtet, dass sich kurz nach Verlassen des Wrischaila-Systems ein Schwerer Sternenkreuzer an ihre Paateom drangehängt hatte.

»Jetzt wagen sie sich schon bis hierher vor! Wo soll das alles noch enden?«, hatte er gequengelt.

Doch der Nodrone hatte nichts ausrichten können. Ein für solche Fälle in Bereitschaft gehaltener Verband aus sechzehn quochtischen Schlachtschiffen, darunter vier Schwere Kampfpaats, hatte rechtzeitig eingegriffen und den Sternenkreuzer rasch in die Flucht geschlagen.

Seither war der Flug ohne Zwischenfälle verlaufen.

Zimbrr sprang abrupt auf. Dabei erzeugte er eine Flutwelle, die über Ter-Gün-Madian hinwegschwappte und seinen Glimmstängel auslöschte.

»Mir reicht's«, rief der quochtische Agent. »Sie haben lange genug gefaulenzt. Wir beginnen sofort mit dem Training.«

Madian merkte ihm an, dass es ihm diesmal ernst war. »Ich hätte sie zwar noch ein wenig länger geschont, weil sie Einiges durchgemacht haben, aber bitte. Wen willst du zuerst drannehmen?«

64

Shim »Shimmi« Caratech erschrak fast zu Tode, als plötzlich direkt neben ihr ans Fenster geklopft wurde. Sie kreischte auf. Eines der Froschwesen presste von außen sein abgrundtief grässliches Gesicht gegen die Scheibe.

»Du!«, knurrte es dumpf. »Aussteigen! Hopphopp!«

Hilfesuchend blickte sie zu Perry. Was sollte sie tun? Konnte sie sich überhaupt widersetzen?

Erneut drosch der Quochte ans Bullauge. Unwillkürlich sah Shimmi hin. Böser Fehler. Sie fühlte, wie ihr Körper von der Lähmung ergriffen wurde. Nur ganz kurz, doch sie verstand die Botschaft.

»Komm raus!«, befahl der Grünschuppige. »Allein. Sonst ...«

Perry schob sich neben sie ans Fenster. »Wir gehen alle oder keiner!«, rief er laut.

»Nein. Einzeln. Wenn ihr Schwierigkeiten macht, holen wir euch mit Gewalt. Eure Waffen können unseren Schutzschirmen nichts anhaben. Dabei würde nur euer Raumboot beschädigt, und ihr müsstet die kommenden Perioden noch ungemütlicher verbringen.«

Perry, Fran und Reginald tauschten schnelle Blicke aus.

»Wo er Recht hat, hat er Recht«, sagte Bully bedauernd. Shimmi spürte, wie sich ihre Nackenhaare aufstellten. Auf einmal wollte sie den Mars-Liner um nichts in der Welt mehr verlassen.

»Was soll mit ihr geschehen?«, rief Perry durch die Scheibe.

»Werdet ihr schon sehen. Los jetzt, hopp!«

»Geh, Shimmi«, sagte Rhodan leise. »Sie wollen uns lebend, sonst hätten sie sich nicht all die Mühe gemacht. Vielleicht möchten sie uns bloß einzeln verhören. In diesem Fall bleib bei der Wahrheit, okay? Immerhin sind sie Feinde der Nodronen. Möglicherweise kommen wir sogar durch sie an die Cor'morian ran.«

»Soviel ich weiß, essen Quochten fast alles, aber keiiine Intelligenzwesen«, versuchte Sneber Grax sie zu trösten, während sie langsam durch den Mittelgang zur Schleuse schritt. »Also stell dich besser nicht bläöööd.«

Sie streckte dem kaum von der Polsterung zu unterscheidenden Yuchten die Zunge heraus, was Sneber umgehend erwiderte. Na schön, in dieser Disziplin war er ihr über.

Als sie an Pratton Allgame vorbeikam, raunte der Meisterdieb ihr zu: »Schalt das Empfangsgerät deiner Haarspange ein. Vielleicht kannst du etwas vom Bordfunk belauschen, hm? Viel Glück, Shimmi!«

Sie nickte dankbar. Das konnte sie brauchen.

Ein Schwall feuchtwarmer Luft schlug ihr entgegen, sobald sie die Schleusentür geöffnet hatte. Sie stieg die Stufen hinunter, rutschte auf etwas Glitschigem aus. Der Quochte fing sie auf. Seine Finger gruben sich wie Stahlklauen in ihren Oberarm.

»Au! Du tust mir weh!«

»Verzeihung.«

Hm. Höflichkeit, wenn auch in ruppigem Tonfall vorgebracht, war kein ganz schlechtes Zeichen. Er schubste sie weiter, relativ vorsichtig, wie ihr schien. Sehen konnte sie fast nichts, riechen umso mehr. Der Gestank war atemberaubend. Fäulnis, weit schlimmer noch als der Komposthaufen ihrer Tante und Schikagos Katzenklo zusammengenommen. Plus sauer gewordene Milch, gärendes Obst, verrottete Kadaver. Sie wollte gar nicht wissen, woraus der Bodenbelag bestand. Bei jedem Schritt quatschte Schlamm durch die Öffnungen ihrer Ledersandalen, blieb klebrig zwischen ihren Zehen hängen. Bäh! Nur der Gedanke daran, wie sie all das in ihrem Tagebuch beschreiben würde, hielt sie davon ab, in Panik zu verfallen.

Sie durchquerten den Wachkordon und wenig später den Schutzschirm. Das fühlte sich an wie ein hauchdünner Schleier aus nassen Spinnweben. Dahinter war es noch heißer, wie in einer Dampfkammer. Hemd und Hose klebten ihr am Körper. Von der Decke tropfte es herab. Na prima, das würde ihre Frisur endgültig ruinieren. Und sie besaß nur noch eine einzige Mini-Dose Haarspray …

Seltsamerweise baute dieser Gedanke sie auf. So lange sie solche Sorgen hatte, konnte noch nicht alles zu spät sein, oder? Fast hätte sie laut aufgelacht.

Das verging ihr sogleich wieder, als sie die Käfer bemerkte.

Mittlerweile hatten sich ihre Augen an das Dunkel angepasst. Sie bogen gerade aus der großen Grotte in einen niedrigeren Tunnel, als etwas über Shimmis Fuß huschte. Und gleich darauf wieder. Ein fetter, schwarz glänzender Mistkäfer. Ein zweiter, größerer. Zehn weitere, zwanzig, hundert … Sie waren überall. Tausende, in allen Größen, von wenigen Millimetern bis zu daumenlang. Mit Beinen und Scheren und Fühlern …

So, dachte Shimmi. *Jetzt hast du zwei Möglichkeiten, Prinzessin. Entweder du fällst in Ohnmacht – mitten hinein in Schlamm und Gekrabbel – oder du hüpfst schreiend dem Quochten auf die Arme. Oder du … Drei Möglichkeiten. Ohnmacht, Hysterie oder Aufwachen. Weil das nämlich nur ein böser Traum ist. Oder … Vier Möglichkeiten. Ohnmacht, Hysterie, Selbsttäuschung – oder du stehst das durch.*

Wie eine Terranerin. Wie eine Heldin. Wie eine vollwertige Gefährtin von Pratton, Bull und Perry Rhodan.

»Interessante Fauna«, presste sie hervor.

»Phichi-Gabe«, bestätigte ihr froschgesichtiger Begleiter. »Gut. Wichtig. Auch schmackhaft. Willst du?«

Er bückte sich, ergriff mit einer Schnelligkeit, die sie dem plumpen, schwerfälligen Kerl gar nicht zugetraut hätte, einen der Käfer und hielt ihn ihr hin. Die Beinchen bewegten sich auf eine irgendwie obszöne, Übelkeit erregende Weise.

»Nnn … nein danke. Jetzt nicht. Ich bin auf Diät.«

Der Quochte knurrte etwas Unverständliches, dann warf er den Mistkäfer hoch, stülpte den breiten Unterkiefer vor und fing das Kerbtier damit auf. Es knackte, als er den Panzer zerbiss. Er kaute genüsslich, schluckte, rülpste.

»Ah. Immer wieder toll.«

Shimmi räusperte sich. Ihre Kehle war plötzlich wie ausgedörrt, trotz der Feuchtigkeit ringsum. »Sag mal … Wo bringst du mich eigentlich hin?«

»›Zum Kurs‹, knurrt er. Worauf ich mir denke: Sprachkurs. Die wollen mir Vaaligonde beibringen. Soll sein. Hoffentlich per Hypnoschulung, erspare ich mir wenigstens das öde Büffeln. Oder? Ich meine, ich weiß, ich sollte mich mehr anstrengen, was das betrifft. Aber ich bin das nicht gewohnt, nur so aus Dateien. In der Schule hatten wir …«

»Ist gut, Shimmi«, sagte Perry Rhodan sanft. »Komm zur Sache, ja?«

Die Quochten hatten sie acht Stunden später wieder abgeliefert. Bewusstlos. Vollkommen erschöpft, aber äußerlich unverletzt. Sie hatten sich schon die größten Sorgen gemacht, obwohl laut Fran, die das Mädchen hinter dem Trennvorhang untersucht hatte, keinerlei Spuren von Folter oder dergleichen feststellbar gewesen waren.

Also hatten sie, einigermaßen erleichtert, wenn auch voll bohrender Ungewissheit, Shimmi schlafen lassen, bis sie von selbst wieder aufgewacht war. Dann hatte sie zu erzählen begonnen.

Nicht ohne immer wieder abzuschweifen.

Sie ist noch ein halbes Kind, vergiss das nicht, ermahnte sich Perry. *Mitten in der Pubertät aus ihrem vertrauten Umfeld herausgerissen, in eine Situation geworfen, die auch weitaus Älteren den Verstand rauben würde. Eine Milliarde Jahre in die Zukunft versetzt. Eine Milliarde, das sind tausend Millionen, oder zehnmal hunderttausendmal Hunderttausend. Da siedet dir doch das Hirn. Dafür hält sie sich ohnehin unglaublich gut.*

»Was ist danaaach geschehen?«, fragte Sneber Grax. Der Yuchte hatte sich im hintersten Winkel des Mars-Liners verkrochen, aber seine Ausdünstungen erfüllten so oder so den ganzen Passagierraum. Die Klimaanlage des Museumsvehikels war merklich überfordert.

»Ich meine, ich hab ein paarmal daran gedacht auszubüchsen«, setzte Shimmi Caratech fort. »Wir hatten Selbstverteidigung in der Schule. Eins gegen eins, da gibt es normalerweise schon ein paar Tricks. Nur, ich weiß ja nicht einmal, wo bei diesen Typen die empfindlichen Stellen sind. Und der hat sich komplett eigenartig bewegt. Die meiste Zeit so langsam, dass mir fast die Füße eingeschlafen sind. Dann aber wieder plötzlich irrsinnig schnell, sobald ich eine unbedachte Bewegung gemacht habe.«

»Sie sind Kaltblüter«, sagte Bull, »und dafür ziemlich voluminös, bei relativ geringer Oberfläche. Ein Körper wie der ihre ist, immer vorausgesetzt, dass hier – jetzt – dieselben Evolutionsgesetze gelten, durchaus schwierig mit Energie zu versorgen. Wir dürfen nicht in den Fehler verfallen, alles terrazentrisch zu analogisieren, aber denkt mal an unsere Frösche: Die hocken auch die meiste Zeit reglos herum, können jedoch bei Bedarf in für uns kaum vorstellbarer Weise quasi explodieren.«

»Die haben aber im Vergleich zum Korpus extrem lange Hinterbeine«, warf Fran Imith ein. »Die Quochten nicht.«

»Naja, vielleicht sprinten sie stattdessen los«, sagte Pratton Allgame. »Ihr natürliches Umfeld scheint unter der Erde zu liegen. In niedrigen Höhlen ist Hüpfen nicht unbedingt gefragt.«

Fran verdrehte die Augen.

»He, das hier ist immer noch ein Raumschiff«, beruhigte Bully, während er zögernd den Arm um sie legte.

Fran lehnte sich an ihn. »Weiß schon. Nur – wohin fliegt es?«

Quart nieste und furzte im Schlaf.

»Weiter«, forderte Sneber. »Dieser so genannte Kuuurs – was war das wirkelich?«

»Ein Labyrinth«, sagte Shimmi matt. »Ein dreidimensionaler Irrgarten aus lauter Gängen voll mit stinkendem Schlamm und wuselnden Käfern. Und sie wollten von mir, dass ich das Goldene Ei finde, bevor mich die Jäger erwischen. Lach nicht!«, fuhr sie Pratton an, der daraufhin prompt errötete. »Ich weiß selbst, dass das wie ein billiges Retro-Syntronspiel klingt. Aber sie haben mir eingeschärft, dass sie mich ohne dieses blöde Ei nie wieder da rauslassen, und dass die Jäger eine Belohnung kriegen, wenn sie mich vorher abfangen. Also bin ich gerannt auf allen Vieren, so schnell ich nur konnte.«

»Und?«, fragte Fran.

»Sie haben mich erwischt. Nicht einmal, zehnmal. Und immer wieder losgeschickt. Natürlich war der Kurs nie gleich.«

»Variable Raumelemente«, vermutete Bull. »In Kombination mit veränderten Schwerkraftvektoren ... Damit kann man auf relativ kleinem Raum einen immer wieder neuen Parcours generieren. Aber wozu?«

»Woher soll ich das wissen?« Shimmi wischte sich die verklebten Haarsträhnen aus den Augen. »Ehrlich, ich wollte nur noch meine Ruhe. Die gaben sie mir aber nicht. ›Bring das Goldene Ei!‹, haben sie immer wieder geknurrt.«

»Ein Spiel«, überlegte Perry. »Oder eher eine Sportart. Sie wollten sehen, wie gut du dich dafür eignest. Haben sie dich bestraft, weil du versagt hast?«

»Moment mal. Wer sagt, dass ich es nicht geschafft hätte? Ich habe das verdammte Goldene Ei geholt!«

Perry Rhodan betrachtete sich im spiegelnden Fenster des Mars-Mobils. *So siehst du aus,* dachte er selbstkritisch. *Traust den anderen viel zu wenig zu. Fran hat sich als TLD-Agentin entpuppt, Pratton Allgame als König der Einbrecher. Warum sollte nicht auch Shimmi verborgene Qualitäten besitzen?*

»Bravo!«, lobte er sie verlegen. »Alle Ehre. Toll. Wie hast du das gemacht?«

Sie hatte Prattons Rat beherzigt, erzählte sie, und den Funk-Empfänger ihrer Haarspange aktiviert. Zuerst hatte sie mit dem Kauderwelsch, das sie hereinbekommen hatte, wenig anfangen können.

»Aber dann hab ich geschnallt, dass die Kerle mich im Labyrinth über verborgene Kameras beobachten. Und sich untereinander per Funk verständigen, wo ich gerade bin. Nach einigen Anläufen hab ich dadurch umgekehrt auch die jeweiligen Positionen meiner Verfolger herausgekriegt. Und dann hab ich sie mit scheinbar unmotivierten Richtungswechseln ausgetrickst. Sie können ihre Schnelligkeit immer nur für sehr kurze Zeit einsetzen. Wie ich dann mit dem Goldenen Ei ins Ziel gekommen bin, ist mir schwarz vor den Augen geworden.«

»Kein Wunder, bei der Überanstrengung«, sagte Fran anerkennend. »Hast dich wacker geschlagen, Mädel!«

Shimmi kniff misstrauisch die Augen zusammen. Mit Fran kam sie nicht sehr gut zurecht. Aber dann strahlte sie doch übers ganze Gesicht. Pratton brachte ihr etwas zu essen. Sie haute rein wie ein Scheunendrescher. Danach widmete sie sich ausgiebig ihrer Frisur.

Wenige Stunden später holten die Quochten Quart Homphé.

66

Der Dicke war eine Niederlage. Ein Desaster. Eine Katastrophe.

So zuversichtlich Zimbrr Gutz gewesen war, weil die junge Nodronin wirklich gute Ansätze gezeigt hatte, so lautstark verwünschte er das Schicksal, das ihn mit diesem Fettsack strafte.

Und Ter-Gün-Madian durfte es ausbaden. Buchstäblich, denn Zimbrr spuckte vor Ärger und Frust immer wieder in den Besprechungsteich, in dem Madian schwamm.

»Diese Missgeburt rührt sich einfach nicht vom Fleck!«, tobte der Agent der Imperialen Königin. »Drohungen bleiben fruchtlos. Er schlottert ohnehin bereits vor Angst. Im Labyrinth stürbe er binnen kürzester Zeit an einem Herzinfarkt, sagt er, also sei ihm lieber, wir töteten ihn gleich. Ha! Am liebsten würde ich seinem Wunsch Folge leisten und ihm eigenhändig den Hals umdrehen. Aber eine Leiche an Bord bringt Unglück und Trockenheit. Es ist zum Schuppen auszupfen! Hat man so etwas schon erlebt? Und das will ein Nodrone sein!«

»Will er eigentlich gar nicht«, unterbrach Ter-Gün-Madian den Wortschwall. »Sie haben immer betont, weder zum Empire noch zu den Rebellen zu gehören. Und wie du ja selbst sagst, benehmen sie sich reichlich un-nodronisch.«

»Mir ist egal, was für Manieren sie haben!«, brüllte Zimbrr weinerlich. »Sie sollen mir in den Kavernen Ehre machen.

Aber so wird das nichts! Ich bin erledigt. Die Königin wird mich in kleinen Portionen an ihre Zierfische verfüttern!«

Und in diesem Tonfall ging es in einem fort weiter. Ohne den Gedanken an Ler-Loy hätte Ter-Gün-Madian die Reise unmöglich ertragen.

Im Verlauf der nächsten Perioden testeten sie der Reihe nach auch die übrigen Gequochteten. Glücklicherweise stellte sich keiner mehr so renitent an wie der Dicke, sodass sich Zimbrrs Laune allmählich besserte. Gegen Ende des Fluges war er geradezu euphorisch.

»Der kleine, schwer zu sehende Yuchte und der Schlanke mit dem Umhang verfügen über einen hervorragenden Orientierungssinn, auch ohne Funkempfänger. Die beiden Rothaarigen sind zäh, wendig, konditionsstark, ausgezeichnete Kämpfer. Und ihr Anführer … Sein taktisches Geschick kann nur als schlichtweg phänomenal bezeichnet werden. Ich hege nicht den geringsten Zweifel mehr, Freund Madian – er ist es. Der Verheißene. Der Eine. Wir sind gerettet. Du, ich und das ganze Volk der Quochten.«

KAPITEL 11

In den Kavernen von Takuri

67

Am 11. Juli 1329 NGZ – »plus E 09«, wie sie den unglaublichen Zeitsprung umschrieben – erreichte der quochtische Diskusraumer endlich seinen Bestimmungsort. Sie waren fast zwölf terranische Tage unterwegs gewesen.

Der Mars-Liner wurde ausgeschleust. Wie beinahe schon erwartet, befanden sie sich abermals in einem unterirdischen Hangar, einem gewaltigen, mehr als einen Kilometer durchmessenden Höhlendom.

Im Inneren eines Planeten, dachte Fran. *Lebendig begraben unter Tonnen von Gestein. Was ich mir immer schon gewünscht habe.*

Die körperlichen Symptome ihrer leichten Phobie ließen sich durchaus ertragen. Gelegentliche, für andere kaum sichtbare Muskelzuckungen, dazu ein Jucken und Kribbeln unter der Kopfhaut und eine allgemeine, permanente Nervosität – in Summe so, als hätte sie zu wenig Magnesium, jedoch übermäßig viel Coffein zu sich genommen.

Psychisch war es nicht ganz so einfach. Vor allem, da sie nicht wusste, wie lange sie es hier noch aushalten mussten.

Sie hatten zahlreiche Pläne für einen Ausbruch gewälzt, ausgiebig diskutiert – und wieder verworfen. Die Quochten behandelten sie ruppig, doch nicht grundsätzlich feindselig. Eindeutig wollten sie etwas von ihnen. Also hatten die Terraner – und der Yuchte – beschlossen, vorerst einmal abzuwarten und die Dinge auf sich zukommen zu lassen.

Aus dem Felsendom wurde der Mars-Liner 01, zusammen mit einigen ähnlich großen Containern, auf einen flachen, an einen Rochen gemahnenden Antigrav-Tender verladen und durch einen viele Kilometer langen Tunnel abtransportiert.

Immer noch tiefer hinein, noch tiefer hinunter …

Reginald Bull bemühte sich rührend um sie. »Willst du was trinken? Oder Musik hören, zur Ablenkung? Shimmi borgt dir sicher ihre Haarspange. In deren Speicher sind tausend Stunden Musik …«

»Nein, danke. Ich komme schon zurecht, okay?« Das klang viel abweisender, als sie es beabsichtigt hatte.

»Klar«, sagte er. Freundlich, verständnisvoll, doch mit einem Gesichtsausdruck wie ein begossener Pudel. Diskret rückte er ein Stück weiter von ihr ab. Er tat ihr Leid. Aber sie besaß momentan nicht die Kraft, ihm zu erklären, was in ihr vorging. Sie wusste es ja selbst nicht genau.

Ein Routineauftrag, sagten sie.

Mhm.

In einer kleineren Höhle setzte der Rochen den Mars-Liner ab. Bewaffnete Quochten nahmen um ihn herum Aufstellung, formierten sich binnen weniger Sekunden abermals zu einem dichten Kordon. Einer – Eine? Gab es überhaupt einen feststellbaren Unterschied? – trat vor und winkte sie hinaus.

Sie schulterten ihre Bündel, die schon seit Tagen für diesen Fall fertig gepackt bereitlagen, und stiegen aus. Bully übernahm zusätzlich einen Großteil von Shimmis Gepäck, damit sie sich um Schikagos Katzenkorb kümmern konnte. Temperatur und Luftfeuchtigkeit waren praktisch dieselben wie an Bord des Diskusraumers, und auch Schlamm, Gestank und Käfer gab es wieder reichlich.

Die Quochten geleiteten sie durch dunstige, von fluoreszierenden Wurzeln und Moosen spärlich beleuchtete Gänge. Fran stapfte mit durchaus gemischten Gefühlen dahin. Einerseits war sie froh, den engen Mars-Liner endlich verlassen zu können. Es hatte bereits erste Anzeichen von Lagerkoller gegeben, obwohl sich alle recht diszipliniert gezeigt hatten, sogar Shimmi und Quart. Andererseits besaß die Vorstellung, sich in einer solchen Grotte zum Schlaf hinzulegen, wenig Verlockendes. Die unzähligen Krabbelkäfer … Und wer konnte sagen, was dieser Planet sonst noch an Fauna und Flora bereithielt?

Der Gang mündete in eine Halle. Sie war nicht sehr hoch, vielleicht zehn, an manchen Stellen zwanzig Meter. Aber ihre horizontale Ausdehnung ließ sich nicht einmal annähernd abschätzen. Niedrige, rundliche, organisch wirkende Häuser erstreckten sich, so weit Fran sehen konnte.

Eine überdachte Metropole, konstatierte sie. *Es scheint, als hätten die Quochten ein ähnliches Problem wie ich, nur genau entgegengesetzt. Das kann ja heiter werden.*

Sie bewegten sich nun entlang der Felswand, bis sie zu einem Gebäude kamen, das sich offenbar in den Berg hinein fortsetzte. Ein großes Doppeltor wurde von zwei Säulen flankiert, in die florale Motive gemeißelt waren. Der Befehlshaber der Quochten betätigte einen darin versteckten Knopf, worauf die beiden Türflügel auseinander glitten.

Es musste sich um eine Schleuse handeln, denn auf der gegenüberliegenden Seite dieses Vorraums befanden sich ähnliche Schiebetüren.

»Hier drücken«, knurrte der Quochte und zeigte auf einen Hebel. »Aber erst, wenn das Außenschott zu ist, klar?«

Nachdem alle Terraner, der Yuchte und das Gepäck in der Schleuse waren, zogen sich die Quochten nach draußen zurück. Der, der vorhin gesprochen hatte, blieb noch kurz bei Shimmi und dem Katzenkorb stehen.

»Leckerbissen, hm?«, fragte er. Seine riesigen Augen fixierten Schikago. Speichel troff ihm aus dem breiten Mund. »Gibst du mir einen Schenkel ab, wenn ihr das Tier bratet?«

Shimmi bewahrte mit großer Mühe die Fassung. »Äh … Ja. Aber vorher sicher nicht.«

Der Froschköpfige grollte erheitert. Dabei riss er die Kiefer so weit auf, dass Shimmis Kopf problemlos dazwischen Platz gehabt hätte.

Die Quochten sind Jäger, dachte Fran. *Und Katzen passen anscheinend sehr gut in ihr Beuteschema …*

Nachdem ihre Eskorte das äußere Schott hinter sich geschlossen hatte, öffnete Perry das innere. Und stieß einen Pfiff aus.

»Das«, sagte er, »ist ja mal eine positive Überraschung.«

Das Quartier war riesig, und sehr luxuriös eingerichtet. Vor allem aber: trocken, käferfrei, ganz offensichtlich an nodronische Bedürfnisse angepasst.

»Sieh einer an«, sagte Bull. »Sie haben also doch Kontakt.«

»Oder eher: gehabt«, korrigierte Fran. »Das dürfte einige Zeit zurückliegen.«

Auf den reich verzierten Möbeln lag eine Staubschicht. Es roch muffig. Gerade sprang knatternd eine Luftumwälzungsanlage an.

»Diplomatische Beziehungen mit dem Empire von Nodro?« überlegte Pratton, während er Staub von einer Kommode wischte und sein Gepäck darauf ablegte.

»Das kann ich mir niiicht wirkelich vorstellen.«

»Also mit den Rebellen. Aber warum sind diese Kontakte wieder eingeschlafen?«

Perry zuckte mit den Achseln. Sie brauchten, so viel stand fest, dringend mehr Informationen. »Wir müssen alles daransetzen, mit jemand ins Gespräch zu kommen, der hier das Sagen hat. Jemand aus der Führungsschicht. Je weiter oben, desto besser.«

Sie richteten sich einigermaßen wohnlich ein. Die Zimmer hatten sie rasch aufgeteilt, da mehr als genug davon vorhanden waren. Es gab auch, gleich neben dem großen Salon mit dem offenen Kamin, eine Küche. Das Wasser rann zuerst bräunlich aus den Hähnen, klärte sich aber bald. Bully analysierte es mit einem Gerät aus seinem Werkzeuggürtel.

»Trinkwasser, mineralienreich, allerdings lauwarm.«

In den ansonsten völlig leeren Kühlbehältern fanden sie Kunststoffflaschen, die sie mit Leitungswasser auffüllten und wieder hineinstellten. Auch ihre verderblichen Vorräte brachten sie darin unter. Viel war das nicht, da sie hauptsächlich Konzentratriegel mitgenommen hatten.

Diesen einfachen Tätigkeiten wohnte etwas Beruhigendes inne. Das gab ihnen ein wenig Sicherheit zurück, im doppelten Sinn festen Boden unter den Füßen. Dennoch vergaß Perry keine Sekunde lang, welch bizarre Welt außerhalb ihrer trügerisch vertrauten Enklave lag. Fran war anzusehen, dass es ihr ebenso erging, nur noch verschärft durch die Höhlenphobie. Ihre Bewegungen waren etwas zu kontrolliert. Ab und an flatterte eines ihrer Augenlider. Bull schlich um sie herum wie ein junger Hund, bis sie sich in ihr Zimmer begab.

Etwas später bekamen sie Besuch.

Ter-Gün-Madian steckte in einem Raumanzug, einer Art Futteral mit Exoskelett und kurzen mechanischen Greifarmen.

»Meine lieben Freunde«, rief er, verstärkt durch einen scheppernden Außenlautsprecher. »Welch schönes Wiedersehen! Ich bin gekommen, um letzte Missverständnisse auszuräumen – falls überhaupt noch solche bestehen.«

»Du hast Nerven«, erwiderte Bully, »dich allein hierher zu trauen – nach allem, was du uns eingebrockt hast!«

»Ach, meine Sorge, von euren Geschenken und sonstigen Beweisen der Zuneigung erdrückt zu werden, hält sich in Grenzen.«

Er richtete seine Hülle senkrecht auf und öffnete die obere Hälfte des kugelförmigen Helms. Darunter schwappte Flüssigkeit. »Ihr gestattet?« Ohne eine Antwort abzuwarten, entzündete er eine Zigarette.

»Nenn uns einen Grund«, sagte Perry, »warum wir dich nicht als Geisel nehmen und auf diese Weise unsere Freilassung erpressen sollten.«

»Auch zwei oder drei, Freund Rhodan. Erstens, ich bin für die Quochten vollkommen wertlos, ihnen eher sogar lästig – als Druckmittel also denkbar ungeeignet. Zweitens, ich biete euch die Gelegenheit, euch mit Ruhm und Reichtum zu bedecken. Drittens, ich bin euer Verbindungsglied zum Hof der Imperialen Königin. Ich halte dich nicht für so unvernünftig, diese Argumente in die Flutwelle zu schlagen.«

Perry musste ihm wohl oder übel Recht geben.

»Also los, erzähle«, forderte er den Advokatus auf. »Was steckt dahinter? Wo sind wir? Warum wurden wir entführt, und was erwartet man von uns?«

69

Ter-Gün-Madian ließ sich seine Erleichterung nicht anmerken. Er hatte die Fremden richtig eingeschätzt. Echte Nodronen hätten zuerst zur Peitsche gegriffen und erst danach Fragen gestellt. Sein Anzug verfügte zwar über einen leichten Individualschirm. Dennoch hatte er sich gefürchtet, ihnen unter die Augen zu treten.

Es kam nicht unbedingt häufig, aber doch immer wieder vor, erklärte er, dass auf Wrischaila Personen gegen ihren Willen rekrutiert wurden – »gequochtet«, wie man im Untergrund sagte. Dabei handelte es sich immer um solche, die gewisse Fähigkeiten erkennen ließen, und also geeignet erschienen, bei den einmal pro Umlauf stattfindenden Imperialen Spielen eine gute Figur zu machen.

Ja, sie befanden sich auf der Hauptwelt der Quochten. Genauer: In der Stadt Takuri, an welche die berühmten Kavernen angrenzten, wo die Imperialen Spiele abgehalten wurden.

»Mir schwant Übles«, sagte die Weibliche, die als Rhodans Begleiterin in Ter-Gün-Madians Kanzlei gewesen war.

Oh, es bedeutete eine große Auszeichnung, fuhr Madian fort, an den Imperialen Spielen teilnehmen zu dürfen. Gleichwohl hatte es sich als zweckmäßig herausgestellt, manche Auserwählte gewissermaßen zu ihrem Glück zu zwingen. Sicherheitshalber, sozusagen. Für etwaige in diesem Zusammenhang entstandene Unannehmlichkeiten bat er sehr herzlich um Verständnis sowie Vergebung.

Wie sich Rhodan und seine Leute wohl bereits denken konnten, sollte auch ihnen die Ehre zuteil werden, an den Spielen mitzuwirken. Und zwar als Team, in jener Sportart, welche als die mit Abstand beliebteste galt, als absolute Königinnendisziplin.

Man nannte sie »Die Takurische Jagd«.

Die Regeln waren Folgende: In jeder Runde traten drei Mannschaften gegeneinander an. Sie bestanden aus maximal acht Kombattanten, von denen höchstens sechs sich gleichzeitig im Spielgelände, einem landschaftlich besonders reizvollen Teil der Kavernen von Takuri, aufhalten durften.

»Landschaftelich reiiizvoll für Quochten, naturelich.«

Natürlich wurde das Gelände nach jedem Spiel neu hergerichtet. Die damit befassten Kavernitekten erfreuten sich allerhöchsten gesellschaftlichen Ansehens. Jedes Team bekam ein Goldenes Ei. Ein Teammitglied wurde mit Leuchtfarbe als »Königin« kenntlich gemacht. Wem es gelang, eine gegnerische Königin mit seinem Goldenen Ei zu treffen, der bekam zwei Punkte gutgeschrieben; wer sie damit berührte, während er das Ei in der Hand oder einer sonstigen Extremität hielt, sogar deren fünf.

Deflektoren, Antigravs, Schuss-, Wurf- oder andere Fernwaffen waren strengstens verboten; jegliche Form von körperlicher Gewalt ausdrücklich erlaubt. Auf bereits bewusstlose Gegner noch weiter einzudreschen, galt als unschicklich, war jedoch beim Publikum, das die Spiele – und besonders die Takurische Jagd – auf sämtlichen Planeten des Imperiums via Holovision mitverfolgte, sehr beliebt.

Wenn eine »Königin« ihrerseits einen Gegenspieler berührte, bevor sie vom Goldenen Ei getroffen wurde, galt er als gefangen und musste in dieser Runde aussetzen. Die Königin durfte dafür einen Punkt gutschreiben.

Jedes Team verfügte über Funkgeräte, weiters über ein den Gegnern nicht zugängliches »Nest«, in dem sich die Wechselspieler aufhielten. Außerdem standen dort ein Holoprojektor und eine kleine Varsonik, mittels derer man die Bilder der vielen hundert in den Kavernen postierten Kameras abrufen konnte.

Die Mannschaft, die den Turniersieg errang, wurde nicht nur mit Ruhm und Ehre überschüttet, sondern bekam auch einen äußerst hohen Geldbetrag überreicht – von niemand Geringerem als der Imperialen Königin Chi Waka persönlich, im Rahmen einer offiziellen Audienz!

Na, wenn das nicht Motivation genug für Rhodan und seine Leute war …

Sie wurden übrigens von den Buchmachern bereits als die chancenreichsten Außenseiter gehandelt. Ausschnitte ihrer Trainingseinheiten an Bord der Paateom wurden immer wieder gesendet. Ihre Popularität auf den Welten der Quochten stieg von Zeiteinheit zu Zeiteinheit – und das, obwohl sie äußerlich den verhassten Nodronen glichen!

Nein, über etwaige Kooperationen mit den Rebellen, sei es in Gegenwart oder ferner Vergangenheit, wusste Ter-Gün-Madian nichts, desgleichen nicht über bewohnte Ordenstürme der Wissenschaftler von Cor'morian. Wenn überhaupt jemand, dann konnte nur die Königin selbst über solche Dinge Auskunft geben. Chi Waka herrschte mit absoluter Macht über Quocht und das gesamte Imperium. Auf den anderen quochtischen Planeten residierte ebenfalls jeweils eine Königin, doch sie alle waren der Imperatrix von Quocht ganz klar untergeordnet.

»Ich bedaure, euch jetzt wieder verlassen zu müssen«, schloss Ter-Gün-Madian salbungsvoll und dämpfte seinen Bronchienmörser aus. »Und dabei war es gerade so nett ... Ihr solltet euch gut ausruhen, meine Freunde. Die Spiele beginnen in wenigen Einheiten, und ihr seid bald dran. Euer erster Gegner ist eine Mannschaft, die zu den Favoriten gezählt wird. Entsprechend hoch entwickelt sich das Zuschauerinteresse. Ich bin überzeugt, dass ihr euch dessen würdig erweisen werdet.«

Hastig schloss er den Helm, damit ihm nicht im letzten Moment doch noch jemand eine Kopfnuss verpassen konnte, und verließ das schrecklich trockene, unterkühlte Gemach.

Geleitet von seinem quochtischen ID-Pass, begab er sich zu den Zeremonialgewölben am Eingang der Takurischen Kavernen. Ungleich lieber hätte er endlich Ler-Loy in der Spezialklinik aufgesucht. Aber Zimbrr Gutz hatte es ihm verwehrt. »Erst nach den Spielen«, hatte er geknurrt. »Wenn unsere Leute gewonnen haben, trage ich dich auf Händen dorthin. Sonst aber ... Ich denke, wir verstehen uns. Sieh also zu, Advokatus, dass die Fremden ihr Bestes geben und mit vollem Einsatz dabei sind.«

Der hatte leicht reden!

Als Ter-Gün-Madian die mit feinstens verfaulten Gräsern, vermorschten Hölzern und vermoderten Früchten geschmückten Gewölbe erreichte, waren die Eröffnungsfeierlichkeiten bereits in vollem Gang. Er fand Zimbrr an einer Theke, an der speziell gezüchtete Phichi-Gabe-Käfer in verschiedenen Geschmacksrichtungen feilgeboten wurden.

»Du kommst gerade richtig«, begrüßte ihn der Agent. »Traditionell präsidiert bei dieser Zeremonie nicht die Imperatrix, sondern deren Vizekönigin und Stellvertreterin. Die derzeitige heißt Irn Tekkme. Wir sind alle schon sehr gespannt auf ihre Rede.«

Die Eröffnung der Imperialen Spiele, erläuterte Gutz kauend, stellte für die Vizekönigin den politischen Höhepunkt des Jahres dar. Die Feier bot ihr Gelegenheit, vor größtmöglichem Publikum Kritik an der Amtsführung ihrer Konkurrentin zu üben. Selbstverständlich in höfischer, also raffiniertest verschlüsselter Form. Irn Tekkme war eine Meisterin darin, Kritikpunkte nicht auszusprechen, sondern elegant und dennoch unmissverständlich auf sie anzuspielen.

Als sie ins Redebassin stieg, verebbten alle Gespräche. Sie glich äußerlich, abgesehen von dem unfassbar aufwändig geknüpften Netz-Kleid, einer gewöhnlichen Quochtin. Jedoch trug sie, wie Zimbrr Gutz flüsternd erklärte, alle Anlagen zur Königin in sich, um selbige notfalls binnen relativ kurzer Zeit ersetzen zu können.

»Aha.«

Ter-Güṇ-Madian war nicht recht bei der Sache. Schon nach den ersten Sätzen der weitschweifigen Rede verlor er das Interesse. Er konnte ohnehin nicht verstehen, warum die Zuhörer an manchen Stellen raunten, an anderen lautstark aufgrollten, an wieder anderen sich vielsagend zunickten. Dabei sprach die Vizekönigin scheinbar bloß über die Aufzucht von Speisefischen, deren Fortpflanzungsverhalten und die Bekämpfung von Schädlingen.

Madians Gedanken glitten ab, zu seiner geliebten Tochter und ihrer schrecklichen Krankheit … Erst, als laute, langgezogene, in den Mikro-Tonhöhen gekonnt modulierte Hornstöße erklangen, sah er wieder zum Ehrenbassin.

Irn Tekkme warf mit einer lässigen und zugleich majestätischen Geste ein Goldenes Ei in den Einstieg zu den Kavernen von Takuri.

Nachdem das tosende Applausknacken verstummt war, rief

sie: »Die Imperialen Spiele sind eröffnet! Mögen die Besten gewinnen!«

70

15. Juli 1329 + E09. Heute ist der erste Ruhetag der Wettkämpfe, und ich komme endlich dazu, die Ereignisse der letzten Tage nachzutragen. Bisher bin ich jedes Mal, kaum dass wir wieder in unserem Quartier waren und uns den stinkenden Dreck abgewaschen haben, todmüde in mein Bett gefallen. Du kannst dir gar nicht vorstellen, wie das ist, liebes Tagebuch, nach der ganzen langen Zeit auf den Sitzbänken des Mars-Liners wieder in einem Bett zu schlafen. Herrlich! Auch Schikago genießt es, in den vielen Räumen dieses Gebäudes herumstreunen zu können (obwohl sie trotzdem noch nicht wesentlich abgenommen hat). Das kann sie gefahrlos, denn alle Ausgänge sind felsenfest versperrt, nicht einmal einer dieser Käfer käme raus. Und, den Himmeln sei Dank, es kann auch keiner rein. Die Millionen von Krabbelviechern in den Kavernen stehen uns allen schon bis hier.

Die bisherigen Runden waren erstaunlich einfach. Bis auf das erste Match haben wir alle klar gewonnen. Beim ersten hatten wir gewisse Anlaufschwierigkeiten, auch untereinander, und dadurch wurde es ganz schön knapp. Und über gewisse schmutzige Tricks, die bei der Takurischen Jagd gang und gäbe sind, hat uns vorher auch keiner was erzählt. Mittlerweile aber sind wir echt gut unterwegs, prima zusammengespielt, und vor allem: Jetzt wollen wir's wirklich wissen!

Alle, sogar Quart Homphé.

Shimmi hielt im Schreiben inne, weil sie gähnen musste, und grinsen zugleich.

Perry setzte den Fettwanst nicht oft ein, dann aber gezielt. Mehrmals war es gelungen, eine gegnerische »Königin« anzulocken, weil Quart nach einem harmlosen Handgemenge bewusstlos zusammengebrochen war und nun scheinbar mutterseelenallein am Boden lag. Leichte Beute, ein Gegner weniger, und dazu noch ein Punkt – da konnten die anderen nicht widerstehen. Wenn dann der Königin-Spieler auftauchte, löste sich plötzlich Sneber Grax aus der Kavernenwand, hob das Goldene Ei, das er mit seinem Chamäleon-Körper verborgen hatte, und zack – zwei Punkte für die Terraner. Einmal sogar fünf!

Als Teamkapitän ist Perry fantastisch, schrieb Shimmi weiter. *Er hat einen unglaublichen Überblick, orientiert sich irrsinnig schnell und kann praktisch ohne Zeitverlust von Defensive auf Offensive wechseln. Jetzt ist mir endgültig klar, warum sie ihn schon seit bald dreitausend Jahren einen »Sofortumschalter« nennen. Die meiste Zeit dirigiert er uns per Funk. Das machen die quochtischen Spielführer zwar auch, aber denen ist Perry meilenweit über. Wenn es schnell gehen soll, komme fast immer ich dran. Wenn Heimlichkeit gefragt ist, dann Sneber oder Pratton. Für brenzlige Situationen spielt er Fran oder Bully frei, die sind nicht nur die besten Nahkämpfer, sondern auch gegen den Lähmungsblick der Froschgesichter immun. Und notfalls greift Perry selbst ein.*

Die meisten unserer Punkte hat bisher Fran erzielt, die zweitmeisten Reginald. Platz drei bin dann bereits ich!

Ich muss dir sagen, liebes Tagebuch – das Ganze beginnt fast schon, uns Spaß zu machen.

71

Im Finale wurden sie betrogen.

Ihre Gegner waren ein weiteres Überraschungsteam sowie die Champions der vergangenen Jahre, die von allen Buchmachern und Kommentatoren als haushohe Favoriten gehandelt wurden. Diese Mannschaft bestand aus fünf quochtischen Spitzenathleten, die auch in den Einzelbewerben regelmäßig erste Preise abräumten, sowie zwei Irchy-Ba und einem Jifften. Perry vermutete, dass es sich bei letzteren um ehemalige, besonders erfolgreiche Exekuter aus Wrischaila handelte.

Er hatte Holo-Mitschnitte von den Vorrunden-Begegnungen studiert und wusste daher, dass sich die Taktik der Titelverteidiger ebenso einfach wie durchschlagend gestaltete. Sie gaben sich vom Anstoß weg kaum damit ab, Treffer zu verhindern oder selbst Punkte zu erzielen. Ihnen lag einzig und allein daran, die gegnerischen Mannschaften möglichst rasch zu dezimieren. Sollte heißen: Sie gingen nicht aufs Goldene Ei oder die Königin, sondern auf den Mann, attackierten jeden Spieler, der ihnen in die Quere kam, mit äußerster Brutalität. Wenn sie sich dabei anfangs einige Verlustpunkte einfingen, so ließ sie das kalt – über kurz oder lang waren die Gegner aufgrund der Verletzungen und Totalausfälle dermaßen geschwächt, dass die Champions den Rückstand mit Leichtigkeit aufholen und in eine klare Führung umwandeln konnten. Nicht selten wurde ihnen der Sieg von den Kampfrichtern vorzeitig zugesprochen, bereits im zweiten oder dritten der vier Viertel, weil schlicht und einfach keine einsatzfähigen Gegenspieler mehr am Platz waren. Man nannte sie »Quorquettschs«, was sinngemäß »Höhlenhämmer« bedeutete. Klarerweise waren sie die absoluten Publikumslieblinge.

Umso geringerer Beliebtheit erfreute sich die zweite Mannschaft, die es bis ins Finale geschafft hatte, allen Prognosen der Experten zum Trotz. Sie wurden abfällig als »Quattenadscher« bezeichnet, als »Schlammmaurer«. Ihre äußerst vorsichtig ausgerichtete Taktik zielte darauf ab, irgendwann während der ersten beiden Viertel in einem schnellen Konter zu punkten und dann diese knappe Führung durch eine kompakte Defensivleistung über die Zeit zu bringen. Das gelang den Quattenadschern hauptsächlich wegen ihrer beiden wichtigsten Spieler, die wohl ebenfalls gequochtet worden waren. Sie entstammten einem wenig bekannten Volk von Plasmawesen und konnten ihre Körperform nahezu beliebig verändern. Darüber hinaus schienen sie vollkommen schmerzunempfindlich zu sein, und nahezu unverletzlich. Um sie auszuschalten, hätte man sie schon in kleine Stücke hacken müssen …

Die übrigen sechs Mannschaftsmitglieder waren Quochten, wobei eine verhältnismäßig zierliche Frau den Ton beziehungsweise die Strategie angab. In ihren Kommentaren ließen die Sportjournalisten immer wieder durchblicken, dass die Kapitänin der Quattenadscher besonders hoch in der Gunst der Vizekönigin Irn Tekkme stand. Umgekehrt galten die Quorquettschs als *die* Kämpfer der Königin schlechthin. Sie spielten mit Schleifen in den persönlichen Farben Chi Wakas – schlammbraun, schlammgrau, schlammgrün – und grölten nach jedem Sieg, ebensolche Fahnen schwenkend, ausgiebig die Hymne der Imperatrix.

Es war also auch Politik im Spiel … und nicht wenig Geld. Im ganzen Reich wurden Unsummen auf die drei Finalisten verwettet, wobei die Siegquote der Höhlenhämmer am niedrigsten war, die der unpopulären Schlammmaurer jedoch exorbitant hoch. Die Terraner und der Yuchte, denen man inzwischen den Namen »Nyquodronen« verliehen hatte, firmierten um einiges darunter, aber immer noch weit über den Titelverteidigern.

Auf dem Weg zu den Kavernen versuchte Sneber Grax zum wiederholten Mal, einen ihrer Wächter zu bestechen, damit dieser für ihn eine hohe Summe auf die Quattenadscher setzte. Der Quochte lehnte entrüstet ab.

»Glaubst du denn selbst nicht daran, dass ihr gewinnt?«, knurrte er.

»Naturelich. Aber dann habe ich sooowieso ausgesorgt. Darum hätte ich gern noch eine zweite Angel im Wasser.«

Doch der Wächter ließ sich nicht erweichen, und da auch Shimmi ihn scheel anschaute, stellte Sneber seine Bemühungen ein.

Der vor jedem Spiel übliche Einmarsch der Mannschaften in die Zeremonialgewölbe gestaltete sich diesmal ganz besonders bombastisch. Obwohl, wie es der Tradition entsprach, niemand aus dem königlichen Nest anwesend war, hatten sich alle Schiedsrichter, Kommentatoren, Betreuer und sonstigen Ehrengäste in ihre schmucksten Netzanzüge geworfen. Ein kleines Rauchwölkchen aus einer der hintersten Reihen zeigte an, wo sich Ter-Gün-Madian aufhielt.

Perrys Team wurde als erstes präsentiert und erhielt freundlichen Applaus. Dazu erzeugten die Quochten klackende Geräusche mit ihren stahlhart gepanzerten Fingern. Vereinzelt ertönten aufmunternde Zurufe, die Perrys Translator jedoch wegen des allgemeinen Tumults nur mangelhaft übersetzen konnte. »Beißt den Schlammmaurern Treppen in die Hinterbacken, damit ihre Flatulenzen darauf verunglücken« – das konnte wohl kaum gemeint gewesen sein.

Sobald die Quattenadscher einliefen, erzitterten die Gewölbe von lautstarken Beschimpfungen und verächtlich dröhnendem Geknurre. Quochten besaßen die Fähigkeit, sehr weit und sehr präzise zu spucken. Im Nu war das Team der Vizekönigin über und über mit grüngelbem Speichel bedeckt. Die acht Sportler machten sich jedoch nichts daraus, spuckten zurück und verhöhnten ihrerseits das Publikum mit obszönen Gesten. Die beiden Plasmawesen verformten sich zu Darstellungen offenbar äußerst verpönter sexueller Praktiken und fachten damit den Sturm der Entrüstung noch weiter an. Doch erschien Perry das ganze martialische Getue nicht tödlich ernst gemeint, vielmehr als eine Art kollektives Gaudium, bei dem eben jeder die Rolle, die ihm zugedacht war, so überzeugend und beherzt wie möglich spielte.

Dann kamen die Champions, die Quorquettschs, jeder Einzelne mit einer überreich verzierten, brau-grau-grünen Standarte in der Hand. Der Jubel, mit dem sie empfangen wurden, war ohrenbetäubend. Ein Regen von Phichi-Gabe prasselte auf sie herab. Als sie Aufstellung nahmen, die Fäuste an die königlichen Wappen auf ihrer Schleife schlugen und ihr berühmtes Kampflied intonierten, erhoben sich ringsherum alle aus den terrassenförmig angelegten Sitzteichen und grölten lauthals mit.

Wir sind die Höhlenhämmer!
Wir machen jeden platt
Für unsre Königin,
Die uns geboren hat.

Wir sind die Höhlenhämmer!
Wir kennen kein Pardon,
Für unsre Königin
Auf ihrem Eierthron.

Wir sind die Höhlenhämmer!
Wer uns zum Gegner kriegt,
Wird, was er auch versucht,
Am Ende doch besiegt.

Wir sind die Höhlenhämmer!
Wir hauen furchtbar hin,
Für unsre Königin,
Für unsre Kööö-niii-gin!

»Ojojoj«, flüsterte Shimmi Caratech, die dicht bei Perry stand. »Das würde ich aus unserer Sicht nicht unbedingt als Heimspiel bezeichnen.«

»Umso umheiiimlicher werden wir den Quochten heiiimleuchten. Wir werden ihnen heiiimzahlen, wie heiiimtückisch sie uns verheiiimlicht haben, dass …«

»Pst, Sneber!«

Der Lärm ebbte ab, denn soeben entstand in der Mitte des Zentralgewölbes die dreidimensionale Holografie der Kavernen, in denen die letzte und entscheidende Takurische Jagd dieser Imperialen Spiele stattfinden würde. Anerkennendes Knurren ging durch die Zuschauermassen. Kein Höhlensystem war bisher auch nur annähernd so komplex, verwinkelt und von tückischen Fallgruben gespickt gewesen wie dieses.

Der Oberschiedsrichter gab das Zeichen, dass die drei Mannschaften ihre jeweiligen Nester aufsuchen sollten. Nachdem dies geschehen war, ertönte das schauderhafte Jaulen der Hörner.

Das Spiel begann.

Wie leicht vorherzusehen gewesen war, hielten sich alle drei Teams in den ersten Minuten bedeckter denn je. Die Quattenadscher schirmten den als ihre Königin markierten Quochten in einer Sackgasse unweit ihres Nestes ab. Eines der beiden Plasmawesen blockierte den einzigen breiteren Gang, der diesen Teil der Kavernen mit dem Rest des Labyrinths verband. Sein Artgenosse bewegte sich, das Goldene Ei mit einem Pseudopodium an den fladenförmigen Körper gepresst, zusammen mit einem quochtischen Teamkameraden langsam in Richtung des terranischen Nestes, wo sich Perry nach Kräften bemühte, aus der Überfülle der Kamerabilder die wichtigsten herauszufiltern.

Die Königin und mindestens zwei weitere Spieler mussten sich zu jeder Zeit auf dem Jagdgelände aufhalten, sonst setzte es Minuspunkte. Auch für zu passives Verhalten konnten die Schiedsrichter solche vergeben, beispielsweise, wenn eine Mannschaft über eine bestimmte Zeitspanne hinaus jeder Feindberührung auswich. Mehrere Kommentatoren hatten gefordert, diese Regel dahingehend zu ergänzen, dass auch Scheingefechte, wie sie gelegentlich einer der beiden Plasmoiden vom Zaun brach, entsprechend bestraft werden sollten. Doch das Oberste Kampfgericht hatte verlautbaren lassen, Feindberührung sei Feindberührung. Schließlich waren auch die Aktionen der Höhlenhämmer sehr oft nicht auf Ei oder Königin ausgerichtet.

Besagte Favoriten schwärmten ebenfalls verhaltener aus als sonst. Der Jiffte, dem wegen seines mörderisch gefährlichen Dornenschwanzes am schwersten beizukommen war, hatte wie immer den Part der Königin übernommen. Um ihn massierten sich die Quochten. An der Spitze des Pulks, der sehr langsam ins ungefähre Zentrum des Geländes vordrang, gingen die beiden Rieseneidechsen. Wer das Goldene Ei bei sich hatte, ließ sich noch nicht erkennen; ebenso wenig, in Richtung welcher Gegenmannschaft die Quorquettsch schwenken würden.

In dieser Anfangsphase kam es darauf an, spontan Allianzen zu bilden, zu zweit das dritte Team unter Druck zu setzen – und sich im richtigen Moment ansatzlos gegen seine temporären Verbündeten zu wenden. Diese Vorgeplänkel und Stellungswechsel dauerten meistens bedeutend länger als die eigentlichen Kampf- und Spielzüge, doch waren sie für deren Ausgang entscheidend.

Perry Rhodan hatte Fran Imith als Königin aufgestellt. Die TLD-Agentin hatte sich in dieser Position bewährt, obwohl sie durch die Auswirkungen ihrer Höhlenphobie leicht beeinträchtigt wurde. Aber sie war tapfer, biss die Zähne zusammen, bewies Professionalität, riss durch ihr vorbildliches Verhalten die anderen mit. Und, so zynisch-berechnend das auch klingen mochte: Die Anfälle von Fahrigkeit und Paranoia verschärften ihre Aufmerksamkeit und Reflexe noch.

Bully war als ihr »Leibwächter« abgestellt – eine hübsche Umkehrung der ursprünglichen Rollen, wie Perry fand. Das Paar, das noch keines war, aber wohl bald eines werden würde, arbeitete sich recht flott in Richtung Zentrum vor. Dabei wählten sie enge, gewundene Kavernen, in denen sie vor den Irchy-Ba und dem Jifften relativ sicher waren. Pratton Allgame hielt sich nahe bei ihnen, nie mehr als ein, zwei Weggabelungen entfernt. Seinen größten Trumpf, Sneber Grax, wusste Perry ebenfalls in der Nähe, wenngleich man ihn auf dem Monitor nicht ausmachen konnte.

Gut so.

In den Kavernen waren nicht nur Kameras montiert, sondern auch Lautsprecher. Jede Äußerung, die einer der Billionen Zuschauer vor seinem Holoschirm auf irgendeiner der Quochten-Welten von sich gab, wurde umgekehrt ebenfalls übertragen. So entstand ein eigentümlich intensives Rauschen und Grollen, das Perry an einen ins Unendliche gestreckten Lawinenabgang erinnerte. Es steigerte sich abrupt, als der Pulk der Höhlenhämmer die Richtung änderte und Kurs auf Fran und Bully einschlug. Wenige Sekunden später reagierten das zu den Schlammmaurern gehörende Plasmawesen und der Quochte, der es begleitete. Sie steuerten ebenfalls auf Pratton und die beiden zu.

Damit war praktisch vorgezeichnet, wie die erste Konfrontation verlaufen würde: Alle gegen die Terraner.

Perry spürte, dass sich seine Pulsfrequenz erhöhte. Er informierte über Funk seine Teammitglieder, dann schickte er Shimmi Caratech ins Rennen.

Mit dem Goldenen Ei.

Die Siebzehnjährige setzte ihre ganze Schnelligkeit ein. Sie schwamm mehr durch die von Mistkäfern und Schlamm gefüllten Kavernen, als sie lief. Ihre Bewegungsrichtung zielte eindeutig auf die Königin der Quattenadscher. Erneut verstärkte sich das Getöse aus den Lautsprechern.

Die Strategen auf den Gegenseiten ließen sich nicht beirren. Pulk und Stoßtrupp würden die drei Nyquodronen zwar erst später erreichen als deren Alleingängerin die Barrikade der Schlammmaurer, wegen der niedrigen Normalgeschwindigkeit der Quochten. Aber was sollte eine Einzelne gegen drei quochtische Athleten und einen schier unbezwingbaren Plasmoiden ausrichten?

Noch dazu verfing sich Shimmis Fuß auf den letzten Metern in einem aus dem tiefen, sumpfigen Boden ragenden Algenbündel. Sie stürzte. Die Zuschauer brüllten auf, als ihr der goldene Ball entglitt. Er rollte nicht weit, blieb wenige Meter vor dem Plasmawesen im Schlamm stecken. Dieses streckte sich flach nach vorn und bildete dünne, weißliche Tentakel aus.

Perry hielt den Atem an. Wer das Ei eines Gegners eroberte, beraubte ihn für die Dauer dieses Viertels nahezu jeder Möglichkeit, Punkte zu erzielen.

Einen Lidschlag, bevor die Tentakel den Ball erreichten, schoss von der Decke eine lange Zunge herab. Sneber Grax fischte sich das Goldene Ei, sprang in einem mächtigen Satz über den Plasmoiden hinweg in die Grotte dahinter, warf – und traf die Königin, noch ehe sein Körper unter den Blicken der Quochten erlahmte.

Zwei zu null zu minus zwei für uns, dachte Perry. *Und, was viel wichtiger ist: keine Verletzten.*

Leider sollte es nicht dabei bleiben.

72

Jedes Mal, wenn eine Seite gepunktet hatte, wurde das Spiel unterbrochen, und die Kombattanten kehrten in die Nester zurück. Shimmi und Sneber zeigten sich entsprechend stolz auf ihre Leistung, die anderen drei erleichtert, dass sie gerade noch mal davongekommen waren. Von einer solchen Übermacht körperlich überlegener Gegner hätten sie gewiss schreckliche Prügel bezogen.

»Gewagt und gewonnen«, gratulierte sogar der sonst so sauertöpfische Quart Homphé. »Möge es so weitergehen!«

Tat es aber nicht.

Zwar war ihnen mit ihrem Überraschungsangriff gelungen, die Quattenadscher aus der Reserve zu locken und zu mehr Offensive zu zwingen. Dennoch fand Perrys Team in der ganzen ersten Halbzeit keine weitere Lücke in deren Verteidigung. Die Terraner hatten mehr als genug damit zu tun, die immer heftiger vorgetragenen Attacken abzuwehren. Wieder und wieder entkamen sie den Plasmoiden nur äußerst knapp. Einmal wurde Fran von deren Goldenem Ei gestreift, doch die Schiedsrichter gaben den Treffer aus unerfindlichen Gründen nicht.

Immerhin gelang es den Terranern zweimal, die gegnerischen Parteien aufeinander zuzulocken und im wahrsten Sinn des Wortes abzutauchen, während sich die anderen gegenseitig vermöbelten. Mit gnadenloser Härte: Die Rieseneidechsen und der Jiffte zerrissen eines der Plasmawesen buchstäblich in der Luft. Die beiden verbliebenen Teile waren zwar, wie sich herausstellte, getrennt lebensfähig, aber quasi auf die Stufe von Neugeborenen zurückgeworfen. Sie wurden von ihrem Artgenossen während der Spielunterbrechung vom Gelände gebracht.

Kurz vor Ende des zweiten Viertels fiel einer der Irchy-Ba dem Hypnoseblick zum Opfer. Paralysiert vermochte er sich gegen die Bisse und Hiebe der feindlichen Quochten nicht mehr zur Wehr zu setzen und musste ebenfalls schwer verletzt ausscheiden.

Quart Homphé, der die grausliche Szene im Holobild mit ansah, übergab sich neben Perry – was die Atmosphäre im Nest nicht unbedingt verbesserte.

Im Getümmel dieser Gewaltorgie schlich sich Pratton Allgame wagemutig an den Jifften heran. Er konnte ihn mit dem Ei berühren und fünf weitere Punkte gutschreiben. Aber der Weinbauer und Meisterdieb bezahlte einen hohen Preis dafür. Der dornenbesetzte Schwanz des Umweltangepassten erwischte ihn, eindeutig nach dem Hornsignal, also regelwidrig, jedoch um nichts weniger folgenschwer. Prattons rechte Schulter war ausgekugelt, ein Arm gebrochen, das Gesicht eine blutige Masse, als die Sanitäter ihn im Nest der Nyquodronen ablieferten. Fran und Bull verarzteten den übel Zugerichteten, so gut es unter den gegebenen Umständen ging.

»Aus. Mir reicht's«, sagte Perry energisch. »Das ist es nicht wert. Ab sofort gehen wir kein Risiko mehr ein. Wenn die Gewalt dermaßen eskaliert, ist das kein Sport, sondern Krieg. Und den sollen sie gefälligst ohne uns führen.«

»Aufgeben ist im Reglement nicht vorgesehen«, erinnerte Bully.

»Dann sollen sie uns eben wegen Passivität Punkte abziehen oder meinetwegen disqualifizieren!«

Wie immer litt Fran Imith während der Ruhephase mehr unter den psychosomatischen Auswirkungen ihrer Phobie als in der Hitze der Gefechte. Unentwegt kratzte sie sich am Hinterkopf, auf der Stirn oder an den Nasenflügeln, die davon schon ganz gerötet waren. »Mit anderen Worten, du willst, dass wir in der zweiten Hälfte unser Nest gar nicht mehr verlassen?«, fragte sie Perry.

»Genau.«

»Obwohl wir in Führung liegen?«

Die Kampfrichter hatten den Titelverteidigern für den Regelverstoß des Jifften drei Minuspunkte aufgebrummt. So stand es, da das Team der Vizekönigin zuvor zwei Konterangriffe gegen die Champions erfolgreich abgeschlossen hatte, zur Pause sieben zu minus elf zu eins. Sie hatten also sechs Punkte Vorsprung auf die Quattenadscher und gleich achtzehn auf die Quorquettschs.

»Ich kann nicht verantworten, dass noch andere von uns schwere Verwundungen davontragen.« Vielsagend blickte Perry Rhodan zu Shim Caratech, die mit Heißhunger Konzentratriegel in sich hineinstopfte.

»Aber das hiiieße: keine Audienz bei der Königin. Dann sitzen wir sehr wahrscheinelich auf Quocht fest, bis uns der Schimmel und die Käfer bei lebendigem Leib aufgefressen haben. Nein, danke!« Sneber Grax verfärbte sich puterrot, um seinen Worten Nachdruck zu verleihen.

»Kompromissvorschlag.« Bully, der mit seinem MedoSet Prattons Körperfunktionen stabilisiert hatte, richtete sich auf. Er sah Perry kerzengerade in die Augen. »Nur noch du, ich, Fran und Sneber gehen raus. Nein, keine Widerrede, Shimmi – du bist weder mentalstabilisiert und nahkampfgeschult noch ein Chamäleon und inoffizieller Werftwerk-Meister im Ausbüchsen. Quart wird uns über Funk die Standorte der Gegner übermitteln.«

»Ich? Unmöglich. Das kann ich nicht.«

»Verdammt, jetzt reiß dich doch endlich einmal zusammen, du rückgratloser Schwabbelkloß!«, fuhr Bully den Künstler schärfer an denn je. »Natürlich kannst du das. Du bist Holo-Experte, hast gute Augen – schluck runter, was du sagen willst, den Blödsinn mit der Brille nimmt dir sowieso keiner ab –, und du verfügst über ein ausgezeichnetes Raumgefühl. Sonst hättest du niemals deine Installationen verfertigen können. Oder? Na eben.«

»Aber ... ich habe nicht die geringste Ahnung von Taktik und Strategie.«

»Es gibt keine Taktik mehr, mein Junge. Nur noch den blanken Kampf ums Überleben. Habe ich mich klar genug ausgedrückt?«

Die Hörner ertönten. Es ging weiter.

»Wir stimmen ab«, entschied Perry. »Wer ist für Bullys Vorschlag?«

Vier Hände fuhren in die Höhe. Zögerlich, mit leichter Verspätung, eine fünfte: Quart Homphés. Aus der Richtung von Prattons Pritsche erklang ein gequältes, kaum verständliches »Iww auww!«

»Na schön«, sagte Perry. »Ich beuge mich der Mehrheit. Unter der Bedingung, dass ...«

»Schon klar, Alter«, unterbrach ihn Bully sanft, aber mit Nachdruck. »Gehen wir. Die warten auf uns. Hals- und Beinbruch, Freunde!«

73

»Ich dachte, genau das wollen sie vermeiden?«

»Eine Redensart, nehme ich an. So ähnlich wie ›Kropf- und Schuppendürre‹«, antwortete Ter-Gün-Madian. Er wog einen Glimmstängel in der Hand, kämpfte mit dem Verlangen, gewann – und war darob so stolz auf sich, dass er ihn zur Belohnung doch entzündete.

Die umstehenden Quochten warfen ihm pikierte Blicke zu, enthielten sich aber eines Kommentars.

Zimbrr Gutz hatte ihn in den Kontrollraum der Kampfrichter mitgenommen, wo selbstverständlich alle Funkfrequenzen abgehört wurden, desgleichen die Gespräche in den jeweiligen Nestern. Bildete Madian sich das nur ein, oder begegnete man ihm und dem Agenten der Königin mit plötzlich gesteigerter Ehrerbietung? Er hatte sich sogar seines Anzugs entledigen und in einen speziell für ihn temperierten Gästeteich tauchen dürfen.

Wie auch immer. Er konzentrierte sich auf die zweite Halbzeit.

Hatten die Höhlenhämmer sich bislang immer wieder mit den Schlammmaurern gegen die Weder-Quochten-noch-Nodronen zusammengetan, so ließen sie diese nun links liegen und machten ausschließlich Jagd auf die Spieler der Vizekönigin. Die wehrten sich verbissen, und nicht ungeschickt. Sie erzielten sogar durch Fernwürfe auf den ungestüm andrängenden Jifften vier weitere Punkte.

Am Ende des dritten Viertels wurde ein Spielstand von sieben zu minus fünfzehn zu fünf aufgezeigt.

»He, warte mal«, sagte Ter-Gün-Madian argwöhnisch zu Zimbrr Gutz. »Da stimmt was nicht. Die Nyquodronen hatten keine einzige Kampfhandlung. Selbst, wenn sie sich den Quorquettschs überaus vorsichtig anboten, wichen diese aus. Die Schiedsrichter hätten Rhodan mindestens drei, wenn nicht vier Minuspunkte für passives Spiel aufbrummen müssen!«

»Haben sie aber nicht. Weil, wie du ja gerade selbst festgestellt hast, guter Wille erkennbar war.«

»›Guter Wille‹? Die gehen da drin mehr oder minder spazieren!«

»Mein lieber Advokatus, du bist ein frisch Zugereister. Wie solltest du die Feinheiten der Takurischen Jagd verstehen können?«

»Bei dem, was da abläuft, handelt es sich nicht um Feinheiten, allerwertester Zimbrr, sondern um plumpe Schiebung! Hältst du mich für dämlich? Ich erkenne doch trockenen Laich, wenn ich ihn sehe!«

»Die dauernde Qualmerei verwirrt deine Sinne. Hier geht alles mit rechten Dingen zu. Sämtliche Athleten geben ihr Bestes.«

»Pah!« Ter-Gün-Madian echauffierte sich so sehr, dass er einen Hustenanfall bekam. Mit einem Mal spürte er sein Körperende nicht mehr.

Bei Wrischaila! Sind das erste Anzeichen eines Raucherschwanzes? Nein, bitte nicht. Ich darf nicht sterben, bevor ich mich überzeugt habe, dass sich Ler-Loy auf der Welle der Besserung befindet ...

Als er sich wieder gefangen hatte, hatte das vierte Viertel bereits begonnen.

Die Begeisterung des Publikums, die sich in rhythmisch an- und abschwellenden Grollgesängen niederschlug, war ungebrochen. Jede Aktion der Quorquettschs wurde mit tosendem Klacken begleitet. Und dabei spielten diese ganz eindeutig falsch, handelten offensichtlich gegen ihre eigenen Interessen! Anstatt sich bei den Nyquodronen, die nur vier Spieler am Feld hatten, billige Punkte abzuholen, lieferten sie sich Gefecht um Gefecht mit den Quattenadschern, die inzwischen mit den Führenden gleichgezogen hatten.

»In Wahrheit müssten sie längst vorne liegen«, ereiferte sich Madian. »Das ist jetzt schon der dritte Treffer gegen die Rhodan-Leute, der ihnen mit fadenscheinigen Begründungen aberkannt wurde. Merkt das denn niemand?«

»Ich weiß nicht, wovon du sprichst. Die Oberkampfrichter der Imperialen Spiele sind streng neutral. Da, siehst du? Gerade hat die Königin der Nyquodronen einen Spieler der Schlammmaurer niedergeschlagen, und prompt wurde der Zwei-Punkte-Abstand wieder hergestellt.«

»Niedergeschlagen? Bewusstlos? Sie hat ihm auf die Schulter getippt, und er wollte sie gerade attackieren, als die Hörner erklangen! Das ist doch quappig, und so durchsichtig wie meine Handfläche!«

»Aber den Leuten gefällt's.«

»Wer sagt, dass die Publikumsgeräusche nicht ebenfalls manipuliert sind?«, rief Ter-Gün-Madian.

»Jetzt hör mir einmal gut zu«, knurrte Zimbrr Gutz halblaut. »Paff, so viel du willst, aber halt dich mit derlei Äußerungen zurück, ja? Die fleißigen, ordentlichen und anständigen Quochten da draußen in Vaaligo wollen strahlende Sieger sehen, keine Taktierer. Irn Tekkmes Sumpfkriecher stellen alles Mögliche dar, nur keine Idole. Rhodan und seine Truppe sehr wohl, trotz oder gerade wegen ihres nodronischen Aussehens. Die Höhlenhämmer haben ein gutes Spiel gemacht, haben den Zuschauern was geboten, sind in Anstand und Würde untergegangen. Sie haben gekämpft, wie nur Quochten kämpfen können, aber letztlich mussten sie sich von Perry Rhodans überlegenem taktischen Geschick geschlagen geben. Was keine Schande ist, nicht im Mindesten. Er ist schließlich nicht irgendwer, schon vergessen? Sondern der Eine. Der Retter. Der uns vor dem Niedergang bewahren wird, und zu neuer Größe führen.«

Als Zeichen der Empörung entleerte Ter-Gün-Madian seine Blase in das Wasser des Ehrengästeteichs. »In Wirklichkeit ist er auch nur so eine Figur, eine Puppe an den Fäden einer übergeordneten Instanz, wie wir beide, du und ich«, zischte er. »In Wirklichkeit dient dieses Spiel einem höheren Zweck. In Wirklichkeit steckt ganz etwas anderes dahinter. Oder besser: jemand anderer. Nämlich die Königin Chi Waka.«

»Das hast *du* gesagt. Und, wenn ich dir einen Rat geben darf: Sag es nie wieder. Beim Leben deiner Tochter: Schweig.«

Ter-Gün-Madian schwieg.

Die Hörner erklangen, final, triumphal. Das offizielle Endergebnis wurde bekanntgegeben. Als Sieger, als Gewinner der Takurischen Jagd, als Erringer der höchsten Trophäe der Imperialen Spiele wurde die Mannschaft der Nyquodronen ausgerufen.

»Was«, fragte der ehemalige Advokatus müde, »passiert eigentlich mit den Verlierern?«

KAPITEL 12

Von der Kunst des Teilens und des Herrschens

74

Die Hinrichtung fand an einem wunderschönen, sonnigen Tag statt, unter einem strahlend blauen, wolkenlosen Himmel.

Niemand, der nicht Bereitschaftsdienst an Bord eines der Sternenkreuzer schieben musste, ließ es sich nehmen, dem Spektakel beizuwohnen. Die auf Mantagir stationierten Raumsoldaten und ihre Angehörigen füllten die riesige Arena bis zum Rand.

Ihr angeregtes Gemurmel und vorfreudiges Lachen drang bis in die Zellen unter den Tribünen. Hier hockten, nur durch einfache Gitterstäbe getrennt, auf harten Steinbänken der Attaché Mokoefa Ottakroide und seine Familie, Varrn Vardak mitsamt der dreizehnköpfigen Mannschaft des gekaperten Frachters, und Pelmid Sulcatob. Niemand sprach, alle hingen ihren trüben Gedanken nach.

Ich wollte schon lange wieder einmal eine Hinrichtung besuchen, dachte die Waffenmeisterin sarkastisch. *Freilich hätte es nicht unbedingt meine eigene sein müssen.*

Sie zweifelte nicht daran, dass dieser Tag ihr letzter sein würde. Obwohl sie noch nicht verurteilt war. Axx Cokroide hatte das militärische Standgericht, dem selbstverständlich er persönlich vorsaß, für die Mittagsstunde angesetzt. Unmittelbar nach der Verkündung der Urteile sollte gegebenenfalls der Henker in Aktion treten.

Und die Peitsche wird ihre Opfer fordern, ganz sicher. Das ist Axx Cokroides Tag, seine große Show. Undenkbar, dass er nicht ein Exempel statuieren und zugleich für einen krönenden Abschluss sorgen wird.

Das Publikum verstummte. Dann erklangen die wohlmodulierten Stimmen einiger Herolde. In Form von kurzen Balladen, Erzählungen und Dialogszenen riefen sie die Geschehnisse in Erinnerung, die zur heutigen Gerichtsverhandlung geführt hatten.

Wie ein Todeskommando der Rebellen einen Militärfrachter von Balance B entführt hatte.

Wie ein Verband unter dem Kommando von Son'Trokete Axx Cokroide sofort die Verfolgung aufgenommen hatte.

Wie es den Rebellen durch eine Verkettung unglücklicher Zufälle dennoch gelungen war, sich mitsamt dem Lastenraumer nach Wrischaila abzusetzen.

Wie der offizielle Botschafter der Zwillingsgötzen sich daraufhin persönlich in das berüchtigte Werftwerk begeben, praktisch im Alleingang den Frachter für das Empire zurückerobert und wieder nach Mantagir gebracht hatte.

Pelmid Sulcatob war nicht die einzige in den Zellen, die an dieser Stelle verächtlich auflachte. Die Nodronen draußen auf den Rängen hingegen reagierten, wie es von der Regie beabsichtigt war. Sie huldigten, gewiss angeheizt von unauffällig postierten Claqueuren, Axx Cokroide mit nicht enden wollenden Sprechchören.

Leider, beendeten die Herolde danach ihre hymnischen Lobpreisungen, konnten sich die Rebellen durch feigen Selbstmord der nodronischen Justiz entziehen. Wer Schuld daran trug, dass ihnen dies gelang, sollte das nun folgende Standgericht klären.

Pelmid und die anderen Angeklagten wurden ins Rund der Arena verbracht, vor die Bühne, auf der Axx und seine Beisitzer thronten. Bei diesen handelte es sich um ranghohe Offiziere, dem Empire treu ergeben – und ganz besonders dessen Repräsentanten, Axx Cokroide.

Marionetten, dachte Pelmid angewidert. *Strohmänner. Erbärmliche Speichellecker.*

Die von ihnen durchgeführte, ausgiebige Befragung der Angeklagten diente ebenfalls hauptsächlich dazu, Cokroides

Ruhm zu mehren, ihn als einen wahren Superhelden erscheinen zu lassen.

Fast alle Fragen wurden suggestiv gestellt: »Zeugt es nicht von besonderer Liebe zu seinen Truppen, dass der Botschafter und Son'Trokete euch zuerst aus Raumnot rettete und erst dann die Verfolgung fortsetzte?«

»Oh ja. Unbedingt. Auf jeden Fall.«

»Antworte in ganzen Sätzen, Angeklagter Varrn Vardak!«

»Gern. Äh … Ich finde, es zeugt von besonderer Liebe zu seinen Truppen, dass der Botschafter und Son'Trokete uns zuerst aus Raumnot rettete und erst dann die Verfolgung fortsetzte.«

Und so weiter, während die Schatten länger und länger wurden. Was für ein lachhaftes Schauspiel! Pelmid fiel ein Ausspruch eines ihrer Lehrer ein: *Todesangst, meine Damen und Herren, ist der einzig wahre Komödiant in der Stadt.*

Wie Varrn versuchte sich auch Mokeafa bei Axx Cokroide einzuschleimen, indem er dessen Taten im strahlendsten Licht erscheinen ließ; nur noch um einiges kriecherischer. Pelmid selbst aber weigerte sich, als die Reihe an ihr war, willenlos nachzubeten, was die Beisitzer ihr in den Mund legen wollten. Da sie klar zu erkennen gab, dass sie bei der Wahrheit bleiben würde, wurde ihre Befragung sehr bald abgebrochen.

Am späten Nachmittags zog sich das Standgericht zur Beratung zurück. Angeblich. Pelmid war überzeugt, dass nicht einen Augenblick lang diskutiert würde. Hier bestimmte nur einer: Axx Cokroide.

In der Pause traten Spaßmacher auf, Possenreißer mit grell geschminkten Gesichtern und viel zu großen Schuhen. Niemand fand sie besonders lustig, doch sie gehörten nun einmal dazu. Immerhin, Mozz und Wlenko lachten ein-, zweimal herzhaft, und Mokoefas Kinder stellten ihr Geflenne ein.

Die Sonne brannte heiß auf die Angeklagten nieder. Aber die meisten hätten wohl auch geschwitzt, wenn die Temperatur unter dem Gefrierpunkt gelegen wäre. Pelmid fühlte sich innerlich leer. Die Schande, die der Tod durch die Peitsche von Nodro über ihre Familie brachte, bekümmerte sie; doch nicht so sehr wie der Umstand, dass sie nun keine Gelegenheit mehr zur Rache an Axx bekommen würde.

Sie hatte verloren, auf der ganzen Linie.

Trommler und Seitenpfeifer begleiteten den erneuten Einzug der Richter. Dann ergingen die Urteile.

Mokoefa Ottakroide war schuldig der Kollaboration mit den nodronischen Rebellen. Darauf stand die Todesstrafe, die mit der Peitsche von Nodro zu vollziehen war. Seine Familie wurde auf einen Strafplaneten verbannt.

Varrn Vardak, Mozz und Wlenko waren schuldig der Vernachlässigung ihrer Dienstpflichten sowie der Ungeschicklichkeit vor dem Feind. Darauf stand die Todesstrafe, die mit der Peitsche von Nodro zu vollziehen war. Die übrigen Besatzungsmitglieder wurden auf einen Strafplaneten verbannt.

Pelmid Sulcatob straffte sich. Sie hielt sich kerzengerade, blickte Axx voll ins Gesicht, während er den Gerichtsentscheid verlautbarte. Sie bemühte sich so sehr, nicht zu blinzeln, dass sie die Bedeutung der Worte zuerst gar nicht registrierte.

»... ist unschuldig. Sie hat im Gegenteil höchste Kompetenz und Einsatzbereitschaft an der Seite ihres Son'Trokete bewiesen und wird daher zu dessen persönlicher Adjutantin befördert.«

Unter donnernden Ovationen führte man die völlig Konsternierte auf die Bühne und stellte ihr einen Stuhl zur Linken Axx Cokroides.

»Wir werden noch viel Spaß miteinander haben«, raunte er ihr ins Ohr, während unten der Henker in die Arena trat, um Varrn, Mozz, Wlenko und Mokoefa kunstvoll zu zerteilen.

75

Hände und Füße, Arme und Beine glichen denen gewöhnlicher Quochten. Rumpf und Kopf der Imperialen Königin aber waren mindestens doppelt so groß.

Chi Waka ruhte, den geschwollen wirkenden Leib halb zur Seite gedreht, auf einer Art Diwan. Sie war nackt, nur ein dünnes Tuch aus fauligen Pflanzenfasern bedeckte ihren monströsen Unterkörper. Dahinter perlten unablässig wenige Zentimeter durchmessende Eier hervor, die von Lakaien mit größter Vorsicht aufgefangen und abtransportiert wurden.

Wenn das immer so dahingeht, dachte Fran Imith fasziniert, *legt sie jeden Tag Millionen davon. Dies ist ein Matriarchat im Wortsinn: Chi Waka stellt nicht nur die Herrscherin, sondern auch die Urmutter des Volkes von Quocht dar!*

Andere Höflinge zogen pausenlos in einer langsamen, tänzerischen Prozession an der Königin vorbei und boten ihr auf kristallenen Tellern Nahrung an. Manches ließ sie sich in den gewaltigen Mund löffeln, manches lehnte sie mit einer trägen Handbewegung ab. Das Imperiale Nest wurde von Wasserdampf und einem schweren Geruch erfüllt, den Fran als nicht einmal unangenehm empfand, nur viel zu intensiv: wie überreifer Weichkäse, gemischt mit am Strand eines salzigen Meeres verwesendem Seetang …

Ich hätte in Urlaub gehen sollen. Und nie und nimmer diesen so genannten Routineauftrag annehmen dürfen. Ich muss nicht bei Trost gewesen sein. Routine? Wenn Rhodan dabei ist? Ha!

Sie versuchte die Erinnerung daran zu verdrängen, wie tief im Inneren des Planeten Quocht diese surreale Höhlenblase lag. Viele Kilometer unter der Oberfläche. Fran bemerkte, dass sie sich hinter dem Ohr kratzte, und zwang sich, damit aufzuhören. Unter Aufbietung aller Willenskraft richtete sie ihre Konzentration wieder auf die Königin Chi Waka.

»Sei gegrüßt, Zimbrr Gutz«, sagte diese zu dem Quochten, der die Terraner hier herab ins Imperiale Nest geleitet hatte. Ihre Stimme klang sehr tief, fast schon an der Grenze des Hörbaren. Dennoch, und obgleich sie ihre Tätigkeiten des Essens und Gebärens weiterführte, war jedes Wort klar verständlich. Als besäße Fran plötzlich noch einen zweiten Translator, aber nicht auf der Wange, sondern mitten im Gehirn.

»Wen bringst du mir, mein Mann in Wrischaila?«, fragte die Königin.

»Die Sieger der Takurischen Jagd«, antwortete Zimbrr Gutz feierlich, »auf dass du sie auszeichnest und belohnst.«

Er stellte sie mit Namen vor, alle sechs, Perry als letzten. Der rekonvaleszente Pratton Allgame hatte mit Schikago in ihrer Unterkunft zurückbleiben dürfen.

»Ich danke dir, Zimbrr«, sagte Chi Waka. »Du hast deine Sache gut gemacht. Nun geh. Du aber, Perry Rhodan, tritt an mein Lager.«

Nachdem er ihrer Aufforderung gefolgt war, sprach sie: »Die Imperiale Königin von Quocht verfügt über gewisse Gaben, Fremdling. Ich erkenne in dir etwas Besonderes.«

»Ein winziges Gerät in meiner Schulter verleiht mir biologische Unsterblichkeit. So wie auch meinem Freund und Begleiter Reginald Bull.«

»Das meine ich nicht. Dich umgibt, als Einzigen von euch, ein höherdimensionales Fluidum.«

»Ich verstehe. Man nennt dies eine ›Ritteraura‹. Sie wurde mir verliehen, als ich in den Dienst der Kosmokraten trat, und haftet mir immer noch an, wiewohl ich längst kein Ritter der Tiefe mehr bin.«

Wenn Chi Waka mit diesen Begriffen etwas anfangen konnte, so zeigte sie es nicht. Jedenfalls ging sie nicht weiter darauf ein. »Hat euch die Takurische Jagd Freude bereitet? Seid ihr stolz, weil ihr gewonnen habt?«

»Nein, und nochmals nein«, antwortete Perry trocken. »Wir haben an den Spielen teilgenommen, da uns das als die einzige Möglichkeit erschien, zu dir vorgelassen zu werden. Und wir können unseres Sieges nicht froh werden, weil dieser unverdient war. Ganz abgesehen davon, dass einer von uns schwer verletzt wurde.«

»Unverdient? Das Oberste Kampfgericht hat euch den ersten Preis einstimmig zuerkannt.«

Rhodan verzog den Mundwinkel zu einem ironischen Lächeln. »Einstimmig, ja. Mit einer einzigen Stimme. Deiner, Königin.«

»Was bringt dich zu dieser Anschuldigung?«

»Ich erlaube mir, offen zu sprechen, denn ich habe nichts zu verlieren. Wir sind unvorstellbar fern unserer Heimat, kilometertief im Inneren eines Planeten, den du ganz und gar kontrollierst.«

Fran war, als krümmten sich ihre Eingeweide zusammen. *Danke, Perry,* dachte sie. *Sag's vielleicht noch ein bisschen detaillierter. Wie viele Millionen Tonnen Gestein können uns jeden Moment zermalmen?*

Reginald Bull, der neben ihr stand, tastete nach Frans Hand, ergriff sie, drückte sie sacht. Sie erwiderte den Druck. Bully wollte wieder loslassen, doch sie hielt ihn fest.

»Unser Sieg schmeckt schal«, fuhr Rhodan fort, »weil das Finale eine Farce war. Verfälscht, manipuliert, geschoben. Man hat in großem Maßstab betrogen: uns; die Quattenadscher – das eindeutig beste Team; und Billionen Zuschauer im ganzen Imperium. Ich wüßte zu gerne, warum.«

»Hast du dir dazu denn noch keine Hypothese gebildet?«

»Doch. Vielleicht wolltest du verhindern, dass indirekt deine Vizekönigin triumphiert. Auch der Gedanke an Wettbetrug liegt nahe. Du wärst nicht die erste Monarchin, die ihren Hofstaat auf diese Weise finanziert. Aber ich denke, das greift zu kurz, kann noch nicht alles sein.«

»Du bist ein scharfer Denker, Perry Rhodan. – Ich weiß inzwischen, dass ihr keine Nodronen seid«, wechselte sie das Thema. »Woher der Yuchte stammt, ist mir bekannt. Aber woher kommt ihr?«

Perry zögerte nur einen winzigen Augenblick. Dann legte er die Karten auf den Tisch. Er gab der Königin die Wahrheit preis. Das Kidnapping, ihr Stranden eine Milliarde Jahre von der eigenen Zeit entfernt, die Vernichtung des Ordensturms der Cor'morian in Mantagir, noch ehe sie von den vogelköpfigen Wissenschaftlern mehr über deren Hintergründe hatten erfahren können ... Während er erzählte, wurde Fran klar, wie unglaubwürdig das alles für die Quochtin klingen musste.

»Aus tiefster Vergangenheit geholt von den Cor'morian«, wiederholte Chi Waka. »In den Teichen meines Volkes werden zur Erheiterung Lügengeschichten erzählt, die sich nicht halb so fantastisch anhören. Eine davon, eine Sage oder eher ein Mythos, handelt von einem Auserwählten, einem Fremden, der von unvorstellbar weit kommt, um die Quochten in den Krieg zu führen – und zu einem glorreichen Sieg, der die Zukunft der Galaxis Vaaligo entscheidet. Manche Historiker behaupten, dies sei der Ursprung und eigentliche Sinn der Takurischen Jagd: dass sie dazu diene, überragende Strategen ausfindig zu machen, und vielleicht irgendwann jenen Einen, den mythischen Erretter. Ich glaube nicht daran, doch ein großer Teil meiner Untergebenen tut es. Und eine Imperiale Königin bleibt Königin nur, so lange sie den Willen der Mehrheit erfüllt.«

»Sag nicht, du willst mich deinem Volk als diese Lichtgestalt verkaufen? Da würde ich nämlich schlicht und einfach nicht mitspielen. Wir wollen uns in deiner Zeit keineswegs über Gebühr engagieren, sondern schnellstmöglich nach Hause zurück, und sonst gar nichts.«

»Ich denke darüber nach. Wir sehen uns wieder. Geht. Die Audienz ist beendet.«

»Momeeent!«, fiepte Sneber Grax, der sich bemerkenswert lange zurückgehalten hatte. Seine Schuppenhaut blinkte grellrot und weiß, damit er nur ja nicht übersehen werden konnte. »Rhodan ist in geschäftelichen Dingen ein wenig unterbelichtet. Als seinem Linksbeistand obliegt mir die Aufgabe, daran zu erinnern, dass den Gewinnern der Takurischen Jagd niiicht nur Ruhm und Ehre, sondern auch betrachtelicher Reichtum zugesagt wurde. Also, was ist damit?«

»Richtig. Und wenn wir gerade dabei sind«, legte Bully, der immer noch Frans Hand hielt, ungeniert nach, »wir hätten auch gerne deutlich mehr Bewegungsfreiheit. Es geht nicht an, dass wir wie Gefangene gehalten werden. Weiters benötigen wir Zugang zu Informationen, insbesondere über die Cor'morian, ein fernflugtaugliches Raumschiff …«

Die Königin stieß einen langgezogenen Laut aus, der wie das Seufzen eines Gebirgsstocks klang. Schwer bewaffnete Wächter erschienen und drängten den Yuchten und die Terraner hinaus.

»Wenn sie sagt, die Audienz ist zu Ende, dann hat man das zu akzeptieren«, knurrte Zimbrr Gutz. Sie nahmen den Rückweg durch die Stollen und Schächte in Angriff.

Weiter hinauf, doch nicht weit genug …

Die blaue Ferrol-Katze lag zusammengerollt auf Prattons Beinen, als sie wieder in ihr Quartier kamen.

»War ganz schön schwierig, die Jungs davon abzuhalten, Schikago überm offenen Feuer zu grillen«, sagte der Meisterdieb undeutlich durch die Verbände, die sein Gesicht bedeckten.

Ein Trupp Quochten, berichtete er, hatte allerlei Behälter abgeliefert, während sie bei der Königin gewesen waren. Sie enthielten Nahrungsmittel, die für Nodronen – und also auch für Terraner – geeignet waren, sowie reichlich Verpflegung für Sneber.

In der kleinsten Box befand sich das Wichtigste: ID-Pässe für jeden von ihnen sowie Creditchips, mit denen sie auf ein kleines Vermögen zugreifen konnten.

»Und wo ist das Raumschiff?«, fragte Bully.

76

Unterwegs, im Linearraum, orteten die Halbraumspürer des Sternenkreuzers immer wieder transitierende Planeten oder ganze Sonnensysteme.

»Das Schwarm-Projekt tritt in seine letzte Phase«, äußerte Axx Cokroide zufrieden. Er desaktivierte den Infoserver der Kabine. »Bald hört der Unfug mit Werftwerken und dergleichen auf. Aber davor haben wir noch etwas zu erledigen.«

Sie waren kurz nach der Hinrichtung gestartet. Wohin, hatte der Son'Trokete seiner frisch ernannten Adjutantin nicht verraten. »Lass dich überraschen, schöne Pelmid«, hatte er gut gelaunt abgewunken.

Bezüglich anderer Punkte gab er sich mitteilsamer.

»Du kannst dir vorstellen, meine Liebe«, sagte er, während er seine Finger spielerisch über ihre Brüste tanzen ließ, »dass ich die Flucht dieser Rhodan-Bande nicht einfach so hinnehme.«

»Niemand entkommt Axx Cokroide«, deklamierte Pelmid den Satz, den er hören wollte.

»Du weißt, wovon du redest, Süßeste. Außerdem standen beziehungsweise stehen sie in einer noch ungeklärten Beziehung zu den Cor'morian. Die Zwillingsgötzen haben unmissverständlich klar gemacht, dass alles, was etwaige Machenschaften der Initiatoren des Schwarms betrifft, höchste Priorität besitzt. Kurz, ich komme nicht darum herum, die Vorfälle auf Balance B und in den Werkwerften von Wrischaila nach Nodro zu melden.«

»Ach. Der Kommandotrupp der Rebellen hat sich also doch nicht selbst entleibt? Und ich dachte schon, ich litte unter partieller Amnesie.«

Er zupfte ihr ein Schamhaar aus, roch daran, legte es sich auf die Zunge und verschluckte es. Pelmid erschauerte. Alles, was Cokroide tat, war ihr zuwider. Sie hasste ihn, seinen Geruch, seine groben Berührungen, seine selbstherrliche Sprechweise. Und dennoch lag sie neben ihm auf seinem Bett, hatte sie gerade eben seine perversen Bedürfnisse gestillt.

Er hielt ihr Leben in der Hand. Persönlicher Adjutant eines Son'Trokete war einer der begehrtesten und zugleich gefährlichsten Posten in der nodronischen Flotte. Noch nie war eine Frau so weit gekommen. Aber genau so schnell, wie sie aufgestiegen war, konnte sie auch wieder abstürzen. Ihr Gönner konnte sie von heute auf morgen fallen lassen, ohne dies dem Flottenkommando gegenüber rechtfertigen zu müssen. Es lag ganz allein an ihm, ob sie weiter Karriere machte oder in der Versenkung verschwand.

»Ich habe ernsthaft erwogen, Steckbriefe der Flüchtigen an alle Flotteneinheiten und Stützpunkte des Empires verteilen zu lassen«, sagte Axx. »Dies wäre ein gigantischer Aufwand – bedenke die Größe des nodronischen Reichs! –, doch die Macht dazu besäße ich. Und ich hätte keine Hemmungen, wegen dieses Rhodan eine halbe Galaxis in Aufruhr zu versetzen.«

»Aber du hast wenig Interesse daran, dass dadurch zugleich flächendeckend dein Versagen bekannt wird. Dies würde deine Stellung bei den anderen Clansführern in einer nicht vertretbaren Weise unterminieren. Deshalb hast du die Version mit dem Selbstmord der Rebellen in Umlauf gebracht.«

»Findest du daran etwas auszusetzen?«

»Nein, Clansführer, Botschafter, Son'Trokete, Herr.«

Axx lachte, weil sie Mokoefas unterwürfigen Tonfall perfekt nachgeahmt hatte. »Deshalb teile ich Feuer und Lager mit dir, Pelmid Sulcatob«, raunte er mit dem bisschen Zärtlichkeit, wozu er fähig war. »Weil du nicht vor mir kriechst wie die anderen. Weil du mir die Stirn bietest.«

Sie verstand seine Beweggründe sehr genau. Axx Cokroide wollte weiterhin die Augen offenhalten. Aber gewiss nicht all seinen Konkurrenten auf die Nase binden, dass er die Flüchtigen auf Balance B in Reichweite gehabt hatte, dann nochmals bei Wrischaila – und dennoch nicht dingfest hatte machen können.

Die ganze Wahrheit wurde ausschließlich nach Nodro weitergemeldet, zu den Zwillingsgötzen; denn vor den untrennbar verbundenen Herren des Empires gab es keine Geheimnisse, auch für einen Axx Cokroide nicht.

Pelmid überwand ihre Abscheu und ergriff ihn, wo er gern ergriffen werden wollte.

»Wohin fliegen wir?«, fragte sie dabei mit aufgesetzter Vertraulichkeit.

»In den Krieg, mein Schatz. In den heimlichen Krieg.«

77

»Unheimlich«, sagte Shim Caratech. »Irgendwie unheimlich.«

»Hä? Was passt denn jetzt schon wiiieder nicht?«

Shimmi zog am Seil. Schikago stemmte sich dagegen, schlug mit der Tatze nach der improvisierten Leine. Angehängt zu sein behagte ihr überhaupt nicht. Aber sie frei streunen zu lassen, kam nicht in Frage. Katzenkorb oder Kochtopf, lautete die Devise, oder eben: bei Fuß. Und zwar hurtig. Das blaue Tier war nur noch eine Kugel auf vier Beinstummeln.

»Ich meine, das ist das erste Mal seit fast einem Monat«, führte Shimmi aus, während sie weiterschlenderten, »dass wir nicht auf der Flucht oder sonstwie illegal unterwegs sind.«

»Oh. Giiibt es denn überhaupt eine andere Lebensweise?«

Sie lachten. Bei Sneber Grax hörte sich das so an, als drücke jemand ein Quietschepüppchen.

Shimmi genoss es sehr, sich endlich wieder einmal frei bewegen zu können, auf eigene Faust die fremde Stadt erkunden zu dürfen. So sehr sie Perry Rhodan anhimmelte – diesmal war ihr Sneber als Begleiter lieber. Der Terranische Resident hätte sicher auf eine gewisse Zurückhaltung Wert gelegt. Das Chamäleonwesen aber, dessen Schuppen aus diesem Anlass golden flimmerten, ließ sich genau so gern wie sie von den Bewohnern der Metropole als Sieger der Takurischen Jagd feiern. Wohin sie auch kamen, winkten und knurrten ihnen die Quochten begeistert zu. Das tat dem heranwachsenden Ego schon sehr gut.

Dass nicht wenige der Froschgesichtigen beim Anblick Schikagos begierig zu speicheln begannen, ließ sich verkraften; genauso wie die Käfer, mit denen Shim und Sneber immer wieder beworfen wurden. Letzteres war als Zeichen der Wertschätzung gemeint, ersteres verständlich. Gefahr drohte Schikago keine – jeder hier wusste, dass die Champions unter dem Schutz der Königin Chi Waka standen. Auch die Hitze, die immens hohe Luftfeuchtigkeit und die herb-säuerlichen Düfte machten Shimmi fast gar nichts mehr aus. Und an das Halbdunkel hatten sich ihre Augen sowieso schon längst gewöhnt.

»Genau so habe ich mir das eigentelich immer vorgestellt«, fiepte Sneber. »Wir sind beliebt und begeeehrt, werden bewundert und vereeehrt – was will man meeehr?«

Außer Pratton Allgame, der sich noch zu wackelig fühlte, hatten sich alle gleich nach dem Essen ihre ID-Pässe gekrallt und waren in Zweiergruppen ausgeschwärmt. Reginald Bull natürlich mit Fran Imith. Was er bloß an dieser Frostbeule fand …? Für den armen Perry war nur Quart Homphé übriggeblieben. Aber er hatte es mit Fassung getragen.

»Vertretet euch die Beine, erholt euch von den Strapazen der letzten Tage, lasst euch meinetwegen von den Quochten bejubeln«, hatte er zum Abschied gesagt. »Wir alle haben uns ein bisschen Entspannung mehr als verdient. Vergesst aber nicht, dass wir immer noch viel zu wenig über die Quochten, die Cor'morian und Vaaligo im Allgemeinen wissen. Wenn ihr also die Möglichkeit seht, Informationen zu ergattern – greift zu. Wir treffen uns zum Abendessen wieder. Danach vergleichen wir, was wir in Erfahrung bringen konnten.«

Shim Caratech und Sneber Grax hatten sich rasch darauf geeinigt, es mit der Datenrecherche nicht zu übertreiben. Dafür waren die anderen besser geeignet. Sie beide wollten lieber gemütlich herumflanieren, Haarspray für Shimmi erwerben, falls es hier so etwas gab, und ansonsten das Alltagsleben studieren.

Sehr spektakulär gestaltete sich dieses allerdings nicht. Takuri war eine verschlafene, geradezu verwunschene Stadt. Die Krötenköpfigen, die sie zu Gesicht bekamen, lehnten, hockten oder lagen die meiste Zeit über regungslos in den Eingängen der rundlichen, an übergroße Kalebassen erinnernden Häuser.

»Scheint ein zufriiiedenes Völkchen zu sein.«

»Ziemlich trübe Tassen, wenn du mich fragst. Dagegen ist ja Quart Homphé die Spritzigkeit in Person.«

Nur ein einziger Quochte bewegte sich zwischen den Häusern hin und her. Manchmal kletterte er mit zeitlupenhaften Bewegungen an einer Außenwand nach oben und hantierte an der Höhlendecke. Er trug einen hellblauen Netz-Overall. Um ihn herum schienen immer besonders viele der Mistkäfer zu krabbeln.

Shimmi entschloss sich, ihn anzusprechen. Er zeigte sich darüber erfreut, gratulierte ehrfürchtig zum Sieg bei der Takurischen Jagd und ließ sich anschließend bereitwillig ausfragen.

Er war ein Wassermeister, erklärte er. Dieser Beruf erfreute sich hoher Wertschätzung, weil die Wassermeister es waren, die für die Bewohnbarkeit der Kavernen sorgten. Da die Quochten sich ursprünglich in Feuchtbiotopen entwickelt hatten, beinhaltete ein von ihnen besiedeltes Gebiet stets auch einen komplexen Wasserkreislauf. Allenthalben fanden sich unterirdische Teichanlagen, es tropfte permanent von den Decken, in den Wänden der Gebäude, Grotten und Höhlendome transportierten winzige Kanäle und Kapillarröhrchen Kondenswasser ab und speisten es in das Netzwerk der Bewässerungs- und Verdampfungsanlagen zurück.

Die Instandhaltung und Wartung dieses Systems wäre schier unmöglich, erläuterte der Wassermeister, gäbe es nicht die Phichi-Gabe. Die teils fingerlangen, teils winzigen Krabbler hielten nämlich die oft nur Millimeter durchmessenden Mikrokanäle frei von Verstopfungen. Wo immer Quochten lebten, legten sie deshalb auch eine starke Kolonie dieser Insekten an. Dass sich die fetteren der Käfer auch hervorragend als kleiner Appetithappen zwischendurch eigneten, war ein angenehmer Nebeneffekt.

»Verstehe. Aber warum tut ihr euch das eigentlich an? Wieso lebt ihr lieber im Untergrund als an der Oberfläche eines Planeten?«, fragte Shimmi. »Ich meine, man kann Geheimhaltung auch übertreiben. Die Positionen eurer Welten sind allen anderen Völkern ja ohnehin unbekannt.«

Auch darauf wusste der Wassermeister eine Antwort. Quochten fürchteten große, offene Plätze. Sie hassten den freien Himmel, und die Leere des Weltraums stellte für sie schlichtweg ein Gräuel dar. Quochten, die sich einer Planetenoberfläche oder gar den Schrecknissen des Weltraums aussetzen mussten, wurden vorab speziell geschult. In eigens dafür eingerichteten Akademien lernten sie viele Umläufe lang, dem psychischen Druck dieser Ausnahmesituationen standzuhalten.

Entwicklungsgeschichtlich stammte diese Verhaltensweise aus der vortechnischen Phase, als ihre Urahnen noch gezwungen waren, aus der Sicherheit einfacher Erdbauten in den Feuchtwäldern von Quocht auf Beutezug zu gehen. Die einzigen Jäger, die ihnen damals gefährlich werden konnten, waren Flugechsen, überaus gefährliche Raubtiere, gegen die es im Freien, insbesondere auf Lichtungen, keinerlei Schutz gab. Sie stießen so schnell und überraschend aus dem Himmel herab, dass die Urquochten ihren Lähmenden Blick meist gar nicht mehr zum Einsatz bringen konnten. Heute noch drohte man schlimmen Quappen, dass diese Flugräuber kommen und sie holen würden, wenn sie ihre Faulmoose nicht schleunigst aufaßen …

Nachdem die Quochten die Schritte zu einer technisierten Zivilisation vollzogen hatten, verlegten sie ihre Wohn- und Arbeitszonen mehr und mehr in die künstlich erweiterten, für sie bequemen und vor allem sicheren Kavernen. Von Lichtmeistern betreute Glasfaserstränge transportierten die

Helligkeit noch bis in die tiefsten Höhlungen hinunter. Zusammen mit der Biolumineszenz mancher Pflanzen und Gesteine machten sie künstliche Beleuchtung weitgehend unnötig.

»Heutzutage«, endete der Wassermeister, »sehen die allermeisten von uns ihr ganzes Leben lang keinen offenen Himmel. Und wir sind sehr froh und glücklich darüber.«

78

»Es grenzt an ein Wunder, dass sie überhaupt die Raumfahrt entwickelt haben, schon gar die interstellare«, kommentierte Fran Imith Shimmis Bericht.

»Bevölkerungsexplosion«, meldete sich Quartodezimus Filidor Edlervon Homphé zu Wort. »Nachdem die Flugechsen keine Gefahr mehr für sie darstellten, waren die Quochten gezwungen, sich neue Lebensräume zu erschließen.«

Das gehörte zu dem, was Rhodan und er herausgefunden hatten. Sie hatten eine Art Volkskundemuseum entdeckt, sich dort ausgiebig umgesehen und in den öffentlich zugänglichen Datenspeichern gestöbert.

Dieser Nachmittag mit Perry hatte Quart gut getan. Wenigstens für kurze Zeit war er sich nicht wie das fünfte – oder siebte – Rad am Wagen vorgekommen. Rhodan hatte ihm vermittelt, dass er seine Gesellschaft, Meinung und Hilfestellung schätzte, und da es bei der Recherche tatsächlich nicht auf Laufen, Springen, Boxen und Schießen angekommen war, hatte er dem Residenten sogar Glauben schenken können.

Auch jetzt lehnte sich Perry entspannt zurück und ließ Quart die Ergebnisse ihrer Nachforschungen referieren.

Ihre extrem hohe Fruchtbarkeitsrate, begann er, bekamen die Quochten erst in den Griff, nachdem sie den für sie so ungeheuer schwierigen Schritt hinaus ins Weltall geschafft hatten.

Das Matriarchat war bereits in den ersten größeren Ansiedlungen etabliert worden, und im Zuge der Industrialisierung und Globalisierung hatten sich die unzähligen kleinen Königinnen-Reiche zu einer planetenumspannenden Monarchie vereinigt. Aber zu jener Zeit war die Königin rein körperlich noch eine Quochtin wie jede andere auch gewesen. Ob die einschneidende, die gesamte Gesellschaft umkrempelnde Veränderung hin zum jetzigen System das unabsichtliche Ergebnis genetischer Experimente oder aber von vornherein geplant gewesen war, darüber schwiegen sich die offiziellen Aufzeichnungen aus. Heute jedenfalls stellte Geburtenkontrolle für die Quochten kein Thema mehr dar.

Die jeweilige planetare Königin – und nur sie! – legte befruchtete Eier. Wie viele davon in den so genannten Wohltemperierten Sümpfen tatsächlich ausgebrütet wurden, bestimmte in regelmäßigen Abständen die Imperiale Planungskommission; je nachdem, ob gerade Expansion, Erhaltung des Status quo oder Reduktion der Bevölkerungszahl geboten war. Die Aufzucht der Quappen besorgten gut ausgebildete Kinderteichler in speziellen Nachwuchstümpeln, derer es in allen Kavernenstädten und Grottendörfern mehr als genügend gab.

»Keine Eltern«, rief Shimmi Caratech aus. »Wow, geil! He, das gefällt mir. Kann ich mich hier auf Froschkönigin ummodeln lassen?«

In der Tat, führte Quart weiter aus, verfügten die Quochten über eine hochentwickelte Biotechnologie, die ihresgleichen in Vaaligo suchte. Quocht galt als letzte Hoffnung für Reptiloide oder Amphiboide, die unter unheilbaren Krankheiten litten. Freilich schafften es nur die Begütertsten, den mit allen militärischen Mitteln abgeriegelten Geheimplanet zu erreichen und in einer der wenigen Exo-Kliniken aufgenommen zu werden. Auf Humanoide war man aber wohl nicht einmal dort eingerichtet. Schließlich stellten die Nodronen die große Ausnahme in der Völkergemeinschaft der Jetztzeit dar.

»Na ja, wenn ich's mir recht überlege«, sagte Shimmi, »bleibe ich vielleicht doch lieber Mensch. Ich meine – das ganze Leben lang kein Sex …«

»Oho«, widersprach Quart. »Da liegst du aber gewaltig daneben.«

Äußerlich unterschieden sich die beiden quochtischen Geschlechter kaum, zumal ja nur eine einzige Frau – die amtierende Königin – an der Fortpflanzung beteiligt war. Auch für die Männer wurde es höchstens Ernst, wenn sie zur Befruchtung der königlichen Eier ausgewählt wurden. Was logischerweise – bei nur einer Königin pro Planet! – einer kleinen Elite vorbehalten blieb.

»Lass mich raten«, nuschelte der immer noch arg lädierte Pratton Allgame. »Preisträger der Imperialen Spiele haben diesbezüglich gewisse Pflichten.«

»Da sind wir aber froh, dass Chi Waka nicht auf der Einhaltung dieser Gepflogenheit bestanden hat«, scherzte Bully. »Sie wäre mir, ehrlich gesagt, etwas zu breithüftig. – Entschuldige, Quart. Ich wollte dich nicht unterbrechen.«

Kein Problem. – Aus dem Gesagten resultierte jedoch mitnichten, dass die Quochten auf ein erfülltes Sexualleben verzichteten. Ganz im Gegenteil. Befreit von Empfängnisverhütung, Kinderversorgung, Erbfolgestreitigkeiten und dergleichen, pflegten sie diesbezüglich zu tun oder zu lassen, wonach ihnen gerade der Sinn stand. Mal verhielten sie sich äußerst promiskuitiv, dann wieder enthielten sie sich für lange Zeit jeglicher sexueller Betätigung. So oder so handelten sie aus reinem Spaß an der Freude. Ohne den Druck, die etwaigen Folgen schon im Vorhinein regeln zu müssen, waren moralische Tabus obsolet. Wenn ein Mann einen Mann liebte, sollte er ihn lieben – wenn er ihn liebte. Oder eine Frau eine Frau. Oder drei Frauen fünf Männer. Oder …

»O Himmel. Jetzt weiß ich, wo wir vorhin hineingeplatzt sind«, rief Bully aus. »Und wir dachten, das sei eine etwas überhitzte Badeanstalt …«

Es war hübsch anzusehen, wie Bull und Imith simultan erröteten.

»Erzähl, was es mit der Vizekönigin auf sich hat, Quartodezimus«, bat Perry.

Gern. – Die Vizekönigin eines planetaren Volkes sah aus wie eine normale Quochtin, trug jedoch die genetischen Anlagen zur Königin bereits latent in sich. Sie wurde allein von den hormonellen Ausdünstungen der amtierenden Königin abgehalten, in eine neue Wachsstumsstufe einzutreten und die körperliche Disposition einer Urmutter auszubilden.

»Das kapiiier ich nicht. Wahrscheinelich bin ich einfach zu blöööd dazu. Jede atembare Luft«, quiekte Sneber Grax, »enthält doch massenhaft Hormone, Mormone, Weltkone, Anemone, Feromone, Provolone, Sojabone, ...«

»Das macht schon Sinn«, stoppte Perry Rhodan den vor Aufregung blinkenden Yuchten. »Angenommen, die Königin stirbt überraschend, so muss Ersatz vorhanden sein, der – beziehungsweise die – rasch den nachwuchstechnischen Bedarf des Quochtenvolks generieren kann. Das mag reichlich unromantisch klingen«, entschuldigte er sich, »aber Romantik steht hierorts, glaube ich, eher nicht so hoch im Kurs.«

Er nickte Quart zu. *Weiter*, hieß das.

Jetzt wurde es spannend. Das Zusammenleben der Quochten fußte auf einer Art biologischer Demokratie. Die Dominanz der Königin stand in direktem Zusammenhang mit der Zustimmung ihrer Untertanen zu ihrer Politik. Fehlte diese, veränderte sich das hormonelle Makroklima in der Population, und als Konsequenz verlor die Königin ihren Status.

»Wir haben entsprechende historische Aufnahmen gesehen«, erklärte er. »Und die Kommentare dazu gehört. Eine vom Volk abgelehnte Königin verfällt in eine hoch depressive, so genannte Krampfmetamorphose und hört auf, das nicht mehr benötigte, zusätzliche Gewebe mit Blut zu versorgen. Abgestorbene Zellen werden ausgeschwemmt, bis nach lang andauernden Schrumpfungsprozessen der auf normale Verhältnisse zurückgestutzte Körper übrigbleibt. Allerdings ist der Vorgang so anstrengend, dass ihn die Wenigsten überleben. In der Regel rückt die planetare Vizekönigin zur neuen Königin auf.«

»Mhm. Die Vizekönigin ihrerseits«, sagte Fran Imith, sich die Nasenflügel kratzend, »intrigiert natürlich, wo sie kann. Und mitten drin stecken, wieder einmal, wir.«

79

Bully hätte sie gern an sich gedrückt. Aber er wollte alles, nur nicht aufdringlich sein.

»Du oder ich?«, fragte er.

»Wir«, sagte sie.

Also teilten sie den anderen gemeinsam mit, was sie in Erfahrung gebracht hatten.

Gemeinsam. Wir. Nicht du oder ich, dröhnte es durch Bulls alten, dicken Kopf. *Wir haben eine Basis. Wir stellen uns dem, was die Zukunft uns bereithält, vereint. Wir halten zusammen.*

Eine warme Welle lief über seinen Rücken, von der Leibesmitte nach oben.

Sie will mich. Und ich will sie. Das heißt noch überhaupt nichts, aber es ist schön, schön, wunderschön.

Kruzitürken, ich liebe sie.

»Das Bild von den Zuständen in der Milchstraße, der heutigen Galaxis Vaaligo«, begann Fran, »konkretisiert sich. Hier und jetzt existieren die Völker der Vergangenheit nicht mehr. Es ist keine Rede von ES und sonstigen Schauplätzen, Sonnensystemen oder Akteuren, die wir kennen. Abgesehen vom Mars alias Balance B. Was nicht heißen muss, dass die Brennpunkte der Vergangenheit nicht mehr existieren. Sie spielen nur momentan keine entscheidende Rolle.«

»Die Quochten«, übernahm Bully, »waren niemals Freunde der Schwarm-Idee. Aber sie haben sich auch nicht gegen die Cor'morian gestellt. Unsere Informationen haben wir aus einem Planetarium«, erwiderte er Perrys fragenden Blick. »Ganz am Rand der Kavernenstadt. Eigentlich ist es momentan für den Publikumsverkehr gesperrt, aber uns haben sie trotzdem hineingelassen. Ich denke, für ein Souvenir von einem Nyquodronen wären die meisten hier noch zu ganz anderen Sünden bereit.«

Folgendes hatten sie eruieren können: Als Grundstock des im Bau befindlichen Schwarms waren im Sektor Tazmai die ersten Sonnen und Planeten zusammengeführt worden. Und dann ließ das Empire von Nodro die Maske fallen – zu einem Zeitpunkt, da die Wissenschaftler von Cor'morian begannen, ihre innere Kraft zu verlieren, immer weniger wurden und die ersten Ordenstürme sich zu leeren begannen.

»Degeneration«, warf Perry ein, »war auch früher nicht selten das Schicksal von Völkern, die einen Schwarm erbauten.«

Mhm. Und offenbar hatten die Nodronen nur darauf gewartet. Sprunghaft verstärkten sie ihre Anstrengungen. Urplötzlich wurden sie von Nebenfiguren zu Hauptdarstellern. Die Echsen wussten nicht, wie ihnen geschah.

Derzeit kontrollierte das Empire von Nodro dreißig Prozent der Galaxis. Berücksichtigte man die praktisch unbewohnte Zentrumsregion und die wenig erforschten Bereiche, die keine Zivilisation von überregionaler Bedeutung trugen, so waren dreißig Prozent sehr viel. Zumindest mehr als genug, jede andere Macht der Galaxis Vaaligo in Schach zu halten, und notfalls auch alle zugleich. Allein in der »Eastside« wurde noch ein blutiger, der galaktischen Öffentlichkeit verheimlichter Krieg geführt. Wobei die Quochten à la longue auf verlorenem Posten standen.

Sie bildeten das letzte Bollwerk gegen Nodro. Aber sie hatten auf Dauer keine Chance.

Ihre strategische Begabung war einfach begrenzt. Quochten eigneten sich für die harte Arbeit in unterirdischen Fabrikkomplexen, nicht aber für die Unbegrenztheit des Weltraums und die Erfordernisse, die damit zusammenhingen. Sie hielten sich allein aufgrund ihrer enormen Vermehrungsraten und ihrer hohen industriellen Produktivität.

Dass das Empire von Nodro ihnen so hart zusetzte, hatte auch noch einen anderen Grund: Offenbar waren die bekannten Fundstätten von Howalgonium in vielen Teilen der Galaxis weitgehend erschöpft. Gut die Hälfte der seltenen, für die meisten Anwendungen von Hypertechnologie unbedingt benötigten Zheugir-Kristalle wurde zur Zeit im Gebiet der Quochten gefördert. Klar, dass die Nodronen daran allergrößtes Interesse hatten!

»So sieht's aus«, schloss Bully. »Noch Fragen?«

»Ja.« Shimmi rutschte auf ihrem Sessel hin und her. »Ihr habt nicht zufällig so etwas wie ein Geschäft gesehen, in dem man Haarspray kaufen kann?«

KAPITEL 13

Macht und Ohnmacht

80

Ter-Gün-Madian schwebte vor dem Bassin seiner Tochter und weinte bitterlich.

Ler-Loy konnte ihn nicht sehen, denn sie besaß keine Augen. Auch keine Ohren, ihn zu hören. Die Karzinome hatten nicht viel mehr von ihr übriggelassen als Gehirn und Rückenmark.

»Immerhin ist es uns gelungen, den Verfall aufzuhalten und sie zu stabilisieren«, sagte der Leiter der Exo-Klinik leise. »Sie lebt, wenngleich sie sich im Koma befindet. An einen Ersatz der verlorenen Gliedmaßen und Organe ist jedoch leider nicht zu denken, weil sie die Krankheit nach wie vor in sich trägt. Jedes Implantat würde sofort ebenfalls wieder befallen.«

Sie war ein so aufgewecktes Kind gewesen, eine so hübsche junge Frau. Wie anmutig sie sich durchs Wasser geschlängelt hatte, wie elegant um Äste geringelt!

Und jetzt …

»Wir könnten ihr einen künstlichen Körper geben«, sagte der Mediziner, »oder sie mit einer Varsonik vernetzen, damit sie kommunizieren kann. Aber wenn wir sie wecken, werden auch Gehirn und Nervenbahnen angegriffen. Jede Sekunde im Wachzustand verkürzt ihr Leben um viele Zeiteinheiten. Willst du, dass wir es trotzdem tun?«

Ter-Gün-Madian verneinte.

»Lasst sie schlafen«, flüsterte er mit belegter Stimme.

Er hatte nur dieses eine, einzige Kind bei sich aufgenommen und groß gezogen. Für mehr hätte seine spärliche Freizeit nicht gereicht. Auch Ler-Loy hatte sich oftmals beschwert, weil er so viel arbeitete. Dass er das ja hauptsächlich für sie tat, ließ sie nicht gelten.

Ach, hätte er bloß auf sie gehört! Es war müßig, darüber zu spekulieren, ob sie vielleicht gar nicht krank geworden wäre, wenn er sich mehr um sie gekümmert, ihr mehr Aufmerksamkeit, Zuwendung und Geborgenheit gegeben hätte. Dennoch machte er sich bittere Vorwürfe. Was nützte ihm nun all sein Geld? Er vermochte die Zeit nicht zurückzudrehen, mit all seinem Reichtum Ler-Loys Gesundheit nicht zu erkaufen.

»Es steht dir selbstverständlich auch frei, sie zu erlösen«, sagte der Arzt. »Ich wage nicht zu sagen, was besser für sie wäre. Ihre Heilungschancen sind jedenfalls verschwindend gering, und in absehbarer Zeit werden wir keine neue Therapie für diese Krankheit entwickeln. Aber das musst du entscheiden.«

Er zeigte Ter-Gün-Madian den Knopf, mit dem er das Lebenserhaltungssystem abschalten konnte, und ließ ihn allein.

81

»Allein?«

»Ja. Nur deinen Linksberater kannst du mitbringen, wenn du willst.«

»Na schön.«

Der Quochte, der Perry Rhodan die Einladung Chi Wakas zu einem weiteren Gespräch überbracht hatte, führte ihn und Sneber Grax abermals tief hinunter ins Imperiale Nest. Die Räumlichkeiten der Königin gehörten zu einem Teil der Kavernen, der für die Öffentlichkeit und damit auch für sie verboten war und nur in Ausnahmefällen betreten werden durfte. Auch das Oberkommando der Streitkräfte und die wichtigsten zentralen Varsoniken befanden sich hier.

Sneber hatte nicht die geringste Ahnung, warum gerade er als Einziger Rhodan begleiten durfte. Als Linksberater wurde er hier wohl kaum gebraucht. Egal, so erfuhr er wenigstens aus erster Hand, was Sache war.

Chi Waka aß und gebar, aß und gebar. Lange Zeit betrachtete sie Perry Rhodan schweigend mit ihren riesigen, dunklen Augen. Sneber Grax zappelte und schillerte vor Ungeduld, doch er hielt sich an die Anweisung, erst zu sprechen, wenn die Königin eine Frage an ihn richtete.

Schließlich grollte sie: »Ihr habt euch über viele Dinge informiert, die in Vaaligo jedermann weiß, der sich auch nur ein klein wenig für galaktische Politik interessiert. Ich bin daher inzwischen geneigt, euch zu glauben, dass ihr von weit her gekommen seid, möglicherweise sogar wirklich aus fernster Vergangenheit. Oder waren diese Aktivitäten nur Teil eines besonders raffinierten Täuschungsmanövers?«

»Warum sollten wir das tun?«, antwortete Perry mit einer Gegenfrage. »Was hätten wir davon? Gar nichts. So oder so befinden wir uns in deiner Gewalt. Unser Ziel ist es, die Cor'morian zu finden, damit sie uns die Rückversetzung in unsere Zeit ermöglichen. Und wir hoffen, dass du uns dabei hilfst.«

»Ich gehe einmal davon aus, dass du die Wahrheit sprichst, Perry Rhodan mit der Ritteraura, und will ebenfalls aufrichtig sein. Nicht einmal mir, der Imperialen Königin der Quochten, ist der Verbleib der Wissenschaftler von Cor'morian bekannt. Die eigentlichen Herren des Schwarms, die höchsten moralischen Instanzen der Galaxis, lassen sich nur noch selten sehen, und nicht in einer Weise, die wir berechnen oder vorhersagen könnten.«

»Stehen Ordenstürme auf Welten deines Volkes?«

»Ja. Auf einigen der wenigen, deren Position allgemein bekannt ist, weil sie früher zu diplomatischen Zwecken genutzt wurden. Doch alle diese Türme stehen leer. Ich glaube, dass es praktisch keine Cor'morian mehr gibt. Dieses einst große Volk hat sich mit dem Bau des Vaaligischen Schwarms verausgabt. In den letzten Wissenschaftlern stecken keine Kräfte mehr. Ich halte sie für so gut wie ausgestorben. Stell deine aussichtslose Suche nach ihnen ein, Perry Rhodan, und schlage dich stattdessen auf die Seite der unterdrückten Völker dieser Galaxis – die doch, wie du behauptest, auch deine eigene ist. Vielleicht gibst gerade du den Ausschlag. Ich kann es spüren, du bist etwas Besonderes.«

»Es ist wahr, ich fühle mich für diese Galaxis verantwortlich, Königin Chi Waka. Aber für die Milchstraße *meiner* Zeit. Dort, oder besser: *dann* werden meine Freunde und ich gebraucht. Gerade deshalb solltest du uns die Rückkehr nicht verwehren.«

»Willst du denn gar nicht wissen, weshalb die Nodronen an dem im Bau befindlichen, mittlerweile fast vollendeten Schwarm so interessiert sind?«

Perry Rhodan hob die Arme und ließ sie seufzend wieder fallen. »Nämlich?«

»Die Zwillingsgötzen von Nodro wollen den Schwarm als Instrument der Macht! Gehört ihnen erst einmal der Schwarm, gehört ihnen die ganze Galaxis Vaaligo. Dann ist die Ausrottung meines Volkes nur noch eine Frage der Zeit. Kannst du das verantworten? Die Hände in den Schoß legen, während ein Genozid nie dagewesenen Ausmaßes droht?«

»Ich versichere dir, dass meine Sympathie eher den Quochten als dem Empire von Nodro gehört, obwohl ihr uns viel fremder seid als jene. Und doch … Glaube mir, ich habe diese Galaxis schon mehr als einmal gerettet. Gerade eben – vor einer Milliarde Jahren – sieht sie sich wieder einer neuen Bedrohung gegenüber. Ihr Weiterbestand hängt sicherlich nicht nur von mir allein ab. Dennoch könnte es sein, dass meine Abwesenheit fatale Auswirkungen hat. Auswirkungen auch auf die Zukunft – auf deine Gegenwart!«

»Mir ist die Problematik von Zeitreisen nicht fremd, Perry Rhodan. Damit kannst du mir nicht imponieren. Dass Vaaligo nach wie vor existiert, beweist ja gerade, dass es auch ohne dich gegangen ist, eine Zeitlang oder sogar gänzlich. Wie auch immer. Ich möchte dir und deinem kleinen Freund etwas zeigen.«

Sie gab ihren Lakaien ein Zeichen. Man brachte ihr einen dünnen Umhang, half ihr hinein. Chi Waka erhob sich mühsam, nachdem die letzten Eier weggetragen worden waren. Auf Sneber wirkte sie wie ein wandelnder Fleischberg, fast doppelt so groß wie Rhodan, und mindestens sechzehnmal so schwer wie er selbst.

Die Königin winkte sie durch ein mächtiges Portal in einen

angrenzenden, leeren Saal. Auf ein akustisches Kommando von ihr füllte er sich mit holografischen Darstellungen.

»Dies«, grollte sie, »ist das Schlachtfeld, auf dem der heimliche Krieg zwischen Nodronen und Quochten ausgefochten wird. Was hältst du davon?«

Perry Rhodan bewegte sich langsam durch die dreidimensionale Karte. Wann immer er in die Nähe bestimmter Symbole kam, erklangen leise Detail-Informationen. Das vielstimmige Wispern schien seinem Translator Schwierigkeiten zu bereiten. Jetzt verstand Sneber, wozu er mitgenommen worden war. Er eilte zu Perry und half ihm, die verschiedenen Sätze und Zahlenketten auseinanderzudividieren. Dass er selbst fast nichts vom eigentlichen Inhalt verstand, spielte keine Rolle. Rhodan orientierte sich staunenswert schnell.

Die Holografie zeigte zwar keine exakten Koordinaten der quochtischen Position, dafür jedoch in großer Menge Detailschauplätze mit Flottenkonzentrationen und so weiter. Schon nach kurzer Zeit hatten sich Perry Rhodan und Chi Waka in strategisch-taktische Fachsimpeleien verstrickt. Wenn Sneber das militärische Kauderwelsch richtig interpretierte, wies Perry der Königin zahlreiche Fehler oder Schwächen ihrer Kriegsführung nach. Die monströse Quochtin zeigte sich davon aber in keiner Weise beleidigt, sondern nahm die Kritik aufmerksam zur Kenntnis.

Am Ende gelangte Rhodan zu vernichtenden Schlüssen. Seiner Meinung nach, erklärte er offen, waren die Quochten zum baldigen Untergang verdammt. Die Nodronen waren ihnen in allen Belangen überlegen. Zwar hielt sich die Truppenstärke an den Fronten ungefähr die Waage, doch das Empire stand überall besser, seine Flotten waren flexibel positioniert, während sich die Verbände des quochtischen Imperiums nicht selten gegenseitig behinderten.

»Drei Monate noch, vielleicht vier. Ich bedauere, das sagen zu müssen, aber es sieht alles andere als gut für euch aus.«

»Deshalb brauchen wir dich.«

Rhodan umfasste mit einer Handbewegung das Schlachtfeld, das sich über fast ein Sechstel der Galaxis erstreckte. »Leider, Königin. Hier könnte ich auch nichts mehr retten.«

»Doch, Perry Rhodan, du kannst. Und du wirst.«

Mit sehr gemischten Gefühlen kehrten sie in ihr Quartier zurück. »Ich bringe schlechte Neuigkeiten«, sagte Perry. »Wo sind eigentlich Fran und Bully?«

82

In der Grotte, in der ihr Mars-Liner stand, herrschte kaum Betrieb.

»Guter Mann«, sprach Bully einen der beiden Wächter an, die das antike Gefährt beaufsichtigten, »gewöhnlich gut informierten Kreisen zufolge gibt es hier in der Nähe einen Zugang zur Oberfläche. Kannst du uns diesen bezeichnen?«

Konnte er. Aber erst, nachdem ihm Bully einen Schaubenzieher aus seinem Werkzeuggürtel überlassen hatte. Auch er war offensichtlich ein Fan der Takurischen Jagd und der Nyquodronen, die siegreich aus dem Finale hervorgegangen waren.

Man merkte dem Schacht an, dass er so gut wie nie benutzt wurde. Er verlief parallel zu einer der Einflugröhren für die quochtischen Schlachtschiffe und war stellenweise von fahl schimmernden Pflanzen verwachsen. Mit Hilfe der Antigravs und Frans Desintegrator bahnten sie sich mühsam einen Weg.

Aber Fran Imith hätte noch ganz andere Strapazen auf sich genommen, um endlich wieder an die Oberfläche zu gelangen. Sie war Reginald unermesslich dankbar dafür, dass er diesen Vorschlag geäußert und in die Tat umgesetzt hatte.

Als sie den Ausstieg erreichten, aktivierten sie die Schutzschirme, wegen der Flugechsen, von denen Shimmi Caratech erzählt hatte. Tatsächlich bemerkten sie einige kreisende Punkte am Himmel.

Am Himmel! Sie sah wieder einen Himmel, auch wenn er von Wolken verhangen war. Und einen Horizont!

Es regnete stark, doch das machte Fran nicht das Geringste aus. Die archaische Dschungelwelt, die sich vor ihnen ausbreitete, erschien ihr in diesem Moment schöner als der schönste Sandstrand.

»Du kannst dir gar nicht vorstellen, wie erleichtert ich bin«, rief sie. »Ich weiß schon, dass wir wieder zurück da hinunter müssen. Und ich werde die Beklemmung der Kavernen auch weiter durchstehen. Jetzt aber will ich jede Sekunde genießen!«

Und das tat sie.

Bull synchronisierte ihre Schutzschirme so, dass sie zusammen eine Art Baldachin über ihnen bildeten, dann holte er eine Decke aus seinem Rucksack und faltete sie auseinander. Sie setzten sich darauf und sahen in den dampfenden Urwald hinaus.

Eine unberührte Welt. Ein Paradies, in dem es nur zwei intelligente Bewohner gibt.

Uns beide.

»Adam und Eva«, sagte Bull heiser. Er hatte das Gleiche gedacht. Sie nickte, legte ihren Kopf in seine Schulterbeuge.

Minutenlang wussten sie nicht, was sie reden sollten. Mussten sie überhaupt reden?

Aber nein.

Sie sah zu ihm auf. Ihre Blicke fanden sich, und dann ihre Lippen.

Küsste er gut? Jedenfalls nicht wie ein Mann mit der Erfahrung von dreitausend Jahren. Fast scheu, sehr vorsichtig. Und sehr, sehr zärtlich.

Sie lachten, als er Probleme mit dem Verschluss ihres Anzugs hatte. Als sie fast zu Tode erschrocken waren, weil eine Raubechse gegen den Prallschirm krachte. Und als sie halb in den weichen Boden einsanken, während sie sich liebten.

Ja, sie liebten sich. Wie die ersten Menschen auf dieser Welt, oder die letzten in dieser Galaxis. Als ob es kein Gestern, kein Heute und kein Morgen gäbe, keine Zukunft und keine Vergangenheit. Sie gaben sich einander hin, ohne Bedenken oder Vorbehalt. Sie hielten sich aneinander fest, gingen ineinander auf. Der Regen prasselte auf den Schutzschirm, und sie liebten sich.

Und danach liebten sie sich noch einmal.

»Ich lasse dich nicht mehr fort«, flüsterte er, oder sie, einerlei. »Ich gebe dich nie wieder her, nie wieder.«

Sie weinten vor Glück.

Irgendwann zogen sie sich an und begaben sich Hand in Hand auf den Abstieg ins Erdinnere.

Beim Mars-Liner stand Irn Tekkme, die Vizekönigin.

»Ich würde gerne ein paar Worte mit euch wechseln«, sagte sie.

83

»Weiß sie, wo man Haarspray kriegen kann?«

»Shimmi, bitte!«

Nachdem Fran und Bully eingetroffen waren – erhitzt und von innen heraus dermaßen glühend, dass Perry sich ein Schmunzeln nicht hatte verkneifen können –, tauschten sie ihre Erkenntnisse aus und fügten die einzelnen Puzzlesteinchen zu einem Bild zusammen.

Irn Tekkme hatte durchblicken lassen, dass die Zustimmung des Quochtenvolkes zur Politik ihrer Königin im Sinken begriffen war. Ähnlich wie ihr ganzes Imperium, stand auch Chi Waka mit dem Rücken zur Wand. Noch hatte sie die Mehrheit auf ihrer Seite, aber das hormonelle Makroklima änderte sich seit geraumer Zeit spürbar.

In dieser schwierigen Situation wollte sie sich den Mythos vom fremden Auserwählten zunutze machen und in Gestalt von Perry Rhodan mit Leben erfüllen. Deshalb hatte sie das Finale der Takurischen Jagd manipuliert, um ihm mit einem Schlag im ganzen Imperium höchste Popularität zu verschaffen. Und das war ihr ja auch gelungen.

Doch dabei konnte sie es nicht belassen. Sie brauchte dringend einen Erfolg, der die pessimistische Stimmung in der Bevölkerung umdrehte. In der kommenden Schlacht sollte Perry Rhodan deshalb das Oberkommando innehaben und als Triumphator nach Quocht zurückkehren.

»Halt, Stop, Moment – welche kommende Schlacht?«

»Das hat Irn Tekkme nicht genauer ausgeführt. Ich glaube, sie lehnt sich ohnehin schon sehr weit aus dem Fenster, indem sie hinter dem Rücken der Königin mit uns Kontakt aufgenommen hat.«

Perry nickte. »Verstehe. Intrigen sind üblich und in Ordnung, Verrat jedoch nicht. Wann und wo soll diese Schlacht stattfinden?«

»Ihren Andeutungen zufolge recht bald«, sagte Fran Imith. »Irgendwelche Koordinaten waren ihr natürlich nicht zu entlocken, aber eine Art Kodebezeichnung ist ihr herausgerutscht. Nicht völlig unabsichtlich, denke ich.«

»Dordo'Kyeion« hatte dieses Wort gelautet. Das war kein Vaaligondischer Begriff, sondern offenbar ein Eigenname. Der wiederum nicht von den Quochten stammte, denn Irn Tekkme vermochte ihn hörbar nur mit Mühe auszusprechen.

»Hm. Sneber, sagt dir das was? Hast du auf Wrischaila von einem oder einer ›Dordo'Kyeion‹ gehört?«

»Mogelicherweise ja.«

Er hatte, erzählte der Yuchte, nur ein einziges Mal mit jemand von der nodronischen Handelsniederlassung auf der neunten Werkwerft zu tun gehabt, und diesen prompt über den Tisch gezogen. Worauf ihn sein Opfer ausgiebig verflucht hatte. Dabei war auch der Satz »Möge dich Dordo'Kyeion der Vergelter holen!« gefallen.

»Also eine Art nodronischer Rachegott ... Was bezweckt die Vizekönigin damit, dass sie uns auf diesen Begriff stößt?«

»Keine Ahnung«, sagte Perry. »Aber ich denke, wir sollten es schnellstens herausfinden.«

84

Doch in keiner der öffentlich zugänglichen Institutionen konnte man ihnen weiterhelfen, so viele Souvenirs Bully auch in Aussicht stellte. Dordo'Kyeion – was sollte das sein, außer ein grässlich klingender Zungenbrecher? Suchroutinen im planetaren VarsoNetz blieben ebenfalls ergebnislos. Es handelte sich also um eine Angelegenheit höchster Geheimhaltungsstufe.

Weder Chi Waka noch deren Vizekönigin Irn Tekkme reagierten auf ihre Kontaktversuche. Schließlich riss Perry Rhodan der Geduldsfaden.

»Gastfreundschaft hin oder her – wenn sie diese Information nicht herausrücken wollen, dann holen wir sie uns eben. Pratton, du warst das Phantom von Terrania. Was hältst du von einer kleinen Reprise – als Phantom von Takuri?«

»Na ja ... Wenn ihr mir versprecht, es meinem Bewährungshelfer nicht weiterzusagen ...« Der Meisterdieb grinste verschmitzt. Er war immer noch von Hämatomen übersät, aber wieder einigermaßen wohlauf.

»Ich denke, eine Milliarde Jahre dürften eine ausreichende Verjährungsfrist darstellen«, antwortete Perry. »Siehst du eine Chance, in den verbotenen Bereich der Kavernen vorzudringen?«

»Mal schauen, was die Heilige Schrift dazu sagt.«

Allgame kramte sein Lieblingsbuch hervor, das *Plackesche Compendium*. Er öffnete den abgegriffenen Wälzer von der Rückseite her. Etwa eineinhalb Zentimeter tief waren die hinteren Seiten ausgeschnitten worden. In diesem Geheimfach lagen, fein säuberlich geordnet, zahlreiche Stäbchen, Spateln und Kärtchen.

»Mikropositronische Dietriche«, erklärte Pratton ein wenig verlegen. »Ich wollte ja eigentlich ein ganz neues Leben als Weinbauer beginnen. Ehrlich, es war und ist mir Ernst damit. Aber von meinem Besteck konnte ich mich einfach nicht trennen. Und die Kapitel über Schaumwein und Champagner sind für den Mars nicht so relevant ...«

Fran staunte. »Das ist alles, was du für dein ... ähem ... Handwerk benötigt hast?«

»In aller Unbescheidenheit: Ich glaube nicht, dass sich diesen Präzisionsinstrumenten irgendein Schloss oder eine Alarmanlage länger als ein paar Sekunden verweigern kann.«

»Falls wir wieder zurückkommen, solltest du Vorträge für den TLD halten.«

»Falls wir jemals wieder zurückkommen«, sagte Pratton fest, »werde ich Winzer, und sonst gar nichts. – Wer will mich begleiten? An sich ... äh ... arbeite ich ja am liebsten allein. Aber mit Datendiebstahl kenne ich mich leider nicht aus. Ich habe immer handfestere Beute bevorzugt ...«

Perry blickte Bully an. Was vaaligische Varsoniken betraf, war er der Versierteste von ihnen.

»Schon kapiert.«

85

Wer hätte sich besser zum Schmierestehen geeignet als Sneber Grax?

Der Yuchte bezeichnete sich selbst gewiss nicht zu Unrecht als Meister der Heimlichkeit. Aber Pratton Allgame, der hatte auch was drauf.

Links und rechts der Pforte, die sie für ihren Einbruchsversuch ausgewählt hatten, lehnten je zwei Wächter an der Wand. Und das, obwohl der Eingang ohnehin mit den höchsten hierorts zur Verfügung stehenden Technologien abgesichert war. Aber unter Personalmangel litt das quochtische Imperium am allerwenigsten.

Im Schutz der Deflektoren schlichen Pratton, Bull und Sneber lautlos zur Pforte. Dort betätigte der Meisterdieb eines seiner Mikro-Werkzeuge.

»Akustikfeld«, sagte er in normaler Lautstärke, ganz entspannt, als ob nicht unmittelbar neben ihnen vier schwer bewaffnete Quochten stünden. »Schirmt uns ab, und wird seinerseits von diesem überaus nützlichen Anti-Ortungs-Gerät hier vor den Sensoren der Alarmanlage verborgen.«

Ein drittes flaches Kärtchen knackte nach wenigen Sekunden den Kode der Türverriegelung; ein viertes unterdrückte die automatische Meldung, die in einem solchen Fall eigentlich an die Überwachungszentrale geschickt werden sollte.

»Seeehr beeindruckend. Aber jetzt wird es kniffelig. Wie sollen wir die Tür öffnen und schließen, ohne dass das den Wächtern auffällt?«, gab Sneber zu bedenken.

»So.«

Aus drei weiteren winzigen Bestandteilen seines »Bestecks« bastelte Pratton eine Art Mini-Projektor. Dann zog er das Türblatt auf. »Bitte einzutreten! Keine Sorge, die Quochten sehen ein Holobild der geschlossenen Pforte. Sobald wir durch sind, schalte ich es wieder ab.«

Gesagt, getan. Nach einigen Minuten hatten sie einen Rechnerraum gefunden, der ihnen geeignet erschien, da sie durch das Bullauge im Schott mehrere Eingabegeräte für Varsoniken erspähen konnten. Pratton überwand auch diese Zugangssperre, dann verschwanden er und Bull in der Kammer.

Sneber drückte sich an die gegenüberliegende, feuchte Wand und stellte sich auf eine längere Wartezeit ein. Derlei war er gewöhnt, das machte ihm nichts aus. Auf seiner lebenslangen Flucht vor nicht völlig zufriedenen Kunden hatte er oft und oft in beträchtlich unbequemeren Lagen ausharren müssen.

Viel los war nicht in diesem Sektor der Kavernen. Einmal kam ein Quochte den Gang entlanggeschlurft, einen schmalen, mit allerlei Gerätschaften beladenen Antigravschlitten vor sich her schiebend. Sneber drückte auf den winzigen Taster, den Pratton ihm gegeben hatte. Daraufhin ging in der Rechnerkammer das Licht aus. Der Quochte ging vorüber, ohne etwas zu bemerken. Sneber sandte das Entwarnungssignal.

Er machte sich keine großen Gedanken, seine Zukunft betreffend. Das hatte er nie getan. Er wollte sein Leben fristen, Spaß haben, Leute übertölpeln und hinterher nicht erwischt werden. Das hatte im Werftwerk von Wrischaila ganz gut hingehauen und würde auch in den Kavernen von Quocht funktionieren. Oder wohin es ihn sonst verschlug – falls er den Planeten je wieder verlassen durfte. Vielleicht blieb er ja auch eine Zeitlang mit diesen Terranern zusammen. Die waren recht unterhaltsam.

Vermisste er die Gesellschaft von Angehörigen seines eigenen Volkes? Nein, ganz und gar nicht. Yuchten waren Einzelgänger. Solange er nicht geschlechtsreif wurde, konnte ihm seinesgleichen gestohlen bleiben. Und bis dahin würde noch viel Wasser durch die Kavernen von Takuri rinnen.

Pratton kam zurück. »Wir haben gefunden, wonach wir gesucht haben«, flüsterte er. »Abgang!«

»Ja, abeeer … Was ist mit Bully?«

86

Er erregte einiges Aufsehen, als er seinen Deflektor abschaltete und sich ganz ohne jegliche Sicherkeitsvorkehrungen an den Varsoniken zu schaffen machte.

Fast im selben Moment ging der Alarm los. Jedenfalls nahm Bully an, dass es sich um einen Alarm handelte. Überall an den Wänden erglühten grüne und gelbe Lichtflecken. Die allgegenwärtigen Phichi-Gabe hörten plötzlich zu wimmeln auf und gaben schnarrende, klackende Laute von sich, um zwei, drei Sekunden später wieder zu verstummen und wild durcheinanderzuflitzen. Dann erstarrten und klackten sie erneut. Es war ein eigenartiges, gespenstisches Schauspiel.

Bull brauchte nicht lange zu warten. Aufgeregte Wächter erschienen und führten ihn ab. Sie sperrten ihn in eine enge, feuchte Zelle. Einige Stunden später wurde er ins Imperiale Nest gebracht.

Außer Chi Waka und Irn Tekkme war auch Perry anwesend. Die beiden Terraner nickten einander zu. Genau so hatten sie sich das gedacht.

»Ist dies eure Art, die Gastfreundschaft der Imperialen Königin zu achten?«, knurrte Chi Waka, fast unhörbar tief und doch so erstaunlich gut verständlich.

»Ich würde es nicht als sehr gastfreundlich bezeichnen, uns wichtige Informationen vorzuenthalten und auch sonst jegliches Gespräch zu verweigern, obwohl wir mehrfach dringend darum gebeten haben«, entgegnete Perry kühl. »Ihr habt uns förmlich gezwungen, auf eigene Faust aktiv zu werden. Wie hattest du dir das gedacht, Königin? Wolltest du uns abermals betrügen – und wiederum dein ganzes Volk dazu?«

»Wovon redest du?«

»Von DORDO'KYEION. Und deinem wahnwitzigen Plan einer Entscheidungsschlacht.«

Er zeigte einen Datenträger vor. »Ja, ich weiß Bescheid, und meine Begleiter ebenso. Bull war nicht allein. Auch er hätte ungesehen verschwinden können. Aber er ließ sich ganz bewusst ertappen. Ich nehme an, das war in deinem Sinn, Vizekönigin Irn Tekkme, oder etwa nicht?«

Die beiden Quochtinnen funkelten einander aus ihren riesigen, dunklen Augen an. Lange. Sehr lange.

Schließlich brach die Königin das Schweigen. »Hast du ihnen den Auftrag dazu gegeben?«, fragte sie ihre Rivalin grollend.

»Nein. Das wäre ein Verbrechen gewesen. Ich bin keine Verräterin, Chi, ich bin loyal, dem Imperium und vor allem unserem Volk gegenüber. Ein winzig kleiner Hinweis genügte. Ich habe diese Fremden richtig eingeschätzt. Und benutzt, aber lange nicht in dem Ausmaß, wie du sie zu missbrauchen gedenkst. Ich gestehe, gehofft zu haben, dass sie bei ihrem Einbruch in die verbotenen Kavernen gefasst würden. Ein solches Vergehen muss gemäß unseren Gesetzen eine öffentliche Gerichtsverhandlung nach sich ziehen. Dort wird DORDO'KYEION zur Sprache kommen. Du wirst unser Volk aufklären müssen und hernach entweder deinen unsinnigen Plan fallen lassen – oder deinen Status als Königin verlieren.«

Bull musste zugeben, dass er Hochachtung vor Irn Tekkme empfand. Was sie angezettelt hatte, war keineswegs eine plumpe Palastrevolte, sondern eine raffinierte Intrige im Rahmen der traditionellen Freiheiten einer Vizekönigin. Und doch würde sie damit Chi Waka vom Thron hebeln – falls diese nicht Einsicht zeigte.

So oder so hatte Irn Tekkme erreicht, was sie wollte.

DORDO'KYEION war ein Geheimprojekt der Zwillingsgötzen von Nodro, von dem die Königin über einen ihrer Agenten Wind bekommen hatte. Eine mobile Flottenbasis, ein gigantisches Objekt, das vor kurzem im Sektor Stukoda, knapp außerhalb des Einflussbereiches von Quocht, in Stellung gebracht worden war. Von dort aus wollten die Nodronen in naher Zukunft versuchen, dem Imperium der Quochten den Todesstoß zu versetzen.

Die mobile Basis DORDO'KYEION besaß die äußere Form eines Tetraeders mit einer Kantenlänge von über vierzehn Kilometern. Sie war in einem Gebiet stationiert worden, wo sich in einer Raumkugel von acht Lichtjahren Durchmesser nahezu zweitausend Sonnen ballten. Mittendrin befand sich die kurz vor der Fertigstellung befindliche, gewaltige Raumstation DORDO'KYEION – und eine Wachflotte aus zwölftausend nodronischen Einheiten.

Das war natürlich ungeheuer viel. Doch eine Zahl, mit der die Quochten auch im offenen Kampf gerade noch fertig werden konnten.

Die Imperiale Königin zog derzeit alle verfügbaren Flottenverbände zusammen, um damit DORDO'KYEION vor der endgültigen Fertigstellung anzugreifen und zu vernichten. Wobei bislang nur ihr engster Stab darüber informiert war, welchem Ziel die kommende Offensive galt. Einerseits war Chi Waka überzeugt, dass DORDO'KYEION den wichtigsten Faktor im so genannten heimlichen Krieg zwischen Quochten und Nodronen darstellte. Andererseits wollte sie nicht riskieren, dass die Mehrheit der Bevölkerung ihren gewagten Plan ablehnte. Wenn er glückte und DORDO'KYEION mitsamt der Wachflotte vernichtet war, würde sie als glorreiche Siegerin heimkehren – zusammen mit ihrem neuen Strategen, dem Einen, dem Auserwählten, der gemäß der uralten Überlieferung das Schicksal der Galaxis zugunsten der Quochten entschied.

Das würde ihrem Volk neuen Aufschwung verleihen, und zugleich ihre eigene Position wieder festigen.

Irn Tekkme hingegen glaubte nicht daran, dass DORDO'KYEION auf militärischem Weg beseitigt werden konnte.

»Auch nicht mit den fünfzigtausend Einheiten, die wir allerhöchstens aufbieten könnten, ohne die anderen Frontabschnitte allzu sehr zu schwächen«, knurrte sie eindringlich. »Ich teile deine Beurteilung der Lage keineswegs, Chi. Unsere Schiffe werden ins Verderben fliegen. Halte ein, Königin, bevor es zu spät ist!«

»Welcher Meinung bist du, Perry Rhodan?«

Perry schüttelte nachdenklich den Kopf, was Bully zeigte, dass sein Freund zu denselben Schlussfolgerungen gekommen war wie er.

»Ich fürchte, Irn Tekkme hat Recht, und du befindest dich im Irrtum, Königin. Denk doch einmal nach. Die Nodronen wissen mit sehr hoher Wahrscheinlichkeit, dass ihr DORDO'KYEION entdeckt habt. Ein Geheimprojekt dieser

Größenordnung? Ich bitte dich. Deren Gegenspionage-Abteilung wird auch nicht untätig gewesen sein. Falls sie dir diese Information nicht überhaupt gezielt untergejubelt haben. Wie auch immer, sie wissen, dass ihr das Bedrohungspotential von DORDO'KYEION erkennt. Und sie wissen, dass ihr mit zwölftausend nodronischen Einheiten fertig werden könnt.«

Er holte tief Luft. »Dennoch vollenden sie DORDO'KYEION an Ort und Stelle, statt die Mobile Flottenbasis in einen sicheren, von ihnen lückenlos kontrollierten Sektor zu verlegen und dort vollständig zu montieren. Und sie zeigen auch nicht die geringsten Anstalten, ihre Wachflotte zu verstärken. Muss ich noch deutlicher werden? Man stellt dir eine Falle, Königin. Und du bist drauf und dran, geradewegs hineinzutappen.«

»Verstehst du denn nicht? Ihr dürft DORDO'KYEION nicht angreifen!«, rief Bull, der nicht mehr an sich halten konnte.

»Dich hat niemand gefragt«, versetzte Chi Waka scharf.

»Das ist mir aber herzlich egal, Gnädigste. Diese Station fungiert als Lockvogel. Die Nodronen haben mit Sicherheit riesige Flottenverbände eingreifbereit in der Nähe stationiert. Zweitausend Sonnen bieten mehr als genug Ortungsschutz. Ja, kann man denn so vernagelt sein?«

Während er noch sprach, gab er sich in Gedanken selbst die Antwort. Er schlug sich an die Stirn. Chi Waka hatte keine andere Wahl, als die Flucht nach vorn anzutreten! Ihr schwammen die Felle davon. Wenn alles so weiterging wie bisher, würde sich Irn Tekkmes hormonelle Ausstrahlung bald schon als dominant erweisen.

Chi Waka wird dann ihre biologischen Eigenschaften als Königin verlieren – und vermutlich auch ihr Leben! – und ihrer Widersacherin Platz machen müssen. An der DORDO'KYEION-Frage droht sie zu scheitern. Sie glaubt nicht, dass sich der Prozess mit normalen Mitteln noch umkehren lässt; für sie kommt nur ein Paukenschlag in Frage. Sie kann gar nicht klein beigeben.

Und das tat sie auch nicht.

KAPITEL 14

Die Schlacht um DORDO'KYEION

87

19. Juli 1329 + E09. Eben haben sie Perry und Sneber geholt, schrieb Shimmi Caratech, wobei ihre Hand zitterte. *Der Anführer der quochtischen Soldaten, ich glaube, er heißt Zimmerputz oder so ähnlich, drohte uns alle der Reihe nach zu erschießen, falls die beiden nicht mitkämen.*

Die Froschkönigin will es also wirklich wissen.

Sie hat auch die Gerichtsverhandlung wegen Bullys Einbruch in die verbotenen Kavernen abgeblockt. Nämlich mit juristischen Spitzfindigkeiten so weit verzögert, dass die erste öffentliche Sitzung frühestens in etwa drei Wochen stattfinden kann. Bis dahin, hat Reginald gemeint, werden bei DORDO'KYEION längst vollendete Tatsachen geschaffen sein.

Uns sind die Hände gebunden. Also, gefesselt haben sie uns nicht, aber wir stehen wieder unter Hausarrest. Das bedeutet: Meine Chancen, zu Haarspray zu kommen, liegen bei Null. Ich sehe furchtbar aus. Die Frisur ist endgültig im Eimer. Der dämliche Quart hänselt mich noch, indem er ständig neue Bezeichnungen für meine Haare erfindet: Trauerweide, Strohfeuer, Baströckchen, Wischmop … Ich hasse ihn! Außerdem hat er mir allen Ernstes vorgeschlagen, ich solle doch statt des Sprays Quochtenspucke verwenden. Igitt!

Sie sah sich im Wohnsalon um. Von Bull war wenig Hilfe zu erwarten, der hatte sich mit Fran in eines der Zimmer verzogen. Pratton Allgame las stoisch in seiner Weinbibel. Die einzige, die Shimmi verstand, schien Katze Schikago zu sein. Und die wurde auch immer fetter.

Es war zum Aus-der-Haut-Fahren!

Jetzt halt mich bloß nicht für eine Zicke, liebes Tagebuch, oder für ein dummes Blondchen. Ich weiß schon, wie lächerlich meine Wehwehchen sind angesichts der grundsätzlichen Misere, in der wir stecken. Vor allem Sneber und Perry.

Hach, ich mache mir solche Sorgen um sie ...

88

»Wohin bringt ihr uns?«, fragte Perry, obwohl er es sich denken konnte.

»Zum Kampfpaat KERQUIL, dem Nestschiff der Imperialen Königin«, knurrte Zimbrr Gutz, durchaus nicht unfreundlich. »Der Start wird in Kürze erfolgen.«

Dennoch kam es Rhodan so vor, als würden sie keineswegs den schnellsten Weg durch die ausgedehnte Kavernenstadt nehmen. Der Agent der Königin schien eher darauf bedacht, an möglichst vielen dicht besiedelten Vierteln vorbeizukommen. Überall jubelten ihnen und ihrer Eskorte begeisterte Quochten in großer Anzahl zu.

Perry versetzte Sneber Grax einen leichten Stubs, als dieser sich gar zu überschwänglich verbeugte, Kusshändchen warf, nach vorne und hinten zugleich trötete und psychedelisch bunte Farbenspiele mit seinen Schuppen veranstaltete. »Um Himmels willen, beherrsch dich ein wenig!«, zischte er missbilligend.

»Warum soll ich niiicht gute Miene zeigen, auch wenn das Spiel ein Böses ist?«, fiepte der Yuchte treuherzig. »Glaubst du, es würde iiirgendetwas ändern, wenn ich so furcheterlich verdrießelich dreinschaute wie du?«

»Hm. Nein, da hast du wohl Recht. Entschuldige.«

Immer mehr Kamerateams schlossen sich ihnen an. Bestimmt wurde auf alle Planeten des Imperiums übertragen, wie der siegreiche Kapitän der Nyquodronen, der große Champion der Takurischen Jagd, der Eine, der Auserwählte, sich anschickte, an der Seite der Quochten in den Krieg einzugreifen.

Perry war diese Inszenierung, in der er unfreiwillig die Hauptrolle übernommen hatte, immens zuwider. Aber was nützte es, wenn er seine Abscheu durch ein verkniffenes Gesicht zum Ausdruck brachte? Die Froschköpfigen konnten seine Mimik ohnehin kaum interpretieren und lasen daher ganz etwas anderes hinein. Sie sahen, was sie sehen wollten: ihren zukünftigen Retter, der grimmig-konzentriert zur Tat schritt.

Die KERQUIL parkte in einem unterirdischen Hangar, einem gewaltigen Höhlendom. Sie war ein großes Schiff, diskusförmig, fast einen Kilometer im Durchmesser, schätzte Perry, und mehr als hundert Meter hoch. An den Außenrändern der Scheibe waren vier mächtige Zacken angeflanscht.

»Geschütztürme«, erklärte Zimbrr Gutz, »jeder davon mit acht überschweren Tripuls-Kanonen bestückt. Als Schwerer Kampfpaat verfügt die KERQUIL über weitere sechzig Tripuls- sowie hundertzwanzig Bipuls-Geschütze.«

Und das wird alles nichts nützen, dachte Perry bitter.

Mit nur rund drei Metern Höhe bot die Zentrale des Schlachtschiffes wenig Kopffreiheit. Quochten fühlten sich in hohen, weiten Räumen nun einmal nicht wohl. Wenigstens war es hier nicht ganz so feucht und schwül wie in den Gängen und Mannschafts-Sektionen, die sie passiert hatten. Drei konzentrische Kreise ordneten sich um den eigentlichen Kommandostand an, in dem nicht mehr Personen Platz fanden als der Kommandant und die leitenden Offiziere. Sie begrüßten Perry ehrergiebig und bellten lautstark ihre Namen. Es kamen viele Kehllaute darin vor.

Der etwas höhere Nebenraum, in den sie Zimbrr Gutz danach führte, stellte eine exakte Kopie des Imperialen Nestes dar. Kondenswasser tropfte von Wänden und Decke. Phichi-Gabe krabbelten am schlammigen Boden. Und Chi Waka lag auf ihrem Diwan, in einem fort essend und gebärend, als befände sie sich nach wie vor in den Kavernen von Takuri und nicht an Bord eines Raumschiffs.

»Sei mir willkommen, Auserwählter«, grollte sie. »Es freut mich, dass du dich bereit erklärt hast, mir als strategischer Berater in der Schlacht um DORDO'KYEION beizustehen.«

»Habe ich das? Ha! Du weißt genau, dass ich niemals aus freien Stücken an diesem Selbstmordkommando teilnehmen würde.«

»Das tut mir Leid, Perry Rhodan, aber es schert mich wenig. Wenn es darauf ankommt, wirst du mir deine Talente nicht verweigern. Du wirst kooperieren, schon aus eigenem Interesse. Aber auch – soweit kenne ich dich inzwischen –, um unnützes Blutvergießen vermeiden zu helfen.«

»Dieses ganze Unternehmen wird als ein einziges unnützes Blutvergießen enden! Königin, ich bitte dich inständig, ich flehe dich an: Hör auf mich, hör auf Irn Tekkme, hör auf die Stimmung in deinem Volk! Noch ist es nicht zu spät …«

Doch so sehr er auf sie einredete, Chi Waka ließ sich nicht erweichen.

89

Sie gab den Startbefehl.

Nur kurz spielte er mit dem Gedanken an einen Versuch, sie zu überwältigen. Wenn er die Königin als Geisel nahm und drohte, sie zu töten – würde sie dann von ihrem Vorhaben ablassen und umkehren? Oder würde sie diese Verzweiflungstat als Bluff durchschauen, wohl wissend, dass er nicht fähig war, sie kaltblütig zu ermorden?

Aber ganz abgesehen davon, dass er nach Waffen durchsucht worden war, keine mit sich führte und dem monströsen Wesen mit bloßen Händen schwerlich beizukommen war – ein leichtes Flirren, das Chi Wakas Leib wie eine Aura umspielte, zeigte ihm, dass sie von einem Individualschirm geschützt wurde. Nein, auch mit Gewalt vermochte er das drohende Unheil nicht aufzuhalten.

Selten in seinem langen Leben hatte Perry Rhodan sich in einer bedrückenderen Situation befunden. Er kochte innerlich vor Zorn und Frustration, fühlte sich in einem Albtraum gefangen, wehrlos mitgerissen von einer Lawine, die ihn zerschmettern würde, und Millionen von Intelligenzwesen mit ihm.

Während der viereinhalb Tage, die der Flug dauerte, zermarterte er sich nahezu pausenlos den Kopf. Verfluchte den Zellaktivator, weil er wegen dessen belebender Wirkung kaum müde wurde und nur wenige Stunden Schlaf fand. Verfluchte sich, weil ihm die rettende Idee nicht kommen wollte. Aber was er auch anstellte, von welcher Seite er die Situation auch analysierte, ihm fiel nichts ein. Er fand keinen anderen Ausweg als Chi Wakas Willen zu erfüllen und auf diese Weise vielleicht den Schaden zu minimieren, mit etwas Glück wenigstens das Allerschlimmste zu verhindern.

Man hatte Sneber Grax und ihm eine Kabine unweit der Zentrale überlassen. Als durchgesagt wurde, die quochtische Flotte werde demnächst zum letzten Zwischenstopp aus dem Halbraum ins vierdimensionale Kontinuum zurückfallen, begab er sich zusammen mit dem Yuchten ins Imperiale Nest.

»Zeig mir die Zusammensetzung und die Formation deiner Verbände«, sagte er barsch, ohne ein Wort des Grußes.

»Ich wusste es!«, triumphierte die Königin. Sie erhob sich umständlich und winkte ihnen, ihr in den anliegenden Raum zu folgen. Dieser glich dem Holosaal in den Kavernen von Takuri aufs Haar, oder besser: auf den Käfer.

Ein dreidimensionales Abbild der Flotte entstand. Jedes einzelne Symbol wisperte Datenketten. Sneber half ihm, sie zu entschlüsseln.

Insgesamt waren es 54000 Raumer, die Chi Waka mobilisiert hatte. 18000 Schwere Kampfpaats wie die KERQUIL, das Imperiale Flaggschiff. 20000 so genannte Paateoms, ebenfalls diskusförmig, aber um ein Drittel kleiner; Allroundschiffe, die über je vierzig Bipuls- und sechzehn Tripuls-Geschütze verfügten – deutlich weniger als die vergleichbaren Leichten Sternenkreuzer der Nodronen, obwohl diese ungleich kürzer und viel weniger voluminös gebaut waren.

Hm.

Dazu kamen noch 16000 so genannte Blitzpaats, dreihundert Meter durchmessend und vierzig Meter hoch, die zwar wegen ihrer Wendigkeit und ausgezeichneten Beschleunigungswerte sehr gut als Aufklärer oder für rasche, überfallartige Manöver einsetzbar waren, aber einen wesentlichen Makel aufwiesen: Sie trugen nur sechs Bipuls-Kanonen und bloß ein einziges Tripuls-Geschütz, das noch dazu in Turmbauweise oben aus der Nabe des Diskus ragte. Schweres Feuer konnte ein Blitzpaat daher nur mit seiner Oberseite abgeben; im Gefecht musste er also gegebenenfalls gedreht werden!

Na toll, dachte Perry. *Das macht den Vorteil ihrer Schnelligkeit umgehend wieder zunichte.*

Man konnte die Quochten beim besten Willen nicht als geborene Genies im Raumschiffsbau bezeichnen. Das Weltall war nun einmal nicht ihr Element. Leider sah es kaum besser aus, was ihre strategischen Fähigkeiten betraf.

»Diese Formation mag ein hübsches geometrisches Muster ergeben«, sagte Perry, auf die Anordnung der Verbände im Holo bezogen, zu Chi Waka und Zimbrr Gutz. »Jedoch birgt sie gefährliche Schwachpunkte in sich. Beispielsweise dauert es sehr lange, sie nach dem Austritt aus dem Linearraum, der naturgemäß nicht völlig synchron erfolgen kann, wieder einzunehmen. Dadurch bleiben die Flanken bedenklich lang ungeschützt. Wenn in dieser Zeit, sagen wir, jeweils nur zweitausend Schwere Sternenkreuzer hier und hier durchstoßen – seht ihr, was ich meine? – und die nodronische Flotte entlang jener Linie nachrückt, werden unsere Verbände aufgesplittert und stehen, wohin sie sich auch wenden, einer Übermacht gegenüber. Obwohl wir uns insgesamt in der Mehrzahl befinden.«

Zimbrr Gutz hob die Hand. Die Königin bedeutete ihm zu sprechen.

»Aber das ist die traditionelle Angriffsformation des quochtischen Imperiums«, knurrte er. »Sie hat sich seit Tausenden von Umläufen bewährt.«

»Gegen wen?«

»Nun, gegen jegliche Eindringlinge, die in unser Gebiet ... Freilich kam das nicht sehr oft vor. Piratennester ...« Er stockte verlegen.

»Ihr habt nie einen Expansionskrieg geführt, nicht wahr? Wozu auch. Vaaligo ist spärlich besiedelt, bietet mehr als genug Platz für alle. Ihr habt euch vernünftigerweise auf ein Gebiet beschränkt, das gerade noch verwaltbar ist. Und wenn ein paar Freibeuter sich in einer Grenzregion einnisten wollten, seid ihr in dieser hübschen Formation ausgerückt und habt sie vertrieben. Nicht selten, ohne einen einzigen Schuss abgeben zu müssen. Stimmt's?«

»Das ist richtig.«

Perry fuhr sich durch die tropfnassen Haare. »Aber das, womit wir es zu tun bekommen, sind nicht einige wenige Piraten. Das sind Nodronen, zwölftausend Einheiten – mindestens! – und eine riesige Raumstation. Da geht es nicht um Haltungsnoten oder ein einschüchternd bombastisches Erscheinungsbild. Versteht ihr das?«

Chi Waka wiegte den Schädel hin und her, dann gab sie sich einen Ruck. »Gruppier die Flotte um, wie du es für richtig hältst, Perry Rhodan. Zimbrr, du sorgst dafür, dass seine Anweisungen peinlich genau in die Tat umgesetzt werden. Wir führen die letzte Halbraumetappe erst aus, wenn der Stratege das Signal dazu gibt.«

Sie schleppte sich ächzend hinaus.

»Na schön«, sagte Perry. »Lass uns anfangen.«

90

»Lass uns aufhören. Es hat keinen Sinn.«

»Aber – wieso? Ich dachte …«

»Exakt, Reginald Bull. Du denkst, und zwar an ganz etwas anderes. Du bist weit, weit weg, nicht hier bei mir. Körperlich schon, ich spüre dich, du fühlst dich wunderbar an, stark und männlich … Aber dein Kopf ist viele Lichtjahre entfernt. Und ich will dich ganz – oder gar nicht.«

Sie küsste ihn auf die Stirn, glitt von ihm herunter, schmiegte sich an seine warme Brust, die sich im Atemrhythmus hob und senkte.

»Fran …«

»Ich verstehe dich ja«, sagte sie. »Er ist dein ältester und bester Freund. Euch verbinden fast dreitausend Jahre. Das zählt ja wohl mehr als ein … Urlaubsflirt.«

»Einspruch! Erstens sind wir hier nicht auf Urlaub, und zweitens …«

Sie legte ihm sacht den Zeigefinger auf die Lippen. »Mach

keine Aussagen, zu denen du später vielleicht nicht stehen willst oder kannst. Es ist, wie es ist. Und es ist schön und gut, würdig und recht, geziemend und heilsam. Amen.«

Er öffnete den Mund, biss sie spielerisch in den Finger, saugte daran. Das Kitzeln seiner Zunge jagte kalt-warme Schauer über ihren Rücken.

»Hör sofort auf, oder ich mache von Dagor-Kampftechniken Gebrauch!«, lachte sie.

»Das darfst du nicht. Du bist meine Leibwächterin, schon vergessen? Deine Aufgabe ist es, für mein Wohlergehen zu sorgen, und zwar rund um die Uhr.«

Sie entwand ihm den Finger, stach ihn damit in die Hüfte, dass er zusammenzuckte. »Ich bezweifle stark, dass diese Art von Service in den Dienstvorschriften enthalten ist, Herr Verteidigungsminister!«

Ganz im Gegenteil, dachte sie, während sie das Laken über ihren verschwitzten Körper zog. *Ganz im Gegenteil.*

Wenn man es genau nahm, stellte ihr Verhalten sogar einen Entlassungsgrund dar. Eine Liaison oder auch nur eine kurze Affäre mit Schutzbefohlenen stand sehr weit oben auf der »Streng verboten«-Liste für TLD-Agenten im Einsatz. Auch wenn dieser ganz woanders begonnen hatte, und vor mittlerweile einer Milliarde Jahren, einem Monat, einer Woche und einem Tag.

»Ich glaube, ich könnte eine nachträgliche Sondergenehmigung erwirken«, versuchte Bully, den Scherz weiterzuspinnen.

»Bei wem? Beim Terranischen Residenten?«

Er seufzte.

Frans Nasenflügel begannen wieder zu jucken. Und eine Stelle der Kopfhaut über dem rechten Ohr.

Falls wir zusammenbleiben, dachte sie; *wohlgemerkt: falls. Wird das dann immer so sein? Wird auf immer und ewig ein unsichtbarer Dritter neben oder zwischen uns im Bett liegen?*

Nicht, dass sie den beiden Unsterblichen eine verborgene homoerotische Komponente unterstellt hätte. Aber diese Freundschaft, über so viele gewöhnliche Lebensalter hinweg, und die Aufgabe und Verantwortung, die Bull und Perry verband – durfte eine Frau, eine Sterbliche noch dazu, sich wirklich anmaßen, sich zwischen sie zu drängen?

»Es war nie leicht für unsere … Gefährtinnen«, sagte Bully leise.

»Du wirst lachen – das kann ich mir vorstellen.« Sie stand auf und begann sich anzukleiden.

»He! Du kannst mich doch jetzt nicht so liegen lassen!«

»Und ob ich das kann, mein Lieber.«

Er erfasste ihr Handgelenk, zog sie sanft zu ihm hinunter. »Wir wussten beide, worauf wir uns einlassen. Und wir haben uns rechtschaffen gegen die Gefühle gewehrt, die wir füreinander empfinden, oder etwa nicht? Aber letztlich war die Liebe stärker.«

»Ich bin mir nur nicht sicher, ob sie auf Dauer stark genug ist.« Sie sah ihm an, dass ihn diese Aussage schmerzte. »Wir haben nur dann eine Chance«, fügte sie begütigend hinzu, »wenn wir immer ehrlich zueinander sind. Uns nie etwas vorspielen, so gut es auch gemeint sein mag. Gib's zu: Du hast ein schlechtes Gewissen, dich mit mir zu vergnügen, während Perry da draußen wahrscheinlich gerade in höchster Lebensgefahr schwebt.«

»Hm. Wird wohl so sein.« Bull feixte, fuhr sich übers Gesicht. »Obwohl gerade er das für absolut dämlich halten würde. Ich meine, wir helfen ihm nicht im Mindesten damit, wenn wir hier Trübsal blasen, oder?«

»Es klingt wirklich ziemlich blöd. Aber das bist eben du, Bully. Und genau deshalb … mag ich dich so gern.«

Er sah aus traurigen Dackelaugen zu ihr hoch. »Mitleid ist nicht unbedingt das, was ich von dir will.«

»Sondern?«

»Verständnis. Geduld. Durchhaltevermögen. Bitte, Fran – wenn dir etwas an mir liegt, lauf nicht gleich bei der ersten Schwierigkeit davon. Es stimmt, Perry, Sneber und dieses verfluchte DORDO'KYEION gehen mir nicht aus dem Kopf. Was soll ich nur dagegen tun?«

»Gar nichts. Wir warten einfach, bis sie wieder zurück sind.«

Und damit schlüpfte sie, noch bevor er protestieren konnte, durch die Tür hinaus.

91

Er versuchte es mit Betteln und Brüllen, mit Fluchen und Schmeicheln, doch sie blieb hart.

Sneber mischte sich nicht ein. Auf ihn achtete sowieso keiner. Nicht die Königin der Quochten, die starrsinnig auf ihrem Angriffsplan beharrte; nicht Perry Rhodan, der einen allerletzten Versuch unternommen hatte, ihr diesen auszureden.

Die Flotte hatte die letzte Linearetappe beendet und sich nach Perrys Vorschlägen formiert. Jetzt raste sie in hoher Unterlichtfahrt auf DORDO'KYEION zu. Die zweitausend Sonnen des Sektors Stukoda gleißten auf den Bildschirmen; weniger hell, aber noch dichter beisammen erschienen die zwölftausend Lichtpunkte, welche für die nodronischen Kriegsschiffe standen.

Soeben mussten sie die anfliegenden Diskusraumer geortet haben, denn sie fächerten sich auf und bildeten einen leicht gebogenen Wall auf der den Quochten zugewandten Seite.

Sneber kam ganz schön ins Keuchen, als Perry Rhodan so schnell im Holosaal herumrannte und ständig aktuelle Details abfragte, weil er auf seinen kurzen Beinen kaum mitkam. Er merkte es dem Terraner an, dass dieser jeden Moment mit einer Gemeinheit der Gegenseite rechnete. Aber derzeit schien es, als wären die Nodronen vom quochtischen Angriff tatsächlich auf dem falschen Fuß erwischt worden.

Ein Geschwader aus dreitausend Blitzpaats scherte aus und umflog, vom Sperrfeuer der Schweren Kampfpaats gedeckt, den Wall der Nodronenschiffe. In einem kühnen Bogen hielten sie auf DORDO'KYEION zu. In den Nahaufnahmen machte die gigantische mobile Flottenbasis einen unfertigen Eindruck, ganz wie es die Agenten der Königin gemeldet hatten. Kilometergroße Lücken klafften in den dreieckigen Wänden. Zahlreiche robotische Montagetrupps waren zu erkennen. Was Chi Waka aber lauthals frohlocken ließ, war die Ortermeldung, dass DORDO'KYEION offenbar noch über keine eigene Energieversorgung verfügte. Den angemessenen Emissionen nach wurde die für die Fertigstellung der Station benötigte Energie von zwölf Flottentendern bereitgestellt, die wie flache Schachteln an den Außenseiten klebten.

»Wir kamen zur rechten Zeit!«, jubelte die Königin. »Schießt, meine wackeren Quochten! Blast diese hässliche Pyramide aus dem Universum!«

Die Blitzpaats waren auf Schussweite heran. Sie gerieten ins Trudeln, als sie ihre Tripuls-Geschütztürme ausrichteten. Dem Manöver fehlte jegliche Eleganz, und nicht alle Piloten bekamen es richtig hin. Aber die Mehrzahl konnte ihren Diskus so stabilisieren, dass die Kanoniere eine günstige Schussposition vorfanden.

Da begann das All rings um DORDO'KYEION silbrig zu flimmern.

»Die Tender bauen Hochenergie-Überladungsschirme der Klasse III auf!«, rief Zimbrr Gutz.

»Wer hätte das gedacht«, sagte Perry Rhodan ironisch.

HÜ-Schirme, das hatte Sneber Grax bei den Strategiediskussionen aufgeschnappt, bestanden aus einer stabilen fünfdimensionalen Komponente und einer instabilen Überladungszone, deren Energieniveau im Halbraum angesiedelt war. Oder so ähnlich. Jedenfalls vermochten sie große Energiemengen aufzunehmen und zu neutralisieren, indem sie diese in den Bereich zwischen Normaluniversum und Hyperraum abstrahlten.

Offenbar geschah genau das während der Attacke des Aufklärungs-Geschwaders. Das Feuer aus den Tripuls-Türmen verpuffte wirkungslos.

»Die Blitzpaats hätten die von den zwölf Tendern generierten, sich überlappenden Schirmsphären durchaus knacken können«, erklärte Rhodan halblaut, während die Dreihundert-Meter-Diskusse von einem Verband Schwerer Sternenkreuzer zum Rückzug gezwungen wurden. »Wenn sie es zustande gebracht hätten, sich gruppenweise zu synchronisieren und Punktbeschuss auszuüben. Aber leider schießen deine Leute erbärmlich schlecht, Königin.«

»Das macht nichts. Wir wissen jetzt, was der Gegner aufzubieten im Stande ist. Der Feuerkraft unserer Schweren

Kampfpaats sind diese Schirme nicht gewachsen. Wir greifen sofort mit allen Einheiten an, brechen durch und holen uns DORDO'KYEION!«

»Nein! Verdammt, merkst du das denn nicht? Sie machen es uns viel zu einfach«, schrie Perry Rhodan, der offenbar immer noch eine Falle witterte. »Weil sie uns genau dazu verleiten wollen. Sie öffnen ja richtiggehend einen Korridor für deine Flotte!«

»Ein Fehler, den wir gnadenlos ausnützen werden.«

»Königin.« Der Terraner trat vor Chi Waka, hob die Hände und legte sie auf ihre gewaltige Leibesmitte. Das sah komisch aus, verfehlte jedoch seine Wirkung auf die Imperatrix nicht. »Du hast mich gezwungen, dir als Stratege und Taktiker beizustehen«, sagte Rhodan eindringlich. »Dann nimm jetzt aber auch meinen Rat an. Wenn DORDO'KYEION tatsächlich über keine stärkeren Defensivwaffen verfügt, reicht ein Drittel deiner Streitkräfte bei weitem aus, um die Basis zu zerstören. Lass die übrigen Verbände ihnen Feuerschutz geben, aber nicht mit vorstoßen, sondern halte sie in Bereitschaft. Und zwar außerhalb des nodronischen Walls.«

Chi Waka trat von einem Säulenbein aufs andere. »Gut«, grollte sie schließlich. »So sei es.«

92

Als die Quochten durchbrachen, kam es zu ersten Ausfällen und Verlusten auf beiden Seiten. Paats wie Sternenkreuzer wurden manövrierunfähig geschossen oder vergingen in lautlosen Explosionen, verwehten als langsam auseinandertreibende Trümmerwolken. Hüben wie drüben starben in wenigen Augenblicken Tausende und Abertausende von Intelligenzwesen.

Das war ganz normal im Krieg. Für eine Schlacht dieser Größenordnung ganz sicher nur der Anfang, der viel versprechende Auftakt.

Der Witz an der ganzen Sache war nämlich noch lange nicht erzählt. Die eigentliche Pointe kam erst.

»Sieht den Krötenköpfen gar nicht ähnlich«, wunderte sich Axx Cokroide, »zwei Drittel als Reserve zurückzuhalten. Gewöhnlich stürmen sie blindlings drauflos mit allem, was sie haben.«

»Willst du noch abwarten?«, fragte Pelmid Sulcatob.

Ihre Finger kribbelten. Sie saß vor der gewaltigsten Feuerorgel, die sie je hatte bedienen dürfen. Obwohl es sich nur um sehr wenige Kontrollelemente handelte. Aber nicht die Quantität gab hier den Ausschlag, sondern die Qualität.

Sechzehn Quartor-Geschütze.

Beim bloßen Gedanken daran stieg es heiß in ihr auf. Das hier war geiler als alles, was sie je erlebt hatte.

Sechzehn Quartor-Geschütze. Vier an jeder Ecke von DORDO'KYEION. Und sie alle gehorchen einem leichten Druck meiner Fingerspitzen. Gesteuert von mir und meiner Varsonik, feuern sie überlichtschnell eine vierfache Salve ab, gegen die in ganz Vaaligo kein Schutzschirm eines Raumschiffs bestehen kann.

Aber erst, wenn die unter der scheinbar unvollständigen Hülle verborgenen, gigantischen, das gesamte Konstrukt fast vollständig ausfüllenden Protonengas-Reaktoren hochfuhren. Wenn sie die sechzehn Quartor-Kanonen mit ungeheuerlichen Energiemengen vollpumpten. Wenn Axx endlich den Befehl gab, die Maske fallen zu lassen.

Der Flug hierher mit ihm war kein Vergnügen gewesen, beileibe nicht. Und doch empfand sie jetzt, in diesem Moment, Dankbarkeit dafür, dass er sie mitgenommen hatte. Per Transmitter waren sie in die angebliche Flottenbasis übergewechselt, die doch in Wahrheit nicht mehr und nicht weniger darstellte als eine fliegende Geschützplattform, wie sie Vaaligo noch nicht gesehen hatte.

Dordo'kyeion, der Vergelter. Der Zerschmetterer. Der Gott der Rache und der Gnadenlosigkeit.

War dem Son'Trokete eigentlich bewusst, welche Ironie darin lag, dass er gerade sie, die nach Rache Dürstende, vor die Feuerleitkontrollen beordert hatte? Vielleicht schon. Sie traute Axx Cokroide inzwischen fast alles zu.

Nicht mehr als zehn Mann bedienten DORDO'KYEION.

Die Roboterheere, die vorgaben, pausenlos an der Fertigstellung der mobilen Basis zu arbeiten, waren reine Kosmetik. DORDO'KYEION war schon komplett gewesen, als man es hier stationiert hatte. Vollendet. Makellos. Der perfekte Köder, die ideale Quochtenfalle.

Und die Froschmäuler fielen darauf herein, genau so, wie es der Botschafter und die Zwillingsgötzen geplant hatten.

Kommt, ihr schleimigen, breitärschigen Kretins! Kommt und seht, was die Nodronen euch bereitet haben.

Und sie kamen.

Wie Motterlinge aufs Licht, stürzten sie sich auf DORDO'KYEION. Und DORDO'KYEION, genau wie tief im Innersten der Gigantstation Axx Cokroide mit seiner Adjutantin, seiner rechten Hand Pelmid Sulcatob, war bereit, sie zu verbrennen.

Axx trat hinter Pelmid. Sie schrie auf, als seine Finger sich in ihre kurzen Nackenhaare verkrallten und ihren Kopf brutal nach hinten rissen. Er presste seine Lippen auf ihren Mund.

»Jetzt«, stieß er dann hervor, während sie noch nach Atem rang. »Mach ihnen den Garaus, meine Schöne!«

Brüllend erwachten die Fusionsreaktoren zum Leben. Pelmids Status-Anzeigen verfärbten sich von weiß über gelb und orange zu leuchtend rot.

»Feuer frei«, befahl Axx Cokroide.

93

Vierundsechzigmal in der Sekunde feuerte DORDO'KYEION. Nach der ersten Minute waren fast dreitausend Diskusschiffe mitsamt ihrer Besatzungen ausgelöscht. Hunderte weitere trieben als Wracks durch das All.

Chi Waka verfiel in Panik, und ihre Offiziere mit ihr. Einem uralten Instinkt folgend, verkrochen sich nicht wenige der Quochten in der Zentrale unter allem, was vermeintlich Schutz gegen die Bedrohung bot.

Nahezu führerlos raste das Nestschiff der Imperialen Königin weiter auf DORDO'KYEION zu. Staffel um Staffel der vor ihm fliegenden Raumer wurde vernichtet, weggefegt wie von der Axt eines Riesen.

Perry Rhodan fand Zimbrr Gutz, der unter einer Schalttafel kauerte, riss ihn hoch und schrie ihm ins angstverzerrte Gesicht: »Flucht! Ordne sofort den Rückzug an! Weg, nur weg heißt die Devise!«

Der Agent der Königin gehorchte.

Aber es war zu spät.

Aus dem Ortungsschutz der Sonnen von Stukoda brachen nodronische Schlachtschiffe ohne Zahl hervor. Sie bildeten in einem bewundernswert präzisen Manöver binnen kurzer Zeit eine Kugelschale, welche die quochtischen Verbände einschloss. Im Mittelpunkt befand sich DORDO'KYEION, dessen Geschütztürme unablässig Tod und Verderben spien. Zwischen der Gigantstation und dem Wall der ursprünglichen Wachflotte irrten die Reste jenes Drittels der quochtischen Streitkräfte herum, das den Angriff vorgetragen hatte. Es zeigte sich allzu deutlich, weshalb die Nodronen den Quochten so überlegen waren. Wie ihre Königin, verloren auch die Kommandanten Nerven und Orientierung. Jegliche Schlachtordnung löste sich auf. Die Piloten versuchten nur noch abzudrehen und so den furchtbaren Kanonen DORDO'KYEIONS zu entkommen; aber wenn sie es schafften, wurden sie zur leichten Beute des nodronischen Walls.

Jenseits davon stand das Gros der quochtischen Flotte, vom Schock wie paralysiert. Und die Kugelschale der unzähligen neu hinzugekommenen Sternenkreuzer zog sich enger und enger zusammen.

Perry Rhodan sah nur eine einzige Chance, wenigstens einen Teil der Quochten zu retten, und vielleicht, mit sehr viel Glück, auch Chi Waka, Sneber Grax und sich selbst.

»Übertrage mir den uneingeschränkten Oberbefehl!«, rief er der Königin zu. »Jetzt! Sofort!«

Chi Waka stammelte eine entsprechende Formel ins Akustikfeld. Zimbrr Gutz sorgte dafür, dass sie auf sämtlichen noch übrigen Schiffen gehört wurde. Dann begann Perry Rhodan seine Kommandos zu geben, betont ruhig und langsam. Bei weitem nicht alle Kapitäne befolgten sie, aber immerhin die Mehrzahl.

Perry war klar, dass er das drohende, entsetzliche Gemetzel nicht eine Sekunde lang abwenden konnte, schon gar nicht durch eine Kapitulation. Dem Gefecht jetzt noch eine Wendung zugunsten der Quochten zu geben, war ebenfalls vollkommen illusorisch. Er konzentrierte alle verfügbaren Kräfte darauf, mit einem überraschenden Ausfall so viele Schiffe wie möglich in Sicherheit zu bringen.

Dazu nutzte er den Korridor, den die Nodronen so einladend im Wall geöffnet hatten und der sich noch nicht gänzlich geschlossen hatte. Er ließ die in Reserve gehaltenen zwei Drittel seiner Streitmacht mit höchster Geschwindigkeit diese Stelle ansteuern und zugleich die Reste der Angriffsflotte von innen auf dieselbe Lücke zuhalten. Das Risiko, dass es trotz der bei einer Raumschlacht üblichen großen Entfernungen zwischen den einzelnen Schiffen zu Kollisionen mit eigenen Einheiten kam, war ihm bewusst, doch er musste es in Kauf nehmen. Alles war besser, als sich zwischen DORDO'KYEION und der Kugelschale bis zum letzten Schiff aufreiben zu lassen.

Rhodan ging davon aus, dass den Nodronen an nichts anderem gelegen war, als möglichst viele Quochtenschiffe zu eliminieren. Dies war von vornherein als Vernichtungsschlacht geplant gewesen. Also versuchte er, ihre Phalanx aufzuspalten. Beide Teile seiner Flotte steuerten auf entgegengesetzte Punkte der Kugelschale zu, wobei der größere Pulk DORDO'KYEION an der Grenze von dessen Kernschussweite passieren musste und um mehrere tausend Einheiten dezimiert wurde. Bitter, doch einen anderen Ausweg sah Perry nicht. Wie er gehofft hatte, reagierte der gegnerische Oberkommandierende rasch. Er gruppierte die Sternenkreuzer innerhalb der Kugelschale so um, dass sie jene Seite verstärkten, auf die der größere quochtische Verband zuhielt – weil er diesen nicht entkommen lassen wollte.

Auf Rhodans Signal schwenkten jedoch beide Teile ab und rasten von zwei verschiedenen Seiten aus spitzem Winkel an derselben Stelle in die Kugelschale. Ein irrsinniges Manöver, das in purem Chaos endete. Denn nun befanden sich beide Parteien in der Schusslinie ihrer eigenen Leute!

Immerhin brach jetzt auch bei den Nodronen Verwirrung aus. Welche Schiffe den Salven der Gegner oder aber dem »Freundfeuer« zum Opfer fielen, ließ sich nicht ausmachen. An eine einigermaßen genaue Ortung war im Strahlengewitter sowieso nicht mehr zu denken. Hüben wie drüben gingen die Verluste in die Zehntausende. Mit Taktik des Raumkampfs hatte das nichts mehr zu tun. Es handelte sich um reines Glücksspiel.

Quochtisches Roulette, dachte Perry. Eigentlich hätte er Todesangst empfinden sollen, aber dafür blieb ihm keine Zeit.

Und dann waren sie durch, hatten den Einschließungsring gesprengt, nahmen mit voller Beschleunigung Fahrt auf.

Die Sternenkreuzer verfolgten sie, feuerten ihnen wütend hinterher. Einige trafen. Weitere Diskusse explodierten oder vermochten, wrack geschossen, den rettenden Halbraum nicht mehr zu erreichen.

Schon wollte Perry Rhodan aufatmen, da erwischte es auch die KERQUIL.

KAPITEL 15

Das Wunder des Lebens

94

Ein Sausen und Brausen, ein Donnerschlag. Gleißende Helle, Hitze und Kälte zugleich. Dröhnende, rotschwarze Luft, flüssig wie Teer, schwerer als Blei. Panik und das Gefühl, augenblicklich zerquetscht zu werden. Dann Dunkelheit. Dann nichts mehr.

Sneber Grax kam wieder zu sich, schreiend vor Schmerz.

Tot war er nicht, immerhin. Und offenbar nicht ernsthaft verletzt. Er konnte seine Gliedmaßen bewegen, wenngleich ihm alles weh tat dabei. Prellungen hatte er reichlich erlitten, auch Schürfwunden und Verstauchungen; aber gebrochen schien nichts zu sein, und kein inneres Organ in Mitleidenschaft gezogen.

Andere waren nicht so glimpflich davongekommen.

Als erstes sah Sneber, nachdem er sich unter dem Schutt hervorgewühlt hatte, den Leichnam eines Quochten. Am hellgrünen Netzanzug und den eingeflochtenen Schmuckstücken erkannte er Zimbrr Gutz. Gesicht war keines mehr übrig. Ein herabgestürzter Stahlträger hatte ihm den Kopf buchstäblich in den Hals getrieben. Beim Anblick des bunten Breis auf Zimbrrs Schultern dachte Sneber im ersten Moment an ein Dessert, das er früher recht gern gegessen hatte – bis er erkannte, dass es sich um eine Mischung aus Blut, Knochensplittern und Gehirnmasse handelte.

Zarter besaitete Gemüter hätten es vorgezogen, sofort wieder in Ohnmacht zu fallen. Sneber Grax begnügte sich damit, den Inhalt seines Magens und Darms gleichzeitig von sich zu geben.

Danach machte er sich auf die Suche nach Rhodan.

Das gestaltete sich nicht einfach, denn er erkannte die Umgebung kaum wieder. Viele Decken und Zwischenwände waren eingestürzt, die Begrenzungen von Holosaal, Imperialem Nest und Zentrale nur noch zu erahnen. Im düster orangen Licht der Notbeleuchtung breitete sich eine feucht schimmernde Schutthalde vor Sneber aus. Trümmer und Tote, in allen Richtungen, so weit er sehen konnte.

Und Phichi-Gabe.

Mit einem Schlag realisierte er, was ihn seit seinem Erwachen verstörte, zusätzlich zu all den anderen Schrecknissen. Die Käfer waren omnipräsent wie eh und je, doch sie wimmelten nicht herum, sondern bewegten sich überhaupt nicht. Erstarrt lagen sie auf den Rücken, wie eingefroren, trotz der hohen und immer noch weiter steigenden Temperatur.

Das Schiff brennt, dachte der Yuchte; von fern hörte er Explosionen. *Die Käfer spüren, dass der Kampfpaat stirbt, dass ihre Heimat unwiederbringlich vernichtet ist. Also stellen auch sie ihre Lebensfunktionen ein.*

Jemand stöhnte.

Sneber fand Perry Rhodan, zur Hälfte von Teilen eines Varsonik-Terminals verschüttet. Während er ihm half, sich zu befreien, bemerkte er, dass der Terraner verletzt war. Die große Wunde am linken Arm stank verbrannt und blutete stark.

»Ein Überschlagblitz, glaube ich«, sagte Rhodan gepresst, während er mit der rechten Hand Anzugreste aus der Wunde entfernte. »Tut verdammt weh, ist aber langfristig kein Grund zur Sorge. Muss nur die Blutung stillen. Und du, bist du okay?«

»Ja.«

»Freut mich.«

Nachdem sie gemeinsam die Verletzung behelfsmäßig versorgt hatten, kämpfte sich Rhodan zu einem intakten Terminal vor. Das Wenige, was die Notaggregate anzeigten, hatte er rasch abgefragt.

»Dieses Schiff wird demnächst auseinanderbrechen«, erklärte er. »Aber von den Beibooten sind zwei noch raumtüchtig. Alle, die dazu fähig sind, sollen versuchen, diese zu erreichen. Start in drei Minuten.«

Er zeichnete eine entsprechende Anordnung auf und ließ sie überall, wo noch Lautsprecher funktionierten, in permanenter Wiederholung ausstrahlen, zusammen mit der Standortangabe der Beiboote.

Sneber hatte nicht mit Rückmeldungen gerechnet, doch eine kam.

»Perry ... Rhodan ...«

Es war die Stimme der Königin.

Chi Waka dirigierte sie zu der Stelle, wo sie lag, zwischen den Resten ihres Diwans, den Leichen der Lakaien und den Eiern, die immer noch unter ihr hervorquollen.

»Bin ... schwer verletzt, aber nicht ... tödlich«, sagte sie röchelnd, abgehackt. »Kann mich nicht mehr bewegen. Keine Chance, ein Beiboot ... erreichen zu wollen.«

»Lass es uns dennoch versuchen!«

»Nein. Nicht ... transportfähig. Hielte nur die Überlebenden auf. Nodronisches Enterkommando wird ... bald da sein. Töte mich, Perry Rhodan!«

»Was?«

»Kann es nicht selbst tun. Muss aber sein ... Darf den Nodronen nicht in die Hände fallen. Sie haben Medikamente ... Ich würde alles preisgeben, was ich weiß. Positionen sämtlicher Kavernenwelten ... Unter meiner linken Hüfte liegt ... ein Strahler. Töte mich, Perry Rhodan. Bitte. Jetzt gleich!«

Sneber Grax sah, wie es im Gesicht des Terraners arbeitete.

»Lauf vor, Sneber«, sagte Perry schließlich. »Lauf zu den Beibooten. Ich komme nach. Sollte ich es nicht mehr schaffen, startet ihr dennoch zum genannten Zeitpunkt, klar? Wartet keinen Augenblick länger. Das ist ein Befehl, Linksberater. Du bist mir persönlich für seine exakte Ausführung verantwortlich. Und nun ab mit dir!«

Sein Tonfall signalisierte, dass er keinen Widerspruch dulden würde. Also tat Sneber Grax, wie ihm geheißen war. Er rannte los. Lehm und undefinierbare Flüssigkeiten quatschten unter seinen Füßen. Gelegentlich knackte ein Chitinpanzer.

Das Bild von Rhodan, wie er sich über die Königin beugte, blieb auf Snebers Netzhäuten eingebrannt.

95

»Ist es nicht herrlich anzusehen?«

Pelmid Sulcatob gab ihrem Meister Recht. Die Formation, in der die nodronische Flotte um DORDO'KYEION Aufstellung genommen hatte, besaß etwas Majestätisches. Ein Kristall aus Tausenden und Abertausenden von Schweren Sternenkreuzern, alle im genau gleichen Abstand, geometrisch exakt ausgerichtet, wie mit dem Lineal gezogen. Ein Bild des Triumphes, eine beeindruckende Demonstration der nodronischen Superiorität über die minderen Völker Vaaligos.

Axx Cokroide hatte die Verfolgung des Rests der quochtischen Flotte einstellen lassen, nachdem deren Flaggschiff auseinandergebrochen war. Leichte Kreuzer und unzählige Geschwader von Raumjägern säuberten das Schlachtfeld. Mit lässiger Präzision machten sie denjenigen Wracks, aus denen noch energetische Emissionen angemessen wurden, und den vereinzelt im Raum treibenden Quochten den Garaus.

Pelmid wandte sich von den Holoschirmen ab. Das war keine Arbeit für Kunstschützen, sondern für Schlächter. Doch auch die musste getan werden. So hatte es der Son'Trokete befohlen.

Axx …

Bald würden an den offenen Feuern in den Offiziersmessen der nodronischen Schiffe die Siegesfeiern beginnen. Immer wieder würden die Kelche auf Axx Cokroide gehoben werden, würde seine Genialität gelobt und die Falle gerühmt werden, die er den verhassten Krötenköpfen gestellt hatte. DORDO'KYEION bedeutete noch nicht den Endsieg, aber gewiss einen entscheidenden Schritt in der Unterwerfung der Galaxis. Und viele, viele kommende Generationen würden Cokroides Namen in einem Atemzug mit DORDO'KYEION nennen.

Und ihren dazu …

Pelmid Sulcatob war glücklich, glücklicher als je zuvor in ihrem Leben. Fast sah sie sich jenem ominösen Perry Rhodan zu Dank verpflichtet, durch den sich Axx' und ihre Wege gekreuzt hatten.

Vielleicht sehen wir uns ja irgendwann wieder. Und dann

werde ich ihm artig Danke sagen – bevor ich ihn der Peitsche übergebe.

Durch ein ehrerbietiges Zeichen machte ihr Funker auf sich aufmerksam. »Nachricht von Nodro, Son'Trokete!«

Der Botschafter und Clansführer nahm das Gespräch in einem optisch und akustisch abgeschirmten Feld entgegen. Es dauerte nicht lange.

»Wir werden den Siegesfeiern nicht beiwohnen können«, verkündete er danach knapp. Er wirkte auf Pelmid ein klein wenig verunsichert. »Ich habe Order erhalten, mich unverzüglich auf Nodro einzufinden, zum Rapport bei den Zwillingsgötzen.«

Mehr sagte er nicht. Sie ließen sich per Transmitter in ihren Sternenkreuzer abstrahlen.

Konnte es sein, fragte sich Pelmid, während der Raumer DORDO'KYEION hinter sich ließ, dass die Zwillingsgötzen trotz der vernichtenden Niederlage, die Axx den Quochten beigebracht hatte, nicht völlig zufrieden mit ihm waren?

Wurde ihm die Schuld daran gegeben, dass die Imperiale Flotte nicht restlos zerstört worden war?

Oder ging es um das Verschwinden der mysteriösen Fremden?

Was das betraf, reiste Cokroide mit leeren Händen nach Nodro. Ohne den geringsten Erfolg im Gepäck, dafür mit einer Fülle unkonkreter Vermutungen. Und dem bohrenden Gefühl, dass Rhodan und seine Leute eine Gefahr für das Empire darstellten.

Axx Cokroides Laune hatte sich merklich verschlechtert. Pelmid konnte sich denken, was das für sie bedeutete.

Ihr Glücksgefühl war verschwunden, wie weggewischt. Sie wusste nicht, wovor sie sich mehr fürchten sollte – vor dem, was sie auf Nodro erwartete, oder vor den langen Nächten des Fluges dorthin.

96

»Eine lange Nacht … Wird es«, fragte Chi Waka, »wie eine lange, lange Nacht sein? Ein traumloser Schlaf, nach dem ich mich … nicht mehr erinnern kann, wer oder was ich vorher war? Wird eines der Eier, die aus mir geströmt sind, zur … Hülle für meinen wieder … jungfräulich-unschuldigen Geist werden? Glaubst du … an Reinkarnation, an ein Weiterleben nach dem Tode, Perry Rhodan?«

»Ich weiß es nicht«, sagte er wahrheitsgemäß, traurig. »Du bist sicher, dass du nicht doch noch einen Fluchtversuch unternehmen willst?«

»Ganz sicher, Perry Rhodan. Ich sterbe … doch nicht schnell genug. Sie würden mich künstlich am Leben erhalten, mich mit allen physikalischen und chemischen Mitteln foltern, die sie besitzen … Und derer sind Legion. Ich würde mein Volk verraten … es endgültig in den Untergang stürzen. Töte mich, Perry Rhodan. Ich weiß, ich habe dich missbraucht für meine Zwecke, und ich missbrauche dich immer noch … bis ans Ende. Verzeih mir, aber töte mich. Töte diesen Gewebeklumpen, der nur mehr aus Schmerz und Verzweiflung besteht. Töte Chi Waka, die versagt hat, unsägliche Schuld auf sich geladen hat … in gutem Willen und guter Absicht. Töte mich, Perry Rhodan. Töte mich, ich flehe dich an!«

Er nahm den Strahler in beide Hände, entsicherte ihn, fühlte das Gewicht. Desintegrierte ihren Kopf sorgfältig, weinend, restlos. Löste ebenso rückstandsfrei den Oberkörper auf, die Arme, den Unterleib, die Beine. Er hätte gern ein quochtisches Gebet gekannt, das er für sie sprechen hätte können. Aber in ihm war nur Leere, schreckliche Ödnis; Leere, Leere, Leere.

Irgendwann stürmten Nodronen in die Überreste des Zentralbereichs. Erneut verblüffte ihn, wie stark sie den Menschen ähnelten, insbesondere einem ganz speziellen Volk einer lang vergangenen Epoche.

Mongolen, dachte er. *Dschingis Khans Horde, in unvorstellbar ferner Zukunft wiedererweckt.*

Aber von wem?

Und wozu?

Er ließ sich widerstandslos abführen. Ganz offensichtlich hielten sie ihn für einen Nodronen, für einen Überläufer oder Kollaborateur. Man brachte ihn an Bord eines nodronischen Kriegsschiffes und steckte ihn in eine Einzelzelle.

Bevor die Tür zuschlug, spuckte ihm einer der Wächter mitten ins Gesicht. »Du wirst erhalten, was Verrätern gebührt«, fauchte er. »Auf dich wartet die Hölle, und sie hat einen Namen: Pembur.«

97

25. Juli 1328 + E09. – Der Planet Pembur liegt laut Irn Tekkme nur 35 Lichtjahre vom Stukoda-Sternhaufen entfernt. Die Quochten kennen ihn als Todeslager, wo nodronischen Rebellen ein furchtbares Ende bereitet wird. Es liegt nahe, dass Perry dorthin verschleppt worden ist. Du kannst dir vorstellen, liebes Tagebuch, welch schreckliche Sorgen wir uns um ihn machen.

Aber der Reihe nach. Heute morgen ist über die Hyperfunk-Relaisstationen die Nachricht von der vernichtenden Niederlage eingetroffen. Kurz darauf hat Irn Tekkme Reginald Bull zu sich holen lassen und ihn informiert.

Shimmi Caratech hielt inne, weil sie schmunzeln musste. Bully war völlig aus dem Häuschen gewesen, als er zurückgekommen war. Hochrot im Gesicht und unglaublich zornig.

»Ich hab's ja gewusst, dass die in einen Hinterhalt fliegen! Verdammter Mist!«

Zwei Stühle und ein kleiner Tisch hatten dran glauben müssen, bis er sich abreagiert hatte. Aber das würde Shimmi nicht schreiben. Dass der Verteidigungsminister der Liga Freier Terraner vor Frustration Möbel zertrümmerte, ging die Nachwelt nichts an, fand sie. Obwohl es ein ziemlich beeindruckendes Schauspiel gewesen war. Schikago hatte sich entsetzt irgendwo im hintersten Winkel verkrochen und war seither nicht mehr hervorgekommen.

Knapp 20000 Schiffe der Quochten, notierte Shim, *konn-*

ten der Falle DORDO'KYEION entkommen. Jetzt befinden sie sich auf dem Heimflug. Und das verdanken sie einzig und allein Perry Rhodan. Es gibt recht differenzierte Aufzeichnungen von der Schlacht. Das Nestschiff der Königin wurde demnach zunächst schwer beschädigt, dann aufgebracht und geentert. Die Königin der Quochten selbst dürfte den Freitod gesucht haben, so wie alle anderen Geheimnisträger auch. Das sei bei ihnen so üblich, meint Irn Tekkme.

Shimmi schüttelte sich. Anfangs war sie begeistert gewesen, zusammen mit Perry Rhodan in ein Abenteuer verwickelt zu werden. Doch jetzt ... Jeden Tag, wenn sie aufwachte, hoffte sie wieder, alles sei nur ein Traum.

War es aber nicht!

Sondern Realität. Sie saßen auf, oder besser: *in* einem Planeten fest, der von seltsamen, jedoch überhaupt nicht komischen Froschwesen bewohnt wurde. Ein heimlicher, unheimlicher Krieg tobte, der es nötig machte, dass sich intelligente Lebewesen selbst entleibten ...

Shim wollte gar nicht daran denken. Hastig schrieb sie weiter.

Was mit Perry und Sneber ist, kann Irn Tekkme dagegen nicht sagen. Vielleicht sind sie gefallen, vielleicht nicht. Bully hat gefragt, ob das Phänomen einer plötzlich erscheinenden, sich ausdehnenden Galaxisspirale beobachtet wurde. Diese Vision zeigt sich nämlich meistens, wenn ein Zellaktivatorträger stirbt. Aber nein, niemand hat etwas Derartiges gesehen.

Also besteht Hoffnung, dass Perry Rhodan noch am Leben ist. Und der begründete Verdacht, dass man ihn nach Pembur gebracht hat, in dieses Todeslager.

Na, dann ist ja alles klar, hat Reginald zu Irn Tekkme gesagt: Wir rüsten sofort eine Befreierflotte aus und setzen sie Richtung Pembur in Marsch.

Doch die Vizekönigin hat das Gespräch an dieser Stelle abrupt abgebrochen und ihn geradezu hinausgeworfen! Kein Wunder, dass er so geladen zurückgekommen ist.

Shimmi kaute auf dem Stift. Überhaupt war Bull in den letzten Tagen ziemlich mürrisch gewesen. Sie vermutete, dass etwas zwischen ihm und Fran Imith lief. Oder gelaufen war, aber dann schief, und jetzt eben nicht mehr. Die beiden zogen sich zwar immer noch gelegentlich in eines der Zimmer zurück, die sie für sich in Beschlag genommen hatten. Aber wenn sie wieder herauskamen, wirkten sie keineswegs so entspannt und gut gelaunt wie ehedem. Ganz im Gegenteil. Sie versuchten zwar, sich nichts anmerken zu lassen, aber Shimmi war weder blöd noch in Liebesdingen unerfahren.

Die zwei hatten was.

Und zwar: Zoff.

Nun, wenigstens litten sie nicht unter Langeweile wie der Rest der Gruppe.

Jetzt stecken wir schon zwei Wochen in diesem Loch. Ich meine, die Wohnsuite ist groß, geräumig, sauber. Uns fehlt nichts, was die Primärbedürfnisse betrifft. Pratton kocht hervorragend, tut sich jeden Tag wieder irrsinnig viel an, sogar für Schikago. Er hat mir auch schon einige richtig tolle Zaubertricks beigebracht. Wie man etwas nur mit Zeige- und kleinem Finger hält, sodass man die Hand trotzdem von beiden Seiten leer zeigen kann. »Drehpalmage« heißt das. Und Frannie – ich glaube, ich nenne sie doch wieder Fran; ich mag sie immer noch nicht, weil sie so ein kalter, stets »vernünftiger« Eisblock ist, aber sie bemüht sich, das will ich ihr nicht absprechen – also Fran, die veranstaltet regelmäßig Gymnastikstunden und zeigt uns Selbstverteidigungstechniken. Da sind sogar Dagor-Griffe dabei.

Vaaligonde büffeln wir auch alle gemeinsam. Dazu kommt selbst Quart Homphé aus seinem Zimmer. Obwohl er ständig niest und darüber klagt, dass hier alles voller Katzenhaare ist, die ihn demnächst umbringen werden, und bla bla bla.

Shim Caratech runzelte die Stirn. Schikago war immer noch nicht aufgetaucht. So lange hatte sie sich noch nie verkrochen. Sie würde doch nicht etwa krank werden?

Plötzlich besorgt, legte Shimmi das Schreibgerät zur Seite und machte sich auf die Suche nach ihrem Haustier. In den Aufenthaltsräumen war Schikago nicht, auch nicht in ihrem gemeinsamen Zimmer. Da stand nur der Katzenkorb, offen und verwaist. Shim begab sich wieder in den Gang und klopfte an Pratton Allgames Tür. Doch niemand antwortete.

Seltsam.

War der Meisterdieb abgehauen und hatte die wertvolle Ferrol-Katze mitgenommen?

Unsinn. Warum sollte er das tun?

Nun blieb nur noch der Bereich an der Rückseite des ehemaligen Nodronen-Quartiers. Dort befanden sich, tief in der Höhlenwand, einige weitere Räume, die von den Terranern nicht benutzt wurden.

Tatsächlich stand die sonst immer verschlossene Verbindungstür offen. Shimmi Caratech trat zögernd ein. Hier war sie noch nie gewesen.

Aber Schikago schon. Am Boden lagen blaue Haarbüschel!

Als sie um eine Ecke bog, prallte sie beinahe mit Pratton zusammen. »Ups«, sagte er. »Da bist du ja. Ich wollte dich gerade holen. Schikago und ich haben eine ganz besondere Überraschung für dich.«

Er winkte sie in eines der Zimmer. Das Licht war abgedunkelt, der Raum fast völlig leer, bis auf eine Art Zelt. Dieses war aus Leintüchern und Bettüberzügen errichtet worden und vorne offen. Nachdem sich Shimmis Augen an das Dämmerlicht gewöhnt hatten, erkannte sie Schikago. Ihre Katze lag, lang ausgestreckt, auf einer weichen Unterlage aus Decken und Handtüchern. Sie maunzte leise, doch hörbar erfreut, als sie Shimmi erkannte.

»Mir sind in den letzten Tagen gewisse ... Anzeichen aufgefallen«, flüsterte Allgame. »Doch ich wollte dich nicht beunruhigen, daher habe ich dir nichts gesagt. Es hätte sich ja auch um falschen Alarm handeln können. Aber Vorkehrungen habe ich für alle Fälle schon einmal getroffen.«

»Vorkehrungen? Wieso, was hat sie?«

Und dann fiel es Shim wie Schuppen von den Augen. Schikagos merkwürdiges Verhalten, ihre ständige Gewichtszunahme ... Ihr blieb die Luft weg.

»Sie ist trächtig«, raunte Pratton. »Deine Schikago bekommt Katzenbabies. Und zwar jeden Augenblick.«

Im ersten Moment wollte Shimmi lauthals »Nein!« brüllen. Das durfte nicht sein! Nicht hier, nicht jetzt ... Eigentlich überhaupt nicht, auf gar keinen Fall.

Der Stammbaum! Wenn meine Eltern Schikago zum Züchter gebracht hätten, hätten sie mir das auf jeden Fall gesagt. Und mich ganz sicher nicht mit ihr an diesem Mars-Rundflug teilnehmen lassen. Sie muss bei einem ihrer Ausreißer einen Kater getroffen haben. Irgendeinen. Himmel, das gibt Stunk, wenn wir wieder heimkommen!

Aber darum ging es jetzt ja wohl nicht. Terrania war weit, unendlich weit.

»Ich habe selbst schon einige Feliden besessen«, flüsterte der Meisterdieb. »Wenn auch keine blauen von Ferrol. Du musst wissen, sie sehen uns ebenfalls als Katzen, als ihr Rudel. Wenn sie werfen, also Kinder kriegen, entscheiden sie spontan, ob sie dabei ganz allein sein wollen oder aber Angehörige des Rudels dabeihaben möchten. Mir scheint, deine Schikago tendiert zu letzterem.«

Ein eigenartiges Gefühl beschlich Shimmi wie ein warmes, wohliges Kribbeln. Sie hockte sich vor das improvisierte Zelt, streckte vorsichtig die Hand aus und kraulte Schikago im Nacken.

Die Katze schnurrte. Lange. Und dann …

Das Folgende erlebte Shim Caratech wie in Trance. Sie wusste, dass es kein Traum war, und doch fühlte sie sich der Wirklichkeit entrückt.

Das Köpfchen des ersten Jungen erschien, schlüpfte zurück, erschien erneut, flutschte heraus. Schikago stöhnte nur ganz leise, dann öffnete sie die Blase, in die das Kätzchen gehüllt war, und fraß sie sogleich auf. Mit der Nachgeburt verfuhr sie ebenso.

Shim wollte das neugeborene Kätzchen berühren, doch Pratton hielt sie sanft zurück. »Nicht«, sagte er leise. »Dein Geruch könnte Schikago irritieren, ja so sehr abstoßen, dass sie das Kleine nicht mehr will.«

Die Katze leckte ihr Junges sauber und bugsierte es in eine Falte der Decke. Dann stand sie auf, kam zu Shimmi und rieb den Kopf an ihrem Knie. Wenig später legte sie sich erneut hin.

Der schrecklich schöne Vorgang wiederholte sich, in Abständen von zehn bis zwanzig Minuten, noch fünf weitere

Male. Kein einziger Blutstropfen fiel dabei auf das weiße, weiche Handtuch, so penibel reinigte Schikago sich und ihre Jungen.

Danach bot sie ihnen ihre Zitzen. Die winzig kleinen blauen Kätzchen stürzten sich gierig darauf, fanden sie sofort, obwohl sie allesamt blind waren.

»Ist es dir recht, wenn ich Fran und Bull hole?«, fragte Pratton nach einiger Zeit. »Ich denke mir, dass sie das gern ebenfalls sehen möchten.«

Shim nickte.

Auch die anderen zeigten sich gerührt, sogar die sonst immer so kühle Fran. Bull hockte sich zu Shimmi, nahm sie in den Arm, drückte sie und flüsterte ihre eine kaum hörbare Gratulation ins Ohr.

Nur Quart Homphé, der offenbar die allgemeine Aufregung mitgekriegt hatte und schwer atmend ins Zimmer geschlurft kam, zeigte sich wieder einmal als Stinkstiefel. Kaum hatte er die Situation überblickt, nieste er so laut, dass Schikago ihre Krallen ausfuhr. Drohend fauchte sie den Fettsack an.

Der Bildhauer wischte sich die Nase ab, verschmierte den Rotz auf seiner Brille und sagte böse: »Vielleicht lassen uns die Quochten ja frei, wenn wir ihnen diese sechs Appetithäppchen anbieten …«

Shimmi wäre ihm an die Gurgel gesprungen, wenn Pratton sie nicht zurückgehalten hätte.

»Hö, hö, immer langsam mit den jungen Pferden«, versuchte Bully zu beruhigen. »Quart, das war geschmacklos. Mach einen Abgang.«

Der so genannte Künstler brummelte etwas Unverständliches und trollte sich.

»Shimmi«, sagte Bull danach warm, »du bist jetzt nicht nur Katzenmama, sondern gewissermaßen auch Oma, klar? Da ist deine ganze Hingabe gefordert. Kümmere dich um die süßen kleinen Bälger.«

»Aber sei sehr vorsichtig, Schikago wird ihren Nachwuchs auch gegen dich mit Zähnen und Klauen verteidigen«, ergänzte Allgame. »Am besten hilfst du ihr, dieses Nestchen noch gemütlicher und sicherer zu machen, indem du weitere Decken und Polster aus den Zimmern bringst. Und Milchersatz aus der Küche. Und Katzenfutter vom Feinsten. Die Geburt war sehr anstrengend für Schikago, und die Kleinen rauben ihr den Rest ihrer Energie. Die saugen sie regelrecht aus. Sie muss jetzt sehr viel fressen, um wieder zu Kräften zu kommen. Fast so viel wie eine Quochtenkönigin …«

Epilog

98

Was sie in den folgenden Stunden und Tagen auch versuchten, es gelang ihnen nicht, zu Irn Tekkme vorzudringen. Die neue Imperiale Königin, hieß es, befand sich mitten in der Metamorphose und durfte unter keinen Umständen gestört werden, punktum.

Bully erduldete Höllenqualen. Wenn es ihm nicht wegen Perry das Herz zerriss, dann wegen Fran.

Ich hätte diese Frau haben können, dachte er. *Sie wäre genau die Gefährtin, die ich seit Jahrhunderten suche, vielleicht immer schon gesucht habe. Aber ich musste es ja unbedingt verbocken, musste es mit Gewalt vermasseln. Der gute Perry war wichtiger, die große Aufgabe, die Rettung der Galaxis, wenn nicht gleich des ganzen Universums … Und deshalb werde ich wieder übrigbleiben. Ein alter, etwas zu verfressener Depp. Dem es offenbar wichtiger ist, der ewige Zweite hinter Perry zu bleiben, als der Erste im Herzen dieser wunderbaren Frau zu sein. Ich hätte die Chance gehabt. Aber ich hab's verschissen. Bravo, Bully. Toll gemacht. Kannst dir selbst einen Orden verleihen. Quart fällt sicher was hübsch geschmacklos Buntes ein. Und dann kannst du damit herumstolzieren, quer durchs ganze Multiversum. Einsam unter Myriaden von Sternen. Derweil sich Fran einen Jüngeren sucht, der nicht von Verantwortung brabbelt, sondern sich einfach Zeit für sie nimmt, und obendrein einen Bauch wie ein Waschbrett hat. Und der sicher nicht, während sie beieinander liegen, an Perry Rhodan denkt. Einer, mit dem sie glücklich ist – und nicht ständig im Kampfeinsatz.*

Er litt wie ein Hund.

99

Fran Imith unternahm etliche Anläufe, ihn zu trösten, aufzuheitern oder wenigstens abzulenken, doch er ließ sie nicht an sich heran, zeigte ihr buchstäblich die kalte Schulter. Wie ein Panther in einem viel zu engen Käfig streifte er durch die Räume der Suite, und wenn ihn jemand ansprach, fauchte er zurück, man solle ihn gefälligst in Ruhe lassen.

Das taten sie denn auch.

Ein Routineauftrag, dachte Fran. *Mhm. Und jetzt bist du nicht nur in unvorstellbarer Ferne verschollen, ohne den Funken einer Chance auf Rückkehr, sondern auch noch auf engstem Raum mit diesem Kerl eingesperrt. Von dem du für einen kurzen Moment des Glücks geglaubt hast, er wäre der Mann deines Lebens.*

Ausgerechnet sie musste in eine solche Lage geraten! Sie, die allzeit Kühle, eisern Kontrollierte, alles ihrem Beruf unterordnende Professionelle … Seit sie in den Dienst der Terranischen Liga getreten war, hatte sie penibelst darauf geachtet, dass ihre Arbeit nicht von Emotionen beeinträchtigt wurde. Natürlich hatte sie, selbstverständlich in der Freizeit, Liebschaften gehabt. Sie war ja nicht aus Holz – auch wenn sie ihr Bestes tat, bei anderen diesen Eindruck zu erwecken. Ein, zwei Male war sogar das Herz dabei gewesen. Unterschied hatte das keinen gemacht. So oder so hatte es nie sehr lange gedauert, denn der TLD war immer vorgegangen. Dies war das Leben, das zu führen sie sich entschlossen hatte, und das hatte sie durchgezogen, ohne Rücksicht auf sich und sonstwen.

Bis jetzt. Oder genauer: Bis ein paar Tage vor Jetzt.

Anflüge von Einsamkeit und Melancholie hatte sie durch noch mehr Arbeit immer gut verdrängen können. Über Mangel an Aufträgen hatte sie nie klagen müssen. Sie war eine Top-Agentin, und stolz darauf. Das Lob ihrer Vorgesetzten hatte den Verzicht auf ein paar zwischenmenschliche Streicheleinheiten allemal wettgemacht.

Hier jedoch, in diesen verfluchten Kavernen, tief unter der Erde, wo sie nie sein wollte; in dieser Situation, die sie ohnehin kirre zu machen drohte; hier gab es weder Vorgesetzte noch Arbeit. Klar, theoretisch führte sie immer noch ihren Auftrag aus. Aber – was sollte, was konnte sie tun? Sie war zur Passivität verdammt. Die Sprachlernstunden und Selbstverteidigungskurse zählten nicht. Gegen die nervösen Anfälle und das Gefühl, aus der Haut fahren zu wollen, ja sich dafür mit den Fingernägeln eine Öffnung kratzen zu müssen, nahm sie Präparate aus der kleinen Privatapotheke, die sie wie bei jedem »Routineeinsatz« mitführte: Magnesium, einen Vitamin B-Komplex mit Biotin und Folsäure, dazu ein Kräuterelixier aus Lavendelblüten, Pfefferminzblättern und Hopfen, auf das ihre Ururgroßmutter schwörte. Das half schon ein bisschen. Immerhin konnte sie schlafen, wenn auch nie sehr lange. Wirklich erfrischt war sie danach nicht. Doch sie hielt sich in Form. Ausgeruht und körperlich fit sein gehörte zum Job.

Zum Job, der vor der Liebe kam.

Deshalb hatten sie und Reginald Bull auch ihre Beziehung beendet, bevor sie richtig begonnen hatte. Sie befanden sich in einem Einsatz in ferner Zukunft. Durch emotionale Verwirrungen gefährdeten sie die ganze Gruppe – für die sie, ob ihnen das schmeckte oder nicht, Verantwortung trugen.

»Wir müssen Schluss machen.«

Wer hatte das gesagt? Sie oder er? Sie wusste es nicht mehr. War auch egal. Gedacht hatten sie es beide. Wenn sie jemals wieder hier herauskommen und Perry Rhodan wiederfinden wollten, mussten sie all ihre Kräfte darauf konzentrieren und durften sich nicht durch private Probleme ablenken lassen.

Fran weinte, allein in dem Zimmer, das nie ihres sein würde, obwohl sie und Bully sich auf diesem Bett geliebt hatten. Schön war das gewesen.

Und nichts war davon geblieben.

Idiotisch, eigentlich. Das Schicksal, das uns hierher verschlagen hat, hätte uns eine Auszeit geschenkt, eine Art Urlaub, trotz der grässlichen Umgebung. Was aber mache ich?

Alles kaputt.

Offenbar war sie eingeschlafen, in die muffigen Kissen verkrallt. Sie schlug sich an den Kopf, wieder und wieder, hart, mit den von unzähligen Dagor-Übungsstunden hornigen Handkanten, wobei ihr Schädel hohl wie eine tönerne Vase klang. Bis sie realisierte, dass das Geräusch von außerhalb kam.

Jemand klopfte an ihre Tür.

»Herein.«

Bully schob seinen roten Bürstenhaarschnitt ins Zimmer. »Irn Tekkme ist endlich bereit, uns zu empfangen, Agentin Imith«, sagte er trocken, bemüht sachlich. »Dich und mich. Kommst du?«

100

Sie kam ihnen entgegen, wacklig, behäbig, begrüßte sie, legte sich dann wieder auf den Diwan. Aß und gebar, aß und gebar, unaufhörlich, wie Chi Waka und die Imperialen Königinnen vor ihr. Die Lakaien – ob es dieselben oder andere waren, spielte keine Rolle – fütterten sie und räumten die Eier weg. Das Wunder des Lebens ging weiter. Chi Waka war tot; es lebte Irn Tekkme.

Bull begriff, dass die ehemalige Vizekönigin ihre Metamorphose abgeschlossen hatte. Sie hatte ihre Position nicht nur per Amtsübernahme angetreten, sondern war zu einer echten Königin geworden. Die Quochten standen mehrheitlich hinter ihr; deren hormonelle Ausdünstungen hatten Irn Tekkme die Verwandlung ja überhaupt erst ermöglicht.

»Bist du zufrieden?«, fragte Bull heiser. »Das wolltest du doch immer, nicht wahr? Darauf waren deine Intrigen ausgelegt. Wir und Perry dienten dir bloß als Mittel zum Zweck.«

»Es ist«, antwortete sie, mit einer tief grollenden, teils akustischen, teils mentalen Stimme, die jener ihrer Vorgängerin frappierend ähnelte, »sinnvoll und richtig, dass das Alte vom Jungen abgelöst wird. Nur auf diese Weise vermag unser Volk zu bestehen und sich auf geänderte Bedingungen einzustellen.«

Bully nahm die wimmelnden Phichi-Gabe, die feuchte Schwüle und den gärend-fauligen Geruch nur am Rande wahr. Irn Tekkme war zu einem Ebenbild der toten Königin Chi Waka geworden. Statt der »normalen« Quochtin, als die er sie kennengelernt hatte, fand er nun im Imperialen Nest ein doppelt so großes Geschöpf vor. Dieser Massezugewinn innerhalb weniger Tage ließ sich normalphysikalisch nicht erklären.

Aber was war hier und jetzt schon normal?

»Mir ist das herzlich egal«, sagte er schroff. »Ich fordere von dir, dass du sofort eine schlagkräftige Flotte unter meinem Befehl ausschickst, um Perry Rhodan zu befreien.«

»Du forderst. Mit welchem Recht?«

»Perry hat euch den Hintern gerettet, Königin. Ohne ihn wären von den über fünfzigtausend Einheiten, die DOR-DO'KYEION angegriffen haben – trotz unserer Warnungen –, höchstens noch eine Handvoll Blitzpaats übrig.«

»Er stand im Dienst der verblendeten Chi Waka und hat seine Schuldigkeit getan. Du erwartest hoffentlich nicht von mir, dass ich angesichts der äußerst kritischen Frontstellung eine Vielzahl von Schiffen abziehe, um ein einziges Lebewesen zu retten?«

»He, auf dieser Sträflingswelt befinden sich außerdem zahlreiche nodronische Rebellen. Die sollten doch nach aller Logik auf eurer Seite stehen!«

»Der Feind meines Feindes ist mein Freund, meinst du? Ich sage dir, Bull, du hast immer noch keine Ahnung von den Verhältnissen in Vaaligo.«

Fran brachte sich mit der ihr eigenen Energie ins Gespräch ein. »Seid ihr wirklich so verbockt und verblödet?«, rief sie. »Die Bedrohung geht vom Empire von Nodro aus. Und da die Rebellen ebenfalls dagegen kämpfen, seid ihr zwangsweise Verbündete.«

Irn Tekkme, essend und gebärend, entgegnete ungerührt: »Die Mentalität der Rebellen liegt uns nicht. Sie betrachten uns nicht als Freunde, sondern als unberechenbare Rivalen. Es gibt keinen gemeinsamen Kampf. Wir ignorieren einander. Wir schweigen uns tot.«

»Da ist doch ...«, stieß Fran hervor.

»... was faul!«, ergänzte Bully unwillkürlich.

Einen Lidschlag lang fanden sich ihre Blicke.

»Das könnt ihr nicht beurteilen«, grollte Irn Tekkme, den magischen, viel zu kurzen Moment rüde zerstörend.

Etwas in Bull machte »Klick«. Von da an fuhr er wie auf Schienen. Quasi im Fernsteuer-Modus. Er sah und hörte sich selbst dabei zu, wie er der neuen Königin kalt offenbarte, dass Fran und er bei ihrem Ausflug an die Oberfläche anhand der wenigen sichtbaren Sternbilder die kosmonautische Position des Planeten Quocht ermittelt hatten.

»Vergiss nicht, wir kennen diese Galaxis. Und die ehemalige Eastside ganz besonders. Auch Rhodan und ich haben hier einmal einen Krieg geführt. Er weiß jetzt die Koordinaten eurer Zentralwelt. Perry ist ein harter Brocken, und außerdem mentalstabilisert. Dennoch …«

»Du bluffst, Bull.«

»Lass es darauf ankommen, Königin.«

Irn Tekkme schlug einem Lakaien das Tablett vom Arm, dass es quer durchs Imperiale Nest flog.

»Ich könnte, ja sollte dich für diese Anmaßung töten lassen«, dröhnte sie. »Doch ich gebe dir drei Schiffe. Den schweren Kampfpaat QUORISH und die Paateoms QUARNA und QUARM. Damit magst du dein Glück versuchen.«

Drei Schiffe. Ein Witz, dachte Reginald Bull.

Aber besser ein Witz als nichts.

101

Für den wenig wahrscheinlichen Fall einer erfolgreichen Befreiung Rhodans von Pembur wurde als Treffpunkt der unbedeutende Quochten-Außenposten Zaphitti vereinbart, wo die drei Schiffe an die Königin zurückgegeben werden sollten.

Angesichts des hohen Risikos – man konnte gut und gern von einem Himmelfahrtskommando sprechen – schlug Reginald Bull vor, die übrigen Terraner vorerst in der relativen Sicherheit der Kavernen zu belassen. Unter der Obhut von Fran Imith, die sich seiner Meinung anschloss. Desgleichen Pratton Allgame. Doch gab der ehemalige Einbrecherkönig zu bedenken, dass andererseits eine weitere Aufsplitterung der Gruppe gerade für die »Zivilisten« gefährlich sein könnte. Shim Caratech griff dieses Argument auf und trat ungestüm dafür ein, dass sie alle zusammenblieben. Wenn Bully und Perry nicht mehr zurückkamen, war ohnehin alles verloren, sagte sie. Sie habe jedenfalls keineswegs vor, auf Quocht eine Kolonie von Terranern und Ferrol-Katzen zu gründen.

Den Ausschlag sollte aber derjenige geben, von dem die anderen es am wenigsten erwartet hatten: Ausgerechnet Quartodezimus Filidor Edlervon Homphé plädierte, obwohl sichtlich mit vollen Hosen, in einer flammenden Rede für »gemeinsam Siegen oder gemeinsam Untergehen«. Dafür nähme er sogar die Belästigung durch die sieben Katzen in Kauf. »Ich persönlich«, rief er, »bin sowieso hier wie dort unnütz. Mit Bull aber würde ich bis zur Hölle und retour fliegen!«

Schließlich schwenkten Pratton, Fran und Bully um. Mars-Liner-01 wurde zu »Shimmis Katzenheim« umfunktioniert und in die QUORISH eingeladen, die das Kommandoschiff des Mini-Verbandes darstellte. Für den Flug von Quocht nach Pembur waren rund viereinhalb Tage einzukalkulieren. Sie würden also frühestens am 3. oder 4. August vor Ort sein und konnten nur hoffen, dass Perry Rhodan bis dahin durchhielt.

Und so brachen sie ein weiteres Mal auf ins Ungewisse …

Mit Überlichtgeschwindigkeit zu den Sternen

Wurmlöcher, Warp-Antrieb und Tachyonen

von Rüdiger Vaas

> Als Kind habe ich mir, wenn ich nachts im Bett lag, oft vorgestellt, was ich mit meinem Leben anfangen würde, ob ich dies oder jenes werden würde, und das Köstliche daran waren die unbegrenzten Möglichkeiten, die Jahre, die in ihrer Unvorhersagbarkeit schimmernd vor mir lagen.
>
> Alan Lightman, Physiker (1996)

> ... wir haben unsere Lust daran, uns in die Nacht des Unbekannten, in die kalte Fremde irgend einer andern Welt zu stürzen, und, wär es möglich, wir verließen der Sonne Gebiet und stürmten über des Irrsterns Grenzen hinaus.
>
> Friedrich Hölderlin, Dichter (1797)

»Beim Anblick der Sterne verfalle ich ins Träumen, genauso wie ich bei den schwarzen Punkten ins Träumen komme, die auf einer Landkarte Städte und Dörfer markieren«, hat der Maler Vincent van Gogh vor über hundert Jahren einmal gestanden. »Warum, frage ich mich, sollten die leuchtenden Punkte am Himmel nicht genauso erreichbar sein wie die schwarzen Punkte auf der Landkarte von Frankreich.« Und von dem amerikanischen Poeten Ralph Waldo Emerson stammt das Dichterwort »zum Himmelreich hinan / in einem Sprunge dann«.

Doch zu den Sternen ist es weit! Proxima Centauri, das nächstgelegene Gestirn, ist bereits 40,5 Billionen Kilometer von der Sonne entfernt – über 270000mal weiter als die Erde. Selbst das Licht mit seiner ungeheueren Geschwindigkeit von 299792,458 Kilometer pro Sekunde braucht für diese Strecke 4,3 Jahre. Eine Saturn V-Rakete, mit der die Apollo-Astronauten 1969 bis 1972 zum Mond geflogen sind, wäre dafür über 800000 Jahre unterwegs – und dann wäre der Stern aufgrund seiner Eigenbewegung gar nicht mehr dort, wo er heute steht. Das sind keine guten Aussichten, wenn wir noch zu Lebzeiten den Schein anderer Sonnen genießen wollen. Doch in der Phantasie der Science Fiction und neuerdings auch der harten Physik gibt es durchaus Möglichkeiten einer superluminalen, das heißt überlichtschnellen Fortbewegung.

Science und Fiction

»Der moderne Mensch hat ein neues Laster erfunden: die Schnelligkeit«, schrieb der britische Schriftsteller Aldous Huxley. Doch sehr zum Ärger der Science-Fiction-Freunde scheint es in der Natur eine Barriere für die Geschwindigkeit von Informationstransfer und Fortbewegung zu geben: die Lichtmauer. Doch das ist nicht das letzte Wort. Denn die Naturgesetze könnten Schlupflöcher enthalten oder gar die Existenz überlichtschneller Teilchen erfordern. Tatsächlich sind Warp-Blasen und Wurmlöcher nicht nur im Science-Fiction-Genre All-täglich, sondern im Prinzip auch von der Physik erlaubt.

Das heißt, überlichtschnelle Fortbewegungen und Informationsverbreitungen sind auf der Basis der bekannten Naturgesetze und ihrer spekulativen Erweiterungen inzwischen keineswegs reine Science Fiction mehr – obwohl sich Physiker teilweise von der Science Fiction inspirieren ließen und wiederum SF-Autoren Anregungen gegeben haben.

»Die Verbindung zwischen Science Fiction und Wissenschaft führt in beide Richtungen. Die von der Science Fiction präsentierten Ideen gehen ab und zu in wissenschaftliche

Theorien ein. Und manchmal bringt die Wissenschaft Konzepte hervor, die noch seltsamer sind als die exotischste Science Fiction«, beschreibt es Stephen Hawking, Professor an der University of Cambridge.

Der weltberühmte Theoretische Physiker und Mathematiker tauchte sogar einmal als Ehrengast in einer *Star Trek*-Folge auf: Er durfte auf dem Holodeck mit Isaac Newton, Albert Einstein und dem Androiden Data pokern – und gewinnen. »Science Fiction wie *Star Trek* ist nicht nur Unterhaltung, sondern erfüllt auch einen ›ernsten‹ Zweck: Sie erweitert die menschliche Vorstellungskraft«, sagt Hawking.

Viele andere Physiker stehen der Science Fiction ebenfalls sehr aufgeschlossen gegenüber. »Ich glaube, die Verbindung ist ganz einfach: Wir werden alle von denselben Fragen inspiriert«, sagt Lawrence Krauss, Physik-Professor an der Case Western University in Cleveland, Ohio und Autor des populärwissenschaftlichen Buches *Die Physik von Star Trek*. »Während jedoch die beste Science Fiction unser Interesse erregt, indem sie die Dramatik und die Spannung in den Was-wäre-wenn-Fragen einfängt, lässt sie die Antworten für gewöhnlich offen. Die moderne Wissenschaft hat den Schlüssel zum Wissen, was möglich ist und was nicht.«

Motivationen für den Flug zu den Sternen

Dass überlichtschnelle Signale und Raumflüge ein riesiger Fortschritt wären, braucht man keinem SF-Leser zu erklären. Und Motivationen für interstellare Weltraumflüge gibt es genug: Schon der Forscherdrang ist ein hinreichender Grund. Mit Hilfe der Überlichtgeschwindigkeit wäre die Erkundung anderer Sterne und Planeten innerhalb einer kurzen Zeit möglich – auch mit automatischen Sonden. Gibt es anderswo intelligentes Leben, wären kulturelle Anstöße nicht abschätzbarer Art die Folge.

Und wenn die Menschheit längerfristig überleben will, hat sie nur eine Chance: Sie muss die Erde verlassen. Mittelfristig schon, um der Überbevölkerung zu entgehen. Und langfristig, weil die Sonne immer heißer wird und sich schließlich aufbläht und die Erde versengt oder gar verschluckt. Doch es gibt andere Sterne, und noch in 100 Billionen Jahren – falls das Universum bis dahin nicht längst in sich zusammengestürzt und in einem Endknall vergangen ist – wird menschenähnliches Leben in ihrer Umgebung möglich sein, sogar eine galaktische oder intergalaktische Kolonisierung.

Zwar ist eine terrestrische Auswanderung auch auf der Basis von Generationenraumschiffen denkbar. Doch überlichtschnelle Reisen wären effektiver, wären die einzige Möglichkeit des stetigen Kontakts zwischen den vielen Kolonien – und sogar für einen Kurzurlaub unter fremden Sonnen interessant.

Und noch ein weiterer Grund für die Erforschung möglicher Überlichtgeschwindigkeiten darf nicht unterschätzt werden: Damit können Physiker die Tragweite, Gültigkeit und Struktur ihrer Theorien ausloten. Selbst wenn die Wissenschaft eines Tages unumstößlich nachweisen könnte, dass und warum Überlichtgeschwindigkeit eine Illusion ist, wäre das ein Erkenntnisfortschritt. Insofern ist dieser Forschungszweig, so spekulativ er teilweise auch sein mag, in jedem Fall ein lohnendes Unternehmen – gleichermaßen eine geistige Herausforderung und ein Erkunden unserer gegenwärtigen physikalischen Wissensgrenzen.

Angriff auf die Lichtmauer

Bisher können wir Menschen unsere kosmische Isolation lediglich in der Phantasie überwinden und zu den Sternen nur in Gedanken fliegen. Selbst wenn es möglich wäre, Generationenraumschiffe zu bauen und als interstellare Archen auf Reisen zu schicken, oder wagemutige Raumfahrer über Jahrtausende hinweg einzufrieren und erst am Ziel wieder aufzuwecken, könnten diese Ausflüge in unsere unmittelbare kosmische Nachbarschaft nur im Schneckentempo vorangehen.

Das schnellste jemals von Menschen geschaffene Objekt ist die im September 1977 gestartete Raumsonde Voyager 1, die gegenwärtig mit 62 000 Kilometern pro Stunde unser Sonnensystem verlässt. So beeindruckend diese Geschwindigkeit erscheint – verglichen mit der Vakuum-Lichtgeschwindigkeit c ist dies ein Schneckentempo und beträgt nicht einmal 0,006 Prozent von c. Protonen, die positiv geladenen Atomkern-Bausteine, wurden am Fermilab in Batavia, Illinois, immerhin schon auf 99,999946 Prozent von c beschleunigt.

Aber selbst ambitionierteste Antriebstechnologien wie Ionen-, Kernfusions- oder Antimaterie-Triebwerke könnten die »Mauer« der Lichtgeschwindigkeit aufgrund der Gesetze der Speziellen Relativitätstheorie niemals erreichen, da hierfür unendliche Energiemengen notwendig sind.

»Wenn ein Elektron mit dem 0,999999999999999999999999 999999999999999999999999999999999999999999fachen der Lichtgeschwindigkeit fliegt, so würde es einen mit der gleichen Wucht treffen wie ein Lastwagen, der mit normaler Geschwindigkeit fährt«, erklärt Lawrence M. Krauss. »Gewöhnliche Materie kann die Lichtgeschwindigkeit niemals erreichen.« Daran lässt sich nicht rütteln, und so hat schon mancher Physiklehrer begeisterten Raumfahrt-Enthusiasten und Science-Fiction-Lesern den Spaß verdorben.

Albert Einsteins Allgemeine Relativitätstheorie jedoch gestattet einige Schlupflöcher – sogar im Wortsinn – für scheinbar überlichtschnelle Reisen. Mit einer fortgeschrittenen Technologie könnte der Traum von einer unbeschwerlichen Raumfahrt zu den Sternen also vielleicht doch Wirklichkeit werden. Ähnlich wie Raumschiff Enterprise könnten die Weltraumkreuzer der Zukunft über die Raumzeit surfen oder förmlich durch die Dimensionen tunneln. Allerdings braucht man dafür exotische Materie oder höhere Dimensionen.

Einstein und die Überlichtgeschwindigkeit

Die Lichtgeschwindigkeit ist nach Albert Einsteins Spezieller Relativitätstheorie nicht nur eine universelle Naturkonstante, sondern auch die Grenzgeschwindigkeit für Materie. Denn man bräuchte unendlich viel Energie, um eine Masse auf c zu beschleunigen. Dennoch gibt es Schlupflöcher und Ausnahmen:

Erstens: Die Relativitätstheorie verbietet nicht die Existenz überlichtschneller Teilchen, Tachyonen genannt.

Zweitens: Sie ist auch vereinbar mit Quanteneffekten. So können sich Quantenzustände instantan, also in Nullzeit, ausbreiten (Nichtlokalität) – was beim »Beamen« ausgenützt wird. Dies darf jedoch nicht mit dem überlichtschnellen Transport von Materie wie bei *Star Trek* verwechselt werden, sondern ist eher mit einem Fax-Gerät vergleichbar, wo ein Zustand von einem Träger auf einen anderen übermittelt wird – nämlich die gefaxte Schrift, nicht aber das Papier, wobei allerdings das Original gelöscht wird.

Außerdem lassen sich durch Quantentunnel-Effekte scheinbar Signale mit einem Mehrfachen der Lichtgeschwindigkeit übertragen. (Es ist aber nicht so, dass dies der Relativitätstheorie widerspricht, denn es gibt verschiedene Arten von Geschwindigkeit, und bei diesen Experimenten wird wohl nur das Pulsmaximum des Wellenzuges verschoben, nicht jedoch dessen Frontgeschwindigkeit erhöht.) Und weiter: In einem physikalisch angeregten Lasermedium bewegen sich Quasipartikel überlichtschnell, ähnlich wie Phononen und Polaritonen in Festkörpern. Doch dies widerlegt das Relativitätsprinzip nicht, da Informationen und kausale Wechselwirkungen sich auch hier nicht überlichtschnell ausbreiten oder nutzen lassen.

Drittens: Nur wenn die Raumzeit »flach« – ohne Krümmung – ist, lässt sich die Spezielle Relativitätstheorie global anwenden, andernfalls bloß lokal, also über Bereiche, die annähernd flach sind. So ist ein Quadrat als Tangente zu einer Kugel eine gute Näherung zur Geometrie der Kugeloberfläche, wenn das Quadrat im Vergleich zum Radius der Kugel sehr klein ist. Tatsächlich können sich Objekte überlichtschnell voneinander entfernen, wenn sich der Raum zwischen ihnen ausdehnt. Das tun Galaxien an gegenüberliegenden Seiten am Himmel auch heute.

Und im ersten Sekundenbruchteil nach dem Urknall hat sich vermutlich der gesamte Weltraum überlichtschnell aufgebläht – Kosmologen sprechen von einer »Inflation«. Trotzdem gilt die Spezielle Relativitätstheorie lokal auch hier, das heißt, Teilchen mit Ruhemasse können nie einen Lichtstrahl einholen. Als Analogie stelle man sich Käfer vor, die über ein Gummituch krabbeln: Wird das Tuch auseinander gezogen, können sich die Käfer mit beliebiger Geschwindigkeit voneinander entfernen – aber nie vermag sich ein Käfer schneller als ein Lichtstrahl über das Tuch zu bewegen.

Und viertens: Künstliche Manipulationen der Raumzeit ermöglichen Schlupflöcher für überlichtschnelle Reisen: Lichtsignale lassen sich zwar in einem fairen Rennen nicht überholen. Aber mit einer Abkürzung kann man sie doch überlisten. Wurmlöcher, Warp-Antriebe und Krasnikov-Röhren sind solche Abkürzungen.

Sprünge und Flüge durch höhere Dimensionen

Abgesehen von abstrusen Treibstoffen, magnetischen Effekten, Antigravitation oder gar Psychodrogen, die es Raumfahrern entgegen Einsteins Verdikt ermöglichen, die Lichtmauer ähnlich wie die Schallmauer zu durchbrechen, lassen sich im Prinzip zwei Arten von Überlicht-Fortbewegungen unterscheiden, mit denen sich Science Fiction-Autoren schon lange behelfen, um in die weite Welt jenseits unseres Sonnensystems vorzustoßen: Sprünge und Flüge. Die PERRY RHODAN-Serie macht von beiden Techniken ausgiebigen Gebrauch, postuliert dazu aber ein höherdimensionales Kontinuum jenseits unserer vierdimensionalen Raumzeit.

Überlichtschnelle Sprünge sind Transitionen durch den Hyperraum. Diese fünfte Dimension ist bereits seit den 1940er Jahren in den amerikanischen Pulp-Magazinen *Amazing Stories* und *Astrounding Science Fiction* all-täglich und wurde später beispielsweise auch von Isaac Asimov (*Sterne wie Staub*, 1950, sowie der *Foundation*-Saga) und Robert Heinlein (*Bewohner der Milchstraße*, 1957) übernommen. Der Hyperraum wird in Nullzeit überwunden, sodass es nach der Entmaterialisierung an einem Ort praktisch zeitgleich zur Rematerialisierung an einem anderen Ort kommt. Das gilt für die Hypersprünge der Raumschiffe ebenso wie für den überlichtschnellen Transport von Lebewesen oder Gegenständen durch so genannte Transmitter (verheerende Bomben durch Transformkanonen inklusive) oder die Fähigkeit der Teleportation. Auch das Beamen im *Star Trek*-Kosmos gehört in diese Kategorie, das schon von George O. Smith in *Special Delivery* (1945) geschildert wurde.

In der schnöderen Realität unserer Gegenwartsphysik sind die nichtlokalen Effekte in der Quantenphysik ein Beispiel für diese Art der Überlichtgeschwindigkeit. Einstein sprach von »spukhaften Fernwirkungen« und bezweifelte ihre Existenz. Doch inzwischen sind sie genau gemessen und bilden auch die Grundlage für die Quantenteleportation, das »Beamen« von Quantenzuständen. Diese Art der Quantensprünge benötigt freilich keinen Hyperraum.

Überlichtschnelle Flüge sind keine Ent- und Rematerialisierungsvorgänge und brauchen Zeit – aber relativ zum vierdimensionalen Einstein-Kontinuum vollziehen sie sich mit einem Vielfachen der Lichtgeschwindigkeit. Die Schranken der Relativitätstheorie werden dadurch nicht eingerissen, aber in der Science Fiction gleichsam umschifft. So gibt es in der *Perry-Rhodan*-Serie höherdimensionale Medien, die mit geeigneten Triebwerken durchflogen werden können: Der Linearraum ist eine Art Niemandsland zwischen dem vier- und fünfdimensionalem Kontinuum, indem die Lichtgeschwindigkeit unendlich ist, so daß die Bewegungen relativ zum Einstein-Raum überlichtschnell sind. An dieser Nahtstelle zum Hyperraum sind phantastische Sternenflüge möglich – sofern der Kalup'sche Kompensationskonverter die Helden von den Effekten der instabilen Halbraumzone gut abschirmt. Ähnlich verhält es sich mit dem Dakkarraum, auch Hypersexta-Halbspur genannt. Diese Librationszone zwischen der fünften und sechsten Dimension kann mit dem Dimesextatriebwerk in vielbillionenfacher Lichtgeschwindigkeit durcheilt werden und erlaubt somit intergalaktische Spritztouren.

Für die PERRY RHODAN-Autoren liegt der dramaturgische Vorteil solcher Zwischendimensionen auf der Hand: Abenteuerliche Reiseberichte, überlichtschnelle Verfolgungsjagden und eine buchstäbliche Horizonterweiterung garantieren Spannung und Abwechslung. Zwar haben längst auch die Theoretischen Physiker unserer weniger phantasievollen Alltagswelt zusätzliche Dimensionen als Möglichkeit in Kosmologie und Elementarteilchenphysik entdeckt, doch konkrete Theorien für die intergalaktische Raumfahrt ergaben sich daraus noch nicht. Freilich bietet schon die vierdimensionale Welt der Relativitätstheorie überraschenderweise mehrere Ausflüchte aus den Fesseln der Lichtgeschwindigkeit.

Designer-Raumzeiten

»Der Weltraum ... Unendliche Weiten ... Dies sind die neuen Abenteuer des Raumschiffs Enterprise, das viele Lichtjahre von der Erde entfernt unterwegs ist, um fremde Welten zu entdecken, unbekannte Lebensformen und neue Zivilisationen. Die Enterprise dringt dabei in Galaxien vor, die nie ein Mensch zuvor gesehen hat« – aber nun Millionen können, jedenfalls auf den TV-Schirmen, über die das ab 1966 von Gene Roddenberry geschaffene Weltraumepos flimmert. Der galaktische Frieden ist dabei immer wieder gefährdet, doch wenigstens auf die Technik der Enterprise ist meistens Verlass – von den Transporterstrahlen über die Photonen-Torpedos bis zum Warp-Antrieb.

Auch sonst greift die Serie – wie Science Fiction allgemein – tief in die Kiste der exotischen Physik: Wurmlöcher, Warp-Blasen, überlichtschnelle Tachyonen, Beamen, Zeitreisen, Extradimensionen und Paralleluniversen spielen immer wieder die heimliche Hauptrolle. Überraschend ist, dass all diese Begriffe auch in die physikalische Fachliteratur Einzug gehalten haben oder sie dort sogar früher schon existierten.

Der Warp-Antrieb ist für hartgesottene Wissenschaftler, die sich mit der Wirklichkeit abkämpfen müssen, freilich nicht so einfach wie für Science Fiction-Autoren. Denn für die Physiker gilt erst recht, was selbst Scotty zu Captain Kirk unzählige Male gesagt hat: »Die Gesetze der Physik kann ich nicht ändern.« Doch vielleicht kann man sie ja ausnutzen? Tatsächlich lobt Krauss die Weitsicht von Roddenberry & Co. »Durch die Allgemeine Relativitätstheorie wird die Raumzeit dynamisch und veränderbar. Das ermöglicht es, Designer-Raumzeiten zu schaffen, in denen sich fast jede Art von Bewegung durch Raum und Zeit realisieren lässt.«

Tatsächlich sind die Designer-Raumzeiten, die Physiker in den letzten Jahren entworfen haben, mindestens so spannend wie viele Science Fiction-Filme. Als sei sie aus Teig, wird dabei die Raumzeit manipuliert – zumindest in der Theorie. Und so erscheinen in renommierten Physik-Fachzeitschriften inzwischen sogar Arbeiten zum Warp-Antrieb. (Mit Warp-Generatoren hat Chester S. Geier bereits 1948 in *The Flight of the Starling* Schiffe über die Raumzeit surfen lassen, wobei allerdings ein Hyperraum als Grenzzone zwischen dem normalen und einem »negativen« Raum als Medium des Surfens phantasiert wurde.)

Begonnen hat damit 1994 der mexikanische Physiker Miguel Alcubierre, der zu der Zeit an der University of Wales im britischen Cardiff arbeitete und später ans Max-Planck-Institut für Gravitationsphysik in Potsdam ging. Er ließ sich weniger von seiner Phantasie als von den harten Gesetzen der Allgemeinen Relativitätstheorie leiten. Tatsächlich gibt es Lösungen von Einsteins Feldgleichungen, die das Funktionsprinzip eines Warp-Antriebs beschreiben können. Und die komplexe Mathematik dahinter lässt sich sogar in einfachen Worten anschaulich machen.

Wenn es gelänge, eine Warp-Blase zu erzeugen und gezielt zu beeinflussen, wäre die Reise zu den Sternen greifbare Realität. Denn die Blase kann sich gleichsam durch die Raumzeit graben, indem sie diese so deformiert (englisch »to warp«: verzerren, krümmen), dass eine kosmische Abkürzung entsteht. Dazu muss der Raum in der Blasenwand vor dem Raumschiff gestaucht und hinter ihm gedehnt werden, während er außerhalb und innerhalb der Blase unangetastet bleibt.

»Mit einer rein lokalen Expansion der Raumzeit hinter dem Raumschiff und einer gegenüberliegenden Kontraktion vor ihm sind – von außen betrachtet – Überlichtgeschwindigkeiten möglich«, schrieb Alcubierre. »Das heißt nicht, dass sich die Beobachter im Schiff überlichtschnell bewegen« – denn innerhalb der Blase wird das Licht ja gleichsam mitgenommen. Aber von außen betrachtet tun sie es. »Das Raumschiff wird von der Erde weggedrückt und durch die Raumzeit selbst zu dem fernen Stern gezogen.« Es gleitet wie ein Surfer auf der Welle durch die flexibel gestaltete Raumzeit. Seine Geschwindigkeit hängt nur von der Expansion und Kontraktion der Warp-Blase ab.

»Man kann sich mit Überlichtgeschwindigkeit bewegen und dennoch stillsitzen«, bringt es Lawrence Krauss auf den Punkt. Man würde also keinerlei Beschleunigungskräfte spüren – ähnlich wie ein Surfer, der im Prinzip auf der Welle steht. Auch würde die Eigenzeit mit der am Start- und Zielort synchronisiert bleiben. »Das Raumschiff unterliegt keiner Zeitdilatation«, betont Alcubierre. Der Warp-Antrieb kann also vermeiden, dass auf der Erde viel mehr Zeit vergangen ist als im Raumschiff, wenn dieses zurückkehrt, was bei fast lichtschnellen Flügen der Fall wäre. Krauss: »Dann erlaubt uns die Allgemeine Relativitätstheorie doch, den Kuchen zu essen und ihn gleichzeitig zu behalten.«

Selbst bei äußerster Beanspruchung des Warp-Antriebs – und der tief gerunzelten Stirn des Chefingenieurs der ersten Stunde, Montgomery ›Scotty‹ Scott – erreichte die Enterprise »nur« Warp 9,6: Die 1909fache Lichtgeschwindigkeit (Warp 10 bedeutet unendlich schnell, Warp 5 verordnet die galaktische Verkehrspolizei). Das ist immer noch lahm verglichen mit einem nahezu unendlich schnellen Tachyonen-Triebwerk (siehe unten) und der harten Physik unserer Zeit. Wenn ein Warp-Antrieb möglich wäre, könnte man damit entgegen *Star Trek* beliebig schnell durchs All kreuzen.

Nur ist dieses »wenn« ein sehr großes WENN. Denn der Preis für einen Warp-Antrieb ist hoch – vielleicht sogar unbezahlbar. Für die Erzeugung der Warp-Blase ist nämlich exotische Materie mit negativer Masse beziehungsweise Energiedichte nötig, die keine anziehende, sondern eine abstoßende Gravitationswirkung hat. Niemand weiß, ob es so etwas im Universum gibt oder wie man ausreichende Mengen davon herstellen könnte. (Über »negative Masse« hat übrigens schon 1956 James Blish in seiner Science Fiction-Story *Nor Iron Bars* phantasiert und ein Raumschiff aus dem Normalraum geschleudert – allerdings ins Innere eines Atoms.) Im Labor ist es immerhin möglich, negative Energiedichten zu erzeugen und zu messen.

Negative Energie und die Kraft aus dem Vakuum

Schon vor über zweitausend Jahren hatten Aristoteles und seine Schüler behauptet, die Natur habe ein »horror vacui«, eine Furcht vor dem Leeren. Dies wurde im 17. Jahrhundert bezweifelt und im Rahmen der klassischen Mechanik widerlegt, aber die moderne Quantenphysik hat Aristoteles Grundgedanken doch noch bestätigt: Ein vollkommenes Nichts kann es nicht geben. Im Gegenteil – das Vakuum brodelt.

Denn selbst ein perfektes Vakuum ist nicht vollkommen leer, sondern gemäß der Heisenberg'schen Unschärferelation von unvermeidlich vorhandenen winzigen Quantenfluktuationen erfüllt, die sich Energie kurzfristig aus dem »Nichts« borgen können. Das ist wie im Wirtschaftsleben: Solange die Gesamtbilanz nicht gefährdet ist, darf man unbehelligt hin und wieder einige Konten überziehen. Virtuelle Photonen und Teilchen-Antiteilchen-Paare durchwabern also ständig den Raum. Sie tauchen plötzlich auf und verschwinden sofort wieder, ohne sich jemals einfangen zu lassen – eine spontane Paar-Entstehung und -Vernichtung. Selbst im Hochvakuum bei dem (nur theoretisch möglichen) absoluten Nullpunkt, einer Temperatur von minus 273,15 Grad Celsius, wenn also alle Wärmestrahlung verschwunden wäre, wird der leere Raum noch von solchen Quantenfluktuationen erfüllt: der so genannten Nullpunktstrahlung. Das ist keine waghalsige Spekulation, sondern experimentell bewiesen.

Wenn zwei verspiegelte Platten im Vakuum parallel ausgerichtet werden, sodass zwischen ihnen nur ein Bruchteil eines Millimeters Abstand bleibt, dann erfahren sie eine schwache elektromagnetische Kraft, die eine geringfügige Anziehung der Platten bewirkt. Vorausgesagt haben dies schon 1948 der niederländische Physiker und spätere Nobelpreisträger Hendrik Casimir und Dik Polder, die beide am Philips Laboratorium in Eindhoven arbeiteten.

Doch erst 1997 gelang es Steven K. Lamoreaux vom Los Alamos National Laboratory in New Mexiko, den Casimir-Effekt zweifelsfrei nachzuweisen. (Der einzige frühere Versuch besaß eine Ungenauigkeit von rund 100 Prozent.) Lamoreaux hatte eine der Platten durch eine goldbeschichtete Quarzkugel ersetzt und mit einer Torsionswaage die Kraft zwischen ihr und einer ebenfalls beschichteten, unbeweglichen Quarzplatte gemessen. Zwei Platten auf weniger als 1 Mikrometer (Tausendstel Millimeter) Abstand parallel zu halten, wäre zu kompliziert gewesen. Das Experiment bestätigte Casimirs Voraussage mit einem Messfehler von lediglich 5 Prozent. Bei einem Abstand von 0,75 Mikrometer betrug die induzierte Kraft etwa 1 Milliardstel Newton.

Die Ursache für den Casimir-Effekt ist das Brodeln des Vakuums. Weil gemäß des Bohr'schen Komplementaritätsprinzips Teilchen zugleich auch Wellen sind, können sich in dem Raum zwischen zwei Platten nur jene Photonen aufhalten, deren Wellenlängen ein ganzzahliger Bruchteil des Abstandes der Platten ist. Außerhalb der Platten existieren alle möglichen Wellenlängen und somit viel mehr virtuelle Teilchen. Dieser Überschuss übt eine winzige Kraft aus, die die Platten zusammendrückt. Deshalb ist die Energiedichte zwischen den Platten relativ zur Umgebung negativ. Somit gibt es weniger als nichts, wenn man »nichts« als ein perfektes Vakuum ohne Teilchen und Strahlung definiert. Denn die Energiedichte im Raum kann auch negativ sein, wie der Casimir-Effekt beweist.

Auch ein Spiegel, der rasch verschoben wird, kann einen Fluss negativer Energie erzeugen. In der Quantenoptik lässt sich durch so genannte destruktive Quanteninterferenz das Quantenrauschen unterdrücken, und die Energiedichte von Lichtwellen wird vorübergehend negativ. Und wenn ein Schwarzes Loch langsam verdampft, muss seine Abgabe von Hawking-Strahlung durch die Aufnahme von negativer Energie kompensiert werden, die durch die extreme Raumzeit-

Krümmung an seinem Rand entsteht. (Negative Energie darf nicht mit Antimaterie, der Kosmologischen Konstanten oder einem so genannten falschen Vakuum verwechselt werden, die positive Energiedichten haben, auch wenn ihre Ladungen umgekehrt sind beziehungsweise ihr Druck negativ ist.)

Obwohl die Quantentheorie die Existenz negativer Energie ermöglicht (was die so genannte schwache und Null-Energie-Bedingungen in der Relativitätstheorie verletzt), setzt sie ihr doch enge Grenzen in Größe und Dauer. Das wird mit Quanten-Ungleichungen beschrieben, die der Heisenberg'schen Unschärferelation von Energie und Zeit ähneln und besagen, dass sich negative Energie nicht beliebig lange beliebig intensiv konzentrieren lässt: je größer die negative Energiedichte, umso kleiner ihre zeitliche oder räumliche Ausdehnung, und desto größer die positive Energie als Gegenstück.

Physiker sprechen bei dem Energiedarlehen von Quantenzins: »Wie Schulden negatives Geld sind, das zurückgezahlt werden muss, so ist negative Energie ein Energiedefizit. Je größer das Darlehen, desto kleiner die maximal zulässige Darlehensdauer«, schreiben Lawrence H. Ford und Thomas A. Roman, Physik-Professoren an der Tufts University in Massachusetts und an der Central Connecticut State University. »Die Natur ist ein unerbittlicher Bankier und fordert Schulden stets zurück – Quantenschulden sogar mit Zinsaufschlag.«

Zahlreiche Studien zeigen, dass überlichtschnelle Fortbewegungen per Warp-Antrieb oder Wurmloch und Zeitreisen nur mit Hilfe von negativer Energie machbar wären.

Kosmischer Frust

Der große Rückschlag für Alcubierre und die Trekkies folgte 1996, als Larry Ford und sein Doktorand Mitchell Pfenning von der Tufts University in Medford, Massachusetts, ausrechneten, dass eine kleine Spritztour der Enterprise eine kosmische Energiekrise zur Folge hätte. Denn der Heisenberg'schen Unschärferelation zufolge besteht ein Zusammenhang zwischen Energie und Zeit. Ford hatte entdeckt, wie sich dieser Quanteneffekt bei der Anwesenheit exotischer Materie niederschlägt, und mit Pfenning berechnet, welche Energien nötig sind, um eine Warp-Blase längere Zeit stabil zu halten.

»Es gibt eine unüberwindbare Hürde. Für eine Warp-Reise benötigt die Enterprise etwa zehn Milliarden Mal mehr Energie, als die gesamte sichtbare Masse des Universums hat«, lautete Pfennings Fazit – und das, obwohl die Wand der Warp-Blase nur 10^{-31} Zentimeter dick zu sein braucht. »Ich denke nicht, dass es jemandem gelingt, einen Ausweg aus diesem Problem zu finden«, ergänzte Ford.

So schnell wollte Alcubierre jedoch nicht aufgeben: »Ford und Pfenning gehen von einem Raum aus, der zuvor nicht gekrümmt ist, und wir wissen noch zu wenig über die Quantengravitation – vielleicht kann die ja helfen.« Bis zu einer solchen Vereinigung von Quanten- und Relativitätstheorie ist der Weg zwar noch weit und steinig, aber das hält die Physiker nicht davon ab zu analysieren, was sich mit den vorhandenen Gleichungen machen lässt. Und tatsächlich sind unter bestimmten Voraussetzungen nur zehn Kilogramm exotische Materie für eine Warp-Blase nötig, berechnete später Sergei Krasnikov vom Pulkovo-Observatorium im russischen St. Petersburg.

Weitere Probleme

Doch das bedeutet noch lange kein Freiflugticket. Denn die Fahrt zu den Sternen könnte buchstäblich zur Todesfalle werden. Der Weltraum ist nicht völlig leer, und bei weiten Strecken darf die Kollisionsgefahr mit kosmischem Staub oder gar kleinen Felsbrocken nicht unterschätzt werden. Schlimmer noch: Die Warp-Blase bündelt eintreffende Strahlung auf das Schiff, und die hohe Geschwindigkeit presst die Wellenlängen so extrem zusammen, dass die Blauverschiebung riesig wird. Mit anderen Worten: Die Strahlung ist dann so energiereich, dass Captain Picard und seine Mannschaft sofort geröstet würden.

»Wo ein Wille ist, ist auch ein Weg«, dachte sich wohl Chris Van Den Broeck von der belgischen Universität Leuwen. Nach einigem Grübeln kam er auf die Idee, dass eine zweite Raumkrümmung bei der Blase als Schutzschild dienen könnte – die Broeck-Metrik war entdeckt. Sie hat einen erfreulichen Nebeneffekt: Für sie sind nur noch wenige Sonnenmassen an exotischer Materie nötig. »Das heißt nicht, dass mein Vorschlag realistisch ist, denn noch immer braucht es unvernünftig hohe Energiedichten«, gibt der Physiker zu. Doch es ist ein Schritt in die richtige Richtung.

Allerdings gibt es auch eine schlechte Nachricht: Die Blase erscheint von außen – nicht von innen! – mikroskopisch klein. Das Problem ist offensichtlich und viel gravierender als bei den Modellbau-Schiffen, die ihre Segel in den Flaschen blähen: Wie bekommt man ein Raumschiff in eine solche Broeck-Warp-Blase hinein und ohne Schaden auch wieder heraus, wenn deren Öffnung nur 10^{-30} Zentimeter groß ist?

Jose Natário von der Technischen Universität Lissabon hat vor ein paar Monaten noch mehr Salz in die Wunden der Trekkies gestreut. Zwar zeigte er, wie der Warp-Antrieb sogar ohne Expansion und Kontraktion der Raumzeit auszukommen vermag – »die Warp-Blase könnte einfach durch den Raum gleiten« –, aber der Antrieb taugt nicht für große Sprünge. »Über die technische Realisierung braucht man gar nicht mehr nachzudenken. Der Warp-Antrieb ist schon in der Theorie unmöglich.«

Das Problem ist Natário zufolge der Ereignishorizont, der durch die Überlichtgeschwindigkeit entsteht und die Warp-Blase umgibt. Er wirkt wie eine Barriere für kausale Wechselwirkungen und somit auch für jegliche Kommunikation. »Es wäre unmöglich, Signale aus der Blase herauszubekommen. Deshalb könnte man physikalische Vorgänge außerhalb der Blase nicht vom Raumschiff aus steuern.« Der Horizont verläuft sogar innerhalb der Warp-Blase, sodass die Reisenden keine Signale zu dem Teil der Blasenwand vor ihnen senden könnten.

Dadurch ist es ihnen aber unmöglich, zu steuern oder zu bremsen. »Man kann die Blase nicht einmal vom Schiff aus erzeugen«, sagt Natário. Auch würde sich am Ereignishorizont alle Strahlung stauen, die von dem Raumschiff selbst abgegeben und womöglich auf eine unendliche Energiedichte zusammengequetscht wird. Unter solch extremen Bedingungen brechen die Gesetze der Physik, wie wir sie kennen, zusammen.

»Das ist der Alptraum für Ingenieure«, kommentiert Michael Pfenning, der nun an der University of York arbeitet, und hofft, dass sich die Strahlung am Horizont doch anders verhält. Wenn nicht, wäre der Warp-Antrieb immer noch nützlich für Reisen mit fast Lichtgeschwindigkeit – zu wenig zwar, um mit Kirk & Co zu konkurrieren, aber immer noch schnell genug, um andere Welten binnen weniger Jahrzehnte zu erreichen.

Vom Traum zu den Sternen

Doch vielleicht lässt sich die Warp-Blase ja auch von außen erzeugen und lenken? »Das bedeutet allerdings, dass zunächst jemand zum Reiseziel mit Unterlichtgeschwindigkeit hinfliegen müsste«, sagt Pfenning. »Damit der Raum vor einem kollabiert, muss man dafür sorgen, dass es überall dort die richtige Materieanordnung gibt. Zu diesem Zweck muss man mindestens ein Signal den ganzen Weg durch diesen Raum schicken«, ergänzt Krauss. »So könnte man zwar im Prinzip beliebig schnell reisen, wenn die Warp-Front vor einem erst einmal angefangen hat zu kollabieren, doch der Countdown zum Start würde 1000 Jahre dauern.«

In eine zufällig vorbeifliegende Warp-Blase einzusteigen, scheint nicht ratsam, selbst wenn sich so etwas realisieren ließe. Denn das wäre ein kosmisches Trampen zu unbekannten Gestaden ohne Rückflugticket. Und einen ganzen Warp-Schlauch vom Start bis zum Ziel zu legen – eine Art Überlicht-Untergrundbahn: eine Röhre aus modifizierter Raumzeit, wie sie Sergei Krasnikov vorgeschlagen hat und die Autoren Larry Niven und Jerry Pournelle mit ihren »Tramlinien« in *Der Splitter im Auge Gottes* (1974) in gewisser

Weise schon vorwegnahmen –, würde es auch erforderlich machen, erst einmal mit Unterlichtgeschwindigkeit dorthin zu fliegen. Doch selbst dann müsste die Schnellbahntrasse wohl Utopie bleiben. Krasnikov hat nämlich ausgerechnet, dass für einen Warp-Schlauch bis zum nächsten Stern 10^{44} Sonnenmassen an negativer Masse benötigt würden. Zum Vergleich: Im sichtbaren Universum gibt es »nur« 10^{22} (positive!) Sonnenmassen Materie.

Doch das letzte Wort ist noch nicht gesprochen, und die Trekkies haben das große Ziel eines ESAA-Antriebs keineswegs aufgegeben. Mit viel Einfallsreichtum basteln sie an immer neuen Designer-Raumzeiten, denken über Miniatur-Modellantriebe mit Hilfe exotischer Materiezustände wie des Bose-Einstein-Kondensats im Labor nach und hoffen, dass die Naturgesetze es doch ermöglichen, mit Quanteneffekten und raffinierten Metriken den Energieverbrauch eines Warp-Antriebs zu verringern und seine prinzipielle Praktikabilität nachzuweisen. Der Name ist Programm: Die Abkürzung ESAA steht für »Ex Somnium Ad Astra«: vom Traum zu den Sternen.

Kosmische Schlupflöcher

»Sie stürzten. Plötzlich war der Himmel voller Sterne. Ellie konnte eine gewaltige Spiralwolke aus Staub erkennen, die anscheinend in ein Schwarzes Loch von schwindelerregenden Ausmaßen floss und aus der Strahlungsblitze schossen wie Wetterleuchten in einer Sommernacht. Wenn dies das Zentrum der Galaxis war, wie sie vermutete, musste es von Synchrotronstrahlung überflutet sein. Sie hoffte, dass die Außerirdischen daran gedacht hatten, wie empfindlich Menschen waren.«

So hat Carl Sagan die erste Reise von Menschen zu den Sternen beschrieben. Mit seinem 1985 erschienenen und 1997 verfilmten Roman *Contact* hat der im Dezember 1996 verstorbene Professor für Astronomie und Weltraumwissenschaften einen Ausflug ins Genre der Science Fiction-Literatur unternommen. Sein Thema: Die Erde empfängt eine außerirdische Funkbotschaft, die die Bauanleitung einer Maschine enthält. Sie ermöglicht es einigen Forschern, sich geradezu einen Weg durchs Weltall zu bohren.

Carl Sagan wollte die Einschränkungen der »Lichtmauer« in der Speziellen Relativitätstheorie nicht akzeptieren, die Weltraumreise aber trotzdem so schildern, dass sie nicht im Widerspruch mit den bekannten Naturgesetzen stand. Deshalb schickte er 1984 das fast fertige Manuskript seinem Freund Kip Thorne, der als Professor für Theoretische Physik am California Institute for Technology in Pasadena arbeitet, und bat ihn um Rat. Vielleicht könnten Schwarze Löcher weiterhelfen, deren Zentren theoretisch mit anderen Regionen des Weltalls in Kontakt stehen könnten.

»Es machte Spaß, Carls Roman zu lesen, doch gab es da tatsächlich ein Problem«, erinnert sich Thorne. »Carl, der kein Experte auf dem Gebiet der Relativität war, kannte offenbar die Ergebnisse der Störungsrechnungen nicht: Es ist unmöglich, vom Zentrum eines Schwarzen Lochs in einen anderen Teil des Universums zu reisen. Jedes Schwarze Loch wird ständig von kleinen Vakuumfluktuationen und winzigen Mengen von Strahlung bombardiert. Die Berechnungen besagten eindeutig, dass jedes Raumschiff von der Strahlung zerstört würde. Carl musste seinen Roman abändern.«

Schwarze Löcher kommen auch aus anderen Gründen nicht für intergalaktische Ausflüge in Betracht. Ihre Gravitation ist nämlich so hoch, dass einem Schwarzen Loch nichts mehr entkommen kann, was einmal seine Grenze – den Ereignishorizont – passiert hat. Selbst wenn einfallsreiche Wissenschaftler eine Möglichkeit finden würden, unversehrt in ein Schwarzes Loch zu gelangen, das mit einem Schwarzen Loch irgendwo anders in Verbindung stünde, wären die Raumfahrer für alle Ewigkeit zu einem schrecklichen Nomadendasein im düsteren Niemandsland der Schwerkraftfallen verurteilt.

»Doch es käme noch schlimmer«, erklärt Matt Visser, der sich als Physik-Professor an der Washington University in Sankt Louis der Erforschung der Wurmlöcher zuwandte: »Es gibt meistens hässliche Dinge hinter Ereignishorizonten. Innere Horizonte beispielsweise sind in der Regel instabil, und Versuche, sie zu durchqueren führen im Allgemeinen dazu, dass der Reisende gekocht wird. So genannte Krümmungssingularitäten zermalmen jeden, der sie trifft. Und selbst wer sie umgeht, wird von den Gezeitenkräften in blutige Fetzen gerissen.«

Auf einer langen Autofahrt kam Kip Thorne jedoch die entscheidende Idee: Einsteins Relativitätstheorie gestattet im wahrsten Sinn des Wortes ein Schlupfloch für überlichtschnelle Reisen.

Tatsächlich gelang es Thorne zusammen mit seinem Doktoranden Michael Morris später zu beschreiben, wie zwei weit entfernte Regionen im All miteinander in Verbindung stehen könnten. Solche Raumzeit-Tunnel waren früher schon von anderen Wissenschaftlern untersucht worden. Thornes einstiger Doktorvater John Archibald Wheeler, der an der amerikanischen Princeton University lehrte, und auf den auch der Begriff »Schwarzes Loch« zurückgeht, hatte sie 1957 mit den Kanälen von Würmern in Äpfeln verglichen und als »Wurmlöcher« bezeichnet.

»Ein Wurmloch ist eine tunnelartige Verbindung durch die Einstein'sche Raumzeit, vergleichbar mit den Kanälen, die ein Wurm durch einen Newton'schen Apfel bohrt«, erklärt William A. Hiscock schmunzelnd. »Bislang sind Wurmlöcher nur theoretische Konstrukte, aber sie helfen uns, mögliche Randbedingungen der Allgemeinen Relativitätstheorie auszuloten und Effekte einer künftigen Theorie der Quantengravitation zu erschließen«, führt der Physik-Professor an der Montana State University in Bozeman weiter aus

Außerdem eignen sich Wurmlöcher sehr gut, um die Relativitätstheorie zu unterrichten und junge Studenten anzuziehen, für die die Science Fiction-Exotik dieser Gebilde offenbar sehr attraktiv ist. Doch dies ist nicht alles: Wenn es makroskopische, stabile Wurmlöcher gäbe, würde das auch ungeahnte praktische Möglichkeiten eröffnen – Reisen in ferne Regionen unseres Universums oder gar in andere Universen. Denn Wurmlöcher sind theoretisch befahrbare kosmische Abkürzungen und bieten momentan die besten Aussichten für überlichtschnelle Fortbewegungen. Freilich ist dies in der Geschichte ihrer Erforschung erst spät entdeckt worden.

Eine kurze Geschichte der Wurmlöcher

1915/16: Albert Einstein veröffentlicht die Allgemeine Relativitätstheorie.

1916: Karl Schwarzschild entdeckt Schwarze Löcher als eine spezielle Lösung der Einstein'schen Feldgleichungen.

1916: Ludwig Flamm beschreibt sie als Wurmlöcher.

1928: Hermann Weyl spekuliert über Eigenschaften von Wurmlöchern.

1935: Albert Einstein und Nathan Rosen versuchen Elementarteilchen als Tunnel durch den Raum zu beschreiben (Einstein-Rosen-Brücken); später stellt sich heraus, das dies nur eine andere Darstellungsweise Schwarzer Löcher ist.

1955: John Archibald Wheeler veröffentlicht die erste Zeichnung eines Wurmlochs.

1957: Wheeler prägt den Namen »Wurmloch« und vermutet, solche Gebilde würden der Raumzeit auf kleinsten Skalen eine »schaumartige« Struktur verleihen.

1963: Roy Kerr beschreibt die Metrik rotierender Schwarzer Löcher. Die ringförmige Singularität in ihrem Zentrum kann als Tor zu weit entfernten Raumregionen interpretiert werden.

1984/85: Kip Thorne liest 1985 Carl Sagans Roman *Contact* vorab und entdeckt, wie sich Wurmlöcher als Flugschneisen durch das Universum nutzbar machen lassen.

1988: Thorne und Michael Morris veröffentlichen die erste wissenschaftliche Arbeit über befahrbare Wurmlöcher und lösen eine rege Forschungsaktivität aus, die bis heute anhält; seither wurden zahlreiche andere Wurmloch-Typen beschrieben und ihre Bedeutung als Zeitmaschinen untersucht.

1988: Stephen Hawking und andere erweitern Wheelers Ansatz von Wurmlöchern als Merkmale des Raumzeit-Schaums.

1993: Thomas Roman überlegt, ob sich mikroskopische Wurmlöcher spontan während einer Inflationsphase vergrößern können.

1995: Claudio Maccone erforscht magnetische Wurmlöcher.

1995: Matt Visser veröffentlicht sein Buch *Lorentzian Wormholes* – immer noch das Standardwerk über die Physik der Wurmlöcher.

1997: David Hochberg, Arkadiy Popov und Sergey V. Sushkov zeigen, dass Quanteneffekte ausreichend sein könnten, um den Wurmloch-Schlund offen zu halten.

2001: Sergei Krasnikov meint, ein Wurmloch wäre in der Lage, exotische Materie selbst zu erzeugen.

2002: José Martins Salim und seine Kollegen berechnen, dass magnetische Monopole ein Wurmloch ohne exotische Materie stabilisieren könnten.

2002: Wolfgang Graf findet Wurmloch-Lösungen ohne exotische Materie in einer alternativen Schwerkraft-Theorie.

2002: Sean A. Hayward und Hisa-aki Shinkai gelingt es, die Wurmloch-Dynamik im Computer zu simulieren. Sie zeigen, dass Wurmlöcher eng mit Schwarzen Löchern verwandt sind. Wenn zu viel Materie hineinstürzt oder negative Energie sich zerstreut, kollabieren Wurmlöcher rasch zu Schwarzen Löchern, die wiederum mit Geisterstrahlung aus negativer Energie zu Wurmlöchern umgewandelt werden könnten.

2003: Matt Visser, Sayan Kar und Naresh Dadhich entdecken, dass die Gesamtmasse der exotischen Materie beliebig gering sein kann.

Befahrbare Wurmlöcher

Wurmlöcher lassen sich theoretisch als Abkürzungen benutzen, um ferne Regionen im All zu erreichen oder sogar in andere Universen vorzustoßen (oder auch, um Energie und Materie aus Schwarzen Löchern zu holen). Dadurch könnte man die Barriere der Lichtgeschwindigkeit austricksen.

Für die Praxis intergalaktischer Raumflüge sind allerdings nicht x-beliebige Wurmlöcher brauchbar, sondern spezielle Voraussetzungen erforderlich, die eine sichere Durchfahrt gewährleisten: Das Wurmloch muss statisch und stabil sein, darf also nicht einstürzen. Es darf nicht von einem Ereignishorizont umhüllt werden, sonst könnte man nicht mehr herausfliegen. Die Gravitationskräfte müssen klein sein, sonst würde man durch die Gezeitenkräfte zerrissen werden. Die Reise durch das Loch sollte maximal ein Jahr dauern. Der Bau sollte in einem vertretbaren Zeitraum möglich sein und keine unendlichen Mengen an Materie und Energie verschlingen.

Tatsächlich fanden Thorne und Morris eine einfache sphärische Lösung der Einstein-Gleichungen, deren Geometrie einer Sanduhr mit zwei abgeflachten Becken und einer engen Passage dazwischen entspricht. Später zeigten Matt Visser und andere Forscher, dass es auch andere befahrbare Wurmlöcher geben könnte. Ein Modell Vissers ähnelt beispielsweise einer – allerdings vierdimensionalen – eckigen Garnspule mit einer rechteckigen Passage, die viel sicherer wäre als das Sanduhr-Modell. (Übrigens würde sie einem Raumfahrer wie die schwarzen Quader erscheinen, die Arthur C. Clarke 1968 in seinem Science Fiction-Roman *2001 – Odyssee im Weltraum* als Sternentore geschildert hat.)

Eine weitere Möglichkeit wurde als »chirurgisches Schwarzschild-Modell« bezeichnet. Hier muss man von einem Schwarzen Loch gleichsam Ereignishorizont und das als Singularität bezeichnete Zentrum herausschneiden wie Schale und Kernhaus bei einem Apfel. Dann werden die gegenüberliegenden Regionen mit einem Zentralschacht verbunden. Inzwischen gibt es zahlreiche »natürlichere« Wurmloch-Lösungen, die weniger artifiziell anmuten als das erste, von Morris und

Thorne gleichsam – mathematisch – von Hand zusammengebastelte (die neuesten Computersimulationen zufolge übrigens trotz der exotischen Materie nicht stabil ist). Auch in alternativen, das heißt von der Allgemeinen Relativitätstheorie abweichenden Gravitationstheorien (wie Brans-Dicke, Einstein-Gauss-Bonnet, höherdimensionalen, String- oder Branen-Szenarien) wurden Wurmloch-Lösungen gefunden.

Das alles klingt selbst für hartgesottene Wissenschaftler ziemlich abenteuerlich. Völlig zurecht. »Wurmlöcher sind spekulative Physik«, betont Matt Visser. »Es gibt keinen einzigen experimentellen Hinweis, dass sie existieren. Aber sie sind eine Erweiterung der bekannten Physik, ohne dass neue physikalische Prinzipien oder fundamental neue Theorien erforderlich wären.« Deshalb empfiehlt Visser die Wurmlochphysik fortgeschrittenen Studenten, um daran ihre Fertigkeiten im Umgang mit dem mathematischen Handwerkszeug der Relativitätstheorie zu üben. »Es gibt aber auch Leute, die vor Schrecken ihre Hände über dem Kopf zusammenschlagen angesichts solcher Verrücktheiten.«

Die Faszination überwiegt jedoch – das beweist bereits die große Zahl wissenschaftlicher Veröffentlichungen zum Thema. Inzwischen sind einige Hundert Artikel in renommierten Fachzeitschriften erschienen. »Dieser Forschungszweig ist enorm gewachsen und beinahe außer Kontrolle«, schrieben José P. S. Lemos vom Centro Multidisciplinar de Astrofísica im portugiesischen Lissabon und seine Kollegen in einem 2003 erschienenen Überblicksartikel.

In jedem Fall sind Wurmlöcher eine abenteuerliche Möglichkeit, die Tragweite der Allgemeinen Relativitätstheorie auszuloten. Auch könnten sie zu Problemen mit der Kausalität und zu Zeitparadoxien führen, was wiederum für ein Verständnis von den Grundlagen der Physik von enormer Bedeutung ist. Überhaupt würde die Vorhersagbarkeit – wie schon im quantenmechanischen Indeterminismus – durch überlichtschnelle Kommunikation oder Fortbewegung auf eine fundamentale Weise eingeschränkt. Doch das sind momentan primär philosophische Aspekte. Für eine praktische Nutzung stellen Wurmlöcher Wissenschaft und Technik freilich ebenfalls vor große Herausforderungen. Was wäre zu tun?

Anleitungen für Ingenieure

Verschiedene Möglichkeiten sind denkbar: Bestehende kosmische Wurmlöcher nützen; oder Wurmlöcher aus dem Raumzeitschaum hervorholen und vergrößern; oder ein Schwarzes Loch in ein passierbares Wurmloch umwandeln; oder die Raumzeit ohne Risse zu einem Wurmloch verformen.

»Am besten ist es wohl, ein Wurmloch zu finden, das bereits mit dem Urknall in die Struktur der Raumzeit verwoben wurde, und es dann so zu modifizieren, dass es für eine Reise tauglich wird«, schmunzelt Matt Visser. »Das würde freilich die Nützlichkeit eines solchen Wurmlochs stark einschränken, da es sich kaum kontrollieren ließe, wohin es führt. Außerdem erinnert mich diese Strategie an das Rezept für einen Drachenbraten: Zunächst nehme man einen Drachen ...«

Eine Hauptschwierigkeit ist die Stabilisierung des Schlundes. »Die einzige Möglichkeit, ein Wurmloch offen zu halten, besteht darin, es mit einem Material zu durchsetzen, das durch seine Gravitation die Wände auseinander drückt«, erklärt Thorne. Ein solches Material ist exotische Materie mit negativer Energiedichte beziehungsweise negativer Masse. Dadurch entsteht eine gravitative Abstoßung. Ohne sie würde schon die geringste Störung, beispielsweise ein herannahendes Raumschiff, das Wurmloch zum Einsturz bringen. Um das zu verhindern, muss mit Hilfe der exotischen Materie ein gewaltiger negativer Druck aufgebaut werden, der sich als hohe mechanische Spannung bemerkbar macht.

Für eine Öffnung von sechs Kilometer Durchmesser sind Drücke von 10^{32} Kilogramm pro Quadratzentimeter notwendig. Das entspricht etwa den Verhältnissen im Inneren eines Neutronensterns. Bei einer hundert Meter weiten Passage ist der Wert noch zehntausendmal höher. Daraus folgt, dass die Spannung, die das Wurmloch am Einsturz hindern soll, mindestens 10^{17} Mal größer sein muss als die Dichte der Substanz, mit der das Wurmloch gebaut wird. Ein solches Material ist bislang unbekannt. Ein Stahlstab hat zum Beispiel eine Zugfestigkeit von etwa 10000 Kilogramm pro Quadratzentimeter – das ist nur ein Hundertmilliardstel des erforderlichen Wertes. Für ein Morris-Thorne-Wurmloch mit einem Meter Durchmesser bräuchte man bereits exotische Materie von der Masse des Riesenplaneten Jupiter.

Die Antischwerkraft der exotischen Materie könnte also den Raumzeit-Tunnel offen halten. Das ließe sich übrigens daran erkennen, dass ein Lichtstrahlenbündel, das in das Wurmloch fällt, sich zunächst zusammenzieht und nach dem Durchdringen des Tunnels wieder auffächert. Hier wirkt das Wurmloch folglich wie eine Zerstreuungslinse.

Diese bizarre Eigenschaft eines Wurmlochs hat immerhin den Vorteil, dass sich kosmische Wurmlöcher über weite Entfernungen hin bemerkbar machen würden. Astronomen sprechen schon von »exotischen Sternen« oder von GNACHOs (Gravitationally Negative Anomalous Compact Halo Objects), haben bislang aber keine im Halo der Milchstraße gefunden. Die negative Masse am Wurmlochschlund erzeugt einen charakteristischen Gravitationslinseneffekt. Das hat Igor Novikov berechnet, ein russischer Physiker, der heute an der Universität von Kopenhagen in Dänemark forscht. Der Effekt würde zu so genannten Kaustiken führen, die sich als zwei Helligkeitsanstiege eines Sterns bemerkbar machen müssten, wenn das Wurmloch zufällig vor diesem Hintergrundstern vorbeiziehen würde.

»Wenn beim Urknall keine Wurmlöcher entstanden wären, könnte man versuchen, sie auf zweierlei Art zu erzeugen«, überlegt Thorne: »Auf einem quantenmechanischen Weg – Wurmlöcher werden aus dem Raumzeitschaum hervorgeholt. Und auf einem klassischen Weg – die Raumzeit wird ohne Risse verformt.«

Der klassische Weg wäre, die Raumzeit wie Knetmasse zu biegen. Dabei könnte theoretisch direkt ein Wurmloch in sie hineingeknotet werden (vielleicht könnte man auch zwei Löcher hineinreißen und diese irgendwie verbinden). Allerdings bräuchte man immer noch exotische Materie, um den

Tunnel aufrechterhalten zu können. »Außerdem verstehen wir die Allgemeine Relativitätstheorie gut genug, um sagen zu können, dass die klassische Methode der Erzeugung von Wurmlöchern die Zeit so stark verzerrt, dass Zeitreisen möglich wären«, schränkt Thorne ein. Hinter der Vorstellung von Zeitmaschinen lauert für Physiker jedoch der Alptraum von Zeitparadoxien.

Der quantenmechanische Weg erscheint vielversprechender, weil er auch das Problem der negativen Energiedichte lösen könnte. Hierfür ist es aber nötig, eine Theorie der Quantengravitation zu finden, die die beiden Fundamente der modernen Physik, die Allgemeine Relativitätstheorie und die Quantentheorie, vereinigt. Dazu gibt es bislang nur einige vage Ansätze. Sie zeigen immerhin, dass die Raumzeit auf der so genannten Planck-Skala – das heißt bei Längen von 10^{-33} Zentimeter und Zeiten von 10^{-43} Sekunden – eine schaumartige Form annimmt.

John Wheeler beschrieb das submikroskopische Vakuum als ein brodelndes Meer von geometrischen Möglichkeiten, das mit winzigen Wurmlöchern durchsetzt ist und davon geradezu wimmelt. Sie entstehen und vergehen ständig auf den kleinsten Skalen der Natur aufgrund quantenphysikalischer Ereignisse, glauben Stephen Hawking und andere Physiker. Vielleicht lässt sich ein Weg finden, ein solches Gebilde zu einem befahrbaren Wurmloch aufzublasen, also irgendwie drastisch zu vergrößern und gleichzeitig zu stabilisieren. Mit dem Mechanismus der Inflation – einer überlichtschnellen Raumausdehnung, die einst unser Universum groß gemacht haben soll – wäre das denkbar. Eine solche Inflation kann sogar natürlicherweise geschehen – die Schwierigkeit wäre dann nur, sie rechtzeitig zu stoppen.

Matt Visser hat zudem vorgeschlagen, das Wurmloch mit einem kosmischen String offen zu halten, wenn es aus dem Quantenschaum expandiert. Solche schleifenartigen Gebilde aus dem so genannten »falschen Vakuum« kurz nach dem Urknall müsste man freilich auch erst einmal finden. Außerdem hat bislang kein Wissenschaftler ausreichend Vorstellungskraft entwickelt, um sich eine Anleitung für ein solches Unternehmen auszudenken. Auch Carl Sagan zog sich in seinem Roman *Contact* raffiniert aus der Affäre, indem er für den Bau der Weltraum-U-Bahnen eine uralte, enorm fortgeschrittene und längst verschwundene Zivilisation verantwortlich machte.

Bislang tappen die Theoretiker also noch weitgehend im Dunkeln. Das hindert sie freilich nicht daran, über Anwendungsmöglichkeiten von Wurmlöchern zu spekulieren. Solche Raumzeit-Verbindungen würden sich nicht nur dazu eignen, um recht schnell weite Strecken zurückzulegen und damit ausgedehnte Forschungsreisen durchzuführen, ferne Welten zu besiedeln und andere Völker der Galaxis zu besuchen. Wurmloch-Passagen lassen sich vielleicht auch in Schwarze Löcher legen. Damit wäre es möglich, Ausflüge in die Schwerkraftfallen zu unternehmen, diese zu erkunden und wohlbehalten wieder zurückzukehren. Vor allem aber könnte man Materie und Energie aus den Schwarzen Löchern heraussaugen und über die Wurmloch-Pipelines direkt an die Verbrauchsorte transportieren. Alle Energieprobleme wären für lange Zeit gelöst.

Alternativen zur exotischen Materie

»Wurmlöcher sind im Detail von Experten studiert worden und würden, wenn sie existierten, so ähnlich aussehen wie das Wurmloch in *Star Trek: Deep Space 9*«, sagt Matt Visser. »Aber man sollte nicht vergessen, dass die Filme zur Unterhaltung da sind und man keine konkreten Lehren für die Physik daraus ziehen kann.« Immerhin sind Wurmlöcher die bislang besten Kandidaten für überlichtschnelles Reisen. Visser: »Die gute Nachricht nach über zehn Jahren harter Forschungsarbeit ist, dass man nicht beweisen kann, dass sie nicht existieren. Die schlechte Nachricht ist, dass sie, wenn sie überhaupt existieren, riesige Mengen an negativer Energie brauchen, damit sie offen und befahrbar bleiben. Obwohl wir im Labor geringe Mengen erzeugen können, erscheint es hoffnungslos, mit gegenwärtigen Technologien ein großes Wurmloch offen zu halten.«

Um beispielsweise den Schlund eines Wurmlochs mit nur einem Meter Radius zu stabilisieren, braucht man ein negatives Energieband, das nur 10^{-21} Meter dick sein darf – ein Millionstel des Durchmessers eines Protons. Dazu wäre jedoch alle Energie nötig, die zehn Milliarden Sterne in einem Jahr erzeugen. Und das Hundertfache davon wäre für die Stabilisierung eines hundertmal größeren Schlunds erforderlich.

Doch in den letzten Jahren haben Theoretiker beachtliche Fortschritte erzielt. So errechnete Sergei Krasnikov, dass ein Wurmloch die exotische Materie selbst erzeugen könnte, »und zwar in ausreichender Menge, um es für Reisen hinreichend groß zu machen«. Und Matt Visser, der inzwischen zur Victoria University in Wellington, Neuseeland, gewechselt ist, hat mit den indischen Physikern Sayan Kar und Naresh Dadhich errechnet, dass die Gesamtmasse der exotischen Materie beliebig gering ausfallen kann, wenn eine geeignete Wurmloch-Geometrie gewählt wird.

Und vielleicht geht es sogar ganz ohne exotische Materie. Claudio Maccone von der italienischen Weltraumtechnologie-Firma Alenia Spazio favorisiert magnetische Wurmlöcher. Er stützt sich dabei auf Arbeiten von Tullio Levi-Civita aus dem Jahr 1918. Dieser fand damals eine exakte Lösung der Allgemeinen Relativitätstheorie für die Magnetogravitation: Magnetfelder, die etwa entlang einer zylinderförmigen Metallspule entstehen, können den Raum krümmen. Für die Stabilisierung eines ein Meter großen Wurmlochs im Labor wären freilich schon Feldstärken in der Größenordnung von 10^{18} Tesla nötig – 100 000 Tesla ist das technisch mögliche Maximum heute. Vielleicht lassen sich Magnetfelder an der Oberfläche eines Neutronensterns verwenden, doch auch sie erreichen maximal eine Milliarde Tesla. Visser zufolge hat Maccones Vorschlag noch eine prinzipiellere Schwierigkeit. Er beschreibt ein sphärisches, geschlossenes Wurmloch, aus dem man nur hinaus kann, wenn man es an den Polen aufschneidet. Doch dann müsse der Raum sich um sich selbst falten, und dazwischen müsste exotische Materie sein.

Aber der Magnetismus könnte dennoch einen Ausweg bieten. Ein brasilianisches Physiker-Team in Rio de Janeiro um

José Martins Salim fand, dass unter gewissen, umstrittenen Annahmen auch magnetische Monopole ein Wurmloch stabilisieren könnten. Solche isolierten Süd- und Nordpole sind vermutlich kurz nach dem Urknall entstanden. »Mit einem Monopol ließe sich der negative Druck für ein Wurmloch erzeugen«, sagt Salim. »Und ein befahrbares Wurmloch ließe sich allein mit einem Magnetfeld aufrecht erhalten.« Dazu wäre negative Energie nicht notwendig.

Vielleicht könnte sich das Problem auch in einer besseren beziehungsweise erweiterten Theorie der Schwerkraft erübrigen. Denn die Allgemeine Relativitätstheorie – mit der Quantentheorie die erfolgreichste physikalische Theorie überhaupt –, muss keineswegs das letzte Wort sein und gelangt im hochenergetischen und kleinräumigen Bereich der Quantengravitation ja ohnehin an ihre Grenzen. So modifizierte Wolfgang Graf von der Universität Wien versuchsweise Einsteins Gleichungen unter der von der String-Theorie motivierten Annahme, dass ein bislang unbekanntes Skalarfeld (Dilaton) die Raumzeit beeinflusst, was als Kopplung mit dem so genannten Metrik-Tensor in den Feldgleichungen beschrieben wird. In dieser – freilich spekulativen – neuen geometrischen Gravitationstheorie lassen sich ebenfalls Wurmlöcher beschreiben.

»Doch hier greifen die Theoreme der Allgemeinen Relativitätstheorie nicht, welche exotische Materie als notwendiges Übel vorhersagen«, freut sich der Physiker über seine überraschende Entdeckung. Ob die von ihm gefundenen elektromagnetisch geladenen Wurmlöcher stabil sind – eine notwendige Bedingung, um sie durchfliegen zu können –, ist noch ungeklärt, da sie bislang nur als statische, also zeitunabhängige Lösung berechnet wurden. »Unter Umständen könnte eine kleine Störung zu einer Implosion oder Explosion führen«, räumt Graf ein. »Dennoch bin ich aufgrund ihrer sonstigen Eigenschaften zuversichtlich, dass diese Wurmlöcher stabil sind.«

Dynamische Wurmlöcher – also ihr zeitabhängiges Verhalten – werden erst seit kurzem studiert. Dazu sind komplizierte Computersimulationen und pfiffige mathematische Gleichungen notwendig. Aber der Aufwand lohnt sich!

So zeigten Sean A. Hayward von der Ewha Womans University in Seoul, Korea, und Hisa-aki Shinkai vom Riken-Institut of Physical and Chemical Research in Wako, Japan, mit detaillierten Computersimulationen, dass eine enge Verwandtschaft von Wurmlöchern mit Schwarzen Löchern besteht: Wenn zu viel Materie hineinstürzt oder sich ihre negative Energie zerstreut, kollabiert ein Wurmloch rasch zu einem Schwarzen Loch. Und wenn auf zwei gegenüberliegenden Seiten eines Schwarzen Lochs ausreichende Mengen so genannter Geisterstrahlung aus negativer Energie trifft, kann es vorübergehend in ein – sogar passierbares – Wurmloch umgewandelt werden. Überfüttert man ein Wurmloch mit negativer Energie, bläht es sich zu einem inflationären, also exponentiell expandierendem Universum auf – dieser Mechanismus würde es auch ermöglichen, mikroskopische Wurmlöcher aus dem Raumzeit-Schaum auf eine befahrbare Größe aufzublasen.

»Stabile Wurmlöcher können mit einer geeigneten Balance von positiver und negativer Energie betrieben und aufrecht erhalten sowie mit diesen Energien vergrößert oder verkleinert werden«, fasst Hayward die neuen Erkenntnisse zusammen. Die Details dieser Dynamik hängen freilich stark ab von den Modellen für exotische Materie sowie von kosmologischen Hintergrund-Annahmen (etwa der Existenz einer Kosmologischen Konstanten) und der zugrunde liegenden Gravitationstheorie.

»Das Studium der Wurmlöcher ist eine ernsthafte Angelegenheit«, sagt Hayward. »Denn es erweitert unser Verständnis von der Schwerkraft, wenn die üblichen Energiebedingungen nicht erfüllt sind, etwa wegen Quanteneffekten wie Hawking-Strahlung und Casimir-Effekt, und damit lassen sich auch alternative Gravitationstheorien erkunden, etwa die Branen-

Weltmodelle der Stringtheorie.« Was uns heute noch exotisch erscheint, an das haben wir uns vielleicht morgen schon gewöhnt. »Wissenschaft kann seltsamer sein als Science Fiction. Schwarze Löcher sind inzwischen allgemein akzeptierte astrophysikalische Realitäten, während befahrbare Wurmlöcher als unphysikalische theoretische Kuriositäten abgestempelt werden – wie einst Schwarze Löcher. Die duale Natur beider erfordert eine neue Sicht. Wurmlöcher sind lediglich Schwarze Löcher mit negativer Energiedichte.«

Fazit: Im Rahmen der Allgemeinen Relativitätstheorie sind überlichtschnelle Fortbewegungen nach heutigem Wissensstand nicht ausgeschlossen. Und Wurmlöcher sind die momentan erfolgversprechendsten und am besten verstandenen Tunnel durch die Dimensionen. Bis zum Praxistest wird freilich noch etwas Geduld nötig sein. »Da es unwahrscheinlich ist, dass die Wurmloch-Technologie noch zu unseren Lebzeiten ausreift, empfehle ich vorerst einen guten Science Fiction-Roman für eine abenteuerliche Fahrt durch das Universum«, rät Paul Halpern, Physik-Professor in Philadelphia, augenzwinkernd.

Doch vielleicht existieren bereits im Rahmen der Speziellen Relativitätstheorie Geschwindigkeiten jenseits der Lichtmauer?

Tachyonen – die überlichtschnellen Geisterteilchen

Nicht obwohl, sondern weil er ein sehr toleranter Mann ist, trägt Robert Ehrlich gern ein T-Shirt mit einem Verbotsschild. »Ban tardycentrism«, steht da in großen Buchstaben, »Tardyzentrismus verboten«. Der Physik-Professor an der George Mason University in Fairfax, Virginia, genießt die irritierten Blicke seiner Mitmenschen. Nur wenige sind mit Tardyonen vertraut – neuerdings auch Bradyonen genannt –, obwohl sie diese ständig am und im Körper tragen. Denn der Begriff umfasst alle Teilchen, die eine Masse haben und langsamer als Lichtgeschwindigkeit sind.

Dem stehen die Luxonen gegenüber – Partikel ohne Ruhemasse, die sich lichtschnell bewegen. Dazu gehören neben den Photonen (»Lichtteilchen«) auch die noch hypothetischen Gravitonen, die Überträger der Schwerkraft. Doch Ehrlich will nicht glauben, dass sich die Fülle der Welt schon mit Tardyonen und Luxonen erschöpft. Denn dann würde ein Drittel der Möglichkeiten schlicht fehlen: das Reich überlichtschneller Teilchen. Für dieses hat der an der Columbia University in New York tätige Physiker Gerald Feinberg 1967 den Namen Tachyonen geprägt (von griechisch »tachys«: schnell). Ehrlich streitet dafür, diesem physikalischen Reich nicht einfach auf Grund eines intoleranten Tardyzentrismus die Existenzberechtigung abzusprechen.

Die Idee der Tachyonen ist freilich viel älter. Schon vor mehr als zwei Jahrtausenden hat der römische Dichter Lukrez über Teilchen spekuliert, die schneller als das Licht aus der Sonne flitzen. Doch erst 1962 fanden sie einen Platz in der modernen Physik. Olexa-Myron P. Bilaniuk, V.K. Deshpande und E.C. George Sudarshan formulierten damals die Hypothese, dass es Partikel geben könnte, die sich ab dem ersten Moment ihrer Entstehung in einer subatomaren Teilchenreaktion stets überlichtschnell bewegen. Die Lichtgeschwindigkeit wäre also eine unüberwindliche Barriere sowohl für Tardyonen (nach oben) als auch für Tachyonen (nach unten).

Tachyonen widersprechen der Speziellen Relativitätstheorie von Albert Einstein nicht, da diese nur besagt, dass es für Körper mit Masse unmöglich ist, die Vakuum-Lichtgeschwindigkeit c zu erreichen, egal wie viel Energie und Zeit man dafür einsetzt. »Tachyonen sind mit allen Gleichungen der Relativitätstheorie vereinbar«, sagt Ehrlich. »Sie verletzen aber den ›Geist‹ der Theorie, die die Existenz eines absoluten Bezugssystems verneint. Tachyonen könnten einen solchen Bezugsrahmen definieren helfen, denn mit ihrer fast unendlichen Geschwindigkeit wäre es theoretisch möglich, alle Uhren eines solchen Systems zu synchronisieren.«

Dennoch will es sich Ehrlich keinesfalls so leicht machen wie beispielsweise das renommierte sechsbändige *Lexikon der Physik* (Spektrum Akademischer Verlag), das Tachyonen gerade zwei abschlägige Sätze widmet: »Tachyonen: hypothetische Elementarteilchen, die sich mit Überlichtgeschwindigkeit bewegen. Tachyonen sind ein beliebtes Thema der Science Fiction-Literatur, werden aber in physikalischen Theorien nicht betrachtet, da sie im Widerspruch zur Speziellen Relativitätstheorie stehen.«

Tatsächlich wären Tachyonen nicht die ersten Teilchen, deren Existenz aus theoretischen Gründen vorhergesagt wurde, bevor ihr experimenteller Nachweis glückte. Nobelpreis-gekrönte Beispiele sind Positronen, Antiprotonen, Omega-Minus-Teilchen, Z- und W-Bosonen, die drei Sorten von Neutrinos und die sechs Sorten von Quarks. Freilich kamen sie alle bereits in einer ausgearbeiteten physikalischen Theorie vor oder ergaben sich, wie im Fall der Neutrinos, als Konsequenzen experimenteller Befunde. Doch haben Physiker inzwischen so viele interessante Eigenschaften von Tachyonen – zumindest in der Theorie – entdeckt und auch mit großem Aufwand nach ihnen gesucht, dass zwei abwiegelnde Sätze in einem sonst so umfassenden Lexikon einfach armselig erscheinen.

Imaginäre Ruhemasse

Untersucht man die Gleichungen der Speziellen Relativitätstheorie, zeigt sich, dass sie tatsächlich ein Schlupfloch für überlichtschnelle Teilchen lassen: Wenn deren Ruhemasse m nämlich imaginär ist, wie schon 1960 erstmals von Ja. P. Terleckij erwogen. Sie wäre dann weder positiv noch negativ, sondern etwas anderes. Mathematisch gesprochen gälte weder m größer als 0 noch m kleiner als 0, sondern m^2 kleiner als 0. Das ist theoretisch genauso sinnvoll wie die Behauptung, die imaginäre Zahl i sei die Lösung des scheinbar unlösbaren Problems »Wie lautet die Wurzel aus der Zahl –1?«. Sie existiert innerhalb der uns vertrauten reellen Zahlen nicht. Definiert man aber $i^2 = -1$, dann gibt es sie doch. Damit verlässt man die reelle Zahlenwelt und fasst reelle und imaginäre Zahlen zum »komplexen Zahlenraum« zusammen.

So lassen sich ganz reale Probleme knacken, die sonst nur schwer oder auch gar nicht lösbar sind. Von diesem Trick lebt ein sehr angesehener Bereich der höheren Mathematik, die Funktionentheorie. Was mathematisch darstellbar ist, muss freilich in unserer Welt nicht einer Realität entsprechen. Und falls doch, könnte sie – wie in der Mathematik die imaginäre Welt – senkrecht zur uns vertrauten Wirklichkeit stehen. Das aber bedeutet, man käme nicht von der einen Welt in die andere und umgekehrt.

Dass imaginäre Zahlen in der Physik durchaus nützlich sind, zeigte sich schon mehrfach. Stephen Hawking hat sogar vorgeschlagen, dass die Zeit im Urknall zu Beginn des Universums imaginär gewesen sei. »Man könnte meinen, imaginäre Zahlen seien lediglich eine mathematische Spielerei, die nichts mit der realen Welt zu tun habe«, schrieb er und räumte ein, dass man »keine imaginäre Zahl von Apfelsinen kaufen oder eine imaginäre Kreditkartenrechnung erhalten« könne. »Aus positivistischer Sicht lässt sich jedoch nicht bestimmen, was real ist. Wir können lediglich nach den mathematischen Modellen suchen, die das Universum beschreiben, in dem wir leben.«

Im Gegensatz zur imaginären Zeit, die man sich wohl eher als eine Art Beschreibungsweise denken muss, sind Tachyonen noch vergleichsweise wenig exotisch. Aus den Gleichungen der Speziellen Relativitätstheorie folgt, dass Tachyonen nur dann real sind, wenn ihre Geschwindigkeit die des Lichts übertrifft. Obwohl ihre Ruhemasse imaginär ist, hat ihre tatsächliche Masse auf Grund der Überlichtgeschwindigkeit einen reellen – also normalen – Wert. Doch was hat es für einen Sinn, von einer Ruhemasse zu sprechen, wenn sich Tachyonen doch immer überlichtschnell bewegen müssen? Antwort: Gerade weil die Teilchen nie in Ruhe sind, ist ihre Ruhemasse imaginär, das heißt sie wird nie eingenommen. Den reellen Wert ihrer Ruhemasse erreichen Tachyonen beim 1,414fachen der Lichtgeschwindigkeit. Das ist gewissermaßen die natürliche Geschwindigkeit eines Tachyons.

Gemäß der Relativitätstheorie variiert die Masse eines Tachyons genauso wie bei den Tardyonen mit der Geschwindigkeit. Nur nimmt sie mit abnehmender Geschwindigkeit, also bei Annäherung an c, zunächst langsam, dann aber immer schneller zu, bis sie bei c unendlich groß wird. Wie die uns vertraute Materie aus Tardyonen können Tachyonen also niemals Lichtgeschwindigkeit erreichen. Denn sie müssten bei der Näherung an die Lichtmauer die gesamte Energie (E) unseres Universums verbrauchen, um sie gemäß Einsteins Formel $E = mc^2$ in ihre immer größer werdende Masse (m) zu stecken. Nimmt umgekehrt die Tachyonen-Geschwindigkeit zu, dann wird ihre Masse und damit auch ihre Energie immer geringer und bei unendlicher Geschwindigkeit theoretisch null. Tachyonen leben also in einer verkehrten Welt: Ihre Masse nimmt ab, je schneller sie werden. Für sie gilt daher: Mit zunehmender Geschwindigkeit verlieren sie Energie oder, um es noch krasser zu formulieren: Man muss Energie aufbringen, um sie zu verlangsamen!

Die seltsamen Eigenschaften der Tachyonen

Zwischenergebnis: Wenn Tachyonen wirklich existieren – also in der physikalischen Welt unabhängig von den Gedanken von Physikern und Science Fiction-Liebhabern, hätten sie ungewöhnliche Merkmale.

Wechselwirkungen: Ob Tachyonen mit Tardyonen interagieren können, ist unklar.

Imaginäre Ruhemasse: Beobachtbare physikalische Größen wie Energie und Impuls müssen reale Werte haben. Die Ruhemasse von Tachyonen ist dagegen imaginär. Sie ist unbeobachtbar, da Tachyonen niemals in Ruhe sind. Doch das gilt auch für Photonen. Denn Physiker, die aus Tardyonen bestehen, können weder Photonen noch Tachyonen in Ruhe betrachten. Den reellen Wert ihrer Ruhemasse erreichen Tachyonen beim 1,414fachen der Lichtgeschwindigkeit. Das ist gewissermaßen die natürliche Geschwindigkeit eines Tachyons.

Negative Energie: Je nach Bezugssystem haben Tachyonen positive oder negative Energie. Dies bedeutet, dass bestimmte physikalische Prozesse in manchen Bezugssystemen den Energieerhaltungssatz verletzen können.

Energieabnahme mit ansteigender Geschwindigkeit: Wenn ein Tachyon Energie verliert, wird es nicht langsamer, sondern schneller. Wenn man es beschleunigen will, muss man also versuchen, es aufzuhalten. Geht die Energie gegen null, wird seine Geschwindigkeit unendlich. Physiker sprechen dann von einem »transzendenten Zustand«. Das Tachyon ist dann quasi überall zugleich. – Es besteht folgender Zusammenhang zwischen Energie und Geschwindigkeiten sowie deren Änderungen:

	Tardyonen	Luxonen	Tachyonen
Energiezunahme	werden schneller	sind lichtschnell	werden langsamer
Energieverlust	werden langsamer	sind lichtschnell	werden schneller
Energie null	sind in Ruhe	sind lichtschnell	unendlich schnell
Energie unendlich	werden lichtschnell	sind lichtschnell	werden lichtschnell

Da sich Tachyonen nicht abbremsen lassen, müsste man ihnen hinterher jagen. Doch je schneller man wird, um sie einzufangen, desto schneller werden sie relativ zu ihrem Verfolger.

Zeit im Rückwärtsgang: Die Zeit der Tachyonen läuft rückwärts. Aus unserer Perspektive bewegen sie sich also aus der Zukunft in die Vergangenheit.

Bewegung mit Rückwärtszeit

Diese zuletzt genannte Eigenschaft – dass die Eigenzeit der Tachyonen gerade umgekehrt zu unserer verläuft –, zeigt nicht nur deutlich, wie relativ die Zeit ist, sondern könnte auch frappierende Konsequenzen haben: Wenn Tachyonen mit Tardyonen wechselwirken, hieße dies, dass sich mit ihnen Signale zeitlich rückwärts übertragen lassen. Man könnte beispielsweise Morse-Zeichen in die Vergangenheit senden oder sich mit einem Tachyonen-Telefon selbst die Lottozahlen der nächsten Ziehung mitteilen.

Für die Science Fiction ist das ein faszinierendes Thema, von dem auch ausgiebig Gebrauch gemacht wurde, etwa in John Carpenters Film *The Prince of Darkness* oder in Gregory Benfords Roman *Zeitschaft* (*Timescape*, 1980). Auch in *Star Trek* spielten Tachyonen mehrmals eine Rolle. Schon in den sechziger und siebziger Jahren erkannten Physiker die paradoxen Kommunikationsmöglichkeiten, die sich ergeben, wenn Tachyonen irgendwie mit Tardyonen in Kontakt treten könnten. Könnte man beispielsweise mit einem Antitelefon Informationen zurück in die Vergangenheit senden, widerspräche dies unserem geläufigen Kausalitätsprinzip.

Solche möglichen Zeitparadoxien seien auch »der schwerwiegendste Einwand« gegen die Existenz dieser Partikel, lautete der Haupteinwand des Tachyonen-Täufers Gerald Feinberg. Viele Wissenschaftler glauben wie er, dass Tachyonen eine widersprüchliche Vorstellung sind und deshalb nicht existieren können. Doch vielleicht haben Physiker die Tachyonenwelt noch nicht vollständig verstanden, weil die Relativitätstheorie keine allumfassende Theorie ist, sondern mit der Quantentheorie zu einer »Weltformel« vereinigt werden muss.

Andere Forscher wie Robert Ehrlich sind nicht bereit, das Kind mit dem Bad auszuschütten – das heißt die Tachyonen mit den Zeitparadoxien: »Die Natur hätte einen Weg gefunden, so absurde Möglichkeiten und all die damit verbundenen Paradoxien zu eliminieren.« Sendungen in die Vergangenheit seien unmöglich oder zumindest sehr unwahrscheinlich, selbst wenn Tachyonen existieren. So könnte die Komplementarität von Wellen und Teilchen in der Quantenphysik verhindern, dass sich mit Tachyonen Informationen übertragen lassen. Manche Forscher glauben sogar, dass Tachyonenwellen oder lokalisierte Tachyonen im Wellenzug selbst unterlichtschnell wären.

Andere Wissenschaftler wie Lawrence Schulman sind noch toleranter und lassen sogar Botschaften in die Vergangenheit zu, ohne die Physik in einen logischen Trümmerhaufen zu verwandeln. Schulman ist Physik-Professor an der Clarkson University in Potsdam, US-Bundesstaat New York. Er ist überzeugt: »Zeitparadoxien beweisen nicht, dass die Tachyonen-Physik widersprüchlich ist. Die Beweislast tragen jene, die die Existenz von Tachyonen von vornherein ausschließen wollen. Das heißt natürlich nicht, dass ich behaupte, Tachyonen existieren. Bei solchen Aussagen hat der Experimentalphysiker die Beweislast.«

Die Suche nach den Tachyonen

Boshafte Zeitgenossen führen hartgesottene Skeptiker, die Warp-Antriebe, Wurmlöcher und Tachyonen vielleicht für unterhaltsam, aber physikalisch für vollkommen ausgeschlossen halten, manchmal mit einer Wette aufs Glatteis, indem sie behaupten, dass Überlichtgeschwindigkeiten dennoch existieren und schon häufig gemessen wurden. Dies stimmt tatsächlich, denn die Lichtgeschwindigkeit ist zwar eine universale Naturkonstante, aber eben nur im Vakuum. Wenn Licht durch transparente Stoffe wie Glas oder Wasser strahlt, wird es langsamer. Und Teilchen wie Elektronen oder Neutrinos können ein solches Medium schneller durchqueren als das Licht. Dabei senden sie Tscherenkow-Strahlung aus. Dieses bläuliche Leuchten wurde 1934 von dem russischen Physiker Pawel Alexejewitsch Tscherenkow entdeckt und ist ein Pendant zu dem Überschallknall, den ein Düsenflugzeug beim Durchbrechen der Schallmauer erzeugt.

Wenn Tachyonen elektrisch geladen wären, würden sie Tscherenkow-Strahlung aussenden. Das wäre die einfachste Möglichkeit, ihre Existenz nachzuweisen. Doch dies ist trotz intensiver Suche seit den sechziger Jahren und einiger Falschmeldungen noch niemandem gelungen. Deshalb gehen selbst die leidenschaftlichsten Tachyonen-Verfechter davon aus, dass die Teilchen elektrisch neutral sind. Damit erledigt sich auch ein weiteres Problem: Bei der Abgabe von Tscherenkow-Strahlung würden Tachyonen Energie verlieren und dabei schneller werden. Das könnte zu einer ausufernden Kettenreaktion führen und das Vakuum instabil machen – denn eine größere Geschwindigkeit erzeugt eine stärkere Tscherenkow-

Strahlung, bis schließlich die Tachyonen unendlich schnell und ihre Lichtblitze unendlich stark würden.

Tachyonen könnten aber auch anderweitig mit gewöhnlicher Materie wechselwirken und sich dadurch bemerkbar machen. Ein Energieverlust bei Teilchen-Umwandlungen wäre beispielsweise ein indirektes Indiz. Oder es kommt zu Streueffekten, wenn Tachyonen der starken oder schwachen Kernkraft unterliegen. Ersteres ist experimentell inzwischen ausgeschlossen, aber eine schwache Wechselwirkung erscheint noch möglich, wenn die imaginäre Ruhemasse der Tachyonen sehr gering wäre.

Jedenfalls spricht von vornherein nichts dagegen, dass Tachyonen mit der uns vertrauten Welt wechselwirken. Auch Tardyonen und Luxonen sind ja nicht isolierte Reiche, sondern gewöhnliche Materie mit Masse kann Licht erzeugen, und Licht kann sich in Materie mit Masse umwandeln. Vielleicht verhält es sich mit Tachyonen ähnlich.

Freilich sind manche Physiker ganz froh, dass selbst unsere hochentwickelte Experimentaltechnik keinen Hinweis auf Tachyonen gefunden hat. Womöglich wäre das Universum vor lauter Tscherenkow-Blitzen sonst extrem lebensfeindlich. Oder es würden merkwürdige Dinge geschehen: Wir würden mit Botschaften aus der Zukunft bombardiert und es gäbe ein heilloses Durcheinander, weil eindeutige Ursachen und Wirkungen nicht existierten – nichts wäre kalkulierbar und die Welt wäre ein völliges Chaos.

Gotts Tachyonen-Universum

Tachyonen ohne jegliche Wechselwirkung mit Materie oder Licht wären jenseits der Reichweite unserer Erfahrung. Doch selbst das beweist nicht, dass sie nicht existieren, denn die Tachyonen-Welt könnte ja, mathematisch gesprochen, senkrecht zu unserer Welt stehen. Und es wäre unmöglich, von einer Welt in die andere zu gelangen, weil die Lichtgeschwindigkeit eine unüberwindliche Barriere darstellt. Tardyonen und Tachyonen existieren dann in getrennten Welten wie die beiden Königskinder im Märchen, die nie zusammenkommen können.

John Richard Gott III von der Princeton University spekulierte 1974 darüber, dass mit dem Urknall nicht nur ein Universum entstand – unser eigenes –, sondern gleich drei: Unseres mit einem Überschuss an Materie sowie vorwärtslaufender Zeit, ein zweites mit einem Überschuss an Antimaterie und einem entgegengesetzten Zeitpfeil, und drittens ein Universum, das nur aus überlichtschnellen Tachyonen besteht. Unser Universum ist vom Antimaterie-Universum zeitlich, vom Tachyonen-Universum dagegen räumlich getrennt. Aber vielleicht enthält jedes der Universen ein paar Spuren der anderen.

Sind Neutrinos Tachyonen?

Doch möglicherweise sind Tachyonen nicht nur zum greifen nah, sondern wir kennen diese Partikel sogar schon lange – als Neutrinos. Physiker um Alan Kostelecky von der Indiana University in Bloomington haben mit dieser kühnen Vermutung 1985 für Aufmerksamkeit gesorgt. Neutrinos, deren Erforschung der Schwedischen Akademie der Wissenschaften letztes Jahr die Hälfte des Physik-Nobelpreises wert war, wechselwirken mit Materie kaum. Der Lehrmeinung zufolge haben diese Geisterteilchen nur eine winzige Ruhemasse und sind fast so schnell wie das Licht. Doch Kostelecky glaubt, dass die Partikel überlichtschnelle Tachyonen sein könnten.

Auch Robert Ehrlich favorisiert diese Hypothese: »Wenn das Neutrino ein Tachyon ist, dann müssen hochenergetische Protonen in Neutronen, Positronen und Elektron-Neutrinos zerfallen.« Der Nachweis eines solchen Zerfalls wäre also ein ausgezeichnetes Indiz für die Existenz der Tachyonen.

Ein Schlüssel zu ihrer Entdeckung wäre die Kosmische Strahlung. Ständig wird die Erde mit Teilchen aus dem All bombardiert. Ihre Energie ist manchmal mehr als eine Million mal höher als alles, was selbst die stärksten Teilchenbeschleuniger leisten können. Bei etwa 4,5 Petaelektronenvolt (Billiarden Elektronenvolt) hat das Energiespektrum der Kosmischen Strahlung einen Knick. Die Zahl der Partikel mit höheren Energien fällt hier steiler ab als bei niedrigerer Energie. Das wird üblicherweise auf einen anderen Entstehungsmechanismus dieser Partikel zurückgeführt.

Doch Robert Ehrlich provozierte seine Kollegen kürzlich mit einer alternativen Erklärung. Er glaubt, dass in diesem Energiebereich Protonen zerfallen und dabei Tachyonen aussenden. Der Betrag ihrer Masse m (die Wurzel aus dem Quadrat von -m) von 0,5 plus/minus 0,25 Elektronenvolt geteilt durch das Quadrat der Lichtgeschwindigkeit wäre mit den bekannten Neutrino-Daten vereinbar. Wenn Ehrlich Recht hat, müssten Neutronen mit Energien von 4,5 plus/minus 2,2 Petaelektronenvolt existieren. Zwar haben freie Neutronen nur eine Halbwertszeit von 600 Sekunden, doch würde diese auf Grund der relativistischen Zeitdilatation infolge ihrer hohen Geschwindigkeit ausreichen, um 100 Lichtjahre zurückzulegen. Und bei noch viel höheren Energien der ursprünglichen Protonen käme eine Zerfallskette in Gang, bei der sich ein Proton in ein Neutron umwandelt, dieses wieder in ein Proton, dieses erneut in ein Neutron und so weiter mit ständig abnehmender Energie. Dann könnten sich sogar solche Neutronen aus entlegenen Winkeln der Galaxis zur Erde verirren.

Ehrlichs Tachyonen-Modell ist somit überprüfbar. Tatsächlich gibt es Messungen von zwei Röntgen-Doppelsternen, Hercules X-1 und Cygnus X-3, aus den achtziger Jahren, wo Ehrlich Anzeichen von Neutronen im vorhergesagten Energiebereich auszumachen glaubt. Dass neuere präzisere Daten den Effekt nicht mehr zeigen, könnte auf Messfehler damals hindeuten oder auf ein Verstummen des Senders. Inzwischen sind noch empfindlichere Detektoren in Betrieb.

Und Ehrlich wartet gespannt auf neue Daten. »Physiker sollten offen für die Möglichkeit sein, dass es überlichtschnelle Partikel gibt. Da ihre Existenz eine experimentelle Fragestellung ist, sollten wir kein Vorurteil gegen die Idee haben. Jeder Tardyzentrismus macht uns blind gegenüber den Möglichkeiten, wie Tachyonen sich enthüllen könnten.«

Welcher Science Fiction-Freund träumt nicht manchmal davon, am Wochenende geschwind zu den Sternen zu fliegen und nach dem kosmischen Trip dennoch montags wieder pünktlich im Büro zu sein? Wäre es im Prinzip möglich, mit einem Tachyonen-Triebwerk eine solche Reise in die Realität umzusetzen?

Auch Ulrich Walter lässt seine Phantasie von den Tachyonen anregen. Der ehemalige Wissenschaftsastronaut ist heute Professor für Raumfahrttechnik an der Technischen Universität München. Er sagt: »Wenn unendlich schnelle Tachyonen existieren, ist ihre Masse und somit ihre Eigenenergie null. Das heißt, ihr Impuls (Masse mal Geschwindigkeit) ist null mal unendlich – eine verzwickte Situation, weil dieser Ausdruck mathematisch nicht definiert ist. Im Prinzip könnte das alles zwischen null und unendlich bedeuten. Vollzieht man den Grenzübergang von endlich zu unendlich schnellen Tachyonen, erhält man als Grenzimpuls das Produkt aus dem Betrag der imaginären Ruhemasse des Tachyons und der Lichtgeschwindigkeit. Das Ergebnis ist nicht null, sondern endlich. Unendliche schnelle, masselose Tachyonen haben also – wie Photonen – einen endlichen Impuls.«

Impuls impliziert Rückstoß, und genau der ist für einen Antrieb notwendig. Im Gegensatz zur Lichterzeugung bei Photonen-Raketen – Raumschiffen, die mit Antimaterie-Materie-Vernichtung betrieben werden und uns vor enorme praktische, aber keine prinzipiellen technischen Hürden stellen – ist der Energieverbrauch von Tachyonen-Triebwerken denkbar gering. Man könnte mit minimalem Energieaufwand riesige Mengen dieser Teilchen mit beliebig hohen Geschwindigkeiten erzeugen. Das wäre genau das Richtige für einen Wochenendausflug zu den Sternen.

»Dazu wäre nur eine halb offene Kammer am Heck des Raumschiffs nötig, ein Tachyonen-Generator in der Mitte sowie ein Hauptschalter in der Kommandozentrale mit den Stellungen ›Ein‹ und ›Aus‹ und vielleicht ein Regler zur Beeinflussung der Tachyonen-Geschwindigkeit«, überlegt Walter. »Die aus dem Generator huschenden Tachyonen werden zwar auf Grund des Gesetzes von der Impulserhaltung mit Gesamtimpuls null erzeugt, aber das ist kein Problem. Denn bei der Zündung von konventionellem Treibstoff geschieht dies auch: Die Teile, die vorne auf die Reaktionskammer prallen, treiben das Raumschiff voran, und die anderen strömen ungeschoren hinten aus der Kammer. Darauf basiert das Rückstoßprinzip. Abgesehen von der Frage, wie man gezielt Tachyonen herstellt, macht ein Tachyonen-Antrieb also keine Schwierigkeiten.«

Von der Fiction zur Science

»Ich glaube, dass diese Dinge niemals von praktischer Bedeutung für die Raumfahrt sein werden, obwohl sie im Prinzip durchaus möglich sein können«, räumt Lawrence Krauss ein. Doch das ist wohl gar nicht so wichtig. »Unsere Aufmerksamkeit auf irdische Dinge zu beschränken – das würde bedeuten, dem menschlichen Geist Fesseln anzulegen«, schreibt Stephen Hawking. Q, der schier allmächtige und rätselhafte Schelm der *Star Trek*-Serie, drückt es ganz ähnlich aus: »Es geht darum, die unbekannten Möglichkeiten der Existenz zu kartografieren.«

Und wer weiß, was in den unendlichen Weiten noch alles geschehen kann ... In ihrem 1996 initiierten Breakthrough Propulsion Physics Program hat sich die US-amerikanische Weltraumbehörde NASA jedenfalls offen gegenüber vielen spekulativen Ideen gezeigt. In dem am Glenn Research Center in Cleveland – unweit von Krauss' Büro – angesiedelten Projekt wird mit einem Millionen-Dollar-Etat über noch so verrückt erscheinende Möglichkeiten nachgedacht. Neben Supraleitung, Antigravitation und allerhand Quanten-Beamen sind auch Wurmlöcher und Warp-Antriebe ein Thema. »Wir suchen nach den ultimativen Durchbrüchen in der Weltraumfahrt«, sagt Marc G. Millis vom Glenn Research Center.

Wohin zaghaftes Denken führen kann, zeigt das Beispiel des amerikanische Mathematikers, Physikers und Astronomen Simon Newcomb. Newcomb publizierte um 1900 eine ganze Reihe von Artikeln, in denen er behauptete, dass Maschinen, die schwerer als Luft sind, niemals fliegen könnten. Das sei »so klar bewiesen, wie man ein physikalisches Faktum nur beweisen kann«. Wenige Jahre später haben Orville und Wilbur Wright gezeigt, dass das Gegenteil wahr ist.

Rüdiger Vaas ist Wissenschaftsjournalist und Astronomie-Redakteur bei der Monatszeitschrift »bild der wissenschaft«. Seit 1988 schreibt er regelmäßig für PERRY RHODAN-Report und -Journal. Außerdem hat er Science-Fiction-Erzählungen sowie mehrere Bücher über Naturwissenschaft und Philosophie veröffentlicht.

Weiterführende Literatur

Al-Khalili, J.: Schwarze Löcher, Wurmlöcher und Zeitmaschinen. Heidelberg 2001.

Ehrlich R.: Nine Crazy Ideas In Science. Princeton 2002.

Ford, L. H./Roman, T. A.: Wurmlöcher und Überlicht-Antriebe. Spektrum der Wissenschaft 3 (2000), 36–43.

Halpern, P.: Wurmlöcher im Kosmos. München, Leipzig 1994.

Kaku, M./Trainer, J.: Jenseits von Einstein. Frankfurt am Main 1993.

Krauss, L. M.: Die Physik von Star Trek. München 1996.

Krauss, L. M.: Jenseits von Star Trek. München 2002.

Thorne, K. S.: Gekrümmter Raum und verbogene Zeit. München 1996.

Vaas, R.: Schleichwege durchs Universum. bild der wissenschaft 7 (1998), 68–71.

Vaas, R.: Warp-Antrieb und Wurmlöcher. bild der wissenschaft 2 (2003), 46–54.

Visser, M.: Lorentzian Wormholes. Woodbury 1996.

Walter, U./Vaas, R.: Tachyonen – schneller als das Licht. bild der wissenschaft 2 (2003), 56–63.

Ausgewählte Infos im Internet

Überlichtgeschwindigkeit:
http://de.wikipedia.org/wiki/%DCberlichtgeschwindigkeit

Die NASA über neuartige Antriebe:
http://www.lerc.nasa.gov/www/pao/warp.htm

Wurmlöcher und Warp-Antrieb
http://members.taunusstein.net/~gravitation/wl.html
http://www.physik.tu-dresden.de/~ronnye/wurmloch.htm

Diskussionsforum der Warp-Freaks:
http://clubs.yahoo.com/clubs/alcubierrewarpdrive

Homepage von Matt Visser:
http://www.mcs.vuw.ac.nz/~visser/

Homepage von Robert Ehrlich:
http://www.physics.gmu.edu/department/people/ehrlich.htm

Stephen Baxter

Das Multiversum

»Stephen Baxters Werk zählt zum Besten, was die SF je hervorgebracht hat! Er ist der legitime Erbe von Isaac Asimov und Robert A. Heinlein.« ***The Guardian***

06/6423

06/6424

HEYNE

Vernor Vinge
Eine Tiefe am Himmel

Tausende von Jahren in der Zukunft: Das bedeutendste Ereignis in der Geschichte der menschlichen Zivilisation steht kurz bevor ...

Ausgezeichnet als bester Roman des Jahres – das einzigartige Meisterwerk eines der größten Science-Fiction-Autoren unserer Zeit!

»Ein grandioses Buch. Mit diesem Roman schuf Vernor Vinge, was der Wüstenplanet für seine Zeit war: Das große galaktische Epos des beginnenden 21. Jahrhunderts.«

Analog

06/8314

HEYNE